BASTEI
LÜBBE

Taschenbücher von ORSON SCOTT CARD
im BASTEI-LÜBBE-PROGRAMM:

20067 Die Hirschbraut
20115 Der siebente Sohn
20123 Der rote Prophet
22026 Der Spender-Planet
22043 Play Cosmos
22052 Heißer Schlaf
24032 Capitol
24089 Das große Spiel
24103 Sprecher für die Toten
24115 Meistersänger

ORSON SCOTT CARD

DIE STADT AM ENDE DER WELT

Science Fiction Roman

Ins Deutsche übertragen von
Michael Nagula

BASTEI
LÜBBE

BASTEI-LÜBBE-TASCHENBUCH
Science Fiction Special
Band 24122

Erste Auflage: September 1989

Deutsche Lizenzausgabe 1989
Bastei-Verlag Gustav H. Lübbe GmbH & Co., Bergisch Gladbach
Originaltitel: Wyrms
Lektorat: Hans Altmeyer/Reinhard Rohn
Titelillustration: Don Maitz
Umschlaggestaltung: Quadro Grafik, Bensberg
Satz: Fotosatz Schell, Bad Iburg
Druck und Verarbeitung:
Brodard & Taupin, La Flèche, Frankreich
Printed in France
ISBN 3-404-24122-3

Der Preis dieses Bandes versteht sich einschließlich
der gesetzlichen Mehrwertsteuer.

Inhalt

Mark und Rana gewidmet,
für innere Größe

1 Die Tochter des Heptarchen

Der Erzieher weckte sie lange vor Tagesanbruch. Patience spürte die Kühle des Morgens durch ihre dünne Decke, und ihre Muskeln waren steif vom Schlafen auf einer harten Matte auf dem Boden. Der Sommer war ein für allemal vorbei, und sie gestattete sich den Wunsch, wenn auch nur kurz, daß das nach Norden führende Fenster wegen des Winters vereist sein möge – oder wenigstens geschlossen.

Es gehörte zu Vaters Schulung, um sie abzuhärten und zu stählen, sie mit Abscheu gegen die Genüsse des Hofes und der Menschen zu erfüllen, die für nichts anderes lebten. Sie nahm an, daß Angels unsanfte Hand auf ihrer Schulter ein Teil der gesunden Lebensweise war. Was? Habe ich im Schlaf gelächelt? Sah es so aus, als hätte ich süße Träume? Danke, Angel, daß du mich gerettet hast, bevor mich eingebildete Freuden für immer verdarben.

Aber als sie Angels Gesicht sah, sagte ihr seine besorgte Miene, daß etwas ganz und gar nicht stimmte. Es war weniger beunruhigend, daß er sich Sorgen machte, als daß er sie erkennen ließ; gewöhnlich konnte er kraft seines Willens jedes beliebige Gefühl zeigen oder verbergen, und er hatte ihr beigebracht, desgleichen zu tun.

»Der König hat eine Aufgabe für dich«, wisperte Angel.

Patience schlug ihre Decke zurück, nahm die Schüssel mit eiskaltem Wasser vom Fenstersims und goß es sich über den Kopf. Sie bat ihren Körper, wegen der Kälte zu erschauern. Flüchtig trocknete sie sich mit Sackleinen ab, bis die Haut überall auf ihrem Körper kribbelte.

»Weiß Vater es?« fragte sie.

»Lord Peace ist in Lakon«, sagte Angel. »Ob er es weiß oder nicht, ist dir hier keine Hilfe.«

Sie kniete rasch vor der Ikone nieder, die der einzige Schmuck ihres Zimmers war. Es war ein schimmerndes Bild des Sternenschiffes *Konkeptoine,* in hellgrünen Kristall geschnitten. Es war mehr wert als das Haus eines armen

Mannes. Patience gefiel der Gegensatz zwischen der vorsätzlichen Armut ihres Zimmers und der Üppigkeit dieses religiösen Schaustückes. Die Priester würden es Pietät nennen. Sie hielt es eher für Ironie.

Patience murmelte das Komm Kristos in acht Sekunden – sie hatte es darin zu einer wahren Meisterschaft gebracht –, küßte ihre Finger und berührte damit die *Konkeptoine*. Der Kristall war warm. Nach all den Jahren besaß er immer noch Leben. Ohne Zweifel war er beinahe heiß gewesen, als ihre Mutter ihn berührt hatte; damals war sie noch ein kleines Mädchen gewesen. Und lange bevor Patience eine Tochter haben würde, würde er kalt und tot sein, das Licht daraus verschwunden.

Über die Schulter fragte sie Angel: »Nenn mir die Aufgabe, die König Oruc für mich bestimmt hat.«

»Ich weiß nichts. Nur, daß er nach dir rief. Aber du kannst es dir doch denken, oder?«

Angel prüfte sie natürlich. Es war die Geschichte ihres Lebens, eine Prüfung nach der anderen. Sie beschwerte sich manchmal darüber, aber in Wahrheit gefiel es ihr, und es bereitete ihr Vergnügen, die diplomatischen Rätsel zu lösen, die Vater und Angel ihr ständig aufgaben.

Also – was konnte König Oruc von ihr wollen? Der Heptarch hatte nie zuvor nach ihr gerufen. Sie war natürlich schon oft im Haus derer von Heptagon gewesen, aber nur, wenn man sie hinzitiert hatte, um mit einem der Kinder des Heptarchen zu spielen, nie, um eine Aufgabe für ihn selbst zu erfüllen. Wie nicht anders zu erwarten war. Mit dreizehn Jahren war sie kaum alt genug, um erwarten zu können, daß der König sie zu sich rief.

Aber gestern war ein Gesandter aus Tassali eingetroffen, einem Königreich im Osten, das in uralten Zeiten unter der Oberhoheit des Heptarchen von Korfu gestanden hatte. Das hieß nicht viel: Die Heptarchie hatte einst alle sieben Weltteile regiert, und Tassali war seit tausend Jahren von Korfu frei. Prekeptor, der einzige Prinz und voraussichtliche Erbe von Tassali, ein sechzehnjähriger Knabe, war mit einem Aufgebot hochrangiger Tassaliki und sehr teuren Geschenken gekommen. Aus dieser Information hatte Patience bereits gefolgert, daß der Gesandte gekommen war, um einen Ehevertrag mit einer der drei Töchter von König Oruc abzuschließen.

Die Mitgift hatte man ohne Zweifel bereits ein Jahr, bevor der Gesandte ausgezogen war, ausgehandelt. Man schickt nicht einen königlichen Erben, um seine Braut zu treffen, wenn nicht vorher die Einzelheiten des Vertrages festgelegt sind. Aber Patience konnte sich leicht denken, daß ein offener Punkt der Vereinbarung die Frage sein dürfte: Welche Tochter? Lyra, die älteste Tochter, die vierzehn Jahre zählte und in zweiter Linie von der Heptarchie abstammte? Rika, die nur ein Jahr jünger war als Patience und gut und gerne das gescheiteste unter den Kindern des Heptarchen sein mochte? Oder das Baby, Klea, erst sieben Jahre alt, aber sicher schon alt genug, um verheiratet zu werden, wenn die Politik es erforderte?

Patience konnte sich nur eine Aufgabe denken, die sie in Verbindung mit diesem Besuch vielleicht ausführen sollte. Sie sprach fließend tassalisch, und sie bezweifelte ernsthaft, daß Prinz Prekeptor auch nur ein Wort Agarant sprach. Sie waren recht provinziell in Tassali und klammerten sich hartnäckig an ihren Dialekt. Wenn zwischen Prekeptor und einer von Orucs Töchtern ein Treffen stattfinden sollte, wäre Patience eine erstklassige Dolmetscherin. Und da Klea ein unwahrscheinlicher Kandidat war und Rika ganz passabel tassalisch konnte, stand zu vermuten, daß die auserwählte Tochter Lyra war.

All dies ging Patience durch den Sinn, während sie ihr Seidenhemd anzog. Dann wandte sie sich Angel zu und lächelte. »Ich werde die Dolmetscherin zwischen Prekeptor und Lyra sein, wenn sie sich heute treffen, damit sie entscheiden können, ob sie sich dermaßen verabscheuen, daß es die Sache wert ist, einen internationalen Streit vom Zaum zu brechen, nur um nicht verheiratet zu werden.«

Angel lächelte. »Klingt am wahrscheinlichsten.«

»Dann muß ich mich angemessen kleiden, um an einem offiziellen Treffen zwischen künftigen Souveränen teilzunehmen. Würdest du Klauen und Kattun zu mir rufen?«

»Mach ich«, sagte Angel. Aber an der Tür blieb er stehen. »Dir ist doch hoffentlich klar«, sagte er, »daß Prekeptor wissen wird, wer du bist.«

Es war eine Warnung, und Patience verstand sehr wohl, daß König Oruc ein gefährliches Spiel trieb, wenn er sie ins Zentrum einer politischen Situation brachte, die so eng mit der königlichen Erbfolge zu tun hatte. Besonders da Vater fort war. Oruc mußte schon seit geraumer Zeit geplant haben, Vater in einer unbedeutenden Angelegenheit wegzuschicken. Normalerweise hätte Lord Peace wesentlich an den Verhandlungen über ein so lebenswichtiges Bündnis mitgewirkt.

Klauen und Kattun, ihre Kammerzofen, kamen herein und versuchten, munter und fröhlich zu wirken, obwohl sie allem Anschein nach aus tiefem – und in Kattuns Fall trunkenem – Schlaf geweckt worden waren. Patience wählte ein Kleid und eine Perücke aus und erduldete ihre Dienste, als sie sie in ein kleines Püppchen verwandelten.

»Zum König gerufen«, sagte Klauen immer wieder. »Was für eine Ehre für die Tochter eines Sklaven.«

Es war ärgerlich, zu hören, wie ihr Vater stets von neuem Sklave genannt wurde, aber sie wußte, daß Klauen es nicht aus Bosheit, sondern nur aus Dummheit tat. Und wie Vater immer sagte: Ärgere dich nie, wenn Narren sich wie Narren aufführen. Es ist besser, wenn Narren sich zu erkennen geben, erinnerte sich Patience. Es räumt so viele Ungewißheiten aus.

Als die Frauen fertig waren, ging gerade die Sonne auf. Patience entließ sie und öffnete das kleine Bronzefach, das die diplomatische Ausrüstung enthielt. Vater und Angel hatten beschlossen, daß Patience alt genug war, um sie diskret einzusetzen.

Für die Selbstverteidigung natürlich eine Schlinge. Es war ein großer Faden aus unglaublich starkem Kunststoff, so dünn, daß er beinahe unsichtbar war. Er konnte auf den leichtesten Druck hin Fleisch durchschneiden und hatte an beiden Enden Plastikgriffe, so daß Patience ihn packen konnte, ohne sich dabei die Finger abzutrennen.

Und für den Angriff einen Glasanhänger, der einen Schwarm Pinks enthielt, fast bis zur Unsichtbarkeit kleine Insekten, die es sich gern in menschlichen Augen bequem machten und innerhalb von Minuten bienenwabenartige Nester darin bauten, die binnen Stunden zur völligen Erblindung führten. Wenn man die Augen nicht rasch entfernte, bohrten die Pinks sich bis zum Gehirn durch und verursachten eine permanente Lähmung. Eine furchtbare Waffe, aber Angel sagte immer, daß ein Diplomat, der nicht darauf vorbereitet war zu töten, darauf gefaßt sein sollte, zu sterben. Sie legte den Kopf in den Nacken und träufelte sich etwas in die Augen, eine Flüssigkeit, die Pinks bei der leichtesten Berührung tötete. Sie würde sich stundenlang in ihren Augen halten. Wie Vater sagte: Trage nie eine Waffe, die man gegen dich verwenden kann.

Während sie sich vorbereitete, versuchte sie herauszufinden, was König Oruc wohl mit ihr im Sinn hatte. Es gab noch andere Dolmetscher, die er berufen konnte. Patiences Einsatz war äußerst erfolgreich, besonders wenn Prekeptor wußte, wer sie wirklich war. Patience konnte sich keine Umstände vorstellen, unter denen es hilfreich wäre, daß die Wahl des Dolmetschers ausgerechnet auf *sie* gefallen war; und sie konnte sich Dutzende von Dingen vorstellen, die schiefgehen mochten, weil die Tochter von Lord Peace neben der Tochter von König Oruc stand, wenn der Erbe eines mächtigen Königreichs kam, um seine potentielle Frau zu treffen.

Patience war sich während ihrer ganzen Kindheit dessen bewußt gewesen, daß sie im Haushalt des Heptarchen keine gewöhnliche Sklavin war. Eine der ersten Lektionen, die ein Kind in King's Hill lernen mußte, war, jeden Sklaven dem strengen Protokoll seines Ranges gemäß zu behandeln. Huren und Kammerdienern wurde nicht mehr

Respekt entgegengebracht als Hunden; Gesandte und Staatsminister, wie ihr Vater Peace, wurden mit ebensoviel Ehre behandelt wie jeder beliebige Lord außer dem Heptarchen selbst oder den Oberhäuptern der Vierzehn Familien.

Aber selbst unter den Kindern der edelsten königlichen Sklaven erfuhr Patience eine Sonderbehandlung. Erwachsene flüsterten, wenn sie sie sahen; viele von ihnen fanden heimlich Gelegenheit, wie zu einem symbolischen Kuß, mit dem Handrücken ihre Lippen zu berühren.

Sie hatte Vater eines Tages davon erzählt, als sie fünf war. Er war daraufhin sehr ernst geworden. »Wenn jemand das noch mal tut, sag's mir sofort. Aber besser, als es mir nachher zu sagen, ist, wenn du versuchst, ihnen fernzubleiben, und ihnen keine Gelegenheit dazu gibst.«

Er war so ernst gewesen, daß sie sicher war, etwas falsch gemacht zu haben.

»Nein, Kind«, sagte Vater. »Erstens zeig mir nicht, daß du verängstigt oder beschämt bist. So etwas darf sich auf deinem Gesicht niemals abzeichnen.«

Sie entspannte ihr Gesicht, wie Angel es ihr beigebracht hatte.

»Und zweitens«, sagte Vater, »hast du nichts falsch gemacht. Aber solche Dinge zu tun ist für diese Erwachsenen, die es besser wissen sollten ...«

Patience erwartete, daß er so etwas wie ›falsch‹ oder ›sündig‹ sagen würde, weil die Priester Andeutungen über verschiedenes gemacht hatten, was die Leute mit Kinderkörpern unternahmen, das sehr schlimm war.

Deshalb war sie verblüfft, als er sagte: »Verrat.«

»Verrat?« Wie sollte es den Heptarchen schaden, wenn man die Lippen einer Sklaventochter berührte?

Vater musterte sie ruhig, dann sagte er: »Ich habe beschlossen, daß du es nun wissen darfst, sonst wirst du nicht imstande sein, dich vor diesen gedankenlosen Verrätern zu schützen. Dein Großvater war bis zum Tage seines Todes Heptarch. Ich habe keine Brüder oder Schwestern.«

Sie war erst fünf. Sie wußte etwas über die Erbfolgegesetze, aber es war ihr nie in den Sinn gekommen, sie auf sich selbst anzuwenden. Vater warf einen scharfen Blick hinüber zum Wohnzimmer, wo die Sklaven lauschen würden. Alle Sklaven, außer Angel, hatte der König ausgesucht, und sie spionierten offen für ihn. Vater lächelte sie an und sagte: »Wie steht's mit deinem Geblisch?« Dann schrieb er in Geblisch auf ein Stück Papier:

Setze einen kurzen Brief an diese Person auf:
Agaranthamoi Heptest

Man hatte sie von Kindheit an im Protokoll der Namen und Titel unterwiesen. Das labyrinthische Netz aus Ordnungen, Rängen und königlicher Gunst war ihr zur zweiten Natur geworden. Dasselbe traf für sie auf alle Feinheiten der Königstitel zu. Der Nachname der regierenden Heptarchenfamilie begann immer mit Hept; der Vorname einer Person königlichen Geblüts begann immer mit Agaranth.

Außerdem wußte sie, daß nur der regierende Heptarch den Nachnamen Heptest tragen durfte und daß Agaranthamoi ›ältester Sohn und einziges Kind‹ bedeutete. Folglich bezeichnete Agaranthamoi Heptest definitionsgemäß den Heptarchen, der keine Brüder oder Schwestern hatte. Da Oruc, der regierende Heptarch, verschiedene Geschwister hatte, lautete sein Herrschername Agaranthikil. Diesen Namen konnte er nicht gut tragen, und andere lebende Personen *außer* Oruc bei dem Nachnamen Heptest zu nennen, war Verrat.

Aber die Prüfung bestand nicht bloß darin, die Bedeutung des Namens zu entschlüsseln, wußte sie. Vater hatte ihr gerade mitgeteilt, daß ihr Großvater sein ganzes Leben lang regierender Heptarch gewesen, und Vater sein einziges Kind war.

Deshalb war Agaranthamoi ein vollkommen angemessener Name für ihn. Vater sagte ihr damit, daß er der rechtmäßige König von Korfu war.

Also schrieb sie einen kurzen Brief:

Agaranthamoi Heptest, Lord und Vater:
Deine unwürdige Tochter bittet Dich, diskret
zu sein, denn Deinen Namen auszusprechen,
bedeutet den Tod.
Ergebenst, Agaranthemem Heptek.

Ihre Hand zitterte, als sie zum erstenmal mit diesem seltsamen Namen unterschrieb. Agaranthemem bedeutete ›älteste Tochter und einziges Kind‹. Heptek bedeutete ›Erbin des regierenden Heptarchen‹. Es war ein ebenso verräterischer Name wie der, den ihr Vater niedergeschrieben hatte. Aber es war ihr wahrer Name. Irgendwie war ihr Vater im Laufe der Geschichte seines Thrones beraubt worden, und sie ihres Platzes als Erbin. Es war eine erdrükkende Last für ein Kind von fünf Jahren. Aber sie war Patience, die Ausdauernde, Tochter von Lord Peace und Schülerin von Angel dem Fast-Weisen, und in den acht Jahren, die seitdem verstrichen waren, hatte sie keinen dieser beiden Namen je ausgesprochen oder auch nur irgend jemandem durch Wort oder Tat den geringsten Hinweis darauf gegeben, daß sie ihren wirklichen Rang und ihr natürliches Geburtsrecht kannte.

Vater verbrannte das Papier mit ihrem Namen darauf und verstrich die Asche zu Staub. Seit jenem Tag hatte Patience ihren Vater unablässig beobachtet und herauszufinden versucht, welche Bedeutug sein Leben hatte. Denn König Oruc hatte keinen treueren und ergebeneren Sklaven als Lord Peace, den Mann, der Heptarch sein sollte.

Selbst privat, selbst wenn keiner sie hören konnte, sagte ihr Vater oft zu ihr: »Kind, König Oruc ist der beste Heptarch, auf den die Welt zu diesem Zeitpunkt hoffen kann. In den fünftausend Jahren, seit das Sternenschiff erstmals Menschen auf die Welt Imakulata gebracht hat, war es nie so wichtig, einen König auf seinem Thron zu erhalten, wie es heute wichtig ist, König Oruc zu erhalten.«

Er meinte es so. Er tat alles, was er konnte, um ihr zu beweisen, daß er es so meinte.

Sie litt unaussprechliche Qualen bei dem Versuch herauszufinden, weshalb Vater einem Mann, der Macht ausübte und Ehrungen erfuhr, die von Rechts wegen Lord Peace zustehen sollten, soviel Liebe und Treue entgegenbrachte. War Vater so schwach, daß er nicht einmal nach dem zu greifen vermochte, was eigentlich ihm gehörte?

Einmal, als sie zehn Jahre alt war, deutete sie ihm gegenüber an, wie sehr sie diese Frage verwirrte. Und seine einzige Antwort bestand darin, ihr den Finger auf die Lippen zu legen, nicht wie manche Verräter es getan hatten, um den segensreichen Kuß vom Mund der Königstochter zu empfangen, sondern um sie zum Schweigen zu bringen.

Dann sagte er, indem er ihr tief in die Augen blickte, zum erstenmal: »Der König hat nur das Wohl des Königshauses im Sinn. Aber das Königshaus ist die ganze Welt.«

Das war die einzige Antwort, die sie je von ihm bekam. Aber in all den Jahren, die seitdem verstrichen waren, hatte sie zu verstehen begonnen, was er meinte. Daß der Heptarch, der wahre Heptarch, immer zum Wohl der ganzen Welt handelte. Andere Lords konnten handeln, um ihr Herrscherhaus zu erhalten oder sich selbst zu bereichern, aber der wahre Heptarch würde sogar das Haus derer von Heptagon aufgeben und einen Usurpator in Heptam, der Hauptstadt von Korfu, herrschen lassen – wenn so etwas aus unerfindlichen Gründen zum größeren Wohl der ganzen Welt war.

Was sie nie verstehen konnte, war, wie die Verdrängung ihres Vaters von seinem rechtmäßigen Platz irgend jemandem dienlich sein sollte. Denn als sie erfahrener und geschickter in den Künsten der Diplomatie und Verwaltung wurde, die großen öffentlichen Ratsversammlungen verfolgte und von den heiklen Verhandlungen und Kompromissen hörte, die dem Haus derer von Heptagon noch mehr Macht einbrachten, sah sie klar und deutlich, daß der brillanteste Geist, die Haupttriebfeder hinter den Bemühungen, König Orucs Stellung in Korfu zu festigen, Lord Peace war.

Wie immer mußte sie daraus schließlich die Folgerung ziehen, daß ihre Ausbildung unvollständig war. Daß sie eines Tages, wenn sie nur genügend lernte und genügend nachdachte, schon verstehen würde, was Vater damit beabsichtigte, daß er den Usurpator an der Macht erhielt.

Nun ging sie ein Problem jedoch nicht mehr so theoretisch an. Sie war dreizehn Jahre alt, viel jünger als das Alter, in dem eine diplomatische Laufbahn gewöhnlich begann, und König Oruc hatte sie zu sich gerufen, damit sie ihre Dienste aufnahm. Es war so offensichtlich eine Falle, daß sie beinahe glaubte, seine Absichten seien unschuldig. Was für Gutes konnte sich für König Oruc möglicherweise daraus ergeben, daß er die rechtmäßige Erbin des Thrones in die heiklen Verhandlungen zweier Herrscherhäuser einbezog? Wie konnte es Oruc helfen, den Tassaliki daran zu erinnern, daß seine eigene Familie das Haus derer von Heptagon bloß fünfzig Jahre lang regierte? Daß es eine heiratsfähige Tochter der ursprünglichen Herrscherfamilie gab, deren Anspruch auf die Heptarchie Hunderte von Generationen zurückreichte, über fünftausend Jahre bis zum ersten Menschen, der seinen Fuß auf Imakulata setzte? Es war so verwegen, daß schwer zu glauben war, Oruc würde irgend etwas daraus gewinnen wollen, was das potentielle Risiko wieder wettmachte.

Nichtsdestoweniger. Ich werde dort hingehen, wohin mich der König befiehlt, und tun, was der König wünscht, um die Hoffnungen des Königs zu erfüllen.

Er empfing sie nicht am öffentlichen Hof. Dafür war es zu früh. Statt dessen wurde sie zu den Gemächern des Heptarchen geführt, wo der Duft der Frühstückswurst noch die Luft würzte. Oruc tat anfangs so, als würde er sie gar nicht sehen. Er war in ein hitziges Gespräch mit dem Kopf von Lady Letheko vertieft, die bis zu ihrem Tod im vorigen Jahr seine Polizeichefin gewesen war. Sie war die einzige unter den Sklaven des königlichen Haushalts, die ebensoviel von den Feinheiten des Protokolls verstand wie Lord Peace; in seiner Abwesenheit war es nicht überraschend, daß König Oruc angeordnet hatte, daß ihr Kopf aus der Sklavenhalle herübergebracht wurde, damit sie ihn während des Besuchs des tassalischen Gesandten beriet.

»Man sollte *doch* keinen Wein servieren«, beharrte Letheko. Sie bewegte ihren Mund so heftig, daß der ganze Krug zu wackeln begann. König Oruc ließ ihre Atemblase los, um dem Krug festen Halt zu geben. Sinnlos, die Flüssigkeit überschwappen zu lassen, die ihren Kopf am Leben erhielt, oder zuzulassen, daß die feinen Teppiche auf dem Boden der Kammer Flecken bekamen.

Der Luft beraubt, fuhr sie nichtsdestoweniger fort, ihren Mund zu bewegen, als wäre ihr Argument zu wichtig, um auf etwas so Nebensächliches wie ihre Stimme zu warten. Oruc fing wieder an zu pumpen.

»Außer du willst, daß sie dich voller Verachtung für einen Weinsäufer halten. Sie nehmen ihre Religion ernst, nicht wie manche Leute, die handeln, als glaubten sie, Wachsame seien bloß ...«

Wieder drosselte Oruc die Luftzufuhr. Er bedeutete dem Diener, Lethekos Kopf wegzubringen, und wandte sich an Patience. »Lady Patience«, sagte er.

»Der Heptarch ist äußerst liebenswürdig, so großmütig zur Tochter seines niedrigsten Sklaven zu sprechen.« Auf diese Weise zu reden, war reine Formalität, aber Patience hatte das Geschick ihres Vaters darin, die banalen Wendungen der diplomatischen Rede aufrichtig klingen zu lassen, als wären sie nie zuvor gesprochen worden.

»Wie reizend«, sagte König Oruc. Er wandte sich seiner Frau zu, die gerade ihr Haar bürsten ließ. »Halt deinen Spiegel höher, meine Liebe, und schau sie dir an. Ich habe gehört, sie sei ein hübsches Mädchen, aber ich hatte ja keine Ahnung.«

Die Gemahlin hob ihren Spiegel. Patience sah darin den Widerschein des puren Hasses der Frau. Patience reagierte, als sei es ein Blick der Bewunderung gewesen, errötete und schlug die Augen nieder.

»Reizend«, sagte die Heptarchengemahlin. »Aber ihre Nase ist zu lang.«

»Die Heptarchengemahlin hat recht«, sagte Patience traurig. »Das war ein Makel im Gesicht meiner Mutter, aber mein Vater hat sie trotzdem geliebt.« Vater wäre verärgert gewesen, daß sie sie, wie behutsam auch immer, an die Herkunft ihrer Familie erinnerte. Aber ihr Tonfall war so tadellos bescheiden gewesen, daß sie es nicht gut als Beleidigung auffassen konnten, und wenn die Heptarchengemahlin sie weiter zu provozieren versuchte, würde sie nur immer bäuerlicher erscheinen, selbst in den Augen ihres Gatten.

Oruc kam offensichtlich zu dem gleichen Schluß. »Dein Haar ist schön genug für die Erfordernisse des Tages«, sagte er. »Vielleicht, meine Liebe, könntest du einmal nachsehen gehen, ob Lyra fertig ist.«

Mit Genugtuung bemerkte Patience, daß sie richtig vermutet hatte, welche Tochter den Preis für den Tassali-Pakt bilden sollte. Überdies genoß sie es, die Versuche der Heptarchengemahlin mitanzusehen, fürstlich zu wirken, als sie aus dem Raum stolzierte. Erbärmlich. König Oruc hatte offensichtlich unter der Würde seines Amtes geheiratet. Dennoch konnte sie die Feindseligkeit der Heptarchengemahlin verstehen. Patiences bloßes Vorhandensein war für die Kinder der Frau bereits eine Gefahr.

Natürlich ließ sie sich vor König Oruc keinen Gedanken anmerken. Er sah nichts als ein schüchternes Mädchen, das darauf wartete zu hören, weshalb der König sie zu sich bestellt hatte. Vor allem sah er nicht, wie angespannt sie war, und daß sie sein Gesicht so aufmerksam musterte, daß ihr jede verstreichende Sekunde wie eine volle Minute vorkam und jede noch so winzige Bewegung seiner Braue oder Lippe wie eine großartige, pompöse Gebärde schien.

Rasch erzählte er ihr, was sie bereits herausgefunden hatte, und schloß mit dem Befehl, den sie erwartet hatte: »Ich hoffe, du wirst bereit sein, den Kindern bei der Verständigung zu helfen. Du sprichst fließend tassalisch, und die arme Lyra kann keine zehn Worte davon.«

»Ihr tut mir mehr Ehre an, als ich ertragen kann«, sagte Patience. »Ich bin nur ein Kind und habe Angst, meine Stimme in so gewichtige Geschäfte einzubringen.«

Sie tat, was ein treuer Sklave, wie ihr Vater sagte, tun mußte: den König warnen, wenn der von ihm gewählte Weg besonders gefährlich schien.

»Du kannst die Ehre ertragen«, sagte er trocken. »Du und Lyra, ihr habt als Kinder zusammen gespielt. Es wird ihr viel angenehmer sein, und ohne Zweifel auch dem Prinzen, wenn ihr Dolmetscher ein Kind ist. Wahrscheinlich werden sie offener sein.«

»Ich werde mein Bestes tun«, sagte Patience. »Und ich werde mir jedes Wort merken, damit ich aus meinen Fehlern lernen kann, wenn Ihr mich anschließend darauf aufmerksam macht.«

Sie kannte ihn nicht gut genug, um seinen ruhigen Gesichtsausdruck lesen zu können. Hatte er sie in Wirklichkeit gebeten, Lyra und dem tassalischen Prinzen nachzuspionieren? Und falls ja, verstand er ihr Versprechen, anschließend von allem, was sie gesagt hatten, zu berichten? Habe ich ihm gefallen oder ihn beleidigt, zuviel in seine Befehle hineingelesen oder nicht genug?

Er bedeutete ihr mit der Hand, daß sie entlassen war; sofort erkannte sie, daß man sie jetzt noch nicht entlassen konnte. »Mylord«, sagte sie.

Er hob eine Braue. Es war anmaßend, seine erste Begegnung mit dem König verlängern zu wollen, aber wenn ihre Gründe gut genug waren, würde ihr das in seinen Augen nicht weiter schaden.

»Ich habe gesehen, daß Ihr den Kopf von Lady Letheko hier hattet. Darf ich ihr einige Fragen stellen?«

König Oruc wirkte verärgert. »Dein Vater hat mir erzählt, du seist als Diplomatin ausgebildet.«

»Ein Teil der Ausbildung als Diplomatin«, sagte sie leise, »besteht darin, mehr Antworten zu bekommen als man für unbedingt erforderlich hält, so daß man sich, wenn es zu spät ist, niemals wünscht, nur eine einzige Frage mehr gestellt zu haben.«

»Laßt sie mit Lethekos Kopf sprechen«, sagte Oruc. »Aber nicht hier drin. Ich habe für einen Morgen genug von ihrem Geschwätz gehört.«

Sie gaben ihr nicht einmal einen Tisch, so daß Lady Lethekos Behälter direkt auf dem Boden der Halle stand. Aus Höflichkeit stieg Patience aus ihrem Rock und setzte sich mit überkreuzten Beinen auf den Boden, damit Letheko nicht zu ihr hinaufzusehen brauchte.

»Kenne ich dich?« fragte Lethekos Kopf.

»Ich bin nur ein Kind«, sagte Patience. »Vielleicht bin ich dir nicht aufgefallen.«

»Du bist mir aufgefallen. Dein Vater ist Peace.«

Patience nickte.

»Sieh an. König Oruc hält also so wenig von mir, daß er Kinder meine Schafsblasenlunge pumpen und in dieser schäbigen Halle schrill meine Stimme ertönen läßt. Genausogut könnte er mich zur Gemeindehalle am Rande der Marschen hinausschicken und zulassen, daß Bettler mich um die Protokolle der Gosse angehen.«

Patience lächelte schüchtern. Sie hatte Letheko früher schon viele Male in dieser Laune gehört und wußte, daß ihr Vater darauf immer so reagierte, als würde die alte Dame ihn necken. Es funktionierte bei ihr ebenso, wie es bei ihrem Vater funktioniert hatte.

»Du bist ein Teufelsmädchen«, sagte Letheko.

»Das sagt mein Vater auch immer. Aber ich habe Fragen, die nur du beantworten kannst.«

»Was bedeutet, daß dein Vater nicht in King's Hill ist, sonst würdest du *ihn* fragen.«

»Ich soll die Dolmetscherin zwischen Lyra und Prekeptor bei ihrer ersten Begegnung sein.«

»Du sprichst tassalisch? Oh, natürlich, Peaces Tochter würde alles können.« Sie seufzte lang und theatralisch, und Patience ließ ihr den Willen, indem sie ihr eine Menge Luft zum Seufzen gab. »Ich war immer verliebt in deinen Vater, weißt du. Zweimal war er verwitwet und hat mir doch nie angeboten, hinter der Statue des Sternenschiffkapitäns in der Knochenstraße übereinander herzufallen. Ich war nicht immer so, weißt du.« Sie kicherte. »Hatte einen prächtigen Körper.«

Patience lachte mit ihr.

»Also, was willst du wissen?«

»Die Tassaliki. Es sind Gläubige, das weiß ich, aber was heißt das in praktischer Hinsicht? Was könnte Prekeptor beleidigen?«

»Nun, scherze nicht darüber, hinter der Statue des Sternenschiffkapitäns übereinander herzufallen.«

»Sie glauben nicht, daß *er* Kristos war, stimmt's?«

»Sie sind Beobachter, nicht Erinnerer. Sie glauben nicht, daß Kristos je nach Imakulata gekommen ist, aber sie halten jeden Tag danach Ausschau, daß er kommt.«

»Wachsame?«

»Gott beschütze uns vor den Wachsamen. Aber ja, beinahe. Natürlich organisierter. Sie glauben beispielsweise an den Krieg. Als Sakrament. Ich beobachte nur, weißt du, Theologie interessiert mich nicht.«

»Warne mich vor allem, wovor ich gewarnt werden muß.«

»Dann hör auf zu pumpen.«

Patience hörte auf, Luft zu pumpen, und streckte sich vor dem abgetrennten Kopf aus, um seine Lippen lesen und die Lautfetzen auffangen zu können, die ein unbeatmeter Mund hervorbringen kann.

»Du bist in ernster Gefahr. Sie glauben, daß die siebente siebente siebente Tochter Kristos bringen wird.«

Patience war nicht sicher, ob sie richtig gehört hatte. Die Wendung sagte ihr nichts. Sie ließ zu, daß ihr Gesicht ihre Verwirrung zeigte.

»Hat dir das keiner erzählt?« fragte Letheko. »Gott steh dir bei, Kind. Eine uralte Prophezeiung – manche sagen, so alt wie der Sternenschiffkapitän – besagt, daß die siebente siebente siebente Tochter die Welt retten wird. Oder sie vernichtet. Die Prophezeiung ist vage.«

Die siebente siebente siebente Tochter. Was, in aller Welt, sollte das heißen?

»Siebenmal siebenmal sieben Generationen seit dem Sternenschiffkapitän. Irena war die erste. Du bist die 343. Heptarchin.

Patience bedeckte Lethekos Lippen mit den Fingern, um sie davon abzuhalten, solchen Verrat zu äußern.

Letheko lächelte in größter Belustigung. »Was, glaubst du, können sie mir antun? Mir den Kopf abschlagen?«

Aber Patience war keine Närrin. Sie wußte, daß man Köpfe grausamer und mit weniger Aufwand foltern konnte, als es je bei einem lebenden Menschen möglich gewesen wäre. Wäre sie klug, würde sie dieses gefährliche Gespräch mit Letheko sofort abbrechen. Aber sie hatte noch nie von dieser Prophezeiung gehört. Es war eine Sache, zu wissen, daß sie sich in der gefährlichen Lage befand, ein möglicher Anwärter auf den Thron zu sein. Aber jetzt zu wissen, daß jeder wahre Gläubige in jeder Menschennation auf der Welt sie für die Erfüllerin einer Prophezeiung hielt – wie hatte Vater sie so lange Jahre einfach weitermachen lassen können, ohne ihr zu sagen, wofür andere sie hielten?

Letheko war noch nicht fertig. »Als du geboren wurdest, bildeten hunderttausend Tassaliki eine Freiwilligenarmee, um Korfu zu überrennen und dich auf den Thron zu setzen. Das haben sie nicht vergessen. Falls du den Tassaliki auch nur die vage Hoffnung machst, dich ihnen anzuschließen, würden sie einen heiligen Krieg erklären und in so großer Zahl und mit so großer Heftigkeit über Korfu herfallen, wie wir es seit der letzten Geblinginvasion nicht mehr erlebt haben. König Oruc ist wahnsinnig, dich mit einem jungen tassalischen Prinzen, der seine Männlichkeit beweisen will, in denselben Raum zu sperren.«

Wieder bedeckte Patience Lethekos Mund, um ihre Rede zu unterbrechen. Dann stemmte sie sich auf ihren Händen hoch, beugte sich vor und küßte den verschrumpelten Kopf auf die Lippen. Die Säfte in dem Behälter stanken faulig, aber Letheko hatte großes Leid riskiert, um ihr etwas erheblich Wichtigeres zu verraten, als wie man sich in

Gegenwart eines frommen tassalischen Prinzen angemessen verhält. Träge schwappte ein wenig Wasser im Behälter. Eine Träne trat der alten Frau in den Augenwinkel.

»Wie viele Male«, murmelte Letheko, »wollte ich dich in meine Arme nehmen und ausrufen: meine Heptarchin, Agaranthemem Heptek.«

»Und hättest du es getan«, wisperte Patience, »wäre ich bereits tot, und du auch.«

Letheko grinste irre. »Aber ich *bin* es doch.« Patience lachte und gab Letheko Luft, damit sie laut auflachen konnte. Dann rief sie den Scharfrichter, um die alte Dame wieder in die Sklavenhalle zurückbringen zu lassen.

Patience ging durch die großen Gemächer des Hofes und sah die Leute auf ihren Besorgungen dort in einem anderen Licht. Die meisten von ihnen trugen natürlich Kreuze, aber das war so üblich. Wie viele von ihnen waren Gläubige? Wie viele waren Beobachter oder sogar heimliche Wachsame, die verrückte Gedanken darüber hegten, daß sie die menschliche Rasse retten – oder vernichten – würde, und nur darauf warteten, daß Kristos nach Imakulata käme? Wichtiger noch: Wie viele von ihnen waren bereit, bei dem Versuch zu sterben, König Oruc zu stürzen und Peace wieder als Herren, und Patience als seine Tochter und Erbin in das Haus derer von Heptagon einzusetzen?

Und als Gedanken an blutige Aufstände durch ihren Kopf trieben, gewann die ruhige Stimme ihres Vaters wieder die Oberhand und sagte, durch hundert Erinnerungen hindurch: »Deine erste Verantwortung gilt dem größten Wohl der ganzen Welt. Erst wenn das gesichert ist, kannst du dich privaten Neigungen, Annehmlichkeiten und Machtgelüsten hingeben. Das Königshaus ist die ganze Welt.«

Wenn sie die Art Frau war, die Korfu und Tassali in einen blutigen Religionskrieg stürzte, war sie zu selbstsüchtig und machtbesessen, um als Heptarchin zu dienen. Eine Million Menschen konnten sterben. Vielleicht mehr.

Wie konnte man aus einem solchen Ozean des Blutes je wieder an die Oberfläche steigen?

Kein Wunder, daß Vater es ihr niemals erzählt hatte. Es war eine schreckliche Versuchung, eine, der sie nie hätte widerstehen können, als sie noch jünger war.

Ich bin immer noch jung, dachte sie. Und König Oruc sperrt mich mit Prekeptor und Lyra allein in einen Raum. Wir könnten tassalisch reden, und keiner würde uns verstehen. Wir könnten Pläne schmieden. Ich könnte Verrat begehen.

Er prüft mich. Er will wissen, ob ich ihm treu ergeben bin oder nicht. Ohne Zweifel hat er es sogar so eingerichtet, daß Letheko zur Verfügung stand, damit ich von ihr erfahren konnte, was sie mir, wie er sicherlich wußte, erzählen würde. Mein Leben und möglicherweise das Leben meines Vaters liegt jetzt in meinen eigenen Händen.

Aber Vater würde sagen: Was ist schon dein Leben? Was ist mein Leben? Wir haben nur dadurch eine Existenzberechtigung, daß wir dem Königshaus dienen. Und er würde *nicht* sagen, obwohl ich mich daran erinnern würde: Das Königshaus ist die ganze Welt.

Patience versuchte herauszufinden, ob die Welt sie lebendig oder tot am meisten brauchte. Aber sie wußte, daß dies keine Entscheidung war, die sie imstande war zu treffen, noch nicht, nicht jetzt. Sie würde versuchen, am Leben zu bleiben, weil es unvorstellbar war, etwas anderes zu tun. Und am Leben zu bleiben, erforderte völlige, absolute Treue gegenüber König Oruc. Sie durfte sich nicht einmal den Anschein geben, einen Plan zur Thronübernahme auch nur zu erwägen.

Eines war sicher. Nachdem dies vorbei wäre, wenn sie es durchstand, würden Vaters und Angels einfache kleine Prüfungen sie nie mehr ängstigen.

2 Mutter Gottes

Lyra wartete im Garten des Hauses derer von Heptagon. Offenbar hatte ihre Mutter sie angekleidet. Ihr Kleid war eine bizarre Mischung aus Keuschheit und Verlockung, sittsam vom Hals bis zum Boden mit nur dem Hauch einer Borte an Hals und Handgelenken. Aber der Stoff war durchscheinend, so daß immer, wenn sie von hinten beleuchtet wurde, sich ihre sinnliche Gestalt perfekt abzeichnete.

»O Patience, ich war so froh, als Vater sagte, daß du für mich dolmetschen könntest. Ich habe ihn tagelang darum gebeten, und schließlich hat er nachgegeben.«

Konnte es sein, daß ihre Anwesenheit hier nur das Ergebnis von Lyras Bitten war? Unmöglich – Oruc war ein zu starker Mann, um zuzulassen, daß seine Töchter seinen Thron aus einer Laune heraus in Gefahr brachten.

»Ich bin froh, daß er es tat«, sagte Patience. »Es wird mir leid tun, falls du Heptam verläßt, aber wenigstens kann ich dir sagen, ob ich es gutheiße.«

Dies war offensichtlich ein Witz, gesprochen von einer dreizehnjährigen Sklavin der Tochter des Heptarchen, aber Lyra war so angespannt, daß sie die Unangemessenheit der Bemerkung nicht wahrnahm. »Ich hoffe, du tust es. Und, oh, falls du etwas in ihm siehst, was ich nicht sehe, bitte, laß es mich wissen. Ich möchte Vater so sehr einen Gefallen tun, indem ich diesen Prinzen heirate, aber wenn er wirklich gräßlich ist, kann ich's unmöglich tun.«

Patience ließ sich von der Verachtung, die sie empfand, nichts anmerken. Man stelle sich vor – eine Tochter vom Blut des Sternenkapitäns, die auch nur daran denkt, sich einer Heirat zu verweigern, nicht aus Standesgründen, sondern weil sie den Freier unattraktiv fand. Sein persönliches Gutdünken über das Wohl des Königshauses zu stellen, war ein Beweis für Untauglichkeit. Du solltest draußen auf einem Landsitz leben, sagte sich Patience insgeheim, die Tochter eines Landlords sein, zu Tanzveranstaltungen auf dem Lande gehen und mit deinen Freundinnen darüber kichern, welcher der Landburschen die wenigsten Pickel und den erträglichsten Atem hat.

Weder ihre Worte noch ihr Gesicht zeigten ihre wahren Gefühle. Statt dessen machte sie sich zu einem perfekten Spiegel und gab Lyra genau das zurück, was Lyra sehen und hören wollte. »Er wird nicht gräßlich sein, Lyra. Die Verhandlungen wären nie so weit gediehen, wenn ihm ein zweiter Kopf aus der Schulter wüchse.«

»Keinem wächst mehr ein zweiter Kopf«, sagte Lyra. »Dagegen gibt's jetzt einen Impfstoff.«

Armes Kind, dachte Patience. Gewöhnlich war sie klug genug, um eine so offensichtliche Ironie zu verstehen.

Es schien Patience nicht unpassend, daß sie von Lyra, die drei Jahre älter war als sie, als Kind dachte. Lyra war verhätschelt und verzogen worden, und trotz ihres Körpers, der das Gegenteil zu beweisen schien, war sie noch keine Frau. Tausendmal während ihrer gemeinsamen Kinderjahre in King's Hill hatte sich Patience gewünscht, nur eine Nacht in dem weichen Bett einer der Heptarchentöchter verbringen zu dürfen. Aber jetzt, da sie das armselige Ergebnis einer schonungsvollen Erziehung sah, dankte sie insgeheim ihrem Vater für den kalten Raum, das harte Bett, das einfache Essen, die endlosen Studien und Übungen.

»Du hast natürlich recht«, sagte Patience. »Darf ich dich küssen, um dir Glück zu wünschen?«

Zerstreut hielt Lyra ihr die Hand hin. Patience kniete vor ihr nieder und küßte ehrerbietig Lyras Fingerspitzen. Sie hatte schon vor Jahren gelernt, welche besänftigende Wirkung eine solche Huldigung auf Orucs Töchter hatte. Wie Angel immer sagte: Deine eigene Erniedrigung ist die beste Schmeichelei.

Die gegenüberliegende Tür zum Garten öffnete sich. Ein weißer Falke flog durch die Tür ins Freie hinaus. Er stieg sofort auf und kreiste. Ein weißer Singvogel, der bereits auf einem niedrigen Zweig hockte, begann süß zu singen. Lyra schrie leise auf und verbarg ihren Mund hinter der Hand, denn es war offensichtlich, daß der Falke ihn gesehen hatte. Er stürzte sich nach unten unmittelbar auf den Singvogel zu …

Und wurde von der raschen Bewegung eines Netzes eingefangen. Er kämpfte, doch der junge Falkner, der den Falken eingefangen hatte, langte geschickt an dem hackenden Schnabel vorbei und holte den Vogel kopfunter aus dem Netz. Der Falkner war ganz in Weiß gekleidet, ein perfektes, blendendes Weiß, das den Augen wehtat, als die Sonne sich darin brach. Er pfiff; die Tür öffnete sich hinter ihm, und zwei Diener kamen heraus, die einen Käfig trugen. Innerhalb weniger Sekunden hatte der Falkner die beiden Vögel in die Käfige gesteckt.

Während alledem hatte der Singvogel keinen Ton von sich gegeben. Offenbar, dachte Patience, hat sich diese Szene schon so oft wiederholt, daß der Singvogel seine Furcht vor dem Falken verloren hat.

Dann sah sie genauer hin und erkannte, daß der Singvogel ganz im Gegenteil völlig gelassen blieb, weil er blind war. Man hatte ihm die Augen herausgenommen.

Die Diener traten an die Tür zurück, während der Falkner vor Lyra auf die Knie sank und auf tassalisch zu sprechen begann.

»Me kia psole o ekeiptu«, wisperte er.

»So werde ich Euch stets vor dem Räuber beschützen«, sagte Patience. Ihre Tonlage war so weit wie möglich ein perfektes Abbild der Prekeptors.

»Es war hinreißend«, sagte Lyra. »Das Lied und Ihr, die Ihr den Vogel gerettet habt.«

»Iptura oeenue«, sagte Patience und ahmte Lyras atemloses Entzücken nach. »Oeris, marae i kio psolekte.«

»Oh, du klingst genau wie ich«, wisperte Lyra.

Wieder sprach Prekeptor, und Patience übersetzte. »Ich habe der Heptarchentochter ein Geschenk mitgebracht.«

Er streckte seine Hand aus. Ein Diener legte ein Buch darauf. »Ein Exemplar des Testaments von Irena, der Tochter des Sternenschiffkapitäns«, sagte er.

Er hielt Patience das Buch hin. Patience war verärgert, weil es für den Freier angemessener gewesen wäre, die Dolmetscherin zu ignorieren und das Buch seiner Zukünftigen direkt in die Hand zu geben. Aber vielleicht war es in Tassali die Aufgabe von Dienern, intime Geschenke zwischen Liebenden zu überbringen. Es gab seltsame Sitten.

Lyra tat so, als wäre sie begeistert, als Patience ihr das Buch gab. Leise wies Patience sie darauf hin, daß die Seiten des Buches aus unbehandelten Blättern bestanden, die so perfekt gleichförmig und gleich groß gewachsen waren, daß man sie nicht erst hätte zuschneiden müssen, um ein perfektes Buch zu erhalten. »Es kostet viel Mühe, die Blätter zu züchten«, sagte Patience. Sie wies nicht darauf hin, daß es eine so törichte Zeitverschwendung war, wie sie sich nur eine denken konnte, da behandelte Blätter viel besser zu beschriften waren und auch länger hielten.

»Oh«, sagte Lyra. Und sie brachte es fertig, eine anmutige Dankesrede zu formulieren.

»Denkt nicht, daß ich mich mit meiner Beherrschung der Pflanzenzucht brüsten will«, gab der Prinz zurück. »Man hat oft gesagt, daß die Pflanzen und Tiere von Imakulata zu verstehen scheinen, welche Eigenschaften wir zu entwickeln versuchen, und sie sich selbst verändern, um mit uns zusammenzuarbeiten. So wie ich froh sein werde, genau das zu tun, was die Heptarchentocher von mir verlangt.«

Patience wurde immer unbehaglicher zumute wegen der Art, wie Prekeptor beim Sprechen unmittelbar sie statt Lyra ansah. Der Dolmetscher ist ein Möbelstück; jedem Diplomaten wird das beigebracht. Nur Tassaliprinzen offenbar nicht.

Prekeptor tischte noch ein weiteres Geschenk auf. Es war eine schmale Glasrute, hohl und mit fließendem Licht gefüllt. Sogar im hellen Tageslicht glühte sie; als er sie mit der Hand beschattete, begann sie deutlich zu strahlen. Wieder lächelte er bescheiden und hielt eine kleine Rede über sein eigenes armseliges Geschick im Zuchtwesen. »Gäbe es noch Weise auf der Welt, hätte ich dies erheblich rascher herstellen können, indem ich das Genmolikül veränderte, aber es sieht ganz so aus, als hätte ich das große Schiffsesserkraut in etwas recht Nützliches verwandelt.« Er lächelte. »Ihr könnt das Testament im Bett lesen, nachdem Euer Vater Euch befohlen hat, die Kerzen auszublasen.«

»Ich lese nie im Bett«, sagte Lyra verwirrt.

»Es war nur ein Scherz«, sagte Patience. »Lächle wenigstens.«

Lyra lachte. Zu laut, aber anscheinend *versuchte* sie, dem Burschen zu gefallen. Und aus offensichtlichen Gründen. Seine weiße Kleidung zeigte einen Körper, der geschmeidig und kräftig war; sein Gesicht hätte für ein Standbild des Mutes, der Männlichkeit und Tugend als Modell dienen können. Wenn er lächelte, strahlten seine Augen Liebe aus. Und Lyra entging nichts davon.

Nur daß Prekeptor den Blick nie von Patience abwandte. Und jetzt wurde ihr bewußt, was für ein gefährliches Spiel der Prinz mit ihr trieb.

»Die Heptarchentochter wird feststellen, daß die Prophezeiungen der Freude im Testament zu ihren Lebzeiten alle erfüllt werden«, sagte Prekeptor. Patience übersetzte pflichtgetreu, erkannte nun aber auch, daß der Prinz jedes Wort zu ihr sprach, der *wahren* Heptarchentochter, so daß alles eine doppelte Bedeutung bekam. Ohne Zweifel enthielten die Prophezeiungen im Testament einiges von dem faulen Zauber der siebenten siebenten siebenten Tochter. Er drängte Patience dazu, die Prophezeiungen anzuerkennen.

Der Prinz hatte noch ein drittes Geschenk. Es war ein Plastikfutteral, in das die Glasrute hineingehörte. Im Inneren des Futterals befanden sich ständig durcheinanderfließende Ströme aus grellbunten, aber durchsichtigen Tieren. Mit dem Licht darin war der Anblick faszinierend und wunderschön. Prekeptor reichte ihn Patience.

»Die Heptarchentochter wird sehen, daß man es, wenn sie will, wie eine Krone tragen kann, damit alle Welt es sieht und bewundert«, sagte der Prinz. »Es ist wie die

Zukunft – man kann jede Farbe wählen und ihr folgen, wohin immer sie weist. Wenn die Heptarchentochter klug wählt, wird sie einen Weg beschreiten, der zur Wiederherstellung all dessen führt, was verloren war.«

Kaum merklich hatte er mitten in der Rede aufgehört, doppeldeutig zu formulieren. Nun sprach er ganz offensichtlich nur zu Patience und bot ihr die Wiedereinsetzung auf den Thron an.

Patience konnte Prekeptors letzten Satz nicht gut übersetzen. Lyra würde auf einer Erklärung bestehen. Doch Patience konnte ihn auch nicht aus ihrer Überzeugung herauslassen oder seine Bedeutung verändern, weil das Orucs Lauschern zeigen würde, daß sie mit dem Prinzen beim Verheimlichen seines verräterischen Angebots gemeinsame Sache machte.

Also schwieg sie statt dessen.

»Was hat er gesagt?« fragte Lyra.

»Ich habe ihn nicht verstanden«, sagte Patience. An Prekeptor gewandt, sagte sie: »Es tut mir leid, daß meine Kenntnis des Tassalischen so gering ist, aber ich kann nicht alles verstehen, was über diesen Gegenstand gesagt wurde. Ich bitte den Prinzen, sich auf Themen zu beschränken, die diese arme Dolmetscherin verstehen kann.«

»Ich verstehe«, antwortete er lächelnd. Seine Hände zitterten. »Auch ich empfinde Furcht hier im Herzen des Hauses derer von Heptagon. Was du nicht weißt, ist, daß alle aus unserer Gruppe ausgebildete Soldaten und politische Attentäter sind. Sie sind darauf vorbereitet, in die tiefsten Winkel des Hauses derer von Heptagon vorzudringen, um deine Feinde zu vernichten.«

Alles, was Patience darauf antwortete, konnte ihr Todesurteil bedeuten. Schließlich war sie selbst als Attentäterin ausgebildet worden, und sie wußte, daß, wenn Prekeptors Plan irgendeine Aussicht auf Erfolg gehabt hatte, er ihn gerade zunichtegemacht hatte, indem er ihn im offenen Garten laut aussprach. Ohne Zweifel wurden jetzt überall im Haus derer von Heptagon sämtliche Tassaligesandten unweigerlich in Arrest genommen, mit den Worten ihres Prinzen als Anklage. Daß er nicht wußte, daß er hier im Garten belauscht wurde, sagte Patience, daß Prekeptor ein zu großer Narr war, um ihm ihr Leben anzuvertrauen.

Aber es gab nichts, was sie sagen konnte, um ihm Einhalt zu gebieten und selbst ungeschoren davonzukommen. Wenn sie sagte, ich habe keine Feinde hier im Haus derer von Heptagon, gab sie zu, daß er irgendwie recht damit hatte, sie die Tochter des Heptarchen zu nennen. Sie mußte weiter so tun, als habe sie keine Ahnung, weshalb er zu ihr sprach, und als verstünde sie das einfach gesprochene Tassalisch nicht. Es war unwahrscheinlich, daß jemand ihr glauben würde, aber es war auch nicht notwendig, daß jemand das tat. Es war bloß notwendig, Oruc die Möglichkeit offenzuhalten, daß er so *tun* konnte, als glaubte er ihr. Solange sie beide so tun konnten, als wüßte sie nicht, daß sie die rechtmäßige Heptarchentochter war, konnte man ihr erlauben zu leben.

Also legte sie ihre verdutzteste Miene auf und sagte: »Tut mir leid, ich fürchte, ich komme nicht ganz mit. Ich dachte, ich würde gut genug tassalisch sprechen, aber jetzt sehe ich, daß es nicht reicht.«

»Was sagt er?« fragte Lyra. Sie klang besorgt. Sie hatte auch allen Grund dazu, da Prekeptor, weit davon entfernt, sie heiraten zu wollen, gekommen war, um ihren Vater und ohne Zweifel auch sie zu töten.

»Tut mir leid«, sagte Patience. »Ich verstehe fast gar nichts.«

»Ich dachte, du sprichst es fließend.«

»Das dachte ich auch.«

»Mutter des Kristos«, wisperte Prekeptor. »Mutter Gottes, weshalb siehst du nicht die Hand Gottes in meinem Kommen? Ich bin der Engel, der vor der Tür steht und anklopft. Ich verkündige dir: Gott wird deinen Leib füllen.«

Seine Worte waren schon furchterregend genug, aber die

Inbrunst, mit der er sie aussprach, entsetzte sie. Welche Rolle dachte er ihr in seiner Religion zu? Mutter Gottes – das war die alte Jungfrau der Erde, und doch nannte er sie so, als wäre es *ihr* Name.

Noch immer ließ sie sich nichts von der Überraschung anmerken, die sie empfand. Sie behielt ihre leicht verdutzte Miene bei.

»Heilige Mutter, siehst du nicht, wie Kristos den Pfad für sein Kommen bereitet hat?« Er trat einen Schritt auf sie zu. Sofort verhärtete sich ihr Ausdruck, und er blieb stehen, wich zwei Schritte zurück. »Einerlei, was du denkst, Gott ist unwiderstehlich«, sagte er. »Er hat siebenmal siebenmal sieben Generationen geweiht, um dich zu erschaffen, die gebenedeite Mutter der Inkarnation des Kristos auf dem Planeten Imakulata. Das ist mehr als die Anzahl der Generationen damals zur Zeit der Jungfrau auf Erden.«

Sie setzte wieder ihre hilflose, verdutzte Miene auf, während sie versuchte, einen Plan zu entwickeln, was zu tun sei. In gewisser Hinsicht entsprach dies einem von Angels Lieblingsspielen. Er gab ihr immer ein kompliziertes mathematisches Problem – mündlich, so daß sie keine geschriebene Hilfe hatte, die ihr die Konzentration erleichterte –, dem er unmittelbar darauf eine komplizierte Geschichte folgen ließ. Fünf Minuten oder zehn Minuten oder eine halbe Stunde später endete die Geschichte. Sofort verlangte er dann die Antwort auf das mathematische Problem. Wenn sie es beantwortet hatte, pflegte er sie zu bitten, ihm die ganze Geschichte zu erzählen. Im Detail. Im Laufe der Jahre war sie eine Meisterin darin geworden, sich auf zwei Sachen gleichzeitig zu konzentrieren. Natürlich hatte bisher niemals ihr Leben vom Ausgang des Spieles abgehangen.

»Sie haben dich nicht unterrichtet, wie ich sehe. Sie haben dich über deine wahre Identität im unklaren gelassen. Gib nicht vor, meine Sprache nicht zu verstehen, denn ich weiß, daß du sie verstehst. Ich werde es dir verraten. Gott hat Imakulata als seinen göttlichsten Planeten erschaffen. Hier auf dieser Welt verlaufen die Schöpfungskräfte schnell und tief. Auf der Erde dauerte es Tausende von Generationen, bis die evolutionäre Veränderung stattgefunden hatte. Hier können wir in nur drei oder vier Generationen an jeder Spezies größere Veränderungen vornehmen. Diese Kleinigkeiten, die ich als Geschenke mitbrachte – es sind neue Spezies, und es hat nur vier Generationen gedauert, sie zu perfektionieren. Es ist, als verstünde das Genmolekül, was wir aus ihm machen wollen, und veränderte sich selbst. Dies trifft ebenso auf Spezies zu, die von der Erde kamen, wie auf die einheimischen Spezies. Nur hier auf Imakulata, Gottes Schöpfungswelt, gehorcht das Genmolekül eines jeden Wesens, das bloß ein Spiegelbild des Willens ist, dem geringsten Befehl zur Veränderung. Verbessert die vermehrte Abgabe von Licht die Möglichkeit der Pflanze zur Fortpflanzung? Dann gibt sofort jede Pflanze *viel* mehr Licht ab – sogar Pflanzen, die an dem Experiment gar nicht beteiligt waren, Pflanzen, die eine halbe Meile entfernt wuchsen. Verstehst du, was das bedeutet? Gott hat uns hier auf Imakulata einen Vorgeschmack seiner Macht gegeben.«

Patience spielte mit der Idee, den Prinzen zu töten, wies sie jedoch wieder von sich. Wäre er ein gewöhnlicher Untertan des Heptarchen gewesen, hätte es zu ihren Pflichten gehört, ihn für das, was er bereits gesagt hatte, zu töten, und wenn auch nur, weil er eine deutliche Gefahr für Lyra darstellte. Aber es zählte nicht zu den Vorrechten einer Dolmetscherin, den Erben des Throns von Tassali zu töten. König Oruc könnte es als unglückselige Einmischung in seine Außenpolitik ansehen.

»Aber sich selbst hat Gott die Aufzucht des Menschengeschlechts vorbehalten. Einzig die Menschen unter den Lebensformen auf Imakulata sind unverändert geblieben. Denn Gott lenkt die Schöpfung des Menschen. Und seine krönende Leistung bist du – denn Gott wird dich dazu bringen, Kristos zu gebären, den einzigen perfekten Menschen, der der Spiegel Gottes ist, so wie das Genmolekül der Spiegel des Willens ist, das Großhirn der Spiegel der Identität, und der Lymphknoten der Spiegel der Leidenschaft. Die Weisen dachten, daß sie sich direkt mit dem Genmolekül befassen könnten, daß sie in die Pläne Gottes eingreifen könnten, indem sie deinen Vater unfähig machten, Töchter zu zeugen, damit die Prophezeiung sich nicht erfüllen könnte. Aber Gott vernichtete die Weisen, und dein Vater zeugte eine Tochter, und du wirst den Sohn Gottes gebären, einerlei, was du oder sonst jemand zu tun versuchen werden, das zu verhindern.«

So oder so konnte Patience nicht einfach weggehen. Sie mußte eine entschiedene Zurückweisung dessen vornehmen, was er gesagt hatte, nicht bloß den Wunsch zeigen, davor wegzulaufen. Außerdem war sie nicht sicher, ob Prekeptor sie gehen lassen würde. Das Wahngebilde seines Glaubens erfüllte ihn; er zitterte, und es war so viel Feuer in ihm, daß es eine Reaktion in ihr hervorzurufen begann. Sie wagte nicht, weiter zuzuhören, aus Furcht, daß sie beginnen könnte, ihren eigenen Skeptizismus anzuzweifeln; sie wagte nicht, zu gehen; sie wagte nicht, ihn zu töten, um ihn zum Schweigen zu bringen. Daher hatte sie nur eine Wahl.

Sie langte in ihr Haar und zog behutsam die Schlinge heraus.

»Was tust du da?« fragte Lyra, der man als Kind des Heptarchen beigebracht hatte, alle bekannten Mordwaffen sofort zu erkennen.

Patience antwortete Lyra nicht. Statt dessen wandte sie sich an Prekeptor: »Prinz Prekeptor, ich glaube genug zu verstehen, um zu erkennen, daß Ihr glaubt, mein bloßes Vorhandensein irgendwie zum Anlaß nehmen zu müssen, meinen edlen Heptarchen, König Oruc, zu stürzen. Nun, da ich sehe, welche Gefahr meine bloße Existenz für den König darstellt, habe ich als wahre Dienerin des Königshauses keine andere Wahl, als mein Leben zu beenden.«

In einer raschen Bewegung warf sie sich die Schlinge um die eigene Kehle, zog sie straff und ruckte kurz daran, so daß sie sich bis zu einer Tiefe von ungefähr zwei Millimetern rings um den Hals herum einschnitt. Der Schmerz war anfangs überraschend gering. Es war kein gleichförmiger Einschnitt – an manchen Stellen war er recht tief. Und er hatte die beabsichtigte Wirkung. Sofort quoll dick wie ein grellroter Kragen Blut aus ihrem Hals hervor.

Es war beinahe komisch, den Ausdruck des Entsetzens auf Prekeptors Gesicht zu sehen. »Mein Gott!« schrie er. »Mein Gott, was habe ich getan!«

Nichts, du Narr, dachte Patience. *Ich* habe es getan. Und *dich* damit zum Schweigen gebracht. Dann kam der wirkliche Schmerz und mit ihm die Benommenheit vom plötzlichen Blutverlust. Ich hoffe, ich habe nicht zu tief eingeschnitten, dachte Patience. Ich will nicht, daß eine Narbe zurückbleibt.

Lyra schrie auf. Patience spürte, wie die Beine unter ihr wegsackten. Ah, ja. Ich muß zusammenbrechen, als würde ich sterben, dachte sie. Also ließ sie sich zu Boden sinken. Sie griff sich an die eigene Kehle – wobei sie vorsichtig die Schlinge entfernte – und war über die große Menge Blutes erstaunt, die immer noch floß. Werde ich mir nicht töricht vorkommen, wenn ich zu tief eingeschnitten habe und hier im Garten geradewegs verblute?

Prekeptor wimmerte. »Heilige Mutter, ich wollte dir keinen Schaden zufügen. Gott steh mir bei. O Herr im Himmel, der die Weisen in ihrer Blasphemie davonschickte, vergib nun diesem Narren, der sich Deinem Dienst verschrieb, und heile die Mutter Deines Sohnes ...«

Die Welt schloß sich um sie; sie konnte nur noch unmittelbar vor sich in einen Tunnel sehen. Sie sah, wie Hände auf sie zukamen, Prekeptor packten und ihn von ihr wegrissen. Sie hörte Lyras Schreien und Wimmern. Sie spürte, wie sie sanft ergriffen und hochgehoben wurde und wie jemand wisperte: »Keiner ist einem Heptarchen je so ergeben gewesen, daß er sich lieber das Leben nahm als Verrat anzuhören.«

Habe ich das getan? dachte Patience. Mir das Leben genommen?

Und dann, als sie sie in den Garten hinaustrugen, dachte sie: Ich frage mich, ob Angel meine Lösung des Problems gutheißen wird. Was die Geschichte betrifft, so erinnere ich mich an jedes Wort davon. Jedes Wort.

3 Die Attentäterin

Schon nach dem ersten Tag wurde es Patience überdrüssig, das Bett zu hüten. Besuche von Leuten, die nichts Intelligentes zu sagen hatten, machten es noch schlimmer.

»Ich denke nicht, daß eine Narbe zurückbleiben wird«, sagte Lyra.

»Würde mich nicht weiter stören«, sagte Patience.

»Das war das Mutigste, was ich je gesehen habe.«

»Gar nicht mal«, sagte Patience. »Ich wußte, daß ich nicht sterben würde. Es war der einzige Weg, ihn zum Schweigen zu bringen.«

»Was hat er denn *gesagt*?«

Patience schüttelte den Kopf. »Er war nicht der ideale Gatte für dich, glaube mir.«

Lyra blickte tief besorgt drein. Nun, sie hatte auch allen Grund dazu, dachte Patience. Vielleicht wird Lyra zum erstenmal klar, daß ihre Herrschaftsrechte durch mich in Gefahr sein könnten, wie treu ergeben ich auch immer zu sein versuche.

»Hat er versucht, dich – ich meine, mit dir – na, du weißt schon.«

Oh. Natürlich machte Lyra sich keine herrschaftlichen Gedanken. Man hatte ihr nie Verantwortung beigebracht. »Ich kann nicht darüber reden«, sagte Patience. Aber sie wandte das Gesicht ab, so daß bei Lyra der Eindruck entstehen mußte, die Antwort laute ja.

»Vor meinen Augen wollte er – aber warum du? Ich weiß, daß du hübsch bist, alle sagen es, aber *ich* bin die

Heptarchentochter ... und ich bin auch nicht häßlich. Wirklich nicht. Da bin ich sehr objektiv.«

»Die einzigen Männer, die nicht froh wären, dich zum Weib zu haben, sind die Opfer schrecklicher Beckenunfälle«, sagte Patience lächelnd.

Nach einer Weile verstand Lyra und errötete. »So darfst du nicht reden.« Aber sie fühlte sich geschmeichelt. Und jetzt, da Patience Erfolg darin gehabt hatte, sie zu überzeugen, daß sie keine Schuld an dem Vorfall traf, ging Lyra wieder.

Wenigstens kam ich gestern nicht so unwissend über die Wahrheit hierher, wie Lyra es immer noch ist. Aber eines Tages wird ihr jemand erzählen, wer ich bin und weshalb der uralte Anspruch meines Vaters von einigen als etwas begründeter angesehen wird als der Orucs. Dann wird sie verstehen, was heute wirklich geschehen war, und vielleicht erkennen, daß ich auf mein Überleben hingearbeitet habe und nicht auf meinen Tod.

Was ihr Sorgen machte, war nicht Lyras Reaktion. Es war die von König Oruc. Er war das einzige Publikum, auf dessen Wohlgefallen Patiences Aufführung abgezielt hatte. Wenn er ihre Geste als verzweifelte Anstrengung sah, ihre Loyalität zu beweisen, dann würde sie überleben. Aber wenn er wirklich glaubte, daß sie sich umzubringen versucht hatte, würde er sie für geisteskrank halten und ihr nie mehr etwas anvertrauen. Ihre Laufbahn wäre vorbei, noch bevor sie richtig angefangen hätte.

Der Arzt hatte ihre Wunde mit den Kiefern von Hunderten winziger Ohrwürmer verklammert. »Aber es sind keine gewöhnlichen Ohrwürmer«, sagte der Arzt. »Diese hier wurden gezüchtet, um eine kräftige und beständige Zangenbewegung durchzuführen, bis ich ihren Unterleib auf bestimmte Weise drücke. Sie reagieren auf deine Hautspannung und beschleunigen den Heilungsprozeß. *Ohne* Narbengewebe zu produzieren.«

»Sehr schlau«, murmelte Patience. Jeder nahm an, daß sie keine Narbe wollte. Aber sie war sich nicht so sicher. Es würde nicht weh tun, jedesmal, wenn die Leute sie sahen, eine sichtbare Erinnerung daran zu haben, wie treu ergeben sie König Oruc war. Sie war versucht, die Ohrwürmer selbst herauszudrücken oder ihre Lage zu verändern, so daß die Narbe sich kräuseln und verziehen würde. Aber nein, es wäre zu offensichtlich, wenn sie vorsätzlich dafür sorgte, daß eine Narbe zurückblieb. Es würde der Handlung etwas von ihrer Kraft nehmen.

Denn es *war* eine kraftvolle Handlung gewesen. Oruc gab ihr während der Genesung ein Ehrenzimmer im Haus derer von Heptagon, und viele Erwachsene schauten vorbei, um ihr gute Besserung zu wünschen. Wenige von ihnen waren in den diplomatischen Künsten bewandert, und so konnte sie leicht sehen, daß die meisten von ihnen zugleich angezogen und abgestoßen davon waren, wer sie war. Schließlich war sie ein junges Mädchen in der ersten Blüte der Weiblichkeit, von einem Alter, das oft Wehmut bei Erwachsenen hervorruft, die sich nach ihrer Jugend und Schönheit sehnen, obwohl sie genau wissen, daß sie nie so jung und schön gewesen waren wie sie. Außerdem war sie die wahre Heptarchentochter, die legendäre siebente siebente siebente Tochter des Sternenschiffkapitäns. Bisher hatten sie die niemals offen aufsuchen können, aus Furcht, König Orucs Argwohn zu erwecken. Aber wer konnte sie dafür kritisieren, daß sie einem jungen Mädchen Respekt zollten, das der Tochter des Königs heroische Dienste geleistet hatte?

Also empfing sie diese Menschen wenn sie einzeln oder zu zweien kamen, um ein paar Worte zu sagen und ihre Hand zu berühren. Viele von ihnen versuchten sie mit Gesten des Respekts zu berühren, die eigentlich nur der Familie des Heptarchen zustanden; sie wies diese Gesten zurück, indem sie sie geschickt durch ihre eigenen ersetzte. Stets ehrte sie ihren Besucher ausdrücklich als jemanden, der einen weit höheren Rang einnahm als sie. Manche sahen dies als eine gerissene Verkleidung, andere als wahre Demut; für Patience war es eine Frage des Überlebens.

Denn ihr fiel auf, daß Angel sie nicht besuchen kam, und daß Vater es nicht eilig hatte, nach Hause zurückzukehren. Es war undenkbar, daß sie nicht zu ihr kämen, wenn sie könnten. Daher mußte ihnen jemand verbieten zu kommen. Und der einzige, der das konnte, war König Oruc. Etwas an ihrem Auftritt hatte ihn gestört. Er war sich ihrer noch immer nicht sicher.

Schließlich hörte der Besucherstrom auf. Der Arzt kam mit zwei Sanitätern. Sanft hoben sie sie auf die Trage. Man brauchte ihr nicht zu sagen, wohin es ging. Wenn Oruc jemanden zu sich rief, gab es im Haus derer von Heptagon keine Diskussionen. Man ging einfach.

Sie setzten die Trage in Orucs Gemächern ab. Seine Gemahlin war nicht da, statt dessen aber drei unbekannte Köpfe. Sie waren ihr nicht bekannt. Dabei hatte sie genügend Zeit in der Sklavenhalle verbracht, um alle Gesichter dort kennenzulernen. Also waren es keine früheren Staatsdiener, oder sie waren für König Oruc so wichtig, daß er sie von der Sklavenhalle ferngehalten hatte, damit keiner mit ihnen sprechen konnte. Jeder Behälter mit einem Kopf stand auf seinem eigenen Tisch, mit einem Dwelfen dahinter, der eifrig die Atemblase pumpte.

»Also das ist das Mädchen«, murmelte einer von ihnen, als sie hereinkam. Weil die Dwelfen gerade nicht pumpten, gab er dabei keinen Laut von sich, aber sie sah, wie sich seine Lippen bewegten. Und obwohl sie nicht sicher war, schien ein anderer von ihnen ihren wahren Namen auszusprechen: »Agaranthemem Heptek.«

Der Arzt machte viel Aufhebens und prahlte über seine großartige Fähigkeit, ihre Wunden geheilt zu haben. Selbstverständlich ohne Narbe.

»Sehr gut, Doktor«, sagte Oruc. »Aber schließlich erwarte ich von meinen Technikern, daß sie ihre Aufgaben gut verrichten.«

Der Arzt war beleidigt, daß man ihn einen Techniker nannte, aber natürlich versuchte er seinen Ärger zu verbergen. »Vielen Dank, Lord Heptarch.«

»Keine Narbe«, sagte Oruc. Er beäugte kritisch ihren Hals.

»Nicht die geringste.«

»Aber ein Insektenband um den Hals. Ich denke, es wäre eine schwere Wahl zwischen einer Narbe und einer Kette aus Ohrwürmern.«

»Oh, nein«, sagte der Arzt. »Die Ohrwürmer kommen schon bald herunter. Aber, wenn Sie Euch mißfallen, Sir …«

Oruc blickte gequält drein. »Was du gehört hast, Arzt, war nicht meine Dummheit, sondern mein Sinn für Humor.«

»O natürlich, ich bin ja ein solcher Narr, vergebt mir, ich bin ein wenig angespannt, ich …« Und dann, als er erkannte, daß sein Geschwätz alles nur noch schlimmer machte, brach er in gekünsteltes Gelächter aus.

»Genug. Gute Arbeit. Ich empfehle dich weiter. Geh.«

Der Arzt eilte durch die Tür hinaus.

Oruc atmete ermattet aus. »Zweifellos hat die Qualität des Hoflebens seit der Flucht der Weisen stark nachgelassen.«

»Ich weiß nicht, Sir«, sagte Patience. »Ich war damals noch nicht geboren. Ich habe nie einen der Weisen gekannt.«

Oruc hob eine Braue. »Beim Himmel, ich auch nicht.« Dann schüttelte er den Kopf. »Nein, es wäre falsch, das zu sagen. Ich habe einige Weise unter den Toten gekannt.« Er brauchte gar nicht erst einen Blick auf die drei Köpfe hinter ihm zu werfen. »Und einen Weisen unter den Lebenden, einen Mann unter all meinen Dienern, der mir Ratschläge erteilt hat, die es wert waren, gehört zu werden, der sich ebensosehr um Korfu sorgt wie ich.«

»Mein Vater«, wisperte sie.

»Eine höchst unglückselige Situation, nicht wahr?« sagte Oruc. »Selbst der weiseste König benötigt guten Rat, und davon gibt es nur noch wenig auf der Welt. Ich gäbe mein halbes Königreich, um zu wissen, was aus den Weisen wurde, als sie von hier fortgingen, und wie man sie zurückholen könnte.«

Einer der Köpfe hinter ihm meldete sich zu Wort. Anscheinend pumpten die Dwelfen wieder. »Oruc, du wirst wahrscheinlich dein halbes Königkreich verlieren, weil du es *nicht* weißt.«

Ein anderer Kopf gab das Kichern eines verrückten alten Mannes von sich. »Also ist es für ihn ein guter Tausch, es aufzugeben und im Gegenzug dafür die Weisen zurückzubekommen.«

»Du weißt, wohin die Weisen gegangen sind«, sagte der dritte, ein grimmiges Gesicht ohne Zähne. »Nach Cranning. Und von *da* holt sie keiner mehr zurück.«

»Das ist das Dilemma unserer Zeit«, sagte Oruc zu Patience. »Eine erneute Geblinginvasion ist längst überfällig. Zwölfmal in siebentausend Jahren sind sie aus ihrer riesigen Stadt Cranning hervorgequollen, aus den Höhlen des Skyfoots, und jedesmal ist die ganze menschliche Zivilisation unter ihrem Ansturm zusammengebrochen. Dann kehren sie wieder in ihre Höhlen zurück oder werden zu den jämmerlichen Händlern, Reisenden und Wanderern, als die man sie überall auf der Welt kennt, während die Menschen sich aufraffen und wiederentdecken, was die Wissenschaft ihnen bieten kann. Nur eine menschliche Einrichtung hat alles überdauert, eine einzige Blutlinie der Macht vom ersten Augenblick an, da die Menschheit ihren Fuß auf Imakulata gesetzt hat, bis es Zeit wurde für die dreizehnte Geblinginvasion.« Er sagte es nicht, aber natürlich wußte sie, daß er sich auf die Heptarchie bezog. Auf ihre Familie.

»Und dann«, sagte Oruc, »vernahmen an Stelle einer Invasion alle Weisen, alle gelehrten Männer und Frauen – nein, nicht bloß die gelehrten, sondern die wahrhaft verstehenden –, sie alle vernahmen einer nach dem anderen den Cranning-Ruf. Ein unerträgliches, unleugbares, unwiderstehliches Verlangen, irgendwohin zu gehen. Sie waren nie sicher, wohin, sagten sie. Aber sie folgten einander, und alle gingen nach Cranning, zur Stadt am Ende der Welt. Alle. Staatsmänner, Generäle, Wissenschaftler, Gelehrte, Baumeister – alle die Männer und Frauen, auf die sich ein König verlassen können muß, um seine Herrschaft aufrechtzuerhalten, sie alle gingen davon. Wer konnte da noch bleiben, als alle Weisen fort waren?«

»Keiner«, wisperte Patience. Sie hatte jetzt wirklich Angst, denn er sprach so offen vom Sturz des uralten Herrschergeschlechts ihrer Familie, daß sie nicht umhin konnte, anzunehmen, daß er beabsichtigte, sie zu töten, nachdem dieses Gespräch vorbei war.

»Keiner. Der Cranning-Ruf holte sie alle, und der Heptarch stürzte. Er war kein besonders guter Heptarch, dein Urgroßvater.«

»Ich habe ihn nie gekannt«, sagte Patience.

»Ein widerwärtiger Bursche. Sogar wenn man die Propaganda abzieht, die mein Vater in Umlauf brachte, war er unsäglich. Er pflegte die Köpfe seiner früheren Geliebten aufzuheben und ihre Behälter um sein Bett herum aufzustellen, damit sie ihm dabei zusehen konnten, wie er es mit seiner jüngsten Eroberung trieb.«

»Man sollte meinen«, sagte Patience, »daß das für die derzeitige Geliebte eine größere Tortur war als für die früheren.«

Oruc lachte. »Ja. Aber du bist nur ein Kind, also solltest du über derlei Dinge nichts wissen. Es gibt so vieles, wovon du nichts wissen solltest. Mein Leibarzt – der *kein* Weiser ist, wie ich annehme – hat dich untersucht, bevor der Ohrwurmmann dich zusammennähte. Er sagt, du hättest nicht perfekter vorgehen können, um dir selbst die größtmögliche Menge Blut zu entziehen, ohne einen ständigen oder auch nur gefährlichen Schaden davonzutragen.«

»Ich hatte Glück«, sagte Patience.

»Dein Vater hat mir nicht verraten, daß er dich in den Mordkünsten ausbildete.«

»Er hat mich als Diplomatin ausgebildet. Er hat mir oft

von Eurem Grundsatz erzählt, daß ein wohlplazierter Attentäter unzählige Leben retten kann.«

Oruc lächelte und sprach zu den Köpfen. »Sie schmeichelt mir, indem sie meine eigenen Worte gegen mich wendet und mir erzählt, daß der große Lord Peace sie oft zitiert.«

»Eigentlich«, sagte der mürrischste der Köpfe, »habe ich dir das zuerst gesagt.«

»Du bist tot, Konstans. Ich brauche dir das nicht mehr gutzuschreiben.«

Konstans. Vor achthundert Jahren hatte es einen Konstans gegeben, der Korfu die Oberherrschaft über die ganze Länge des Glad River brachte, nur zehn Jahre nach einer Geblinginvasion und ohne einen Tropfen Blut zu vergießen. Wenn das derselbe Mann war, würde es den klapprigen Zustand des Kopfes erklären. Wenige Köpfe hielten tausend Jahre durch – dieser näherte sich dem Ende seiner Funktion.

»Ich habe immer noch meinen Stolz«, sagte Konstans' Kopf.

»Es gefällt mir nicht, daß er ihr beigebracht hat, wie man tötet. Und so geschickt, daß sie an sich selbst die Illusion des Todes hervorrufen kann.«

»Sie ist die Tochter ihres Vaters«, sagte ein anderer Kopf.

»Das befürchte ich ja gerade«, sagte Oruc. »Wie alt bist du? Dreizehn. Mit was, außer der Schlinge, kannst du noch töten?«

»Auf vielerlei Weise«, sagte Patience. »Vater sagt, ich sei nicht stark genug, um den Bogen richtig zu spannen, und einen Wurfspieß zu schleudern, hat in unserem Gewerbe nicht viel Sinn. Aber Gifte, Pfeile, Dolche – ich bin damit aufgewachsen.«

»Und Bomben? Brandgeschosse?«

»Die Pflicht einer Diplomatin ist es, so still und diskret wie möglich zu töten.«

»Sagt dein Vater.«

»Ja.«

»Könntest du mich jetzt töten? Könntest du mich hier, in diesem Zimmer, töten?«

Patience antwortete nicht.

»Ich befehle dir, mir zu antworten.«

Sie wußte zuviel vom Protokoll, um in diese Falle zu tappen. »Sir, bitte spielt nicht auf diese Weise mit mir. Der König befiehlt mir, darüber zu sprechen, ob ich den König töten könnte. Ob ich gehorche oder nicht, ich begehe furchtbaren Verrat.«

»Ich will eine ehrliche Antwort. Weshalb, glaubst du, halte ich diese Köpfe um mich herum? Sie können nicht lügen – dafür sorgen die Kopfwürmer, sie stellen sicher, daß sie nie unaufrichtig antworten oder auch nur einen Teil der Wahrheit zurückhalten können.«

»Die Köpfe, Sir, sind bereits tot. Wenn Ihr wünscht, daß ich mich so wie sie verhalte, liegt das in Eurer Macht.«

»Ich will die Wahrheit von dir, stör dich nicht am Protokoll.«

»Solange ich am Leben bin, werde ich niemals Verrat aussprechen.«

Oruc beugte sich zu ihr vor, das Gesicht verärgert und gefährlich. »Ich bin nicht an deiner Entschlossenheit interessiert, um jeden Preis zu überleben, Mädchen. Ich will, daß du aufrichtig mit mir bist.«

Konstans kicherte. »Kind, er kann dich nicht töten. Wenigstens im Augenblick kannst du bedenkenlos zu ihm sprechen.«

Oruc starrte Konstans an, aber der Kopf blieb unbeeindruckt.

»Weißt du, er ist auf deinen Vater angewiesen und glaubt, dein Vater wird ihm nur treu dienen, wenn man dich hier als Geisel festhält. Lebend. Worum es ihm jetzt also geht, ist, herauszufinden, ob du ihm auch nützlich sein kannst, oder ob du nichts weiter als eine ständige Versuchung für seine Feinde bleiben wirst.«

Konstans' Analyse ergab Sinn, und Oruc erhob keine Einwände. Es wirkte absurd auf sie, daß der mächtigste

Mensch der Welt sie behandelte, als wäre sie ein potentiell gefährlicher Erwachsener. Aber ihr Respekt vor Oruc nahm mittlerweise zu. Ein weniger umsichtiger Herrscher hätte sie und Vater vernichtet, weil er die von ihnen ausgehende Gefahr mehr fürchtete als jeden möglichen Wert, den sie für ihn haben mochten.

Also beschloß sie, ihm zu vertrauen. Es ängstigte sie, da dies die eine Sache war, die Vater und Angel ihr nie beigebracht hatten: wann man vertraut. »Mein Lord Heptarch«, sagte Patience, »wenn der Gedanke daran, Euch zu töten, auch nur einen Augenblick lang in meinem Herzen leben könnte, ja, dann könnte ich es tun.«

»Jetzt?« Ein Ausdruck verhohlenen Triumphes lag in seinem Blick. Hatte er etwa einen Sieg davongetragen, indem er sie überzeugte, ihm zu vertrauen?

Ich habe einmal damit angefangen; ich werde keinen Rückzieher machen. »Selbst jetzt, selbst wenn ich Euch sagte, daß ich es täte, könnte ich Euch noch töten, ohne daß Ihr eine Chance hättet, zur Verteidigung auch nur die Hand zu erheben. Mein Vater versteht sein Geschäft, und ich habe beim Meister studiert.«

Oruc wandte sich an einen der Dwelfen. »Hol meine Wachen und sag ihnen, sie sollen dieses Mädchen wegen Verrates festnehmen.« Er wandte sich wieder an Patience und sagte gelassen: »Danke. Ich habe eine gesetzliche Grundlage für deine Hinrichtung gebraucht. Diese Köpfe werden bezeugen, daß du in meiner Gegenwart behauptet hast, du könntest mich töten.«

Es schauderte sie, mit welcher Ruhe er sie betrogen hatte. Und doch konnte sie den Betrug nicht ganz glauben. Nein, dies war nur eine weitere Prüfung, ein weiterer Zug in dem Spiel. Er brauchte Peace wirklich – er bewies es durch die Tatsache, daß er keine größere Entscheidung traf, ohne vorher Peace um Rat gefragt zu haben –, und deshalb hatte er eigentlich Angst davor, Patience zu töten. Nichts hatte daran etwas geändert.

Und falls es eine Prüfung war, würde sie sie gewinnen.

Sie nickte ernst. »Wenn ich meinem Heptarchen am besten dienen kann, indem ich auf legale Weise sterbe, bekenne ich mich zu diesem wie zu jedem anderen Verbrechen.«

Oruc ging auf sie zu, berührte ihr Haar und strich ihr mit dem Handrücken leicht über die Wange. »Bezaubernd. Die Mutter Gottes.«

Sie ertrug es gelassen. Er würde sie nicht töten. Das war für den Augenblick Sieg genug.

»Ich frage mich, ob wirklich jemand Menschen züchtet, wie die Tassaliki behaupten. Nicht Gott – ich bezweifle, daß er sich viel um die Paarung von Menschen auf Imakulata kümmert –, sondern jemand anderer. Jemand mit der Macht, die Weisen zu sich zu rufen.« Er nahm ihr Kinn, nicht gerade sanft, und hob ihr Gesicht an. »Wenn jemand Erhabenheit züchten wollte, könnte ich mir dich als Ergebnis seiner Arbeit vorstellen. Noch nicht ganz, du bist ja noch ein Kind. Aber da ist ein Leuchten in dir, eine Sanftmut in deinen Augen.«

Bis zu diesem Moment war Patience nie in den Sinn gekommen, daß sie besonders schön sein könnte. Ihr Spiegel gab die weichen und gerundeten Züge, die das Schönheitsideal dieser Zeit waren, nicht wieder. Aber es war keine Spur von Schmeichelei oder Täuschung in Orucs Worten.

»Solange du am Leben bist«, wisperte er, »wird jeder, der dich sieht, meinen Tod wollen, damit du an meiner Stelle regieren kannst. Verstehst du das? Ich und meine ganze Familie tot! Ob dich nun jemand herangezüchtet hat, um zu werden, was du bist, oder nicht, du *bist*. Und ich werde nicht zulassen, daß um deinetwillen meine Kinder vernichtet werden. Verstehst du mich?«

»Eure Kinder waren mein Leben lang meine Spielgefährten«, sagte Patience.

»Ich sollte dich töten. Dein Vater hat mir sogar geraten, dich zu töten. Aber ich werde es nicht tun.«

Doch Patience wußte, daß ein Wort unausgesprochen blieb: *noch*. Ich werde dich *noch* nicht töten.

»Was mich schier wahnsinnig macht, ist nicht meine Entscheidung, dich am Leben zu lassen, denn in Wahrheit erfreue ich mich an dir so gewiß wie jeder Wachsame. Was mich wahnsinnig macht, ist, daß ich mich nicht erinnere, beschlossen zu haben, dich am Leben zu lassen. Ich erinnere mich nicht, es beschlossen zu haben. Die Entscheidung war einfach ... da. Bist du das? Ist das irgendein Trick, den dein Vater dir beigebracht hat?«

Patience antwortete nicht. Er schien es auch nicht von ihr zu erwarten.

»Oder hat man mich dazu gezwungen, wie die Weisen gezwungen wurden? Hat jemand die Entscheidung für mich getroffen, weil dieser Jemand, wer immer es auch ist, *dich* will, weil er will, daß du am Leben bleibst?« Er wandte sich den Köpfen zu. »Ihr – ihr habt keinen Willen mehr, nur noch Erinnerungen und Leidenschaften. Erinnert ihr euch, was es heißt, zu *entscheiden*?«

»Eine vage Erinnerung«, sagte Konstans. »Ich denke, ich habe es ein- oder zweimal getan.«

Oruc wandte ihnen den Rücken zu. »Ich habe es mein ganzes Leben lang getan. Entscheidungen getroffen. Bewußt und vorsätzlich Entscheidungen getroffen und dann nach meiner Wahl gehandelt, ungeachtet der Leidenschaften. Mein Wille hatte stets die Kontrolle über meine dreieinige Seele – die Priester wissen es, deshalb fürchten sie mich, deshalb gibt es keinen Aufstand in deinem Namen. Sie glauben, daß ich dich töten kann, wann immer ich es beschließe, und daß ich es sicher auch tun werde. Sie wissen es nicht, daß ich in dieser Frage keinen eigenen Willen habe.«

Patience war überzeugt, daß er an seine Worte glaubte. Aber sie waren dennoch nicht wahr. Es würde eine Zeit kommen, da er sie mehr fürchtete als jetzt und sie töten würde. Sie konnte diese Gewißheit aus allem herauslesen, was er sagte. Denn das war die Grundlage seiner Macht, daß er jeden töten konnte, wenn er es nur beschloß. »Vater hat mir einmal etwas erzählt«, sagte sie: »Es gibt zwei

Arten, über Menschen zu herrschen. Eine besteht darin, die Menschen zu überzeugen, daß sie und jene, die sie lieben, vernichtet werden, wenn sie nicht gehorchen. Die andere besteht darin, die Liebe des Volkes zu erringen. Und er sagte mir auch, wohin diese beiden Wege führen. Der Weg des Schreckens führt schließlich zu Aufstand und Anarchie. Der Weg der Schmeichelei führt zu Versuchung und Anarchie.«

»Also glaubt er, daß keine Macht Bestand hat?«

»Nein. Denn es gibt einen dritten Weg. Manchmal sieht er wie der Weg der Liebe aus und manchmal wie der des Schreckens.«

»Hin und her zwischen den beiden? Die Leute würden dich dann nicht kennen, und keiner würde dir folgen.«

»Nein. Es ist kein Hin und Her zwischen irgend etwas. Es ist ein gerader und gleichmäßiger Weg. Der Weg des Großmuts. Der Größe des Herzens.«

»Das sagt mir nichts. Eine der Kardinaltugenden, aber nicht mal die Priester wissen, was es bedeutet.«

»Sein Volk so sehr zu lieben, daß man für das Wohl des Ganzen alles hingeben würde. Sein eigenes Leben, seine eigene Familie, sein eigenes Glück. Und dann erwartet man das gleiche von ihnen.«

Oruc blickte sie kalt an. »Du wiederholst, was du auswendig gelernt hast.«

»Ja«, sagte sie. »Aber ich werde Euch beobachten, mein Heptarch, und sehen, ob es wahr ist.«

»Großmut. Alles hingeben. Was, denkst du, bin ich – Kristos?«

»Ich denke, Ihr seid mein Heptarch, und Ihr werdet immer meine Loyalität haben.«

»Aber werden das auch meine Kinder?« fragte Oruc. »Kannst du mir das sagen?«

Sie neigte den Kopf. »Mylord, um Euretwillen würde ich für Eure Kinder sterben.«

»Ich weiß. Wir hatten dafür einen theatralischen Beweis. Aber ich weiß es besser als du. Du bist mir treu ergeben, weil dein Vater es dir so beigebracht hat, und er ist mir treu ergeben, weil er Korfu genauso liebt wie ich. Er ist ein weiser Mann, dein Vater. Der letzte der Weisen, glaube ich. Ich denke, er hat nur wegen seiner Blutlinie den Cranning-Ruf nicht vernommen. Wenn er tot ist – dieser alte Mann, ich kann den Tod schon in ihm sehen –, wenn er tot ist, wie kann ich dir dann noch vertrauen?«

Die Wachen, nach denen er geschickt hatte, warteten in den Eingängen. Er winkte sie herein. »Bringt sie zum Arzt zurück und laßt diese Insekten entfernen. Dann übergebt sie wieder der Obhut ihres väterlichen Sklaven. Er hat dort drei Tage lang gewartet, sich niemals gerührt. Ein höchst ergebener Diener. Übrigens habe ich dir zu Ehren ein Medaillentragen angeordnet. Jedes Mitglied der Vierzehn Familien wird diese Woche eine tragen, genau wie der Bürgermeister und die Ratsversammlung von Heptam. Du hast die Situation mit dem Tassali ganz hervorragend gelöst. Perfekt. Ich werde Gelegenheit haben, deine Talente erneut einzusetzen.« Er lächelte schauerlich. »*Alle* deine Talente.«

Dies war also ihre letzte Prüfung gewesen, und sie hatte sie bestanden. Er hatte vor, sie als Diplomatin einzusetzen, jung wie sie war. Und als Attentäterin. Sie würde nun, wie ihr Vater immer, auf das nächtliche Klopfen an der Tür und den schattenhaften Gesandten mit einer Botschaft von König Oruc warten. Sie würde die Botschaft lesen, wie Vater es getan hatte, um zu erfahren, wer es war, der sterben sollte. Dann würde sie sie verbrennen und die Asche zu feinem Pulver verstreichen. Dann würde sie töten.

Sie tanzte beinahe die Gänge des Hauses derer von Heptagon entlang. Sie brauchte jetzt keine Trage mehr. Sie hatte dem König gegenübergestanden, und er hatte sie auserwählt, wie ihr Vater auserwählt worden war.

Als wäre nichts geschehen, nahm Angel ihre Ausbildung dort wieder auf, wo sie nur wenige Tage zuvor unterbrochen worden war. Patience wußte genug, um über diese Angelegenheit in King's Hill, wo man alles mithörte und weitertratschte, nicht zu reden.

Zwei Tage später bekam Angel am späten Nachmittag eine Nachricht und schlug augenblicklich sein Buch auf. »Patience«, sagte er. »Wir werden heute nachmittag in die Stadt hinuntergehen.«

»Vater ist zurück!« schrie sie entzückt.

Angel lächelte sie an, während er ihr den Mantel um die Schultern legte. »Vielleicht könnten wir zur Schule gehen. Womöglich lernen wir etwas.«

Das war nicht sehr wahrscheinlich. Die Schule war ein großer freier Platz mitten in Heptam. Vor Jahren waren die Weisen der Welt hierhergekommen, um alle Ankömmlinge zu unterrichten. Wegen Crossriver Delving und der Insel der Verlorenen Seelen war Heptam als religiöse Hauptstadt der Welt bekannt; die Schule machte sie außerdem noch zum intellektuellen Mittelpunkt. Aber jetzt, eine Generation nach der Flucht der Weisen, war die Schule nur noch ein Geschnatter von Gelehrten, die endlos tote und auswendig gelernte Worte rezitierten, die sie nicht verstanden. Angel machte es viel Freude, Patience beizubringen, in den Kern eines Argumentes vorzustoßen und seine Schwachstelle zu finden. Dann pflegte sie sich den Möchtegernphilosophen vorzunehmen und öffentlich aufzuspießen. Sie tat das nicht oft, genoß jedoch das Wissen, es tun zu können, wann immer es ihr beliebte. Etwas lernen? Nicht in der Schule.

Sie war ohnehin nicht auf Lernen aus. Sie war auf Freiheit aus. Wann immer Vater weg war, mußte sie im Inneren der hohen Mauern von King's Hill bleiben, unter den ewig gleichen Edlen und Höflingen und Dienern. Sie hatte schon lange jeden Winkel von King's Hill erforscht, und es hielt keine Überraschungen mehr für sie bereit. Aber wann immer Vater nach Hause kam, war sie frei. Solange *er* sich in den Mauern von King's Hill aufhielt, konnte Angel sie in der Stadt herumführen, wo er wollte.

Sie nutzten diese Zeiten, um Techniken einzuüben, die sie in King's Hill nie einüben konnten. Verkleidungen zum Beispiel. Sie pflegten sich oft als Diener, Verbrecher oder

Händler zu verkleiden und entsprechend zu reden, wobei sie vorgaben, Vater und Tochter zu sein. Oder manchmal auch Mutter und Sohn, denn wie Angel sagte: »Die perfekteste Verkleidung ist die, ein Geschlecht gegen das andere auszutauschen, denn wenn sie nach einem Mädchen suchen, sind alle Jungen für sie unsichtbar.«

Aber noch besser als die Verkleidungen war das Reden. Indem sie von einer Sprache in die andere wechselten, konnten sie sich frei unterhalten, während sie durch die dichtgedrängten Straßen gingen. Niemand konnte lange genug neben ihnen bleiben, um ein ganzes Gespräch mitzuhören. Es war die einzige Zeit, da sie ihre schwierigsten und gefährlichsten Fragen stellen und ihren rebellischsten Meinungen Ausdruck verleihen konnte.

Er wäre eine vollendete Freude gewesen, dieser Ausflug den Berg hinunter nach Heptam, hätte es nicht eine ständige Betrübnis gegeben: Vater begleitete sie auf diesen Ausflügen nie. Oruc ließ nie zu, daß sie King's Hill gemeinsam verließen. So waren auch ihr ganzes Leben lang all ihre Gespräche mit ihrem Vater sorgfältig überwacht worden. Ihr ganzes Leben lang hatte sie ständig mutmaßen müssen, was ihr Vater wirklich meinte, seine wahren Absichten herausfinden müssen, denn es war ihm nie möglich, in Worten auszudrücken, was er sie wissen lassen wollte.

Ihre Geheimnisse konnten nur durch Angel ausgetauscht werden. Er brachte sie immer in die Stadt hinunter, und sie sprach mit ihm; dann ließ er sie in King's Hill und lief mit Peace in der Stadt herum. Angel war ein guter Freund, und beide konnten ihm vorbehaltlos vertrauen. Aber trotz Angels größter Anstrengungen war es, als würde man die ganze Zeit durch einen Dolmetscher miteinander reden. Nie in ihrem Leben hatte Patience einen einzigen Augenblick wahrer Intimität mit ihrem Vater gekannt.

Beim Spaziergang durch King's Gift und High Town die langen, abschüssigen Straßen zur Schule hinunter fragte Patience Angel, weshalb der König sie zwang, auf diese

Weise voneinander getrennt zu sein. »Weißt er noch immer nicht, daß wir seine treuesten Untertanen sind?«

»Er weiß, daß du es bist, Lady Patience, aber er mißversteht den Grund. Indem er dich und deinen Vater so behandelt, sagt er nichts über dich, aber viel über sich selbst aus. Er glaubt, daß er die Loyalität des anderen garantieren kann, indem er einen von euch jederzeit als Geisel zurückbehält. Es gibt viele Menschen, die sich auf diese Weise kontrollieren lassen. Es sind die Menschen, die ihre Familien über alles lieben. Sie nennen es Tugend, dabei ist es nicht mehr als der Schutz der eigenen Gene. Reproduktives Eigeninteresse. Das ist die Sache, durch die Oruc lebt. Er ist ein großer König, aber seine Familie kommt zuerst, damit man auch ihn schlimmstenfalls als Geisel halten kann.« Es war natürlich Verrat, so etwas zu sagen, aber er hatte den Satz in Gauntisch, Geblisch und das Argot der Inselbewohner unterteilt, so daß die Chance gering war, daß ein Vorübergehender etwas davon verstehen würde.

»Also bin ich Vaters Geisel?« fragte Patience.

Angel blickte düster drein. »Oruc hält dich dafür, Lady Patience, und jede Versicherung, die ihm Lord Peace gibt, daß er ihm treu wäre, selbst wenn du frei wärst, ist dem Heptarchen ein weiterer Beweis dafür, daß dein Vater verzweifelt deine Freiheit zu gewinnen versucht. Und wohlgemerkt, kleines Mädchen. Oruc glaubt auch, du seist gehorsam, um das Leben deines Vaters zu beschützen.«

»Wie traurig, wenn er jeden, der sagt, er liebe ihn und diene ihm bereitwillig, für einen Lügner hält.«

»Könige haben festgestellt, daß sie länger leben, wenn sie das Schlimmste von ihren Untertanen annehmen. Sie leben vielleicht nicht glücklicher, aber sie neigen dazu, eher an Altersschwäche zu sterben als an jenem plötzlichen Leiden namens Verrat.«

»Aber Angel, Vater wird nicht ewig leben. Wen wird er dann für mich als Geisel halten?«

Angel schwieg.

Zum erstenmal erkannte Patience, daß sie alle Aussichten hatte, ihren Vater nicht sehr lange zu überleben. Patience war die Tochter seiner zweiten Frau, die er spät geheiratet hatte; er war jetzt fast siebzig und sein Gesundheitszustand nicht mehr der beste. »Aber Angel, all die Gründe, die den Heptarchen nun veranlaßt haben, mich nicht zu töten, werden dann noch Gültigkeit haben. Wenn all die religiösen Fanatiker mich für die Mutter Gottes halten ...«

»Nicht bloß die Fanatiker, Lady Patience.«

»Wie wird es sich auf seine Herrschaft auswirken, wenn er mich tötet?«

»Wie wird es sich auf die Herrschaft seiner Kinder auswirken, wenn er es nicht tut? *Er* kann dich im Zaum halten, aber wenn er stirbt, wirst du noch jung sein, im Vollbesitz deiner Kräfte. Und jetzt weiß er, daß du eine gefährliche Attentäterin und gerissene Diplomatin mit starken Überlebenswillen bist. Es wird für Korfu – vielleicht für die ganze Welt – gefährlich sein, wenn er dich tötet; es wird jedoch für seine Familie gefährlicher sein, wenn er es nicht tut. Halte in den Tagen nach dem Tod deines Vaters nach einem Attentäter Ausschau. Wenn alles gut geht, wird dein Vater rechtzeitig genug wissen, daß er stirbt, um mich fortzuschicken. Man erwartet von dir, zu wissen, wie man mit einem Attentäter fertig wird und wie man aus King's Hill herauskommt. Triff mich am Todestag deines Vaters bei Sonnenuntergang an der Schule. Ich werde einen Weg kennen, aus der Stadt herauszukommen.«

Sie spazierten zwischen Gruppen von Studenten dahin. Das unsinnige Sein, von dem die Sophisten zu beiden Seiten salbaderten, schien im bitteren Gegensatz zu den Gedanken an ihre Zukunft nach dem Tod ihres Vaters zu stehen. »Und wohin soll ich gehen?« fragte Patience. »Ich bin für die königlichen Dienste ausgebildet. Wenn er mich zu töten versucht, kann ich ihnen wohl kaum nachkommen.«

»Sei keine Närrin, Lady Patience. Man hat dich keinen Augenblick lang für die königlichen Dienste ausgebildet.«

In diesem Moment kehrte sich Patiences Verständnis ihres bisherigen Lebens völlig um. All ihre Erinnerungen, ihr ganzer Sinn dafür, wer sie war, was sie werden sollte, veränderten sich. Ich soll nicht einem König Rat erteilen und ihm dienen. Ich soll der König selbst *sein*. Sie wollen nicht etwa, daß ich Lady Patience bin. Sie wollen, daß ich Agaranthemem Heptek werde.

Sie blieb stehen. Hinter ihnen gehende Leute schoben sie beiseite. »Mein ganzes Leben lang«, sagte sie, »habe ich gelernt, dem König gegenüber loyal zu sein.«

»Und so soll es auch sein, und so wird es auch sein«, sagte Angel. »Geh weiter, oder die Spione, die diesen Platz frequentieren, werden uns belauschen, und unsere Worte sind Verrat. Du bist König Oruc gegenüber aus dem guten Grund loyal, weil er um des Wohles von Korfu und aller derzeitigen Menschennationen willen Heptarch bleiben sollte. Aber die Zeit wird kommen, da seine Schwäche verhängnisvoll werden wird, und dann wirst du um des Wohles von Korfu und aller Menschennationen willen den Thron übernehmen und das Szepter der Heptarchie tragen müssen. Und an diesem Tag, Lady Patience, wirst du bereit sein.«

»Wenn Vater stirbt, gehe ich also nach Tassali und stelle eine Armee auf? Greife mein eigenes Land und mein eigenes Volk an?«

»Du wirst tun, was zu der Zeit für das Wohl des ganzen Volkes nötig sein wird. Und bis dahin wirst du wissen, wie dieses Wohl auszusehen hat. Es hat nichts damit zu tun, was für dich und deine Verwandtschaft gut ist. Du weißt, daß deine Pflicht jedem privaten Gefühl oder jedweder Loyalität vorgeht. Deshalb hält König Oruc dich und deinen Vater auch nicht wirklich als Geisel. Falls das Wohl des Königshauses es erforderlich machte, daß einer von euch eine Handlung begeht, die mit Sicherheit zum Tod des anderen führen wird, würdest du nicht zögern. Das ist wahrer Großmut, das Ganze zu lieben und somit keinen Teil mehr zu lieben als das Ganze. Eine Tochter nicht mehr als einen Fremden, wo es um das Wohl des Königshauses geht.«

Das stimmte. Vater würde sie sterben lassen, wenn das Wohl des Königshauses ihn dazu zwang. Angel hatte ihr das zum erstenmal gesagt, als sie erst acht Jahre alt war. Am Tag ihrer offiziellen Taufe nahm er sie nach King's Creek zum Haus Binding auf der Insel der Verlorenen Seelen mit – dem privaten und treu ergebenen Kloster des Königs, nicht zu diesem aufrührerischen Nest Kopfhausen, wo die Priester offen um Orucs Tod beteten. Während Angel das Boot ruderte, hatte er ihr erzählt, daß Vater sie gewiß sterben lassen und keinerlei Anstrengungen unternehmen würde, sie zu retten, wenn es zum Wohl des Königshauses wäre. Das war grausam, und sie empfand es wie einen Dolchstoß ins Herz. Als ihre Taufe jedoch vorbei war und sie auf dem Wasser zurück nach King's Hill unterwegs waren, traf sie ihre Entscheidung. Auch sie würde Herzensgröße beweisen. Auch sie würde lernen, das Königshaus mehr als ihren eigenen Vater zu lieben. Denn so mußte es sein. Wenn sie wie ihr Vater werden wollte, mußte sie ihre Liebe für den alten Mann zurückweisen. Oder sie doch wenigstens in der Schwebe halten, um sie leicht loswerden zu können, wenn es für das Wohl des Königshauses erforderlich sein sollte.

Trotz dieser Entscheidung sehnte sie sich aber noch immer danach, nur einmal Gelegenheit zu haben, frei und furchtlos mit Peace zu reden. Selbst jetzt, da sie mit Angel über das Schulgelände ging und mit ihm über ihre größten Zukunftsängste sprach, war sie sich deutlich dessen bewußt, daß er nicht ihr Vater war.

Sie wollte nicht mehr darüber diskutieren, was geschehen würde, wenn Vater starb. Also schwatzte sie eine ganze Stunde lang über alles, was im Garten des Hauses derer von Heptagon und später in den Gemächern des Königs passiert war. Sie erklärte, wie sie die Rätsel gelöst hatte. Sie wiederholte sogar beinahe wörtlich die seltsamen Lehren, die Prekeptor über ihre Bestimmung ausposaunt hatte.

»Nun, was das betrifft«, sagte Angel, »erzählt er eine ziemlich wahre Geschichte. Die Weisen haben auf eine Art und Weise mit den Erbanlagen gespielt, wie es zuvor niemals möglich gewesen war. Sie hatten ein lebendes Gel gezüchtet, das den genetischen Code von fremdem Gewebe las und die Genmoleküle als sich langsam verschiebende Kristalle an der Oberfläche abbildete. Das ermöglichte es den Wissenschaftlern, den genetischen Code ohne jede Vergrößerung sehr detailliert zu untersuchen. Und indem sie die Kristalle im Gel veränderten, konnten sie auch die Gewebemuster verändern. Dann ließen sie sich in die Fortpflanzungszellen des Wirtes implantieren. Es war eine ähnliche Technik, die deinen Vater so viele Jahre lang davor bewahrte, eine Tochter zu bekommen. Und eine ähnliche Technik verwandelte ihn schließlich wieder zurück, so daß du geboren werden konntest.«

Patience antwortete verächtlich. »Also gefiel es Gott nicht, daß sie mit dem Spiegel des Willens herumpfuschten, und er raffte sie hinweg?«

»Der Spiegel des Willens, die dreieinige Seele – du solltest darüber nicht so abfällig reden, selbst wenn du *wirklich* beschlossen hast, eine Skeptikerin zu sein. Diese Religion hat sich über die Jahre recht gut gehalten, und teilweise, weil einige der Ideen funktionieren. Der Wille, in den Genmolekülen enthalten – warum nicht? Es ist der primitivste Teil unserer selbst, die Sache, die wir nicht verstehen können, weshalb wir schließlich wählen, was wir wählen – warum es nicht den Genen zuschreiben? Und dann die Leidenschaften – die Sehnsucht nach Größe auf der einen Seite und all die Zerstörungstriebe auf der anderen. Warum sie nicht dem Lymphknoten zuschreiben, dem animalischen Teil des Gehirns? Und die Identität, das Selbstgefühl, das *ist* unser Gedächtnis, das Großhirn, alles, woran wir uns erinnern, es getan und gesehen zu haben, und welche Bedeutung wir ihm geben. Es liegt eine gewisse Macht darin, sein eigenes Selbst auf diese Weise zu betrachten, Patience. Es erlaubt einem, sich von seinen

Erinnerungen und Leidenschaften zu trennen, seinem Leben Disziplin aufzuerlegen. Wir geben uns niemals der Täuschung hin, daß unsere Umgebung oder unsere Sehnsüchte unser Verhalten bestimmen.«

»Zur Sache, Angel. Was ist Prekeptor widerfahren, mit oder ohne seine Religion?«

»Er wurde nach Hause geschickt. Obwohl ich dir sagen muß, du hast die Gottesfurcht in ihn gesetzt.«

»Er zitterte sowieso schon davor.«

»Nein, das war Gottesliebe. Die Furcht war dein Beitrag. Sie mußten seine Kleidung waschen, nachdem er gesehen hatte, wie du dir die Kehle aufgeschlitzt hast. Seine Sphinktermuskeln entspannten sich.«

Sie erlaubte es sich zu lachen, obwohl es nicht höflich war, sich amüsiert zu zeigen. Aber er war so voller Inbrunst gewesen, daß sie nicht anders konnte, als bei dem Gedanken an die Glaubenskrise zu lachen, die er gehabt haben mußte, als er die Mutter Gottes scheinbar sterben sah, bevor Kristos hatte erscheinen können.

Sie blieben stundenlang in der Stadt, schwatzten und spielten miteinander, bis die Sonne hinter Fort Senester in der Gladmouth-Bucht unterging. Dann brachte Angel sie nach Hause, damit sie ihren Vater sehen konnte.

Nie zuvor war er ihr so alt und zerbrechlich vorgekommen. Ein seltsamer hohler Blick in den Augen, die eingefallene Haut. Er verfiel. Sie war erst dreizehn Jahre alt, und ihr Vater begann bereits zu sterben, ohne daß sie auch nur eine Chance gehabt hätte, ihn kennenzulernen.

Natürlich verhielt er sich steif und förmlich ihr gegenüber; absichtlich, damit sie sicher wissen würde, daß dies für ein Publikum gedacht war und nicht eigens für sie. Er lobte sie, machte Bemerkungen über ihr Verhalten, kritisierte offen einige der Dinge, die sie getan hatte, von denen sie jedoch ganz genau wußte, daß sie seine völlige Zustimmung fanden.

Und als es vorbei war, händigte er ihr ein Stück Papier aus. Darauf stand der Name von Lord Jeeke von Riismouth, einem Adeligen aus einer der Vierzehn Familien. Sie sollte ihn mit ihrem Erzieher als Teil einer Bildungsreise durch das Königreich besuchen. Lord Jeeke würde erst eine Woche nach ihrer Abreise sterben, so daß niemand sie mit seinem Tod in Verbindung bringen konnte.

Es war überraschend einfach. Die Reise dauerte drei Tage. In ihrer ersten Nacht dort trank sie gemeinsam mit Lord Jeeke ein Glas Wein, das mit einem an sich harmlosen, nichtmenschlichen Hormon gefüllt war. Dann infizierte sie Jeekes Geliebte mit Sporen eines paraasitären Wurms. Die Sporen wurden durch intimen Kontakt zu Jeeke weitergegeben; das Hormon führte das Wachstum der Würmer und ihre rasche Vermehrung herbei. Sie breiteten sich in Jeekes Gehirn aus, und drei Wochen später war er tot.

Sie war schon wieder in King's Hill, als die Nachricht sie erreichte. Sie schrieb Kondolenzbriefe an Jeekes Familie. Vater las sie und klopfte ihr auf die Schulter. »Gut gemacht, Patience.«

Sie war stolz darauf, daß er das sagte. Aber sie war auch neugierig. »Weshalb wollte König Oruc seinen Tod?«

»Für das Wohl des Königshauses.«

»Also aus persönlichem Ärger?«

»Das Königshaus ist nicht das Haus derer von Heptagon, Patience. Das Königshaus ist die ganze Welt.«

»Für das Wohl der Welt? Jeeke war ein zuvorkommender und harmloser Mann.«

»Und ein schwacher. Er war ein Lord aus dem Grenzgebiet, und er hatte seine militärischen Pflichten vernachlässigt. Die Welt war angenehmer, weil er ein guter Mensch war. Aber falls seine Schwäche, wie es wahrscheinlich war, zu Aufstand und Grenzkrieg geführt hätte, wären viele gestorben oder durch den Krieg verkrüppelt und heimatlos zurückgeblieben. Um des Königshauses willen.«

»Sein Leben gegen die Möglichkeit des Krieges.«

»Manche Kriege müssen für das Wohl des Königshauses ausgetragen werden. Und manche müssen vermieden werden. Wir beide sind Instrumente in den Händen des Königs.«

Dann küßte er sie, und als sein Mund an ihrem Ohr verharrte, wisperte er: »Ich sterbe. Ich werde keine drei Jahre mehr leben. Wenn ich sterbe, schneide in meine linke Schulter, auf halber Höhe über dem Schlüsselbein. Du wirst einen winzigen Kristall finden. Schneide ihn heraus und heb ihn auf, um jeden Preis.« Dann zog er sich zurück und lächelte sie an, als wäre nichts Seltsames geschehen.

Du kannst nicht sterben, Vater, schrie sie stumm auf. Wir haben in meinem ganzen Leben nicht miteinander gesprochen. Du kannst nicht sterben.

Sie führte vier weitere Attentate für König Oruc und ein Dutzend andere Missionen aus. Sie wurde vierzehn und dann fünfzehn. Und die ganze Zeit über wartete Vater daheim in King's Hill, wo er schwächer und älter wurde. An ihrem fünfzehnten Geburtstag sagte er ihr, daß sie keinen Erzieher mehr brauche, und schickte Angel fort, um Aufseher über einige Ländereien zu werden, die er vor der Stadt besaß. Patience wußte, was das bedeutete.

Nicht lange danach erwachte Vater zu schwach, um das Bett zu verlassen. Er schickte den neben ihm stehenden Diener, einen Arzt zu holen, und für einen Augenblick waren sie allein. Sofort händigte er ihr ein Messer aus. »Jetzt«, wisperte er. Sie schnitt. Er zuckte unter dem Schmerz nicht einmal zusammen. Sie entnahm der Wunde eine kleine Kristallkugel, die hübsch anzusehen und perfekt gearbeitet war.

»Das Szepter der Heptarchen von Imakulata«, wisperte er. »Der Usurpator und sein Sohn haben nie gewußt, was oder wo es war.« Er lächelte, aber in seinem Leiden wirkte das Lächeln gespenstisch. »Laß nie einen Gebling wissen, daß du es besitzt«, sagte er.

Eine Dienerin kam herein und erkannte, daß sie zu lange alleingelassen worden waren; aber sie kam zu spät und sah nichts mehr, denn Tücher bedeckten die leicht blutende Wunde, und die winzige bernsteinfarbene Kugel befand sich in Patiences Tasche.

Patience spielte damit herum und drückte darauf, als wollte sie etwas Nektar herausquetschen. Mein Vater stirbt. Vater stirbt, und das einzige, was ich von ihm habe, ist ein harter kleiner Kristall, den ich aus seinem Fleisch geschnitten habe, mit seinem Blut bedeckt.

4 Vaters Kopf

Der Scharfrichter stand vor der Tür, als Patience darauf wartete, daß ihr Vater starb. Er lag auf dem hohen Bett, das Gesicht grau, und seine Hände zitterten nicht mehr. Noch gestern, am vorigen Tag, als das Gerücht über ein Ende seiner Leiden sich durch King's Hill und hinunter nach King's Gift und High Town ausbreitete, war ein ständiger Besucherstrom gekommen, um ihm Lebewohl zu sagen, um einen letzten Segen von ihm zu empfangen. Alle murmelten sie Patience eine Entschuldigung zu, als sie gingen: Wir waren Freunde in Balakim. Er hat mir Dwelfisch beigebracht. Aber sie wußte, weshalb sie kamen. Um den Mann zu berühren, zu sehen und zu sprechen, der Heptarch hätte sein sollen. Es lag Gnade im Atem des sterbenden Königs.

Nun sah Patience, die ihr ganzes Leben lang nichts als Weisheit und Glänzendes von ihm gehört hatte, zu, wie sich die Lippen des alten Mannes in zwei Dutzend Sprachen bewegten, die leeren Phrasen der Höflichkeit herunterbeteten, die sein Gewerbe ausgemacht hatten. Es war, als müßte Peace sich von all den Worten der Anmut freisprechen, bevor er starb.

»Vater«, wisperte sie.

Die Tür öffnete sich plötzlich. Der Scharfrichter spähte herein.

»Noch nicht«, sagte sie. »Geh!«

Aber der Scharfrichter wartete erst ab, bis er sah, wie sich

Peaces Hand ein wenig bewegte. Dann schloß er die Tür wieder.

Vater hob seine Hand, um sein Schlüsselbein zu berühren, wo eine kleine Wunde noch immer nicht verheilt war.

»Ja«, sagte sie. Sein Gedächtnis funktionierte noch.

Er murmelte.

»Ich kann dich nicht hören«, sagte sie.

»Patience«, wisperte er. Sie war nicht sicher, ob er ihren Namen genannt oder ihr einen Befehl gegeben hatte. Patience, Geduld.

»Vater, was soll ich jetzt tun? Wie soll ich mein Leben nutzen, wenn ich's behalten kann?«

Er murmelte.

»Ich kann dich nicht hören, Vater.«

»Diene und rette«, sagte er auf dwelfisch. Und dann auf gauntisch: »Das Königshaus.«

»Oruc wird niemals zulassen, daß ich ihm so diene wie du«, sagte sie auf geblisch.

Er antwortete auf agarantisch, der Sprache der Gemeinen, die der Scharfrichter sicher verstehen konnte. »Das Königshaus ist die ganze Welt.« Noch im Sterben mußte er sichergehen, daß die Geschichte seiner Treue Orucs Ohren erreichte. Patience sah, wozu das diente: damit Oruc daran zu zweifeln begänne, daß Peace ihm je untreu gewesen war. Soll er sich doch fragen, ob er uns beide die ganze Zeit über falsch eingeschätzt hat.

Aber Patience wußte, daß es noch eine andere Bedeutung für sie hatte. Auch wenn sie vielleicht nie in ihrem Leben den Titel tragen würde, hatte sie nichtsdestoweniger die Verantwortung einer Heptarchin. Sie mußte die Welt retten. Sie mußte umfassenden Großmut zeigen. »Du hast mich gelehrt zu überleben«, wisperte sie. »Nicht ein Retter der Welt zu sein.«

»Oder ein Opfer«, sagten seine atemlosen Lippen.

Dann verstummten seine Lippen, und sein Körper erbebte. Der Scharfrichter hörte das Quietschen des Bettes und wußte Bescheid. Er öffnete die Tür und kam herein, die Kopfpfanne in der linken Hand, den langen Draht des Skalpells in der Rechten.

»Miß Patience«, sagte er, ohne sie anzublicken, »es ist besser, wenn Sie nicht zusehen.«

Aber sie sah zu, und er konnte sie nicht davon abhalten, da keine Sekunde zu verlieren war, wenn er den Kopf am Leben erhalten wollte. Das Skalpell war nichts als eine derbere und stärkere Version von Patiences eigener Schlinge. Er führte es um den Hals ihres Vaters herum und befestigte das Ende des Drahtes an seinem Platz. Dann schwang er es nach links und rechts, wobei er alles lose Fleisch und Muskelgewebe abtrennte. Es dauerte einen Moment länger, den Draht durch die Knorpel und Nerven der Wirbelsäule zu führen. Peace war kaum zehn Sekunden tot gewesen, bevor der Scharfrichter den Kopf des alten Mannes am Unterkiefer hochhob und ihn sanft auf die Kopfpfanne legte.

Die Kopfpfanne schaukelte ein paar Augenblicke lang, als die darin lebenden Gools sich an den Venen und Arterien des offenen Halses in Position brachten. Sie würden den Kopf am Leben erhalten, bis er in der Sklavenhalle installiert werden konnte.

Natürlich überließen sie ihr auch den Körper nicht. Lord Peace war im Leben vielleicht der Gesandte des Königs gewesen, doch im Tod war sein Körper die Leiche des letzten Thronanwärters, und falls die Priester von Crossriver Delving oder der Insel der Verlorenen Seelen sie mit Beschlag belegen sollten, gäbe es Ärger ohne Ende. Also brachten die Totengräber ihn fort zum königlichen Totenacker, und sie war allein im Haus.

Sie vergeudete keine Zeit – Vater hatte ihr schon lange vorher gesagt, wie gefährlich der Augenblick seines Todes sein würde. Zuerst Geheimnisse schützen, hatte er sie immer ermahnt. Er hatte nie viele geschriebene Dokumente aufbewahrt. Sie fand sie alle binnen kurzem, verbrannte sie sofort ohne zu zögern und verstrich die Asche zu Staub.

Dann nahm sie die winzige Bernsteinkugel, die im Fleisch ihres Vaters gesessen hatte, und verschluckte sie. Sie war nicht sicher, ob der Kristall, aus dem sie bestand, den Verdauungsprozeß überstehen würde, aber sie wußte nicht, was er war oder wie sie ihn ihrem eigenen Körper einpflanzen sollte; und sie wollte nicht, daß man ihn doch noch fand, falls man sie durchsuchte.

Sie hatte bereits ihre Reisetasche gepackt. Sie war voller Überlebensutensilien. Masken und Schminke und Perükken, Geld und Edelsteine, eine kleine Feldflasche, Zuckerpillen. Nicht viel, so daß es sie nicht behindern würde. Aber genug. Ihre Waffen waren am Körper verborgen, wo sie sie leicht erreichen konnte. Die Schlinge in ihrem Haar. Das Glasblasrohr in dem Kreuz, das modisch zwischen ihren Brüsten hing. Das Gift in einem Plastikkügelchen zwischen ihren Zehen. Sie war bereit fürs Überleben, war während der ganzen Totenwache bereit gewesen, wissend, daß Oruc es sicher so einrichten würde, daß sie etwa zur gleichen Zeit wie ihr Vater stürbe, wenn auch nicht am gleichen Leiden.

Sie wartete. Das Haus war leer, die Diener fort. Sie waren ihr ganzes Leben lang dagewesen, hatten beobachtet und spioniert. Wenn sie irgendwelche Hoffnungen gehegt hatte, daß Oruc sie am Leben ließe, vertrieb die Abwesenheit der Diener sie. Er wollte keine Zeugen, vor allem nicht Zeugen, die berufsmäßig ein loses Mundwerk hatten.

Es klopfte an der Tür. Das war der Meuchelmörder des Königs. Es mußte der Meuchelmörder sein – er war einer der vielen Sklaven des Königs, dafür ausgebildet, auf Geheiß des Königs zu töten. Er entschuldigte sich und legte ihr Papiere zur Zwangsräumung vor. »Es ist ein Haus für königliche Sklaven, Miß Patience«, sagte er, »und der königliche Sklave ist tot, verstehen Sie.« Er stand zwischen ihr und den anderen Räumen des Hauses; es sei ihr nicht gestattet, irgendwelche ihrer Habseligkeiten mitzunehmen, erklärte er. Sie hatten natürlich gewußt, daß es so sein würde. Angel hatte schon vor langer Zeit alles von Wichtigkeit an sich genommen. Sie würde es bekommen, wenn sie King's Hill verließ und sich zu ihm gesellte.

Sie lächelte anmutig und schritt langsam zur Tür. Der Meuchelmörder des Königs gab keinen Laut von sich, den sie bewußt vernommen hätte, noch warf er einen Schatten. Vielleicht war es ein schwaches Erzittern des Steinbodens, oder der leichte Druck sich bewegender Luft in ihrem Haar. Ohne zu wissen woher, wußte sie, daß er sie töten wollte. Sie hechtete nach rechts, verlagerte ihr Gewicht und trat und stieß in einer fließenden Bewegung aus. Der Meuchelmörder hatte gerade mit dem Dolch in der Linken auf sie zuspringen wollen, und jetzt blieb ihm kaum noch Zeit, die Überraschung auf seinem Gesicht zu zeigen, als ihr Fuß ihn am Knie erwischte und es seitwärts bog.

Er keuchte schmerzerfüllt auf und ließ den Dolch fallen. Ein schöner Attentäter, dachte sie verächtlich. Glaubte Oruc im Ernst, daß ein solcher Dummkopf die Tochter von Lord Peace töten konnte? Es war nicht einmal zum Kampf gekommen. Sie stieß den Dolch in sein rechtes Auge.

Erst als der Meuchelmörder des Königs auf dem Boden lag und der Dolch wie eine muntere Verzierung zu ihr heraufragte, erkannte sie, daß dies das erste Mal war, daß sie je gegen den Willen des Königs gehandelt hatte. Es war überraschend leicht, und es machte ihr noch erheblich mehr Spaß, seine Pläne zu vereiteln, als ihm zu dienen. König Oruc, Ihr habt einen törichten Fehler begangen, mich nicht an Stelle meines Vaters einzusetzen. Ich habe einen gewissen Hang zur Regierungsarbeit. Und nun wird er gegen Euch arbeiten.

Dann rief sie sich in Erinnerung, daß sie noch nicht Orucs Feindin war, auch wenn er beschlossen hatte, der ihre zu sein. Sie war die Dienerin des Königshauses, und sie würde nichts tun, um seine Herrschaft zu schwächen, bis sie wußte, daß es zu größerem Wohl führte.

Sie ging zur Tür und öffnete sie abrupt. Natürlich würden überall Soldaten sein, aber wahrscheinlich wußten sie nicht, daß sie getötet werden sollte. Es gab zuviel verborgene Unterstützung für die uralte Blutlinie. Solange sie also ruhig wirkte, konnte sie vermutlich durchkommen. Nein, nicht ruhig. Tief betrübt.

Sie weinte, als sie das Haus verließ. Es war das Weinen, auf dem ihr Vater bestanden hatte, daß sie es erlernte, das sanfte, weibliche Schluchzen, das das Mitleid der Männer erweckte und sie sich stark und beschützerisch fühlen ließ.

»Verdammte Schande«, wisperte einer der Soldaten, als sie vorbeiging.

Und sie wußte, daß alle dachten: Sie sollte Heptarchin sein. Sie sollte im Haus derer von Heptagon herrschen, und nun werden sie nicht einmal zulassen, daß sie in King's Hill bleibt. Aber sie dachte, daß sie sich glücklich schätzen konnte, wenn sie am Morgen noch lebte.

Angel hatte ihr geraten, sofort zur Admiralitätsstraße zu gehen, sobald man sie zu töten versuchte. Sie hatten drei getrennte Fluchtpläne entwickelt. Aber sie hatte nicht vor, auch nur einen davon zu benutzen. Schließlich kannte sie die Wege nach King's Hill hinein und von dort wieder heraus ebensogut wie er. Als Kind, ständig in den Mauern der königlichen Quartiere gefangen, hatte es ihr freigestanden, zu erkunden, was immer sie wollte. Sie kannte Wege über und unter den Mauern, durch verborgene Türen in Gebäuden, und obwohl sie zu groß geworden war, um jetzt noch durch einige davon hindurchzupassen, konnte sie nach wie vor auf vielerlei Weise von einem Ort zum anderen gelangen. Und sie würde King's Hill erst verlassen, wenn sie mit dem Kopf ihres Vaters gesprochen hatte. Er war in seinem Leben so fern, so schwierig gewesen, aber jetzt würde sie einige Geheimnisse aus ihm herausbekommen. Jetzt würde er mit ihr reden, wie er im Leben nie mit ihr geredet hatte.

Es war ganz einfach, in die wohlgepflegten Gärten von King's Wood zu huschen. Der Boden war weich, nahm leicht die Fußabdrücke auf, aber schon bald kletterte sie zwischen den Bäumen von Ast zu Ast. Diese Riesen waren bereits alte Bäume gewesen, als ihr Urgroßvater noch im Haus derer von Heptagon herrschte und die Vierzehn Familien ihm für immer ihre Köpfe angeboten hatten. Nun verbargen ihre Blätter sie, und ihre Äste dienten ihr als Weg zur Südmauer des Gartens. In der Luft konnten sie ihre Schritte nicht verfolgen.

Einmal legte sie in einem sicheren Gewirr von Zweigen eine Pause ein, um ihre Frauenkleidung abzulegen. Darunter trug sie die kurzen Hosen und das lange Hemd eines Burschen vom Lande. Sie war nun fast schon zu groß, um diese Rolle zu spielen, da Jungen in diesen Tagen so schnell wie möglich zu langen Hosen oder Berufskleidung wechselten. Wenigstens waren ihre Brüste noch nicht zu groß, und Vater war großzügig genug gewesen, nicht zu sterben, als sie ihre Periode hatte. Sie beschmierte sich das Gesicht, riß ihre Perücke herunter und zerzauste sich das kurze Haar. Sie beschloß, die Perücke zu behalten – sie paßte perfekt zu ihrem Haar, und es würde schwierig sein, eine andere zu finden. Sie stopfte sie in ihre Tasche. Das Kleid hatte sie in einem Astloch verstaut. Es war natürlich schwarz und würde vom Boden aus nicht leicht zu sehen sein.

Die Dämmerung brach bereits herein, als sie die Mauer erreichte und sich auf das Pflaster der Kornkammerstraße fallen ließ. Niemand sah sie. Sie nahm einen der Lastkarren und zerrte ihn an den Seilen in die Speisekammerstraße. Nach jahrelangen Übungen mit Angel war ihr jungenhafter Schritt völlig überzeugend. Niemand warf ihr einen zweiten Blick zu. Sie hatte keine Probleme, den Karren zurückzulassen und weiterzugehen, um, wie es so viele Diener taten, den Toten in der Sklavenhalle Respekt zu erweisen. Falls jene, die sie sahen, daran gedacht hätten, ihr Gesicht zu mustern, hätten sie sie vielleicht erkannt – die Tochter von Lord Peace hatte das bekannteste Gesicht in King's Hill. Aber das Wesen der Verkleidung, hatte Angel immer gesagt, besteht darin, eingehenderes Betrachten zu vermeiden. Die Kleidung, die Gehweise, der Schmutz, die Grobheit bewahrten sie davor, überhaupt bemerkt zu werden.

Der Türhüter war nicht da. Das war er selten, und es hätte ihr keine Probleme bereitet, wenn er dagewesen wäre. Er war nahezu blind.

Sie wanderte zwischen den Regalen mit lebenden Köpfen dahin. Sie hatte viele Stunden hier verbracht und kannte die meisten der Gesichter, hatte mit vielen von ihnen gesprochen. Längst verstorbene Diener längst verstorbener Könige, hatten sie einst erhebliche Macht ausgeübt und Monarchen beeinflußt und an Hunderten von ausländischen Höfen als Stimme des Königs fungiert. Wie üblich waren die meisten Augen geschlossen, da wenige der Toten viel Freude an der Gesellschaft der Lebenden hatten. Statt dessen träumten sie lieber und erinnerten sich, erinnerten sich und träumten, riefen sich mit perfekter Klarheit alles wieder ins Gedächtnis zurück, was sie in ihrem Leben je gesehen und empfunden hatten. Nur ein paar von ihnen sahen, wie sie vorüberging; wäre einer von ihnen imstande gewesen, ein wenig Neugier aufzubringen, hätte er seinen Kopf ohnehin nicht wenden können, um zu sehen, wohin sie ging.

Vater würde natürlich nicht hier sein, auch nicht oben unter den Bevorzugten. Dafür wäre es zu früh – sein Kopf mußte zunächst trainiert und dem Willen des Königs unterworfen werden. Deshalb begab sich Patience zu einem Ort unter der Treppe, wo ein Holzbrett vor dem Heizungsschacht fehlte. Das Wetter war warm genug, daß keiner der Öfen entfacht war; die Luft im Steingang war kühl. Sie stieg in die Dunkelheit hinab. Unten wandte sie sich nach – links? – ja, links, und kroch weiter, bis sie zu einem Holzgitter auf dem Boden kam. Unter ihr war es dunkel. Demnach hatten sie mit Vater noch nicht angefangen.

Sie legte sich also neben das Gitter, absolut still, und lauschte nach den Geräuschen, die durch das Heizungssystem zogen. Es gab überall in der Sklavenhalle Orte, wo man deutlich die in den Gängen geführten Gespräche hören konnte. Einen guten Teil ihres Wissens über Politik hatte Patience sich hier selbst beigebracht, während sie den gescheitesten Dienern und Gesandten zuhörte, wie sie die Toten um Informationen angingen oder mit den Lebenden Pläne schmiedeten, um noch mehr Macht zu erlangen.

Zu ihrer Überraschung kamen sie in die Sklavenhalle und suchten nach ihr – sie hörte, wie die Soldaten den Türhüter fragten und die öffentlichen Etagen durchstöberten. Aber sie suchten ziemlich planlos, nicht, weil sie erwarteten, sie hier zu finden, sondern weil man ihnen befohlen hatte, überall zu suchen. Gut. Sie hatten sie in King's Wood verloren und keine Ahnung, wohin sie sich von dort aus gewandt hatte.

Später kam der Kopfhüter in den Kellerraum, zündete die hellen Öllampen an und begann an ihrem Vater zu arbeiten.

Sie hatte den Vorgang früher schon oft genug gehört und gesehen. Es dauerte weniger als eine Stunde, um die Kopfwürmer mit den Nerven im Rückgrat ihres Vaters zu verbinden. Kalt sah sie zu, wie das Gesicht ihres Vaters sich manchmal vor Schmerzen verzerrte, denn meistens tat es weh, wenn die Nerven von den Kopfwürmern wiedererweckt wurden. Schließlich entließ der Kopfhüter seine Lehrlinge jedoch. Der körperliche Vorgang war beendet.

Seine Nackenknochen wurden an einem Gestell befestigt, seine Luftröhre an der Atemblase, und sein Hals berührte ganz sachte das Gel, das die Kopfwürmer, die sich an seinen Nerven festklammerten, und die Gools, die Ausläufer durch seine Blutgefäße schickten, mit den lebensnotwendigen Nährstoffen versorgte. Sie würden seinen Kopf am Leben und seine Erinnerungen intakt halten, für die nächsten tausend Jahre – oder bis ein König seiner überdrüssig wurde und seinen Kopf hinauswerfen ließ.

Dann sprach der Kopfhüter mit ihm und stellte ihm Fragen. Indem er bestimmte Chemikalien in den Behälter tröpfeln ließ, brachte er den Kopfwürmern bei, wann Lord Peaces Antworten ehrlich waren; andere Chemikalien dienten dazu, anzuzeigen, wann er zögerte oder aufgeregt zu sein schien. Die Kopfwürmer lernten rasch, welche der Kopfnerven Genuß bereiteten und welche Leid.

Binnen kurzem waren sie soweit und benötigten keine Stimulation vom Kopfhüter mehr. Nun würden die Kopfwürmer schon beim geringsten zunehmenden Widerstand erregt sein, etwa beim Lügen. Darauf würden sie ihrerseits andere Nerven stimuliren, so daß der Kopf Extreme dringender Bedürfnisse verspüren würde – einen vollen Darm oder eine volle Blase, einen leeren Magen, eine vor Durst trockene Kehle, die Nerven sexuellen Genusses hart am Rande des Orgasmus, aber nie ganz dabei. Wenn der Kopf wahrheitsgetreu antwortete, erfuhr er ein gewisses Maß an Erleichterung. Wenn er log, nahm das Verlangen zu, bis es sich zu wildem Schmerz steigerte. Getrennt von ihren Körpern besaßen die Köpfe niemals viel Widerstandskraft, und ihr Wille wurde gewöhnlich in einer einzigen Nacht gebrochen, wie sehr sie auch versuchen mochten, sich dem zu widersetzen.

Patience ermahnte sich zur Ruhe und bereitete sich darauf vor, ihrem Vater zuzuhören, bevor die Würmer seinen Willen endgültig gebrochen hatten. Zuerst schien es so, als würde sein Widerstand lang und schmerzhaft werden. Dann begann er jedoch zu ihrer Überraschung zu wimmern. Es war ein Laut, den sie nie zuvor gehört hatte, und dabei glaubte sie, alle seine Stimmen zu kennen.

»Ganz egal, was ich tue«, sagte er. »Ihr könnt es doch noch immer schlimmer und schlimmer machen.«

»Das stimmt«, sagte der Kopfhüter. »Die Würmer werden die Dinge finden, nach denen du dich am meisten sehnst, und du wirst nicht eher Befriedigung erlangen, als bis du die Wahrheit gesagt hast.«

»Fragt mich doch mal. Fragt mich irgendwas.«

Sie taten es, und er sagte es ihnen. Überhaupt kein Widerstand. Intime Dinge, schreckliche Dinge, Staatsgeheimnisse, Geheimnisse seines eigenen Körpers. Patience lauschte angewidert. Sie war auf das Leid ihres Vaters vorbereitet gewesen, aber nicht auf seine rasche Kapitulation.

Sie dachten, er würde ihnen Widerstand leisten, als er sagte, daß er nicht wüßte, wo Patience sei. Aber Patience wußte, daß er nichts zurückhielt. Vielleicht war ihm klar gewesen, daß er bald damit herausrücken würde – vielleicht hatte er ihre Flucht deshalb so gut vorbereitet. Er mußte seine eigene Schwäche gekannt haben, obwohl er sie bisher vor allen verborgen hatte.

»Ich wußte, daß du mich fragen würdest, und so stellte ich sicher, daß ich es nicht wußte. Ich sagte Angel vor einem Jahr, er solle Pläne für sie schmieden und mir nichts davon erzählen. Dann, als ich den Tod nahen spürte, schickte ich Angel weg – ich wußte, daß man ihren Leibwächter zuerst töten würde. Patience ist ganz auf sich allein gestellt, bis sie ihn treffen kann. Aber Angel und ich haben meine Tochter sorgfältig ausgebildet, meine Herren. Sie spricht jede Sprache, die ich spreche, sie ist eine noch vollendetere Attentäterin als sogar Angel, und sie ist bei weitem gescheiter als jeder Ratgeber des Königs. Ihr werdet sie nie erwischen. Sie ist wahrscheinlich schon fort.«

Der Kopfhüter glaubte ihm endlich. »Wir werden dem König sagen, daß du jetzt soweit bist.«

»Wird er kommen und mit mir reden?« fragte der Kopf.

»Wenn er will. Aber niemand sonst wird es je tun. Mit deinen Kenntnissen, weißt du, besteht keine Hoffnung, daß er dich in ein öffentliches Zimmer stellen wird. Wer weiß? Vielleicht wird er dich in seinen Privatgemächern installieren.« Der Kopfhüter lachte. »Dann kanst du jeden intimen Augenblick im Leben des Königs mitverfolgen, und er kann deinen Rat bekommen, wann immer er ihn braucht. Es gibt Präzedenzfälle, weißt du. Dein Großvater ...«

»Mein Großvater war ein verkorkstes Wrack. Das ist König Oruc nicht.«

»Hoffst du«, sagte der Kopfhüter.

»König Oruc ist ein großer Heptarch.«

Der Kopfhüter blickte ihn mißtrauisch an. Dann lächelte er. »Du bist also wirklich dieser Ansicht. Und die ganze Zeit über dachten alle, daß du Oruc nur dienen würdest, weil er deine Tochter als Geisel hat. Nun erweist sich, daß du wirklich loyal warst. Ein Schwächling.« Der Kopfhüter gab ihm einen leichten Klaps auf die Wange. »Du warst ein Nichts, und jetzt bist du weniger als ein Nichts.«

Er löschte das Licht und ging.

Sobald er weg war und der Bronzeschlüssel sich im Schloß gedreht hatte, hob Patience das Gitter hoch und ließ sich in den Raum fallen.

»Hallo, Vater«, sagte sie. Sie tastete in der Dunkelheit umher, bis sie die Atemblase fand. Dann pumpte sie Luft, damit er sprechen konnte.

»Geh!« sagte er. »Ich habe dir bereits alles beigebracht, was ich weiß.«

»Ich weiß«, sagte sie. »Nun will ich, daß du mir alles erzählst, wovor du dich fürchtest.«

»Ich fürchte mich jetzt vor nichts mehr«, sagte er. »Gerade jetzt entleere ich meine Blase, was ich seit drei Jahren nicht mehr schmerzfrei getan habe. Geh!«

»Du hast weder eine Blase noch Urin, Vater. Das ist nur eine Illusion.«

»Die einzige Realität, die ein Mensch je kennt, mein geliebtes Mädchen, ist die, welche seine Nerven ihm mitteilen, und meine teilen mir gerade mit, daß – oh, du verderbter und undankbarer Wurm von einem Mädchen, die Kopfwürmer quälen mich wieder, weil ich dir Widerstand leiste.«

»Dann leiste mir keinen Widerstand, Vater.«

»Ich bin nicht dein Vater, ich bin ein Stück toten Hirngewebes, das von den sondierenden Ausläufern der Gools am Leben erhalten und von trainierten Würmern stimuliert wird.«

»Du warst *nie* mein Vater.« Stockte ihm nicht der Atem? Gab er nicht einen winzigen Aufschrei der Überraschung von sich? »Du hast mir immer nur Reden gehalten, damit die Diener mithören konnten. Angel war der einzige Vater, den ich hatte.«

»Verschwende deine Zeit nicht mit dem Versuch, mich zu verletzen. Darüber bin ich hinaus.«

»Hast du mich je geliebt?«

»Ich erinnere mich nicht. Wenn ich es tat, so liebe ich dich jetzt nicht mehr. Das einzige, wonach ich mich im Augenblick sehne, ist, bis in alle Ewigkeit zu urinieren. Ich würde mit Freuden eine Tochter gegen eine anständige Prostata eintauschen.«

Sie fand die Streichhölzer, wo der Kopfhüter sie abgelegt hatte, und zündete eine einzelne Lampe an. Die Augen ihres Vaters blinzelten im Licht. Sie lächelte ihn an. »Du wirst Oruc alles erzählen, mir aber wirst du es zuerst erzählen. Mein Leben lang war es dir möglich, Geheimnisse vor mir zu haben. Damit ist es jetzt vorbei.«

»Du brauchst keines der Geheimnisse zu wissen. Ich habe dafür gesorgt, daß du alles erfuhrst. Ich hielt dich für intelligent genug, zu wissen, daß jedes Wort, das Angel zu dir sagte, ursprünglich von meinen Lippen gekommen war.«

»Er hat mir erzählt, daß du mich bereitwillig sterben ließest, wenn es den Interessen des Königshauses dienen würde.«

»Was wäre dir lieber? Daß ich dir erzähle, ich hielte dein Leben für wichtiger als die ganze Welt? Welche Art von egomanischem Ungeheuer bist du?«

»Ein Mensch«, sagte sie.

»Die schlimmste Art Ungeheuer«, sagte er. »Wir sind alle Ungeheuer, leben in völliger Isolation, schicken Worte aus, als seien es Gesandte, die um Anerkennung und Verehrung betteln. Liebe mich, liebe mich. Und wenn die Worte dann zurückkommen, ›Ich liebe dich, ich verehre dich, du bist großartig und gut‹, zweifeln diese Ungeheuer, wissen diese Ungeheuer, daß es eine Lüge ist. ›Beweise es‹, sagen sie. ›Gehorche mir, gib mir Macht.‹ Und wenn man ihnen gehorcht, werden die Ungeheuer nur noch hungriger. ›Woher weiß ich, daß du mich nicht manipulierst?‹ schreit das Ungeheuer. ›Wenn du mich liebst, stirb für mich, töte für mich, gib mir alles und behalte nichts für dich zurück!‹«

»Wenn Menschen alle Ungeheuer sind, weshalb sollte ich mich dann für einen von ihnen opfern?«

»Weil sie schöne Ungeheuer sind«, wisperte er. »Und wenn sie in einem Netz von Frieden und Hoffnung leben, wenn sie der Welt vertrauen und ihr größer Hunger gestillt ist, dann herrscht innerhalb dieses Systems, dieses zarten Gespinstes Freude. Dafür leben wir, um die Ungeheuer zusammenzuknüpfen, ihre Furcht zu ermorden und ihrer Schönheit zur Geburt zu verhelfen.«

»Das ist genauso mystisch wie das Geschwätz der Priester.«

»Es *ist* das Geschwätz der Priester.«

»Du hast die Möglichkeit der Macht hingegeben, du hast uns all diese Jahre zu Fremden gemacht, und das alles für eine unsichtbare, nicht vorhandene Verbindung zwischen Menschen, denen du nie begegnet bist?« Sie versuchte soviel Verachtung wie möglich in ihre Stimme zu legen.

»Du bist erst fünfzehn. Du weißt noch nichts. Geh.«

»Ich weiß, daß dein Leben eine einzige Täuschung und Maskerade war.«

»Und wenn ich die Maske fallengelassen und dir erzählt hätte, wofür ich gelebt habe, hättest du mich verhöhnt. Das Geschwätz der Priester! Denkst du, daß etwas nicht existiert, nur weil etwas unsichtbar ist? Es gibt nichts als leeren Raum zwischen den unendlich kleinen Materieteilchen; das einzige, was sie verbindet, ist ihr Verhalten, ihr Einfluß aufeinander, und doch ist aus diesen leeren, unsichtbaren Verbindungen alles gebaut, was im Universum existiert. Das meiste davon ist leer, das Gespinst empfindungslos. Und doch, wenn das Gespinst für einen einzigen Augenblick zusammenbräche, würde alles in einem Lichtblitz aus dem Dasein verschwinden. Denkst du, bei uns ist das anders? Denkst du, daß du unabhängig von deinen Verbindungen zu anderen Menschen existierst? Denkst du, daß du für immer deinen eigenen Interessen dienen kannst, ohne auch den ihren zu dienen? Dann hätte ich dich in der Wiege töten sollen, weil du nicht zur Heptarchin geeignet bist.«

Sie sah in seinem Gesicht die gleiche Leidenschaft, die

sie in dem von Prekeptor gesehen hatte. Auch Vater war ein Gläubiger. Aber sie konnte nicht glauben, daß dies ein Glauben war, für den man alles hingeben konnte.

»War dies das Geheimnis, das du all die Jahre über vor mir verborgen hast? War es dies, was du mir gesagt hättest, wenn wir nur für einen kurzen Augenblick hätten allein und ehrlich miteinander reden können? War es dies, wonach ich mich mein ganzes Leben lang gesehnt habe?« Er hatte ihr beigebracht, wie man als diplomatisches Werkzeug äußerste Verachtung zeigte. Jetzt gebrauchte sie es: »Ich hätte von jedem Lehrer in der Schule genausoviel lernen können.«

Sein Gesicht erschlaffte, nahm wieder den unbeteiligten Ausdruck an, dessen er sich befleißigte, wenn er nichts mehr zu zeigen wünschte. »Wenn du nicht sofort von hier verschwindest, bevor Oruc oder seine Männer kommen, wirst du ziemlich wahrscheinlich die nächsten tausend Jahre in liebender Nähe zu mir verbringen und in einer Suppenschüssel von den Gools ausgelutscht werden. Ich habe dich nicht gern genug, um deine Gesellschaft zu wollen. Ich hielt dich immer für ein wohlgeratenes Kind, aber jetzt sehe ich, daß du ein selbstsüchtiger, rücksichtsloser Fratz bist.«

»Nein«, sagte sie. »Es gibt noch Dinge, die ich wissen muß. Praktische Dinge, die ich zum Überleben brauche.«

»Überleben habe ich dir von Kindheit an beigebracht. Du wirst überleben. Geh.«

»Was hast du am meisten gefürchtet?«

Seine Miene nahm einen spöttisch-hingebungsvollen Ausdruck an. »Daß du sterben könntest. Alles, was ich tat, geschah, um dich am Leben zu erhalten. Weshalb sonst, glaubst du, habe ich dem Sohn des Usurpators so treu gedient? Er hat dich als Geisel gehalten.«

Er wollte, daß sie es für eine Lüge hielt. Aber sie konnte auch sehen, daß die Kopfwürmer ihn nicht peinigten. Er hatte ihr die Wahrheit gesagt. Er wollte einfach nur nicht, daß sie wußte, daß es die Wahrheit war. Also stellte sie die

Fragen, auf die er ihr die erwarteten Antworten gab. »Weshalb hast du meinen Tod gefürchtet?«

»Weil ich dich geliebt habe. Damals, als ich noch am Leben war. Ich erinnere mich dunkel.«

Aber das war eine Lüge. Sie konnte das Zittern um seine Lippen sehen; die Kopfwürmer hatten die Kontrolle über seine Nerven und folterten ihn unverhohlen, als er Widerstand leistete. Also war es nicht Liebe. Es war etwas anderes. Und der Gedanke daran versetzte sie in die Zeit ihrer frühen Kindheit zurück, in jene Nacht, die am meisten ihre Alpträume heimgesucht hatte. Es war nun etwas in seinem Gesicht, das sie an sein Gesicht in jener Nacht erinnerte. »Du hast mich in jener Nacht belogen«, sagte sie. »Mir ist jetzt klar, daß du mich über irgend etwas belogen hast.«

»In welcher Nacht?« fragte er.

»Was hast du mir verschwiegen, Vater, in jener Nacht, als sie Mutters Körper in sieben Säcken brachten?«

»Du erinnerst dich daran?«

»Aus irgendeinem Grund ist es mir im Gedächtnis haftengeblieben.«

Er hob eine Braue. »Ich erinnere mich nicht daran.«

»Jetzt erinnerst du dich mehr denn je.«

»Gott steh mir bei – wenn ich mich an jene Nacht erinnern muß, dann habe die Gnade, mich von diesem Gestell zu nehmen und sterben zu lassen.«

»Als du in jener Nacht den ersten Sack aufgemacht und gesehen hast, was darin war, hast du geschrien: ›Ich werde nie gehen, ich werde nie zulassen, daß du sie bekommst, nicht meine Tochter, niemals.‹ Wen hast du angeschrien? Was war es, wovor du dich so fürchtetest? Du hast gezittert, Vater. Davor und seitdem habe ich dich nie mehr zittern gesehen.«

»Ich fürchtete mich natürlich vor König Oruc.«

»Vor ihm hast du dich nie gefürchtet. Und Lügen bekommt dir nicht – siehst du, was die Kopfwürmer mit dir machen?«

Abrupt änderte er seine Taktik. Er lächelte und sagte

trocken: »Sogar der Kopfhüter hat etwas Gnade gezeigt. Nun fühle ich mich, als hätte ich seit einem Monat Verstopfung und als sei ein Durchfall im Anmarsch. Du hast ja keine Ahnung, wie schlimm diese Würmer sein können.«

»Sag's mir jetzt, und dann hast du Ruhe.«

Leichthin, als sei es egal, sagte er: »Ich fürchtete mich vor dem Cranning-Ruf. Es war der Rufer, den ich angeschrien habe, wer immer es war.«

»Wer sonst außer dem Geblingkönig könnte es gewesen sein?« fragte Patience.

»Oh, du denkst, du hast das Rätsel gelöst?«

»Angel erzählte mir, daß die Geblingkönige immer imstande gewesen waren, ihren Leuten wortlos Befehle zu geben. Von einem Verstand zum anderen.«

»Hat Angel dir auch erzählt, daß diese Macht der Geblinge noch nie von einem Menschen vernommen wurde? Wir sind taub wie ein Pfahl, wenn die Geblinge einander rufen.«

»Der Cranning-Ruf – wenn es nicht die Geblinge sind, wer dann, und weshalb fürchtest du ihn?«

»Ich weiß nicht, wer es ist, aber ich fürchte ihn. Ich fürchte, was er den Leuten antun kann. Die Weisen zu Großvaters Zeiten waren brillant und stark, die größten Geister in der Geschichte der Welt; sie haben zusammengearbeitet, immer mehr gelernt, bis sie Dinge taten, die auf keiner Welt je getan worden waren. Hier, wo man so schwer Eisen finden kann, daß wir uns nie auf die Maschinen verlassen können, die den Menschen von jeher ihre Macht bescherten, haben sie das Rätsel des Lebens entschlüsselt. Sie waren nicht einfach nur engstirnige Züchter wie die Tassaliki, wie die uralten Wissenschaftler, die vor viertausend Jahren diese Kopfwürmer und Gools erschufen. Die Weisen zu Großvaters Zeiten hatten den Chromosomen beigebracht, sich zu Kristallen aufzuschwingen, Atom für Atom, in Mustern, die man mit bloßem Auge erkennen und lesen konnte. Sie hatten herausgefunden, wie die Leidenschaft den Fisch mit der Muschel vereinigt, so daß daraus Wasserpflanzen entstehen. Und als ich geboren wurde, veränderten sie mich so, daß ich nichts anderes als Söhne hervorbringen konnte.«

Patience dachte einen Augenblick darüber nach. »Sie taten es, damit sich die Prophezeiung nicht erfüllte. Damit es keine siebente siebente siebente Tochter gäbe.«

»Das war der Plan.«

»Weshalb hast du deine Meinung geändert? Weshalb hast du Angel ungeschehen machen lassen, was sie taten? Du bist gewiß kein Beobachter geworden.«

»Nein, kein Beobachter. Die Weisen taten dies mit mir, als ich noch ein Kind war. Kaum hatten sie meinem Körper die Fähigkeit genommen, weibliche Kinder zu zeugen, setzte der Cranning-Ruf ein. Einer nach dem anderen begannen die besten von ihnen zu verschwinden. Sie gingen weg, um woanders zu unterrichten. Sie ließen sich irgendwo auf dem Land nieder. Man schickte sie als Gesandte oder Botschafter umher. Aber sie kamen nie an ihrem Zielort an. Statt dessen sah man sie an den Flüssen entlang- und auf den Straßen einherziehen, die nach Cranning, zur Stadt am Ende der Welt, führten.«

»War dein Vater damals Heptarch?«

»Noch nicht. Mein Vater sah, was dem Reich widerfuhr und wie alle fähigen Männer verschwanden. Er ging zu ihnen und flehte sie an, nicht zu gehen. Jene, die den Cranning-Ruf noch nicht vernommen hatten, schworen in äußerstem Ernst zu bleiben. Aber jene, *die* ihn vernommen hatten – sie versprachen alles, brachen jedoch ihre sämtlichen Versprechen. Und Großvater unternahm nichts, um sie aufzuhalten. Es war eine entsetzliche Zeit, mit aufrührerischen Provinzen, einer unordentlichen Armee. Schließlich ließ Vater Großvater verhaften und übernahm die Regierung.«

»Also war der Usurpator nicht der erste, der einen Heptarchen entmachtete?«

»Zum Wohl des Königshauses sogar Verrat. Ja. Aber es war zu spät. Selbst als er einige von ihnen foltern ließ, selbst als er an einigen von ihnen ein Exempel statuierte und sie tötete, gingen sie noch. Selbst als er ihnen die Köpfe abschnitt und sie hierherbrachte, in die Sklavenhalle, war der Cranning-Ruf noch so stark in ihrem Verstand, daß die Kopfwürmer keine Macht über sie hatten. Der Cranning-Ruf war stärker als alles, was die Kopfwürmer ihnen antun konnten.«

»Wozu brauchte man sie?«

»Denkst du, Vater hat das nicht herauszufinden versucht? Aber sie wußten es selbst nicht. Und keiner erfuhr je, was aus ihnen wurde, wenn sie einmal nach Cranning gelangt waren. Vaters Spione kehrten nie zurück. Und nach ein paar Jahren war das Reich verloren. Zwölf der vierzehn Familien probten den Aufstand. Orucs Vater führte ihn an. Aber damals wurde er noch nicht der Usurpator genannt. Man nannte ihn den Befreier. Er käme, sagte er, um Großvater wieder seinen rechtmäßigen Platz auf dem Heptarchenthron zurückzugeben.«

»Ah.«

»Vater hätte Großvater töten sollen.«

»Wie Oruc uns hätte töten sollen?«

»Großvater war nicht – die siebente siebente siebente Tochter.« Lord Peace schloß seine Augen. Patience wußte: Hätte er noch seinen Körper besessen, hätte er die Fingerspitzen aneinandergelegt und mit ihnen den Mund berührt; sie konnte beinahe sehen, wie sich seine Hände hoben. Sie spürte, wie die Trauer über seinen Tod zum erstenmal in ihr aufstieg, als sie ihn so halb lebendig sah, während sie ihn doch als Ganzheit im Gedächtnis trug.

Sie schüttelte das Gefühl ab. »Wie wurde ich geboren, Vater?«

»Mein Vater verlor die Stadt Heptam, bevor ich volljährig war. Ich führte eine Armee, er führte eine andere. Er verlor, wurde gefangengenommen und getötet. Ich verlor nie. Ich durchstreifte mit einer niemals schrumpfenden Guerillabande die Wildnis. Einer nach dem anderen wurden meine Söhne erwachsen. Einer nach dem anderen kamen sie um.

Der Feind schien meine Jungen so leicht zu finden – als ob ein Verräter sie anführte. Es war, als brächte sie eine schreckliche unsichtbare Macht dazu, jeden bis auf mich zu töten. Jeden bis auf mich. Meine erste Frau, meinen Vater, meine Kinder, nur ich allein lebte noch.«

»Und so konntest du die prophezeite Tochter zeugen.«

»Ich studierte die Chroniken. Ich erkannte, daß der Fall meiner Familie beinahe in dem Augenblick eingesetzt hatte, als ich tochterlos blieb. Das war das Verbrechen, um dessentwillen uns die Weisen und der Thron genommen worden waren. Verstehst du, Patience, die Prophezeiungen, die seit langem in den Gedanken dieser Männer herumgespukt hatten, waren bloßer Aberglaube – jemand oder etwas von großer Macht wollte, daß sie sich erfüllten. Und wir dachten – daß wir vielleicht einen Weg finden könnten, um ungeschehen zu machen, was geschehen war. Wenn ich vielleicht ein Mädchen bekommen könnte, dann würden die Weisen wieder heimkehren und alles könnte wieder so eingerichtet werden, wie es einst war. Frieden würde wieder die Welt regieren. Aber wie ließ sich das Werk der Weisen ungeschehen machen, damit meine Tochter geboren werden konnte? Wer wußte, wie das möglich werden könnte, wo die Weisen doch alle fort waren?«

»Angel«, sagte Patience. »Diese Geschichte kenne ich.«

»Ich war damals in meinen Vierzigern. Er kam zu mir, noch ein sehr junger Mann, und sagte, er habe die Berichte der großen Männer studiert und denke, daß er einen Weg wüßte, mein frauenerzeugendes Gen aufzufrischen und wiederzuerwecken. Er erklärte es mir, aber ich konnte es nicht verstehen – ich weiß, was jeder gebildete Mann über Genetik weiß, aber er kannte sich sehr gut mit ihrer Chemie und Mathematik aus, mit Katalysatoren und Gegenkatalysatoren, Induktoren und Prohibitoren. Ich sagte zu ihm: ›Du weißt zuviel. Du bist einer der Weisen geworden. Der Cranning-Ruf wird auch dich erreichen.‹ Er lächelte nur und erwiderte: ›Lord Peace, mein Heptarch, wenn der Rufer will, daß Ihr eine Tochter bekommt, dann wird er mich hierlassen.‹«

»Also stand meine Geburt … im Einvernehmen mit dem Cranning-Ruf.«

»Angel und ich stritten darüber. Besser, kastriert zu sein, als dem Willen dieses Feindes nachzugeben, sagte ich. Aber es lief auf folgendes hinaus: Wir wußten nicht, was der Cranning-Ruf mit deiner Geburt bezweckte, aber wir wußten, daß die Welt in Aufruhr bleiben würde, solange du nicht geboren würdest. Wir befanden uns damals in Ilium, unter dem Schutz von Lady Hekat. Sie erklärte uns: ›Die Prophezeiungen sind zweideutig. Die siebente siebente siebente Tochter wird Vernichterin der Welt und Erlöserin der Welt genannt. Weshalb sie nicht zur Welt kommen lassen und sie dann zur Erlöserin heranziehen?‹ Also nahm ich Lady Hekat zu meinem zweiten Weib, und Angel vollzog die Veränderung an mir, und du wurdest geboren.«

»Lady Hekat.« Patience sah wieder das Gesicht ihrer Mutter vor sich, wie es ausgesehen hatte, als sie es das letzemal sah. Wie sie weinte, als die Soldaten ihr Patience wegnahmen. Wie sie meine Tochter! meine Tochter! schrie, mein Kind, Gott sei mit dir, immer mit dir; und dann das Klopfen an Vaters Tür und der plötzliche Schmerzensschrei, als Vater in den Sack schaute, den man ihm gebracht hatte. Ich sah sein Gesicht. Sein Gesicht, Mutters Gesicht, der gleiche Schmerz. »Und du hast mir beigebracht, eine Attentäterin zu sein«, sagte sie.

»Ich habe dir beigebracht, dem Königshaus zu dienen. Wie sehr du jetzt auch denken magst, daß du mich haßt, ich kenne dich. Du wirst stets zum Wohl des Königshauses handeln. Du bist die Hoffnung der Menschheit. Nicht wie die Beobachter und Wachsamen glauben, bloß als Mutter eines eingebildeten Gottes. Du selbst. Ich weiß es.«

»Ich bin ein Kind, fünfzehn Jahre alt. Ich bin die Hoffnung von Nichts. Ich habe keine große Bestimmung.«

»Wenn du keine eigene Bestimmung hast, dann wirst du die Bestimmung des Cranning-Rufes erfüllen. Er wartet auf dich, Tochter. Aber Angel und ich haben getan, was wir konnten, um dir beizubringen, wofür die Heptarchen leben. Hast du es nicht gelernt, so konnten wir nicht mehr tun.«

»Du weißt nichts, Vater. Du weißt nicht, wer aus Cranning ruft, du weißt nicht, wozu er mich haben will, und du weißt nicht einmal, wer *ich* bin.«

»Woher sollte ich wissen, wer du bist, Patience? Auch ich habe den Cranning-Ruf vernommen. Überrascht dich das? Ich habe ihn nie vernommen, bevor du geboren warst, aber dann setzte er ein. Ein furchtbarer Drang, dich dorthin zu bringen, dich zum Skyfoot zu tragen und dich an was immer dort wartet zu übergeben. Solange ich bei dir war, dein ganzes Leben lang, habe ich ein Verlangen verspürt, das schlimmer war als alles, was diese kleinen Würmer mir antun können. Deshalb habe ich so wenig Zeit mit dir verbracht wie ich konnte, aus Angst, ich würde unter diesen Schmerzen zusammenbrechen und dich forttragen, bevor du bereit dazu wärst.«

»Bereit wozu?«

»Dich dem zu stellen, was dich dort erwartet.«

»Bin ich jetzt dazu bereit?«

»Woher soll ich das wissen? Aber du bist so sehr dazu bereit, wie ich es in meinem Leben zustandebringen konnte. Vertraue jetzt Angel. Er ist der letzte der Weisen, der einzige, der dich vor dem Wesen, das ruft, beschützen kann. Vor Unwyrm.«

»Du kennst seinen Namen?«

»Eine Prophezeiung behauptet, daß du die Welt in Unwyrms Lager tragen und sie ihm übergeben wirst, worauf alle Menschheit sterben und wiedergeboren werden wird. Es ist die einzige Prophezeiung, die einen Namen nennt.«

»Wer machte diese Prophezeiung?«

»Ein Prophet, nehme ich an. Was zählt, ist, daß der Cranning-Ruf der Beweis dafür ist, daß die Prophezeiungen wahr sind – oder daß eine unbesiegbare Macht sie bewahrheiten will, was auf das gleiche hinausläuft.«

»So etwas wie eine unbesiegbare Macht gibt es nicht«, sagte Patience. »Das hast du mich immer gelehrt.«

»Geh jetzt, Patience. Ich habe dir alles erzählt. Sie dürfen dich hier nicht finden, oder mein ganzes Leben war umsonst. Und wenn sie mich fragen, werde ich ihnen erzählen, daß ich dich traf. Es wird ihnen eine frische Spur geben.«

Beinahe hätte sie ihm gehorcht. Aber dann wurde ihr klar, daß er ihre Frage nicht vollständig beantwortet hatte. In seinem Gesicht war noch immer ein Zucken, ein Zeichen dafür, daß er widerstand, daß er ihr nicht alles erzählt hatte, wonach sie ihn gefragt hatte.

»Noch eine Geschichte«, sagte sie.

»Keine mehr.«

»Die, die du mir nicht erzählen willst.«

Das Gesicht verzog sich zur Grimasse, als der Kopf versuchte, dem Drängen der Würmer zu widerstehen. »Laß mich in Frieden, Kind! Laß meinen Namen mehr sein als nur eine schreckliche Ironie.«

»Was immer es ist, das du so verzweifelt vor mir zurückzuhalten versuchst, es ist genau das, was ich am dringendsten wissen muß.«

»Du irrst dich, du Närrin! Wenn du es wissen müßtest, hätte ich es dir erzählt! Laß mich dieses eine Geheimnis mit mir ins Grab nehmen.«

»Ich werde es von dir erfahren, Vater! Ich werde es erfahren oder hier warten, bis Oruc mich wegführt!«

Zu guter Letzt, schwitzend und wimmernd, sprach der Kopf. Patience pumpte gleichmäßig, aber die Stimme war hoch und seltsam.

»Die Priester behaupten, der Sternenschiffkapitän sei vom Geist Gottes heimgesucht worden, habe einige Prophezeiungen gemacht und sei dann in den Himmel gefahren.«

»Ich kenne diese Märchen.«

»Ich kenne die Wahrheit. Der Kapitän des Sternenschiffes *Konkeptoine* wurde wahnsinnig, als unsere Ahnen in die

Umlaufbahn um die Welt einschwenkten. Es stimmt, daß er die Prophezeiung mit seiner rechten Hand in das Schiffslogbuch eintrug. Er zeichnete auch die Karte von der Welt, die alle großen Eisen- und Kohlevorkommen zeigt, das Zeug, aus dem Stahl hergestellt wird. Dann verwendete er die Macht des Schiffes dazu, diese Vorkommen zu zerstören. Mit dieser einen Handlung bestimmte er die Zukunft der Welt. Imakulata ist nicht natürlicherweise arm an Eisen. Wegen seines wahnsinnigen Zerstörungsaktes sind wir Kinder der großen Maschinenerbauer des Stahles beraubt. Wir haben keine großen Maschinen. Wir sind auf dieser Welt schwächer, als Menschen es je zuvor gewesen sind.«

»Wenn er so wahnsinnig war, das zu tun, weshalb hielt man ihn dann für einen Propheten?«

»Weil seine Karte genauer war als die, die das Schiffsgehirn zeichnete. Er wußte Dinge über die Welt, die man nicht wissen konnte. Es hieß zu der Zeit, daß er besessen zu sein schien. Ich, der ich den Cranning-Ruf vernommen habe, weiß jetzt, daß dies wahrscheinlich stimmte. Was auch immer ihn im Schiff beherrschte, diese unwiderstehliche Macht ist noch am Leben. Er verließ das Schiff in einem Landeboot und wurde nie mehr gesehen. Sein Boot wurde nie gefunden.«

»Wenn etwas Derartiges geschehen ist, weshalb steht es dann nicht in den Historien?«

»Es gibt Geschichten, die von Heptarch zu Heptarch weitergegeben wurden und von denen kein Historiker etwas weiß. Soviel wollte ich dich ohnehin wissen lassen; ich erzählte es Angel, und er sollte es dir erzählen. Die Priester kennen nur die Karte, die er mit seiner rechten Hand zeichnete, und die Worte, die er mit seinem Mund sprach. Die Worte, die sein böser Geist uns glauben machen wollte. Worte darüber, wie Kristos nach Imakulata kommen und die menschliche Rasse erneuern und perfektionieren würde. Aber seine Tochter Irena, die erste Heptarchin, sie sah etwas, das nur die Heptarchen wissen: Als er die Prophezeiung sprach und mit seiner Rechten die Karte zeichnete, tippte seine Linke langsam in das Schiffsgehirn ein: ›Errette meine Tochter aus dem Lager der Wyrm, oder sie werden die ganze Menschheit verschlingen.‹«

»Seine Tochter?«

»Nicht Irena, Kind. Du. Seine entfernte Tochter. Zuerst schienen sie nicht zu wissen, wie entfernt. Es gab Prophezeiungen, daß es die siebente siebente Tochter wäre. Magische Zahlen. Erst in den letzten tausend Jahren hat es Propheten gegeben, die behaupteten, daß die Tochter der Prophezeiung, die Mutter Gottes, die siebente siebente siebente Tochter des Sternenschiffkapitäns wäre.«

»Dann gibt es keinen Grund, anzunehmen, daß die Prophezeiung mehr als das Geschwätz eines Wachsamen ist.«

»Natürlich nicht. Nur daß der Cranning-Ruf offenbar die Absicht verfolgt, diese Prophezeiung zu erfüllen. Ich zweifle nicht daran, daß du die Tochter bist, die – wie der Sternenschiffkapitän warnte – gerettet werden muß.«

»Aber was ist dieses Lager der Würmer – das hier? Die Kopfwürmer?«

»Er schrieb ein Wort, das in der Sternensprache, der ältesten aller Sprachen, ›Ungeheuer‹ bedeutet, und nicht bloß irgendein Ungeheuer, sondern der gefährlichste, durchtriebenste und mächtigste unter den Feinden. Ein Feind, mächtig genug, um die Herrschaft über den Verstand des Sternenschiffkapitäns zu übernehmen, während die *Konkeptoine* sich noch in der Umlaufbahn um Imakulata befand. Ein Feind, mächtig genug, alle Weisen nach Cranning zu rufen. Begreifst du die Gefahr, in der die Welt schwebt, Patience? Wir sehen uns einem Feind gegenüber, der seine Pläne vor siebentausend Jahren schmiedete, als wir zuerst hier eintrafen. Was immer über Imakulata herrschte, bevor die Menschheit hierherkam, will wieder herrschen.«

»Also ein Gebling. Sie waren die höchste eingeborene Lebensform, so intelligent wie Menschen ...«

»Waren sie das? Weshalb ist Geblisch dann bloß eine andere verfälschte Form der Sternensprache? Und Dwelfen und Gaunter, weshalb mußten sie ihre Sprache von der Menschheit übernehmen? Sie sind wieder so stark, wie sie es waren, als die Menschheit eintraf; es gab etwas Mächtigeres, eine Intelligenz, älter als sie. Angel sollte dich davor warnen. Ich wollte nicht, daß du es nicht erfährst. Aber das ist jetzt alles. Das ist alles, geh.«

Aber es gab immer noch etwas; sie konnte sehen, wie die Kopfwürmer ihr mitteilten, daß er noch ein weiteres Geheimnis vor ihr verbarg. Der Scharfrichter hatte ihn nicht gebrochen. Seine Widerstandskraft war nach wie vor stark. Aber sie würde tun, worin der Scharfrichter versagt hatte. Sie würde ihn brechen und die Geschichte von ihm erfahren, die er nicht erzählen wollte.

»Ich kenne dich besser, Vater«, sagte sie. »Wäre ich eine solche Gefahr für die Welt, hättest du mich schon in meiner Kindheit getötet.«

»Der Sternenschiffkapitän sagte nicht, daß man seine Tochter töten soll. Er sagte, man solle sie retten. Und selbst, wenn er es nicht gesagt hätte, hätte ich dich nicht töten können. Jeder andere konnte sterben, Kind, absolut jeder, aber du wirst leben. Um die Menschheit zu vernichten oder die Welt zu retten, das vermag ich nicht zu entscheiden, aber du wirst leben, um jeden Preis.«

»Weshalb! Doch nicht, weil ich deine Tochter bin – also weshalb!«

Sein Gesicht verzerrte sich vor Schmerzen. Sie hatte ihm die unerträgliche Frage gestellt, und die Kopfwürmer würden die Antwort aus ihm herauspressen. Aber noch während ihr das klar wurde, erinnerte sie sich an etwas. Sein Gesicht hatte den gleichen Ausdruck wie in der Nacht, als Mutter starb. Es war die gleiche Maske des Leides, die er damals getragen hatte. »Trotz deines vielen Redens, Vater, hast du mir nie gesagt, was es zu bedeuten hatte, daß du in der Nacht, als sie dir Mutters Leiche brachten, so aufgeschrien hast.«

Sein Mund öffnete sich weit, um einen Schrei zu formen, der nie erklang.

»Der Cranning-Ruf. Für mich bestand das Verlangen nicht darin, selbst zu kommen. Er bestand darin, *dich* zu bringen. Vollständig und am Leben. Wenn ich nicht bei dir war, vernahm ich den Ruf nicht.«

»Das beantwortet nicht meine ...«

»Deine Mutter war immer bei dir. Auch sie vernahm den Ruf. Sie war schwächer als ich. Sie versuchte dich mitzunehmen. Deshalb brachte ich dich von ihr fort. Sie schwor, nicht eher zu ruhen, als bis sie dich zurückhätte, alles zu tun, um dich von mir fortzubekommen.«

Selbst jetzt noch, obwohl sie sich so furchtbar ängstigte, konnte sie sich nicht dazu bringen, zu verstehen, was er meinte.

»Hör zu, närrisches Mädchen! Haben Angel und ich dir nicht beigebracht, wie man zuhört? Mein Vater war schwach genug, um Großvater am Leben zu lassen, als er hätte sterben sollen. Ich war stärker als mein Vater. Hekat wollte dich nach Cranning mitnehmen. Ich hatte nicht die Kraft, *dich* zu töten und gegen den Cranning-Ruf anzugehen, aber ich hatte immer noch Kraft.«

Patience hörte auf, ihm Luft zuzuführen.

»Du«, wisperte sie. »Du hast mir erzählt, es sei eine Gruppe Soldaten gewesen, die versucht habe, einen Strauß mit Oruc auszufechten. Du hast mir erzählt, daß man sie dafür sogar hingerichtet habe, dabei warst du es.«

Seine Lippen bildeten Worte, als ihm die Luft ausging. Ich wollte es dir niemals erzählen. Sein Blick war anklagend. Du hast mich gezwungen, es dir zu erzählen, und du hättest es nicht wissen müssen.

Es war mehr, als sie ertragen konnte.

»Weshalb hast du nicht zugelassen, daß sie mich nach Cranning mitnimmt. Ich hätte alles andere lieber erlitten als ihren Tod.«

»Das Königshaus ist die ganze Welt«, sagten seine Lippen.

»Du warst nicht der Heptarch! Du hattest nicht die Verantwortung für die ganze Welt! Du brauchtest meine Mutter nicht zu töten!« Und sie fegte ihn vom Tisch, schüttete ihn auf den Boden aus.

Sofort eilte sie zu ihm, um seinen Kopf auf den Tisch zurückzuheben und das Gel zu erneuern, das seine Gools am Leben erhielt.

Aber er blickte sie unverwandt an, während sie über ihm kniete, und seine Lippen bewegten sich und sagten: Laß mich sterben.

Also tat sie das einzige, was sie tun *konnte*. Sie nahm Lord Peace am Kiefer und riß den Kopf von dem Gestell, das ihn hielt. Die Kopfwürmer krümmten sich an der freien Luft, und die Gools glitten ab und fielen zu Boden. Die ganze Zeit über blickten die Augen ihres Vaters sie voller Dankbarkeit und Liebe an.

Dann warf sie den Kopf mit einem Aufschrei der Trauer und der Wut durch das offene Gitter in der Decke und kletterte hinterher. Sie trug ihn zehn Minuten lang mit sich, während sie durch das Heizungssystem zum Belüftungsschacht bei den Garnisonsbaracken kroch. Als sie dort ankam, war er unwiderruflich tot, und sie dachte daran, ihn an der Barackentür zurückzulassen. Sollten die Soldaten König Oruc doch erklären, wie sie es bis hierher geschafft hatte, ohne gesehen zu werden.

Nein. Sie konnte seinen Kopf nicht wie den Kadaver einer Katze auf der Straße liegenlassen. Nicht daß es *ihn* noch gestört hätte – er war über solche Dinge wie Respekt und Würde hinaus. Es war sie selbst, um die sie sich Sorgen machte: Patience, die es nicht ertragen konnte, auch nur dieses Bruchstück der Leiche ihres Vaters respektlos zu behandeln.

Sie konnte einfach nicht begreifen, weshalb sie ihn nicht haßte.

Er hatte ihre Mutter getötet. All sein Weinen, als sie ihm zeigte, wie sehr sie gedemütigt worden war, all sein Kummer, all seine Umarmungen, als er seine Tochter zu trösten versuchte – und er war es gewesen, der sie getötet hatte. Alles wegen eines Wahns über eine uralte Prophezeiung.

Vor siebentausend Jahren war ihr Vorfahre verrückt geworden, einige hundert Denker unternahmen unerlaubte Reisen zur Geblingstadt, und dafür war ihre Mutter von ihrem eigenen Mann ermordet worden.

Und doch war es dieses Ungeheuer, das sie erst zu dem gemacht hatte, was sie war. Zu ihrer eigenen Ehre, wenn schon nicht zu der seinen, durfte sie ihm im Tod nichts mehr nachtragen. Nicht, weil sie ihn liebte. O nein, sie liebte ihn ganz sicher nicht.

Als sie sich draußen vor der Mauer von King's Hill einen Weg über die Klippenränder bahnte, füllte sie die Kehle und den Mund ihres Vaters mit Steinen und warf das kalte, unförmige Ding ins Meer.

5 Heptam

Eigentlich hätte Angel in Verkleidung Astrophysik an der Schule lehren sollen. Aber er war nicht da. Es überraschte sie nicht. Sie hatten vereinbart, daß sie gleichzeitig mit dem ersten Eintreffen des Gerüchts von Peaces Tod in der Stadt ankommen sollte. Jede zusätzliche Minute brachte Angel, der nicht unbekannt war und trotz seiner Verkleidung erkannt werden konnte, in größere Gefahr.

Vielleicht war er bis Einbruch der Dunkelheit geblieben – aber er hatte es sicher nicht gewagt, die Nacht in der Stadt zu verbringen. Es gab zu viele Leute, die für gutes Geld ihren Mund nicht hielten, zu viele Augen, die den neuen Lehrer, den man zuvor nicht gesehen und von dem man nichts gehört hatte, sehen und sich an ihn erinnern würden. Aber vielleicht würde er am Morgen zurückkehren. Also verbrachte sie, immer noch in ihrer Verkleidung als Junge, die frühen Tagesstunden wie die vielen Studenten auf der Suche nach einem Lehrer, dessen Redefluß besonders angenehm war. Sie war müde, nach einer Nacht ohne Schlaf. Aber Schlaflosigkeit, Wachbleiben und Ankämpfen gegen ihren körperlichen Drang waren von Zeit zu Zeit ein Teil ihrer täglichen Routine gewesen. Angel und Vater hatten ihre Grenzen so weit gesteckt, daß sie nicht mehr recht wußte, wo sie lagen.

Rasch fand sie die Spione heraus, die sich in der Menge herumtrieben. Sie waren nicht von Vater oder Angel ausgebildet worden; sie gingen nicht subtil vor, und Patience wußte, daß sie nicht die einzige war, die beurteilen konnte, daß sie keine ernsthaften Sucher nach Wahrheit waren. Viele Lehrer wurden mundfaul, wenn sich ein Spion näherte, und versuchten ihre Lehre von allem zu befreien, was auch nur entfernt an Aufwiegelei erinnerte. Patience wußte auch, daß die Spione, die sie sah, nicht die gefährlichen waren. Die Spione, die sie nicht ausmachen konnte, fürchtete sie.

So bahnte sie sich ihren Weg nach Kingsport, dem Lagerhaus- und Verschiffungsviertel, das einmal ein selbständiger Ort gewesen war und immer noch seinen eigenen Gemeinderat hatte und einige eigene Gesetze erließ. Der Großmarkt, nicht weit hinter den Docks, stank nach Fisch und Würsten, Alkohol und Gewürzen. Es war nicht gut, sich zu lange dort aufzuhalten, ohne etwas zu kaufen – die Händler warben ihre eigenen Spione an, die nach Dieben Ausschau hielten. Also ging sie zu den Sprachbuden weiter. Am Baldachin eines Mannes, dessen Schild versprach, daß er Agarant in Dwelfisch, Dwelfisch in Gauntisch, Gauntisch in Geblisch und das Ergebnis in die Gemeinsprache zurückübersetzen konnte, ohne daß ein Wort verlorenging, blieb sie stehen. Es war eine dermaßen extravagante Unmöglichkeit, daß ihr der Mann auf Anhieb gefiel. Sie beugte sich über seinen Schreibtisch. Er blickte unter schweren Brauen und dichten Bärten hervor zu ihr hoch und sagte auf agarant: »Nimm deine Hände von meinem Tisch, oder ich schneide sie dir ab.«

Patience antwortete auf Panx, von dem sie wußte, daß sie es akzentfrei sprach. »Meine Hände gegen Ihren Brotbeutel, es ist ein fairer Tausch.«

Er blickte sie argwöhnisch an. »Keiner braucht jemals Panx«, sagte er. »Sprech ich ja selbst nicht.«

Nun sprach sie Geblisch. »Dann können Sie meine Dienste vielleicht anderweitig nutzen.«

»Hast du nicht verstanden? Ich brauch' kein Panx.«

Nun sprach sie Gemeinsprache. »Das letzte, was ich sagte, war Geblisch. Soviel zu Ihrem Schild.«

»Ich habe nie einen geblischen Händler gekannt, der nicht Agarant konnte, also braucht das sowieso keiner. Wo hast du Panx und Geblisch gelernt?«

»Ich bin ein Gebling«, sagte sie.

»Dein Barbier ist sehr gut.« Er lächelte. »Hör zu, Junge, solange du hier bist, könnte ich dich als Schreiber gebrauchen. Wie steht's mit deiner Hand?«

»Gut genug, solange ich da im Schatten sitzen kann, mit etwas, das mir die Sonne vom Hals hält.«

»Und das übliche Starren auf dein Gesicht, ist es das?«

»Das *übliche* Starren fürchte ich nicht, Sir.«

»Ah. Also fürchtest du das unübliche Starren. Komm, setz dich, was schert's mich, wovor du dich versteckst, solange du mich nicht bestiehlst. Auch wenn es, bei Kristis Großmutter, nicht viel zu stehlen gibt. Mein Name ist Flanner. Jedenfalls behauptet das meine Handelslizenz.«

Also saß sie den Tag über da und schrieb in ihrer geübten und sorgfältigen Handschrift ab, was Flanner hingekritzelt hatte. Oft berichtigte sie seine Neigung, idiomatische Wendungen wörtlich zu übersetzen, und gab diese Sätze sinngemäß wieder; falls er es bemerkte, sagte er nichts. Mittags schickte er einen Straßenjungen zum Essenholen und teilte das Essen mit ihr. Gegen Ende des Tages, als alle Kunden gegangen waren und außer einem Buch, das erst im Frühling fertig sein mußte, nichts mehr zu tun war, stand Flanner auf und rieb sich die Hände. »Noch eine Stunde, dann ist es ganz dunkel. Was hast du jetzt vor?«

»Ihnen zu helfen, den Baldachin abzubauen.«

»Und dann?«

»Sie um sechs Kupfermünzen für meine Tagesarbeit zu bitten.«

»Fangen wir mit dem Baldachin an.« Sie bauten die Plane und die vier Pfosten ab. Alles verwandelte sich in Stangen und Stoffbahnen, die in den Tisch hineinpaßten; aus zwei der Stangen wurden Achsen, und nun war der Tisch ein Karren. »Tja, Junge, da fällt mir ein, daß ich heute dreimal zu den Uringruben hinüber mußte und du nicht einmal.«

»Manche haben eben größere Blasen als andere«, sagte sie. Aber sie wußte, daß er ihr das Geld nicht geben würde, und er war gefährlich nahe daran, zu vermuten, wer sie war, falls er es nicht schon längst wußte. Also langte sie in ihr Haar und zog die Schlinge heraus. Sie warf sie rasch um sein Handgelenk, nahm die Enden so, daß sie einen Kreis bildeten, und lächelte. »Fünfundzwanzig Kupfermünzen mit der anderen Hand«, sagte sie, »oder Sie verlieren diese hier.«

Er sah den Draht mehr, als daß er ihn fühlte. Unter nur leichtem Druck hatte er sich in die Haut geschnitten, und Bluttropfen bildeten sich. Mit der anderen Hand zog er eine Börse aus seinem Gürtel. »Du bist also doch ein Dieb«, sagte er.

»Ich habe den Tag über ehrlich gearbeitet«, sagte sie. »Aber ich verlange Zuschlag, wenn die Leute mich zu betrügen versuchen. Stülp deine Börse um.«

Er schüttete die Münzen auf die Tischplatte.

»Ein Silberling und fünf Kupfermünzen, zähl sie ab und steck sie in die Börse zurück.«

Er tat es, wobei er darauf achtete, die gefangene Hand nicht über Gebühr zu bewegen. Als er die Schnur der Börse straffgezogen hatte, langte sie mit einer Hand danach und ließ die Schlinge aus der anderen baumeln. Er versuchte nicht, nach ihr zu greifen, hielt nur sein blutendes Handgelenk und keuchte vor Erleichterung auf.

»Und denken Sie daran, daß *pleiok* ebenso die Zukunfts- wie die Vergangenheitsform sein kann. Das macht alles noch schwerer.« Sie huschte in die Dunkelheit davon.

Ein weiterer Tag ging zu Ende, ein weiterer Tag, an dem sie sich an einem öffentlichen Ort einem furchtbaren Risiko ausgesetzt und Angel sie nicht gefunden hatte. Ohne Zweifel würde das Gerücht von dem Jungen, der vier Sprachen beherrschte und Flanner beinahe die Hand abgetrennt hatte, ihm noch vor Morgengrauen zu Gehör kommen – es war die Art von Geschichte, die sich in den Tavernen rasch verbreitete. Unglücklicherweise würden auch die Spione des Königs sie hören, so daß sie nicht abwarten konnte, bis Angel sie aufgrund der Geschichten gefunden hatte.

Mit ihrem Geld kaufte sie eine Überfahrt auf einem stromaufwärts fahrenden Schiff. Alle auslaufenden Schiffe wurden genauestens beobachtet, doch die Fähren, die Spieler und Jäger zu den Gräben brachten, brauchten offenbar keine Überwachung. Der Dienstmann, der ihre drei Kupfermünzen nahm, blickte sie argwöhnisch an. »Du weißt, daß sie Taschendiebe dreigeteilt im Fluß versenken«, sagte er.

Patience schaute auf die Planken, um seinem Blick auszuweichen. Also wirkte sie in dieser Gesellschaft wie ein Dieb. Das sollte sie nicht überraschen. Nur die Wohlbetuchten konnten in den Gräben spielen, und sie sah eigentlich nicht nach Geld aus. Aber als Angel gegangen war, hatte er scherzhaft gesagt, daß er seine Zeit wohl damit verbringen würde, in den Gräben reich zu werden, weil er Mathematiker genug sei, um sich die Chancen auszurechnen. Es war der einzige Hinweis, den sie auf seinen Aufenthaltsort hatte, und deshalb handelte sie danach.

Sie entrichtete eine Extramünze, um das Toilettenhäuschen auf dem Schiff benutzen zu dürfen. Bei Ebbe war es ein langer Weg stromaufwärts, und es bildete sich eine Schlange. Hinter ihr in der Reihe stand eine dicke Frau mit Mundgeruch. Ihr Bauch und ihre Brüste stießen Patience ständig an, als versuchte sie sie vorwärtszudrängen. Aber sie wollte keine Szene machen, und so nahm sie es geduldig hin. Als der Mann vor ihr jedoch herauskam, schob sich die Frau zu ihrem Entsetzen hinter ihr in die Toilette.

Patience hätte nie gedacht, einmal jemanden töten zu

müssen, der so furchtbar dick war. Wie tief mußte eine Waffe eindringen, um etwas Lebenswichtiges zu berühren? Egal – eine Kehle war eine Kehle. Bis die dicke Frau die Tür verriegelt hatte, hatte Patience schon ihre Schlinge hervorgeholt und sie der Frau um den Hals geworfen.

»Ein Laut, und du bist tot«, sagte Patience.

Die Frau gab keinen Laut von sich.

»Ich will dich nicht töten«, sagte Patience. »Ich weiß nicht, ob du mich berauben wolltest oder was, aber wenn du still bist und kein Wort sagst, lasse ich dich diese Reise lebendig zu Ende bringen.«

»Bitte«, wisperte die dicke Frau.

Patience zog die Schlinge zu. Ein plötzliches Nachlassen des Widerstandes sagte ihr, daß sie in Fleisch geschnitten hatte. »Ich sagte, still«, sagte Patience.

»Angel«, quietschte die dicke Frau.

Das hatte sie nicht erwartet. Sie war auf Feinde eingerichtet und hatte nicht bedacht, daß die Frau eine Freundin sein könnte. »Was ist mit Angel?«

»Er kommt mit dem nächsten Schiff. Im Namen der Reinheit und Heiligkeit und aller Süßen Gerüche, nimm das Ding von meinem Hals. Er sagte, du seist gefährlich, aber er sagte nicht, du seist verrückt.«

»Wer bist du?«

»Sken. Ich besitze ein Schiff. Ich glaube, ich habe mich naßgemacht.«

»Gut. Dann brauchst du die Toilette ja nicht mehr. Ich schon. Raus jetzt.«

»Du bist herzlos. Und was wird man denken, wenn ich mit blutender Kehle herauskomme?«

»Daß du einem jungen Mann auf der Toilette ein unziemliches Angebot gemacht hast und er energisch abgelehnt hat. Wir treffen uns an der Reling – jetzt geh.«

»Du bist ein kleiner Mistkerl«, sagte Sken. Sich den Hals haltend ging sie.

Patience verriegelte die Tür und erleichterte sich endlich. Es war ein langer Tag gewesen. Nun verstand sie, weshalb die Köpfe so leicht nachgaben, wenn die Würmer sie mit diesen körperlichen Bedürfnissen peinigten. Angel hatte sie offenbar doch noch gefunden und sie beobachtet, bis sich ihm die Chance geboten hatte, ihr eine Nachricht zu übermitteln. Wer immer diese Frau war, Angel vertraute ihr. Ohne Zweifel spielte die Tatsache, daß sie ein Schiff hatte, in seinen Plänen eine gewisse Rolle.

Aber wird es auch in meinen eine Rolle spielen? Patience fragte sich, wie Angel jetzt zu ihr stand. Er war Vaters Sklave gewesen und damit jetzt ihrer, technisch gesehen. Aber sie wußte, daß er nicht wirklich ihr gehörte. Der Grund war nicht allein der, daß sie ihn nicht vor Gericht zitieren konnte, um ihren Anspruch geltend zu machen. Er hatte ihrem Vater nicht aus Furcht gedient, sondern aus Liebe und Loyalität. Eine der Regeln der Staatsführung, die Vater ihr oft genannt hatte, war die, daß sich Loyalität nicht übertragen oder vererben ließ; sie mußte von jedem neuen Lord selbst erworben werden. Vielleicht empfand Angel jetzt gar keine Loyalität mehr, oder er fühlte sich immer noch verpflichtet, Vaters letzte Anweisungen auszuführen, welche es auch immer gewesen sein mochten.

Aber Patience fühlte sich nicht verpflichtet, Vater zu gehorchen. Sie hatte ihm das letzte Mal gehorcht, als sie seinen Kopf aus dem Gestell riß und ihn ins Meer warf. Seine Wünsche brauchten nicht mehr in Rechnung gezogen zu werden. Sie war jetzt kein Kind mehr. Sie konnte selbst entscheiden, was mit der Bürde der Prophezeiung und des Verhängnisses zu geschehen hatte, das ihr von Geburt an beigegeben war, das ihren Großvater vom Thron verjagt und ihre Halbbrüder getötet hatte.

Und auch ihre Mutter getötet hatte; liebe Mutter, die du so grausam von Vaters Händen gestorben bist, und um meinetwillen, alles um meinetwillen, Mutter, wäre es mir möglich gewesen, ich wäre für dich in den Tod gegangen, aber jetzt hat dein Tod mir alles erkauft, was er erkaufen konnte – auch die gefährlichen Jahre, die kommen werden, ganz auf mich gestellt. Habe ich nicht im Namen des

Königs getötet? Habe ich nicht meinen eigenen Mörder mit einem Dolch im Auge zurückgelassen? Habe ich nicht Vaters Kopf aus der Sklavenhalle gestohlen, obwohl alle Soldaten in King's Hill nach mir suchten? Ich bin weder ein kleines Kind noch eine hilflose Heptarchin, die ihre Diener verweichlicht haben. Ich werde mich dem Weg, den diese Prophezeiung für mich bereitet hat, nicht verweigern, aber ich werde nicht halb so schwach sein, wie die Prophezeiung von mir behauptet. Ich werde mich Unwyrm als würdige Gegnerin erweisen, wer oder was Unwyrm auch immer ist.

So lehnte sie auf dem Dollbord des Bootes, während die Ruderer unter Deck den Fluß peitschten, die Wellen westwärts zum Meer trieben. Die hohen Gefängnismauern der Frohen Hölle ragten düster in der hereinbrechenden Nacht auf; dann war die Insel vorbeigezogen, und die Lichter von Heptam waren weit im Süden zu sehen, über den Marschen. Ich habe die Gefängnismauern jetzt verlassen, dachte sie. Ich bin fast aus King's Hill, und ich werde nie mehr dorthin zurückkehren, außer als Heptarchin. Innerlich lachte sie bei diesem Gedanken. Was immer sie sonst im Leben sein oder tun mochte, die Heptarchie war am weitesten außerhalb ihrer Reichweite. Sie würde sich anderen Aufgaben widmen und die Heptarchie bei Bedarf auf sich zukommen lassen.

King's Hill war nicht das einzige Gefängnis, aus dem sie sich befreit hatte. Diese Mauern waren ihr immer am wenigsten zur Last gefallen. Ihre strenge Erziehung war vorbei. Die ständigen Prüfungen und Probleme hatten ein Ende. Nie mehr würden andere über ihre Gegenwart und Zukunft bestimmen. Statt dessen würde sie dort hingehen, wo sie schon immer hätte hingehen sollen. Nach Cranning, der großen Skyfoot-Stadt im Mittelpunkt der Welt. Wie hatte sie auch nur einen Moment daran denken können, woanders hinzugehen?

Bei dem Gedanken an Cranning spürte sie ein Prickeln auf der Haut, ein Kribbeln im Magen, ein Verlangen, tiefer als jedes Verlangen, das sie bisher im Leben gespürt hatte. Alle Straßen führen dorthin, alle Flüsse fließen dorthin, alle Zeit neigt sich dorthin, alles Leben endet dort.

Es wurde zu einem hämmernden Rhythmus in ihrem Kopf.

Alle Straßen führen dorthin.

(Aber Vater tötete Mutter ...)

Alle Flüsse fließen dorthin.

(... um mich vor etwas zu bewahren ...)

Alle Zeit neigt sich dorthin.

(... das dort wartet, ruft und ruft ...)

Alles Leben endet dort.

Wieder und wieder kam der Rhythmus, das Verlangen, erfüllte sie mit einer Leidenschaft, die sie nie zuvor empfunden hatte. Sie wußte, was es war. Niemand brauchte es ihr zu erklären: Der Cranning-Ruf.

6 Glad River

Sie hielten sich nicht lange in den Gräben auf. Obwohl Patience von den prächtigen Kleidern fasziniert war und von jedermanns leidenschaftlichem Bedürfnis, sich in einer Nacht völlig zu verausgaben, brachte Sken sie sofort zu einem kleinen Boot von der Art, die einen Mast besaß, um seine Fahrt bei gutem Wind stromaufwärts zu unterstützen oder um sich, wenn nötig, für kurze Zeit aufs Meer hinauszubegeben. Die schweren Ruder erklärten, weshalb die Arme der dicken Frau so massig und muskelbepackt waren. Als Sken sie von der Insel wegruderte, begann Patience zu argwöhnen, daß weniger Fett an ihr war, als sie zuerst vermutet hatte.

»Wir warten hier draußen im Dunkeln«, wisperte Sken, »bis sein Boot kommt. Dann kehren wir um und holen ihn.«

Es dauerte ein paar Minuten; so früh am Abend bewegte sich viel Verkehr von Kingsport oben am Glad River zu den Gräben hinunter. Angels Verkleidung war so gut, daß Sken ihn noch vor Patience erkannte. Sie hielt nach einem älteren Gelehrten Ausschau oder nach einer anmutigen alten Frau, die er in der Vergangenheit manchmal nachgeahmt hatte. Statt dessen war er anscheinend eine männliche Hure, leicht betrunken und angemalt, so daß sein Gesicht im Fackelschein schwach glühte.

»Ich dachte, das Wesen der Verkleidung sei es, unverdächtig zu wirken«, sagte Patience. Die Ruder senkten sich lautlos ins Wasser – Sken kannte den Fluß und hatte genug Kraft, um ohne ersichtliche Mühe stromaufwärts zu gleiten.

»Das Wesen der Verkleidung ist es, unbemerkt zu bleiben«, sagte Angel. Er tauchte seine Hände in den Fluß, um sich das Gesicht zu waschen. »Das kann man erreichen, indem man so auffällig ist, daß keiner was mit einem zu tun haben will. In beiden Fällen bleibt die Verkleidung unentdeckt und man selbst somit unerkannt.«

»Weshalb hast du mich den ganzen Tag in den Sprachbuden gelassen?« sagte Patience. Sie mochte es nicht, wenn Angel bewies, daß er immer noch mehr wußte als sie.

»Wo warst du gestern, du kleine Närrin, als ich mit heraushängendem Gesicht in der Schule herumstand, so daß jeder Lakai des Königs mich sehen konnte?«

»Sprecht leiser«, wisperte Sken. »Die Patrouillen des Königs sind dafür bekannt, daß sie ihre Boote auf dem Fluß ankern und in die Dunkelheit hinauslauschen, nach Narren, die allein zu sein glauben.«

Daraufhin verstummten sie. Sie passierten das östliche Ende der Gräbeninsel und kamen an den Pfahlbauten vorbei, wo Häuser bedenklich hoch über dem Wasser gebaut waren. Das war ein Bezirk namens Stelz – die Stadt der Flußbewohner, von denen es hieß, daß sie geboren würden und stürben, ohne je einen Fuß an Land gesetzt zu haben. Das war natürlich nicht wahr, aber sie verbrachten tatsächlich die meiste Zeit ihres Lebens auf dem Wasser. Man erzählte sich, daß sie an Land seekrank würden. Wenn sie betrunken waren, konnten sie ohne ein schwankendes Deck unter sich nicht einmal laufen. Patience hatte immer geargwöhnt, daß sie sich diese Geschichten selber erdachten.

»Bei Flut«, sagte Sken, »steigt das Wasser bis hierher.« Sie deutete am nächstgelegenen Pfahlbau auf einen Punkt, ungefähr einen Meter über dem Wasser. »Aber bei Hochwasser gibt es Wochen, wo wir in der Dachstube wohnen, weil das Wasser im ersten Stock drei Fuß hoch steht.«

Patience wunderte sich darüber – die Häuser erhoben sich alle gut vier Meter über den Wasserspiegel. Das Land am linken Ufer, wo die neue Stadt aufragte, war hoch genug, daß es bei dem Hochwasser, das sich regelmäßig im Frühling einstellte, sicher nicht überflutet wurde. Aber die Marschen am rechten Ufer mußten für ziemlich lange Zeit unter Wasser stehen. Patience begann zu verstehen, wie der Fluß das Leben der hier lebenden Menschen beherrschte. Korfu war in siebentausend Jahren viele Male erblüht und wieder untergegangen. Heptam war eine Provinzstadt gewesen und der Mittelpunkt der Welt. Aber nach all dieser Zeit zwang der Fluß diesem Ort immer noch seinen Willen auf.

Als läse er ihre Gedanken, sagte Angel: »Am rechten Ufer gab es tausend Jahre lang einen Deich, und die Marschen waren dicht bevölkert. Aber vor etwa fünftausend Jahren brach er, und keiner hat ihn je wieder aufgebaut. Innerhalb von fünfzig Jahren war alles wieder so, als hätte es ihn nie gegeben. Die Zeit arbeitet gegen uns.«

Das Boot stieß gegen einen großen Pfahlbau. Ein Haus war auf einem einzelnen massiven Pfeiler errichtet, von dem im rechten Winkel Stützbalken ausgingen. »Hier«, sagte Sken. Sie vertäute das Boot an dem Pfahl und kletterte behende eine Anzahl von Balken hinauf, die eine Art unregelmäßiger Leiter ins Hausinnere bildete. Dann fiel, noch ehe Patience zum Ende des Bootes gehen konnte, um hinaufzusteigen, ein Netz wie eine schwere Spinne herab.

»Will sie uns hochziehen?« fragte Patience.

»Ich habe etwas Gepäck mitgebracht«, sagte Angel. Patience erkannte eine kleine Truhe. Natürlich. Ihre Sachen konnte er irgendwo versteckt zurücklassen, aber seine kleine Truhe ließ er nie lange aus den Augen. Sie wußte, daß er seine Verkleidungen darin aufbewahrte, aber es gab noch andere Sachen, die er niemandem zeigte.

Die Truhe wurde rasch zum Haus hinaufgehoben. Dann bedeutete Angel Patience, sie möge klettern.

Das Haus schwankte leicht, wenn man vom einen Ende zum anderen ging. Jemandem, der auf dem Fluß lebte, gefiel das wahrscheinlich, aber Patience machte es nervös. Es war, wie bei einem ständigen Erdbeben zu leben, dachte sie. Und wenn Sken sich von einer Stelle zur anderen bewegte, bewegte ihre große Masse das Haus noch mehr. Sie schien es nicht zu bemerken, und Patience schwieg dazu.

»Tut mir leid, daß ich nicht rechtzeitig zur Stelle war«, sagte Patience. »Ich hatte noch einige Fragen an meinen Vater. Fragen, die ich ihm erst stellen konnte, als er tot war.«

»Das dachte ich mir«, sagte Angel. »Hast du ihn dort gelassen, als du fertig warst?«

»Oruc hat genug Nutzen aus ihm gezogen, als er noch lebte«, sagte Patience. »Damit ist es jetzt vorbei.«

Sken war entsetzt. »Du hast den Kopf deines Vaters getötet?«

»Halt den Mund und kümmere dich ums Essen«, sagte Angel leise. Sken blickte finster drein, gehorchte aber.

»Er hat mich darum gebeten«, sagte Patience.

»Wie es jeder geistig gesunde Mensch täte«, sagte Angel. »Nur weil wir sie aufbewahren *können*, heißt das noch nicht, daß wir das auch sollten. Nur eine weitere Abbitte, die wir eines Tages leisten müssen.«

»Vor Gott? Ich glaube nicht, daß es ihn kümmert, was wir mit unseren Köpfen tun.«

Sken konnte nicht länger schweigen. »Hätte ich gewußt, daß ihr Blasphemiker seid, hätte ich euch auf den Grund des Flusses geschickt.«

Diesmal war es Patience, die antwortete. »Und hätte ich gewußt, daß du nicht imstande bist, deinen Mund zu halten, hätte ich deinen Kopf auf dem Abort gelassen.«

Angel lächelte. »Du hattest also deine Schlinge bei dir?«

»Zweimal habe ich sie schon gebraucht. Ich war auch nicht gerade zimperlich.«

»Weiß Gott«, murmelte Sken.

»Nun, was hat dein Vater dir erzählt?«

Patience blickte ihn kalt an. »Er erzählte mir, was – wie er sagte – du mir erzählen solltest.«

»Und das wäre?«

»Erzähl mir, was du mir erzählen solltest, und ich werde sehen, ob es übereinstimmt.«

»Patience, ich kenne mehr Spiele, als ich *dir* je beigebracht habe. Wenn du mir erzählst, welche Geheimnisse er dir verraten hat, werde ich dich nicht noch die nächsten dreißig Jahre belügen müssen.«

»Wußtest du darüber Bescheid, wie Mutter starb?« fragte Patience.

Angel zog eine Grimasse. »Wie ich sehe, hast du ihm keine einfachen Fragen gestellt.«

»Er brach nach zwei Stunden zusammen. Ich dachte, er hätte mehr Kraft.«

»Er hatte mehr Kraft als irgend jemand.«

»Er wimmerte und winselte – und als die Würmer ihn bestraften, weinte er sogar.«

Angel nickte düster. »Natürlich.«

»Wie meinst du das, natürlich! Er war derjenige, der mich Standhaftigkeit lehrte, der mir beibrachte, daß das Gefühl, das ich zeige, niemals das sein soll, das ich empfinde, und er ...«

Sie hielt inne und kam sich töricht vor.

»Ja?« fragte Angel.

»Und er zeigte Gefühle, und ich fiel darauf herein.«

»Ah. Also brach er vielleicht gar nicht zusammen.«

»Er hat mich nicht angelogen. Ich konnte sehen, wenn er log, und ich konnte sehen, wenn er etwas zurückhielt. Er kann doch nicht alles verbergen. Oder?«

»Nein. Ich denke, er hat dir die Wahrheit gesagt. Was noch, außer dem Tod deiner Mutter?«

»War das nicht genug?«

»Die Prophezeiung?«

»Darüber wußte ich ohnehin schon etwas. Er verriet mir, was der Sternenschiffkapitän mit seiner linken Hand tat.«

»Hmm.«

»Angel, ich habe mich entschieden, wohin ich gehen will.«

»Dein Vater hat mir strikte Anweisungen hinterlassen.«

»Mein Vater ist jetzt tot, und du gehörst mir.«

Sken war überrascht. »Du meinst, du bist ein Sklave? Ich habe von einem *Sklaven* Befehle entgegengenommen?«

»Ich bin der Sklave eines königlichen Sklaven. Das erhebt mich so weit über dich, daß du es nicht einmal wert bist, mir die Stiefel zu lecken. *Wirst* du jetzt also endlich den Mund halten, Frau?«

Eigentlich, dachte Patience, bin ich ja jetzt Heptarchin. Du bist selber der königliche Sklave. Ihr *einziger* Sklave. Möge es sich für dich auszahlen.

»Also«, sagte Angel. »Wohin willst du gehen?«

»Nach Cranning zur Stadt am Ende der Welt«, sagte Patience.

Angel war wütend, aber er antwortete mit Humor. »Heilige Gräte, das Mädchen hat den Verstand verloren.«

Jetzt kam Leben in Sken. »Mädchen! Mädchen! Du meinst, dieser Knirps von einem Jungen ist eine *Frau*? Es ist unziemlich für eine Frau, die Kleidung eines Mannes zu tragen, und für einen Mann, die Kleidung einer Frau ...«

»Soll ich sie umbringen, um für ein wenig Ruhe zu sorgen?« fragte Angel.

Sken verstummte, stopfte Hartbrot in Beutel und gewürzte Würste in wasserdichte Taschen.

»Kind«, sagte Angel, »das ist genau der Ort, an den du niemals gehen darfst.«

»Das glaube ich gern«, sagte sie. »Aber damit ist es auch genau der Ort, an den ich gehen *muß*. Dazu wurde ich geboren, verstehst du das nicht?«

»Du wurdest zu etwas Besserem geboren als verrückte Prophezeiungen zu erfüllen.«

»Wie willst du mich aufhalten? Indem du mich tötest? Das wird nämlich der einzig mögliche Weg sein.«

»Es ist der Cranning-Ruf. Er veranlaßt dich zu gehen. So kommt es immer, eine verrückte Bestimmung, der man folgen soll, ohne jeden Grund, gegen alle Vernunft ...«

»Denkst du, das wüßte ich nicht?«

Angel hatte eine Weile daran zu kauen. »Du glaubst also, was immer es ist, du bist stärker?«

»Ich glaube, wenn es die weisesten Männer der Welt zu sich rufen und meine Mutter dazu bringen konnte, ihre Tochter opfern zu wollen, dann muß diesem Etwas ein Ende gemacht werden. Warum nicht durch mich? Behaupten die Prophezeiungen nicht, daß die Menschheit wiedergeboren werden wird?«

»Wenn Kristos kommt«, murmelte Sken.

»Die Propheten erhielten alle ihre Visionen und Prophezeiungen von dem, was da ruft«, sagte Angel. »Es könnten Lügen sein, um dich zu verführen.«

»Dann bin ich eben verführt. Wenn du so weise bist, Angel, weshalb hast *du* den Cranning-Ruf dann nicht vernommen?«

Angel wurde kalt, sein Gesicht eine starre Maske. Sie hatte immer das Talent gehabt, ihn zu reizen. »Niemand hat je bewiesen, daß *jeder* Weise den Ruf vernahm.«

Es war nicht nötig, ihn zu verletzen; sie setzte diplomatische Tricks bei einem Mann ein, dessen ehrliche Worte sie wieder und wieder brauchen würde. Also lächelte sie und berührte seine Hand. »Angel, du hast dein Leben damit verbracht, mich so weise und gefährlich wie möglich zu machen. Wann werde ich bereiter sein? Wenn du zu alt bist, um mich noch begleiten zu können? Wenn ich mich in irgendeinen Schnösel verliebe und drei Babys bekommen habe, die ich beschützen muß?«

»Vielleicht wirst du nie bereit sein für das, was auf dich wartet.«

»Oder vielleicht bin ich es auch schon. Weil ich bereit bin zu sterben. Weil ich meinen Vater zum erstenmal und meine Mutter zum wiederholtenmal verloren habe. Jetzt, weil ich aus lauter hell lodernder Wut darüber, was mir und meinem Vater und meiner Mutter geraubt wurde, bereit bin zu sterben, jetzt ist für mich der richtige Zeitpunkt, mich dem zu stellen, was immer mich dort erwartet. Mit dir oder ohne dich, Angel. Aber besser mit dir.«

Angel lächelte. »Na schön.«

Patience starrte ihn an. »Das war zu einfach. Du wolltest dich die ganze Zeit überzeugen lassen.«

»Jetzt komm, Patience. Dein Vater hat uns beide gewarnt, daß es die schlimmste Sache auf der Welt sei, Cranning warten zu lassen. So gut, wie wir ihn kannten, und so gut, wie er uns kannte, glaubst du da nicht, er hätte gewußt, daß wir an diesen Punkt kommen?«

Patience dachte an den Kopf ihres Vaters. Hatte er selbst noch Pläne geschmiedet, sie dazu gebracht, ihm die Wahrheiten zu entreißen, die er ihr am dringendsten mitteilen wollte? »Ist mir egal, ob er es wußte. Auch wenn mein Vater tatsächlich wollte, daß ich gehe, werde ich gehen.«

»Gut. Also heute nacht. Wir wollen nicht noch einen Tag hier verbringen.« Er holte eine Börse aus seinem Gürtel und nahm zwei große Stahlmünzen heraus. »Sken, weißt du, was die wert sind?«

»Wenn sie echt sind, dann bist du ein verdammter Narr, daß du sie ohne Leibwächter mit dir herumträgst.«

»Reicht das, um dir das Boot abzukaufen?«

Sken blickte ihn scharf an. »Du weißt, daß es reicht, um mir zehn meiner Boote abzukaufen. *Wenn* sie aus Stahl sind.«

Er warf sie ihr zu. Sie biß hinein und wog sie in der Hand. »Ich bin keine Närrin«, sagte sie.

»Du bist eine, wenn du sie für falsch hältst«, sagte Angel.

»Ich werde dir das Boot nicht verkaufen, bevor du nicht auch mich gekauft hast.«

»*Dich* kaufen! Das ist genug, um dein Schweigen zu erkaufen, und mehr wollen wir nicht von dir.«

»Ich sagte, ich bin kein Närrin. Dies ist kein Preis, den ein Mann für ein Boot macht, wenn er vorhat, das Geld dazulassen. Du willst mich töten, bevor du gehst.«

»Wenn ich sage, ich kaufe, dann kaufe ich.«

»Du hast mich heute nacht so was hören lassen, daß du es nicht wagen kannst, mich lebend zurückzulassen. Ein Mädchen, das verkleidet und in Begleitung eines Mannes reist, der mit Stahl um sich wirft, als wäre es Silber? Ihr Vater kürzlich gestorben und beide auf der Flucht vor dem Gesetz? Glaubst du, wir vom Fluß haben noch nicht gehört, daß Lord Peace heute gestorben ist? Und daß der König nach dessen Tochter Patience sucht, der rechtmäßigen Heptarchin, der Tochter der Prophezeiung? Es hat dir nichts ausgemacht, daß ich es herausfinde, weil du wußtest, daß ich so gut wie tot bin.«

Patience wußte, daß Sken recht hatte – dafür kannte sie Angel gut genug. »Ich dachte, du hättest so freimütig gesprochen, weil man dieser Frau vertrauen könnte, nicht weil sie sterben würde.«

»Und was ist, wenn du recht hast?« fragte Angel. »Was ist, wenn ich wirklich vorhatte, dich zu töten? Weshalb sollte ich jetzt meine Meinung ändern und dich mitnehmen?«

»Weil ich den Fluß kenne und stark genug bin zum Rudern.«

»Wir können einen Ruderer anheuern, wenn wir das Bedürfnis danach verspüren.«

»Weil ihr beide ehrbare Leute seid, die keinen töten, der es nicht verdient.«

»Wir sind nicht ehrbar«, sagte Angel. »Die Gerechtigkeit überlassen wir den Priestern.«

»Ihr werdet mich mitnehmen, weil sie meine rechtmäßige Heptarchin ist, und ich ihr bis an mein Lebensende dienen werde. Ich würde lieber sterben als zuzulassen, daß jemand ihr Schaden zufügt.«

Der Eifer von Skens Rede war überzeugend. In Arglist geschult, erkannten sie Naivität, wenn sie welche sahen.

Sken hätte sie nicht belügen können, selbst wenn das in ihrer Absicht gelegen hätte.

»Nun?« fragte Angel.

Patience war einverstanden. Skens Treue gefiel ihr. Bisher war ihr nicht in den Sinn gekommen, daß sie bei offenem Auftreten mehr Freunde haben könnte, als es vielleicht je in Verkleidung der Fall gewesen wäre. »Ich hätte ihr vorhin beinahe den Kopf abgeschnitten. Das ist das wenigste, was wir jetzt tun können.«

»Also gut, bis wir deiner nicht mehr bedürfen«, sagte Angel. »Und dein Ablösegeld wird um einiges besser sein als der Tod.«

»Was ist mit diesen Münzen?«

»Behalte sie«, sagte Angel. »Sie sind eine Anzahlung auf künftigen Lohn.«

Es dauerte nur wenige Minuten, das Boot zu beladen. Sie sangen zusammen Spottgesänge, als sie zwischen den Wachbooten hindurchtrieben, und Sken verfluchte die Wachen obendrein noch namentlich. Sie kannten sie und ließen sie durch. Sie umrundeten eine Biegung und drangen in einen Wald ein, wo der Fluß kühl und tief war. Heptam lag hinter ihnen; sie hatten den langen Weg nach Cranning angetreten.

7 Kesselflickers Gehölz

Patience gefiel die Flußreise nicht. Nicht, daß das Wasser ihr Übelkeit bereitet hätte – sie war so oft auf dem Meer zwischen King's Hill und der Insel der Verlorenen Seelen gereist, daß ihr der Fluß ruhig erschien. Vielerlei trug zu ihrem Unbehagen bei. Der Tod ihres Vaters, der Verlust von allem, was ihr vertraut war, und obendrein noch der immer gegenwärtige Cranning-Ruf, der an ihr zehrte; sie hatte den Eindruck, als hätte sie die Kontrolle über die Dinge verloren, und das machte sie ängstlich.

Was es noch schlimmer machte, war, daß sie echte körperliche Beschwerden hatte. Sken und Angel waren im Umgang mit den Abfallprodukten des Körpers ziemlich offenherzig; sie hängten sich einfach über den Dollbord, und jeder schaute diskret weg. Aber Patience hatte das Szepter der Heptarchen verschluckt und wollte es nicht in den Tiefen des Glad River verschwinden lassen. So konnte sie sich nur an Land erleichtern, und sie hielten nicht jeden Tag, manchmal nicht einmal jeden zweiten. Und wenn sie es taten, bereitete es ihr nicht gerade Freude, nach dem Kristall zu suchen. Viele Male wünschte sie, er wäre kleiner gewesen oder sie hätte ihn nicht verschluckt. Da niemand sie durchsucht hatte, wäre es gar nicht nötig gewesen, und jetzt hatte sie diesen ganzen Ärger für nichts und wieder nichts.

Aber schließlich fand sie ihn und verstaute ihn sicher, in der Hoffnung, nie wieder auf ihr eigenes Verdauungssystem als Versteck zurückgreifen zu müssen.

Sie verließen den Glad River bei Wanwood, wo er sich in nördliche und westliche Richtung teilte. Dort kauften sie eine halboffene Kutsche mit vier Pferden; so würden sie die Kälte nicht aushalten müssen, nur den Regen. Die Straßen wechselten zwischen Furchen und Schlammlöchern, je nach Wetterlage. Auf den schlimmsten Straßen stieg Sken aus der Kutsche und ging zu Fuß.

»Ich dachte, du seist gut genug gepolstert, um ein wenig Gehüpfe auszuhalten«, sagte Angel.

»Gepolstert! Das ist alles Fleisch, und zart wie vom Kalb nach all dem Geruckel.«

Ohne Zweifel wirkten sie wie eine seltsame Familie, wenn jemand sie unterwegs für Vater, Mutter und Sohn hielt. Patience, immer noch als Junge verkleidet, sprach Angel und Sken in der Öffentlichkeit mit Onkel und Tante an, was beide ärgerte. Auf der Straße sprach man jedoch nur selten über merkwürdige Dinge, schon gar nicht ließ man es die Betroffenen selber hören; ihr Geld brachte ihnen zudem Bewunderer ein, wohin sie auch kamen.

Die Straßen waren nicht so sicher wie der Fluß, nicht für Reisende ohne Waffenschutz. Sie achteten darauf, lange vor Einbruch der Dunkelheit anzuhalten, und in jedem Wirtshaus, in dem sie einkehrten, nahmen sie zu dritt ein Zimmer. Mehr als einmal mußte Angel Einbrecher davon überzeugen, ihr verbrecherisches Treiben aufzugeben. Die Entfernung einiger Finger genügte gewöhnlich.

Endlich erreichten sie Cranwater, den großen Fluß, der von Skyfoot bis zum Meer floß. Sie erreichten ihn bei Waterkeep, einer uralten Burg, die einst die nördlichste Grenze Korfus markiert hatte. Jetzt waren von der Burg nur noch Ruinen übrig, und die Stadt war auf die Größe eines mittleren Marktfleckens zusammengeschrumpft. Zwei Dutzend Wirtshäuser und Tavernen, unmittelbar am Kreuzungspunkt der Straße und des Flusses.

Sie suchten sich ein Wirtshaus aus und stellten die Pferde unter. Während des Abendessens, als sie bei Brot und Käse und Erbsensuppe am Tavernentisch saßen und Skens Becher mit warmem Ale gefüllt war, besprachen Angel und Patience ihre Pläne für den Morgen.

»Es wird Zeit, daß wir die Straße verlassen«, sagte Angel. »Hier ist der Fluß, unser Weg nach Norden.«

»Der Fluß ist hier schmal«, sagte Sken. »Die Strömung ist stark. Ich würde zwei kräftige Männer benötigen, die mir helfen, gegen sie anzurudern.«

Daran hatte Angel bereits gedacht. »Der vorherrschende Wind in diesen Breitengraden kommt zu dieser Jahreszeit aus dem Westen, gewöhnlich aus dem Südwesten.«

»Du willst ein Segelboot kaufen?« fragte Sken.

»Weißt du, wie man so etwas steuert?«

»Man hat mich am Tag, als ich geboren wurde, in Segeltuch gewickelt«, sagte Sken. »Lange bevor ich mich mit meinem zweiten Mann auf dem Fluß niederließ, war meine Familie eine Seefahrerfamilie. Haben unsere Pfahlbauten jeden Frühling bei Hochwasser mit 'ner Ladung von dem Zeug, das in Heptam hergestellt wird, verlassen; dann vor Anbruch des Sommers mit dem ersten Obst von den Inseln wieder nach Hause. Wurden dabei zwar nie reich, soweit ich mich erinnere, waren aber ziemlich oft besoffen.«

»Also weißt du, wie man ein Segelboot fährt.«

»Hab's noch nie auf einem so schmalen Fluß getan. Aber kein Grund, daß es nicht ginge. Es muß eben nur schneller gehen, das ist alles. Kauf nur kein zu großes Boot, klar? Ach, laß es besser gleich mich aussuchen.«

»Sonst noch was?«

»Nein, das ist alles. Besteht ihr beide aus Geld?«

Neben ihrem Tisch stand ein Dwelfe mit einem Tablett voller Bier. »Noch eines?« fragte er.

»Nein«, sagte Angel.

»Ja«, sagte Sken und starrte ihn an.

»Besteht ihr beide aus Geld?« fragte der Dwelfe. Er ahmte genau Skens Tonfall nach.

»Jetzt schau, was du angerichtet hast«, sagte Angel. »Nun hat der Dwelfe es durch die ganze Taverne hindurch wiederholt.«

»Wiederholt wiederholt«, sagte der Dwelfe. Dann kicherte er. Angel drückte ihm ein paar Kupfermünzen in die Hand, drehte ihn herum und schob ihn auf die Küche zu.

»Tut mir leid«, sagte Sken.

»Auch wenn Dwelfen keinen Grips haben, haben sie doch Ohren, und sie können alles wiederholen.« Angel gab dem Verlangen, seine Verärgerung zu zeigen, nach. Es konnte einschüchternd sein, und Sken blieb still.

»Dwelfen sind ein Rätsel«, sagte Patience. »Sie haben eine eigene Sprache. Also müssen sie auch so etwas wie Verstand haben, um die Sprache zu behalten.«

Angel zuckte die Achseln. »Ich habe nie über die geistigen Fähigkeiten von Dwelfen nachgedacht. Ich halte sie nur für ausgesprochen dumme Geblinge.«

»Aber sie sind doch keine Geblinge, oder?«

»Eine andere einheimische Spezies. Imakulata brauchte Menschen, ob die Geblinge, Dwelfen und Gaunter nun dieser Ansicht waren oder nicht.«

Der Wirt kam aus der Küche und brachte Brot an einen anderen Tisch. Aber als das geschehen war, kam er herüber und zog sich neben Angel einen Stuhl heran.

»Alles ist erstklassig«, sagte Sken. Sie wurde langsam betrunken. »Alles ist perfekt. Noch mehr Bier, bitte.«

Der Wirt zeigte sich nicht amüsiert. »Ich weiß nicht, woher ihr kommt – wahrscheinlich aus Heptam, weil ihr zu glauben scheint, nichts könnte euch was anhaben.«

»In Heptam könnte uns viel was anhaben«, sagte Angel.

»Es gibt in ganz Waterkeep keine Taverne, in der man so viel Geld zeigen kann wie ihr es tut und frei darüber sprechen darf. Ich hoffe, ihr habt nicht vor, von hier aus auf der Straße weiterzureisen.«

»Weshalb nicht?« fragte Angel.

»Besser, ihr werbt einen vertrauenswürdigen Wächter an. Am günstigsten wäre es, vom Bürgermeister einen Mann der hiesigen Polizei auszuleihen. Sonst werdet ihr keine zehn Meilen lebend überstehen.«

»Was ist das für eine unerträgliche Gefahr?«

»Räuber.«

»Ist das alles?«

»Alles? Hier kommt eine Menge Handelsware durch, und es gibt nicht viel Schutz. Offiziell sind wir ein Teil von Pankos, aber wir haben seit dreißig Jahren keinen königlichen Beamten mehr gesehen. Also erläßt der Bürgermeister das Gesetz in Waterkeep, und Kesselflicker erläßt das Gesetz in den Wäldern.«

»Kesselflicker?«

»Er war mal Gouverneur, oder vielleicht auch nur der Sohn eines Gouverneurs. Man sagt, daß er dabei erwischt wurde, wie er im falschen Bett schlief. Das war vor fünfzehn Jahren. Er lebt in dem Wald nördlich von hier. Soll über eine ganze Stadt von Räubern herrschen, die in Baumhäusern leben. Wir nennen sie Kesselflickers Gehölz.«

»Klingt wie spielende Kinder«, sagte Angel.

»Wenn ihr nach Süden, Osten oder Westen geht, werden sie euch stellen, und solange ihr ihnen widerstandslos alles gebt, was ihr habt, lassen sie euch gewöhnlich eure Kleidung und euer Leben. Wenn ihr genug Geld habt, vielleicht sogar eure Pferde und die Kutsche.«

»Und wenn wir nach Norden gehen?«

»Dann nehmt eine Armee mit. Eine sehr große. Oder verwendet ein Boot. Kesselflicker ist der Ansicht, daß jeder, der in den Norden geht, beschlossen hat zu sterben. Und er glaubt, daß der Tod ein langer und erbaulicher Zuschauersport sein kann.«

»Du hast uns überzeugt«, sagte Angel. »Und danke, daß du das Wagnis auf dich genommen hast, ihn zu verärgern, indem du uns warnst.«

»Oh, er hat nichts dagegen, wenn wir die Leute warnen. Es gibt immer genügend Narren, die meinen, wenn sie ein paar zusätzliche Pfeile kaufen, könnten sie hingehen, wohin sie wollen.«

»Ich kann überall hingehen«, brummte Sken. »Ich hack sie entzwei, jeden einzelnen dieser Bastarde.«

»Nehmt ein Boot«, sagte der Wirt. »Und wagt euch wenigstens dreißig Meilen stromaufwärts nirgendwo in die Nähe des Ufers. Das ist ein guter Rat. Leute, die ihn angenommen haben, verdanken mir ihr Leben.«

Der Wirt kehrte in die Küche zurück.

»Wieder aufs Wasser«, sagte Sken. »Wird auch Zeit.« Sie hob ihren Becher, um den anderen zuzuprosten, und schwappte Bier auf Angel. Sie versicherten sich der Hilfe der vier Haushaltsdwelfen, um sie aufs Zimmer zu bringen.

An den Docks fanden sie am nächsten Morgen jede Menge Boote zu mieten, aber keines zu kaufen. »Macht nichts«, murmelte Angel. »Jedes Boot ist käuflich, wenn der Preis hoch genug ist.«

»Wir haben nicht unbegrenzt Geld«, sagte Patience. »Vielleicht brauchen wir es nächstes Jahr noch.«

»Willst du nach Cranning oder nicht?«

Ja, sie wollte nach Cranning. Wollte es mehr als alles andere auf der Welt. Der Cranning-Ruf war jetzt wie ein beständiger Hunger in ihr. Solange sie sich auf Cranning zubewegte, ging es, und sie war zufrieden. Aber wenn es zu Verzögerungen kam wie jetzt, als sie über die Holzkais des Flußhafens gingen, wurde das Drängen sehr stark.

Obwohl sie heute eine leichte Veränderung wahrnahm. Es war nicht bloß, daß sie unbedingt nach Cranning wollte. Jetzt verspürte sie auch eine Sehnsucht danach, auf dem Wasser zu sein, den Fluß hinaufzureisen. Das auf dem Wasser tanzende Morgenlicht übte eine magische Wirkung aus, und die Biegung des Flusses schlug sie in ihren Bann.

Ihr kam plötzlich in den Sinn, daß sie nie zuvor solche Gefühle gehabt hatte. Sie hatte die Fahrt auf dem Glad River nicht sonderlich genossen. Weshalb sollte es sie jetzt nach einer weiteren Flußfahrt verlangen?

Sie dachte an den vorigen Abend, als der Wirt zu ihnen gekommen war. Vielleicht riet er jedem, Kesselflickers Gehölz zu meiden, aber sie bezweifelte es. Die Leute von Waterkeep mußten eine Art Vereinbarung mit den hiesigen Straßenräubern haben, besonders da sie nicht den Schutz eines größeren Verwaltungsbezirks hatten. Wenn es dem Wirt freistand, Reisende zu warnen, dann konnten die Räuber eigentlich nicht so gefährlich sein. Und wenn die Räuber so gefährlich waren, wie er behauptet hatte, wie konnte er es dann wagen, für ein Trio reicher und närrischer Fremder sein Leben aufs Spiel zu setzen, indem er sie davor warnte, die Straßen zu benutzen?

Was konnte es anderes sein als der Cranning-Ruf, der den Wirt angetrieben hatte und jetzt sie dazu veranlaßte, sich nach dem Wasserweg zu sehnen. Aus irgendeinem Grund wollte Unwyrm – wer immer er war – nicht, daß sie den Weg durch die Wälder nahm. War er nur auf ihre Sicherheit bedacht? Oder gab es etwas in den Wäldern, an dieser Straße, das sie nicht entdecken durfte?

Bin ich nicht eine ausgebildete Mörderin? Genau wie Angel? Auch Sken sieht so aus, als könnte sie ziemlich gefährlich werden. Selbst wenn die Räuber so gewalttätig sind, wie der Wirt behauptet hat, kämen wir wahrscheinlich durch. Und wenn Unwyrm nicht will, daß wir diesen Weg nehmen, dann nehme ich ihn erst recht.

Im selben Augenblick, als sie diese Entscheidung traf, verspürte sie einen Schmerz des Bedauerns. Wie hatte sie nur daran denken können, so etwas Törichtes zu tun? Aus einer bloßen Laune heraus ihrer aller Leben aufs Spiel zu setzen? Wo das Wasser doch so einladend aussah, es so leicht war, einfach den Fluß hinaufzusegeln …

Und jetzt wußte sie, durch die Wolken dieser Leidenschaften hindurch, daß Unwyrm sie verzweifelt von der Straße durch den Wald fernhalten wollte. Außerdem wußte sie, daß sie um jeden Preis über Land reisen würde. Der nagende Hunger nach Cranning und nach dem Fluß wurde nur noch schlimmer, aber hatte man ihr nicht ihr ganzes Leben lang beigebracht, ihr Unbehagen abzuschütteln? Hatte man sie nicht ohne Schlaf, ohne Nahrung, ohne Wasser gelassen, um ihre Grenzen zu erweitern, um ihre Widerstandskraft zu stärken? Sie konnte alle Bedürfnisse ihres Körpers ignorieren, besonders wenn sie wußte, daß es sich um eine Illusion handelte, die ein Feind ihrem Verstand auferlegte.

War es überhaupt ein Feind? Egal. Sie war entschlossen, dem Cranning-Ruf auf keinen Fall nachzugeben. Sie würde nach Cranning gehen, dabei aber jede Route wählen, die ihr gefiel. Sie würde sich nicht kontrollieren lassen.

»Das hier«, sagte Sken. Das Boot war klein, verglichen mit einigen der Segelschiffe, aber es sah sauber und robust aus.

»In Ordnung«, sagte Angel.

»Nein«, sagte Patience.

Sken war verärgert. »Was stimmt damit nicht?«

»Nichts. Nur, daß ich nicht mit dem Boot reise.«

Angel zog sie von Sken fort. »Bist du von Sinnen?« wisperte er.

»Wahrscheinlich. Aber ich reise nicht mit dem Boot. Ich nehme in unserer Kutsche die Straße durch den Wald.«

»Das ist Selbstmord. Hast du nicht gehört, was der Gastwirt sagte?«

»Das habe ich allerdings. Aber ich höre auch den Cranning-Ruf. Er will, daß ich den Wasserweg nehme. Will es ganz furchtbar. Ich werde herausfinden, wovon er mich in den Wäldern fernhalten will.«

»Vom Tod, davon will er dich fernhalten.«

»Bist du sicher? Ich denke, er ist ein wenig zu sehr darauf aus, mich von der Straße wegzubekommen. Dies ist nicht die beste Stelle, um eine Segelfahrt flußaufwärts zu beginnen – die Srömung ist zu stark. Das hat Sken doch selbst gesagt, oder nicht?«

»Es ist besser als zu sterben.«

»Seit wann hast du Angst vor ein paar Straßenräubern, Angel?«

»Seit ich mir vorstelle, wie sie sich zu Dutzenden über uns aus den Baumkronen fallen lassen. Ich bin dafür ausgebildet, ahnungslose Leute auf subtile Weise zu töten, nicht einen Haufen unmanierlicher Diebe zu bekämpfen.«

»Du bist ihnen noch nicht begegnet. Du weißt nichts über ihre Manieren.«

»Ist dir je in den Sinn gekommen, daß Unwyrm genau das von dir will? Vielleicht weiß dieses Wesen, daß du stur und rebellisch bist. Vielleicht will es, daß du in den Wald gehst, und hielt das nur für den besten Weg.«

»Etwas weit hergeholt, Angel.«

»Vielleicht will es, daß die Räuber deine Reisegefährten ausschalten.«

Er ging sogar so weit, zuzugeben, daß er um sein Leben bangte. Der Cranning-Ruf schwang in seinen Worten mit. Gefühle stiegen in ihr auf. Wie kannst du sie in Gefahr bringen? Welche Art Mensch bist du nur? Selbstsüchtig, arrogant. Nimm den Wasserweg, um ihretwillen.

Aber je mehr der Cranning-Ruf sie drängte, desto mehr sträubte sie sich. »Nehmt also das Boot. Wir treffen uns im ersten Dorf mit Flußhafen stromaufwärts. Ich kann die Kutsche allein führen. Wenn ihr wollt, nehmt auch das ganze Geld mit – ich vertraue euch.«

»Nein«, sagte Angel. Seine Hände zitterten. »Nein, ich werde dich nicht verlassen.«

Er hat wirklich Angst, dachte Patience. Sie war kurz davor, nachzugeben, wegen Angel. Aber im gleichen Augenblick, als sie das dachte, verdoppelte der Cranning-Ruf seine Kraft, wie wenn ihr Gedanke ans Nachgeben ein Schleusentor geöffnet hätte. Sie zuckte unter dem Schmerz zusammen. Dann wich das Verlangen, als hätte es Unwyrm viel Mühe gekostet, sie mit solcher Macht zu rufen. Gut, dachte Patience. Ermüde dich an deinen Versuchen. Ich habe in meiner Kindheit nicht all diese Unannehmlichkeiten auf mich genommen, um jetzt nachzugeben und den leichteren Weg zu wählen.

»Gut. Wir nehmen den Landweg.«

Sken war nicht glücklicher darüber, als Angel es gewesen war.

»Du brauchst nicht mitzukommen«, sagte Patience. »Du hast mir sehr geholfen und dir deine Heimkehr verdient.«

»Wir brauchen jede Hilfe, die wir kriegen können«, sagte Angel. »Ich verdoppele deinen Lohn, wenn du mitkommst.«

Sken blickte ihn voller Verachtung an. »Ich komme mit, weil sie ist, wer sie ist, nicht wegen deines Angebots.«

Angel lächelte. Patience wußte nur zu gut, daß Angel Skens Reaktion vorausgesehen hatte. Die Kunst der Diplomatie, wie Vater immer gesagt hatte: den Gegenspieler dazu bringen, das zu wollen, was man selbst beabsichtigt hat. Angel war ein Diplomat. Unwyrm war keiner. Unwyrm war sehr deutlich in seinen Wünschen, und Patience zeigte ihm ebenso deutlich ihren Widerstand. In dieser Schlacht gab es kein raffiniertes Nebenspiel.

Sie verließen die Docks und gingen zum Stall. Ihre Pferde waren gut versorgt worden – Angel hatte dafür bezahlt, weil er vorhatte, sie zu verkaufen.

Patience präparierte ihr Blasrohr mit drei Dutzend Holzpfeilen. Sie waren deutlicher zu sehen als ihre Glaspfeile, aber sie flogen weiter und trugen eine ebenso tödliche Dosis Gift. Angel brummte etwas davon, ein alter Mann zu sein, während er eine Armbrust und ein Paket Pfeile aus seiner Tasche holte. »Damit bin ich nicht sehr gut«, sagte er. »Mit dem Messer auf kurze Entfernung bin ich besser.«

»Von hinten zweifellos auch«, sagte Sken.

»Ich kann sie auch alle vergiften«, sagte Angel. »Vorausgesetzt, sie laden uns zum Abendessen ein.«

»Gift und ein Messer in den Rücken. Was für ein Mann!«

»Es reicht«, sagte Patience. »Es wird auch ohne albernen Streit schon gefährlich genug werden.« Sie sprach scharf und ließ zu, daß in ihrer Stimme etwas von der immer schlimmer werdenden Strafe mitschwang, die der Cranning-Ruf über sie verhängt hatte. Schon in die Kutsche zu steigen bereitete ihr Übelkeit; sie zitterte und würgte, als Angel die Zügel schnalzen ließ, um die Pferde auf die gepflasterte Straße hinaustraben zu lassen. Die Steine waren uralt und vom jahrelangen Befahren glatt- und plattgewetzt, aber Patience spürte die winzigen Risse zwischen ihnen wie Peitschenschläge, die auf sie herabregneten, bis ihr Kopf schmerzte.

Doch sie hatte alle ihre Lektionen gut gelernt. Sie verhielt sich ruhig und schaffte es, leicht amüsiert auszusehen, in Augenblicken, da sie weit von jeder Amüsiertheit entfernt war. Sie würde unter Unwyrms knebelndem Griff nicht zerbrechen. Sie würde Angel nicht merken lassen, daß sie litt. Wenn sie Angel täuschen konnte, so wußte sie, hatte sie noch die Kontrolle über sich selbst.

Die Stadt war nicht sehr groß, und bald führte die Straße zwischen Gemüsefeldern und Obstplantagen dahin, wo Bauern zwischen den Ruinen alter Herrenhäuser, die einst der Stolz Waterkeeps gewesen waren, ihre Äcker bearbeiteten und die Ernte einbrachten. Es war Teil des Kreislaufs der Dinge, in den Jahren des menschlichen Lebens auf Imakulata. Waterkeep war einmal groß gewesen; es würde wieder groß werden, oder es würde völlig verschwinden, aber nichts blieb, wie es war. Selbst die Religionen unterlagen modischen Trends, die Bewahrer und Ziegelbrenner, die Gedenken und Beobachter und seit dem vorigen Jahrhundert, die Wachsamen in ihren kleinen Einsiedeleien.

Auch sie würden zu Ruinen zerfallen. Nichts war von Dauer.

Mit Ausnahme der Blutlinie der Heptarchie, die ununterbrochen fortgedauert hatte, die einzige Institution, die im Laufe all der Jahrhunderte, die die Menschen schon auf Imakulata lebte, überdauert hatte. Das war etwas Neues in der Menschengeschichte. Sie versuchte, sich an etwas Vergleichbares zu erinnern. Den Römern war es selbst nach großzügigsten Schätzungen nur tausend Jahre gelungen; die Päpste hatten auch nur etwa 2500 Jahre geschafft. Selbst das Patriarchat von Konstantinopel war inzwischen untergegangen, obwohl es in pervertierter und entstellter Form lange genug überdauert hatte, um diese Kolonie nach Imakulata zu schicken. Die Kolonisten hatten auf Imakulata die griechische Religion am Leben erhalten sollen, obwohl keiner von ihnen griechisch sprach oder sich am Ende viel darum scherte, die Formen der alten griechischen Kirche zu wahren. Nichts überdauerte mit Ausnahme der Heptarchie.

Bis heute, dachte Patience. Und jetzt zerrt dieses ferne Wesen, dieser Feind, dieser Unwyrm an mir. Es ist das Ende der Heptarchie, wenn er mich erobert. Und wenn ich ihm weiterhin widerstrebe, ist es mein Ende.

Die Obstplantagen begannen vereinzelten Baumbeständen zu weichen. Hier und da unterbrach ein kleines Dorf den wachsenden Wald, mit ein paar Küken auf den Weiden, ein paar Bauern auf den Feldern und Kindern, die zu der Kutsche hinüberriefen und mit ihr mitrannten, bis ihnen die Puste ausging. Sken stieß laute Flüche über sie aus, was sie entzückte, und Patience tat so, als würde es ihr Freude machen, obwohl ihr gerade alles andere lieber gewesen wäre als das Vortäuschen von Vergnügtheit. Angel blieb jedoch mürrisch und trieb die Pferde zu einem flotten Trab an.

Schließlich, am frühen Nachmittag, gewannen die Bäume endgültig die Oberhand, als dichtes Unterholz und fünf bis zehn Meter durchmessende Riesen die Straße von beiden Seiten einschlossen. Es war ein perfekter Ort für einen Hinterhalt, und Patience verspürte eine neue Woge der Scham darüber, daß sie ihre Gefährten in solche Gefahr gebracht hatte.

Sie gelangten zu einer langen, geraden Straße durch den dichtesten Teil des Waldes. Am entfernt liegenden Ende der Straße konnten sie deutlich ein dickes Tau erkennen, das quer über die Straße gespannt war, in einer Höhe, daß sich die Pferde darin verfangen würden.

»Unverfroren, nicht wahr?« sagte Sken. »Sie geben uns viel Zeit, um zu sehen, was auf uns zukommt.«

»Ich wende«, sagte Angel.

Bei seinen Worten spürte Patience dankbar, wie Zustimmung in ihr aufstieg. Aber sie hatte gelernt, sich zu disziplinieren. Und ihr Widerstand gegenüber Unwyrm war jetzt, da die Schmerzen zunahmen, in ihr bis zum Wahn gesteigert. »Kehr um, wenn du willst«, sagte sie. »Ich fahre weiter.«

In dem Kreuz unter ihrem Hemd befand sich ihr gläsernes Blasrohr; zusammen mit der Schlinge waren diese Waffen im Falle ihrer Gefangennahme ihr letzter Ausweg. Sie trug noch ein längeres, genaueres Holzblasrohr bei sich. Die Pfeile, alle stark vergiftet, steckten in einem Beutel. Sie konnte gefahrlos mit ihnen hantieren; ihr Vater hatte dafür gesorgt, daß sie gegen die gebräuchlichsten Gifte immun wurde, bevor sie zehn Jahre alt war. Sie schwang sich von der Kutsche und schritt kühn auf das wartende Tau zu.

Sken fluchte, folgte jedoch mit einem Beil in jeder Hand. Und Angel führte düster die Kutsche hinter ihnen her. »Sie können uns töten, wann immer sie wollen«, sagte er.

»Behaltet die Bäume im Auge«, sagte Patience. »Der Gastwirt meinte, sie foltern gern Leute. Sie werden versuchen, uns lebend zu bekommen.«

»Jetzt fühl' ich mich besser«, sagte Sken.

»Das Tau gehört dir«, sagte Patience.

»Es ist so gut wie gekappt.«

Patience ließ ihren Blick durch das Unterholz und die

Bäume über ihnen schweifen. Die Blätter waren dünn gesät, so daß jede Menge Licht hindurchfiel; außerdem kam eine leichte Brise auf, die jeden Hinweis auf Bewegungen durch die Räuber überdeckte. Patience sah nur zwei Männer hoch oben in den Ästen. Zweifellos Bogenschützen. Aber es war nicht einfach, einen Bogen so auszurichten, daß er beinahe senkrecht auf ein bewegliches Ziel hinunterschoß; wenn die Bogenschützen in den Bäumen einen von ihnen trafen, dann eher aus Zufall als mit Absicht.

Was ihr Sorgen bereitete, waren die Männer am Boden, ohne Zweifel Dutzende von ihnen, die sich zwischen den Bäumen verbargen. Sie konnten aus jeder Richtung herangeschwärmt kommen. Sie steckte einen Pfeil ins Blasrohr und nahm drei weitere in ihre rechte Hand.

Sie waren noch einige Meter von dem Tau entfernt, als vier Männer hinter einem Baum hervortraten und sich in der Mitte der Straße aufstellten, hinter dem Tau. Sie traten großspurig auf, lächelten, sie wußten, daß ihre Opfer keine Chance hatten. Einer trat vor und setzte zum Sprechen an. Patience wußte, daß andere herauskommen und sie umzingeln würden, während er sprach. Also durfte er nicht zum Sprechen kommen. Sie blies kurz in ihr Holzrohr. Sie hatte auf seine Kehle gezielt, aber der Pfeil ging fehl und drang in seinen Mund ein. Er blieb wie versteinert stehen, wobei der Pfeil für seine Gefährten hinter ihm unsichtbar war. Das gab ihr die Zeit, noch einmal zu laden und zu pusten, bevor ihnen klar wurde, was geschah. Der zweite Pfeil traf sein Opfer an der Stirn; schließlich riß der erste Mann den Mund auf, würgte und fiel vornüber, sich krümmend unter der Wirkung des Giftes, das bereits sein Gehirn erreicht hatte. Der zweite Mann wich zurück, für einen Augenblick überrascht, daß ihnen die Initiative genommen war.

Sken kam langsam, aber mit großer Wucht in Bewegung, und ein Hieb mit dem Beil zertrennte das Tau. Sofort trieb Angel die Pferde vorwärts, Sken schwang sich in die Kutsche, und Patience taumelte neben ihr her, bekam dann Halt. Die Kutsche holperte über die Leichen auf der Straße.

Sie hörte, wie eine Stimme im Unterholz sagte: »Der Junge hat Kesselflicker erwischt. Mit seinem Mund.«

Für einen Augenblick schien es, als wollten sie sie durchlassen. Dann begann der Mann zu rufen, zu schreien, und Pfeile prasselten von hinten auf die Kutsche nieder. Angel trieb die Pferde an, schrie auf sie ein, gurgelte dann plötzlich und würgte. Ein Pfeil ragte seitlich aus seinem Hals. Etliche Hände klammerten sich an die Pferde; die Kutsche kam zum Stehen.

Patience hatte keine Zeit, sich über Angel Sorgen zu machen. Glücklicherweise verschwendeten die Räuber Zeit damit, die Pferde loszuschneiden. Patience ignorierte die Pferde und rief Sken zu, sie solle es ihr nachmachen. Sken nahm die linke Seite der Kutsche, schwang ihre Beile und verspritzte Blut in alle Richtungen. Sie wichen vor Sken zurück, vielleicht in der Hoffnung, daß ein Bogenschütze sie erledigen würde, aber Patience blies mit tödlicher Zielsicherheit – auf diese Entfernung konnte sie kaum jemanden verfehlen – einen Pfeil nach dem anderen hinaus, und jene, die nicht auf der Stelle umkamen, schrien wegen des Giftes vor solchem Schmerz, daß die Räuber den Mut verloren. Immerhin war ihr Anführer getötet worden, sie hatten bereits ein Dutzend Männer verloren, einige hatten schwere Verletzungen von den Beilen, und jeder Pfeil, der traf, bedeutete einen weiteren Toten. Sie stießen schreckliche Drohungen und Schwüre aus, aber einer nach dem anderen trennte sich von der Gruppe und lief vor den Pfeilen davon.

Sken hatte einen tiefen Schnitt am Unterarm davongetragen. »Ich bin in Ordnung«, sagte sie. »Wir müssen hier raus. Sie werden wiederkommen, sie werden uns folgen, wir müssen uns beeilen.«

»Kannst du die Kutsche ziehen?«

»Besser, wir laufen, was nützt dir dein ganzes Geld, wenn du tot bist?«

»Angel lebt noch. Die einzige Möglichkeit, ihn zu transportieren, ist die Kutsche.«

Sken warf einen Blick auf den Pfeil in seinem Hals, grunzte und nahm den Platz vor dem Wagen ein. »Halt nur die Augen offen«, sagte sie.

Angels Wunde blutete nicht sehr stark, und Patience kannte sich gut genug aus, um den Schaft an Ort und Stelle zu lassen, bis sie Zeit hatten, ihn herauszuoperieren. Aber wenn sie keine Stadt mittlerer Größe mit einem Spezialisten fanden, gab es nicht viel Hoffnung für ihn. Sie sollte umkehren und nach Waterkeep zurückeilen, wo es einen Arzt gab. Dann konnten sie ihre Reise auf dem Wasserweg fortsetzen, sobald es Angel besser ging.

Aber ihr wurde klar, daß auch dieser Gedanke von Unwyrm kam. Oder täuschte sie sich? Vielleicht war es bloß gesunder Menschenverstand, vielleicht tötete sie Angel durch ihre Entschlossenheit, Widerstand zu leisten. Wie konnte sie weiterfahren, ohne recht zu wissen, ob es vor ihnen überhaupt ein Dorf *gab*, wenn dieser treue Mann, ihr Lehrer, praktisch der einzige Vater, den sie je wirklich gekannt hatte, sterbend in der Kutsche lag?

Weiter! Nur dieser Gedanke erfüllte noch ihren Kopf, weiterfahren. Weiterfahren. Sie musterte die Straße vor und hinter ihnen, hielt nach den Räubern oder einem der Pferde Ausschau. Einmal trat hinter ihnen ein Mann auf die Straße, mit einem Bogen bewaffnet; er starb, bevor er einen Schuß loswerden konnte. Andere gab es nicht. Vielleicht hatten sie aufgegeben. Egal. Um Angels willen durften sie in ihrem Tempo auf keinen Fall nachlassen.

Sie versuchte, Sken beim Ziehen der Kutsche zu helfen. »Laß das«, sagte die Frau. »Du störst meinen Rhythmus. Halt weiter Ausschau.«

Und schließlich wurden die Bäume spärlicher, und eine Obstplantage tauchte auf und nach der Obstplantage ein Feld; Dorfbewohner riefen einander etwas zu und begannen sich zu versammeln.

»Kesselflicker hat euch durchgelassen?« fragte ein Kind.

»Habt ihr einen Heiler?« rief Sken.

»Kein Dorfheiler«, sagte Patience.

»Die wissen manchmal mehr als die Stadtärzte«, erwiderte Sken. »Und wenn sie einen haben, um so besser für den alten Mann.«

»Wir haben einen Heiler«, sagte jemand. »Ein Gebling. Ist trotzdem ein guter Heiler.«

»Könnt ihr diese Kutsche ziehen?« fragte Sken. »Könnt ihr sie zum Heiler ziehen? Wir zahlen gut.«

»Kesselflicker hat euch euer Geld gelassen?«

Patience war es müde, seinen Namen zu hören. »Kesselflicker ist tot«, sagte sie. »Bringt uns zum Heiler.«

»Das ist aber ein hübscher Bursche«, sagte eines der Mädchen, eine Person mit Zahnlücken, die zu flirten versuchte.

Patience seufzte und stieg auf die Kutsche. Angels Augen waren jetzt offen. Sie hielt seine Hand, um ihm die Furcht zu nehmen, die er zweifellos empfand. »Wir sind bei Freunden«, sagte sie.

Die Dorfbewohner stemmten sich gegen die Räder der Kutsche, und einige schoben von hinten. Sken stieg dankbar ein. Ein seltsames Gefühl überkam Patience, kaum daß die Kutsche sich wieder in Bewegung setzte, ein Gefühl der Süße, des Friedens. Jeglicher Widerstand von Unwyrm war verschwunden. Und jetzt kehrte der Cranning-Ruf zurück, ein Verlangen, weiterzuziehen, weiter nach Norden zu ziehen, nach Cranning. Wo ihr Geliebter auf sie wartete, mit Sanftheit und zärtlichen Küssen, ihr Geliebter, der ihren Leib mit Leben erfüllen würde. Patience zwang diese neuen Gefühle in den Hintergrund, genau wie sie es mit den alten, heftigeren getan hatte. Unwyrm will jetzt, daß ich mich beeile. Also bin ich offenbar am richtigen Ort, dort, wo er mich nicht haben wollte. Auf der Suche nach einem Geblingheiler in einem Dorf, das durch eine Räuberbande von aller Welt abgeschlossen ist. Selbst mit einer Landkarte hatte Unwyrm sie nicht sicherer hierherlotsen können. Habe ich schließlich doch getan, was mein Feind von mir wollte? Oder habe ich ihm eine Niederlage beigebracht?

»Da«, riefen einige Dorfbewohner. Es war ein Haus mittlerer Größe am anderen Ende der Stadt.

»Er lebt dort mit seiner Schwester«, sagte ein Dorfbewohner.

»Und einem Menschen, einem Riesen.«

»Es heißt, die Geblinge schlafen miteinander«, sagte ein anderer.

»Schmutzige Tiere.«

»Aber er ist ein Heiler, ein wahrer Heiler.«

»Wie lautet sein Name?« fragte Patience.

»Ruin«, sagte ein Mann.

Sken schnaubte. »Das ist ein vielversprechender Name.«

Rauch kräuselte aus dem Schornstein. Fahr vorbei, sagte der Cranning-Ruf. Eile weiter. Angel wird es gutgehen. Mach schon, fahr vorbei, fahr vorbei.

Die Tür öffnete sich, und eine pelzbedeckte Geblingfrau erschien. Sie war sauber, ganz und gar nicht schmutzig und an Geblingmaßstäben gemessen schön. In ihren Augen lag eine Intelligenz, die Patience den Entschluß fassen ließ, auf der Hut zu sein. Sinnlos, sie wissen zu lassen, daß sie geblisch sprechen konnte. Dieses Haus war wichtig genug, daß Unwyrm ihren Aufenthalt hier verhindern wollte. Also würde sie es als Gesandte betreten und soviel herauszufinden versuchen, wie sie konnte, bevor sie sich auf etwas festlegte.

Und in der Zwischenzeit hoffte sie gegen jede Wahrscheinlichkeit, daß Angel gerettet werden konnte. Blut tropfte vom Pfeilschaft, als die Dorfbewohner ihn hineintrugen. Patience dachte daran, Kupfermünzen unter sie zu verteilen, nahm statt dessen jedoch eine Stahlmünze und reichte sie dem alten Mann, der das Dorfoberhaupt zu sein schien. »Für das ganze Dorf, für eure Freundlichkeit uns gegenüber.« Der alte Mann lächelte und nickte, und die Leute murmelten ihren Dank. Es war mehr Geld, als das ganze Dorf in einem Jahr verdiente.

8 Das Haus der Geblinge

Reck hörte die Dorfbewohner kommen, als sie noch weit entfernt von ihrem kleinen Häuschen waren. In dem Gemurmel, das der Wind herantrug, lag Aufregung. Sie legte den Kopf schräg, um besser zu hören. Konnte es sich um einen Aufruhr handeln? Nein, es lag keine Wut darin. Dies war kein Dorf, das sich von den Priestern gegen die Geblinge aufbringen ließ. Was nicht heißen sollte, daß es nicht jederzeit möglich war. Man wußte nie, wann Menschen religiös wurden und zu töten anfingen.

Aber weshalb die Aufregung, wenn sie wegen einer Heilung kamen? Also mußte jemand Wichtiges verarztet werden, ein Ungewöhnlicher oder Mächtiger. Ein Fremder natürlich, da kein Ungewöhnlicher oder Mächtiger jemals irgendwo in der Nähe von Waterside gelebt hatte – einem der hundert Dörfer dieses Namens, die es allein an den Ufern des Cranwaters gab. Außerdem mußte der Fremde verwundet sein, nicht krank, denn Krankheiten konnten eine Menge nie lange beisammenhalten. Furcht vor Ansteckung.

Reck ging zur Tür und rief nach Will. Er war auf dem Feld, die Kartoffeln ausgraben. Er hörte sie, winkte, warf die Hacke auf den Schlitten und zog die schwere Last über den Boden zur Scheune. Er war ein hochgewachsener Mann, selbst nach Menschenmaßstäben ein Riese; er war beinahe doppelt so groß wie ein Gebling. Einst war er ein leibeigener Soldat gewesen, ein Sklave im Dienste eines Generals in irgendeiner Armee. Was das Töten anging, beherrschte er alle bekannten Methoden, und er war stärker als jeder andere Mensch, von dem Reck gehört hatte.

Aber Reck hatte keine Angst vor ihm. Sie hatte ihn vor vielen Jahren als entflohenen Sklaven gefunden und ihm Schutz und einen Platz auf der Farm angeboten. Das reichte ihm. Er und Reck führten ein zufriedenes Leben dabei. Sie sprachen nicht viel miteinander, weil sie einander nicht viel zu sagen hatten. Beide verrichteten ihre Arbeit zuverlässig und gut und fanden Spaß daran.

Allerdings waren sie klug genug, um diskret zu sein. Nach all diesen Jahren war es kein Geheimnis mehr im Dorf, daß ein riesenhafter Mensch bei den Geblingen in der Nähe des Waldrandes wohnte. Aber sie brachten die Dorfbewohner nicht dadurch auf, daß sie damit protzten, sondern hielten Will immer außer Sicht, wenn die Leute ihre Kranken und Verletzten zum Heiler brachten. Es gab kein Problem mit ihnen. Will schaffte den Schlitten in die Scheune und kletterte nun zweifellos zum Schlafen in die Koje, bis die Leute wieder weg waren. Will hatte die bemerkenswerte Fähigkeit, zu schlafen, wann immer er wollte und so lange er wollte. Reck fragte sich oft, ob Will je von Träumen heimgesucht wurde, die sie so viele Nächte schlaflos hielten. Sie fragte es sich, erkundigte sich aber nie. Träume waren kein Thema, über das ein kultivierter Gebling Fragen stellte.

Sie sah, daß die Leute eine Kutsche auf ihr Haus zuzogen. Keine Pferde. Das bedeutete, daß die Besitzer der Kutsche mit den Räubern aneinandergeraten waren – zweifellos mit Kesselflickers Leuten. Das war keine Überraschung. Die Überraschung bestand darin, daß jemand lebend davongekommen war. Gewöhnlich war Kesselflicker vorsichtiger.

Sie schnupperte in der Luft. Blut, aber kein Geruch nach Eingeweiden. Vielleicht nur eine oberflächliche Wunde, etwas, das sie säubern und verbinden konnte, ohne warten zu müssen, bis ihr Bruder nach Hause kam.

In der Kutsche befand sich ein junger Bursche, der aufrecht saß und mit den Dorfbewohnern sprach. Er schien das Sagen zu haben. Mit dem Kopf im Schoß des Jungen lag ein alter Mann da. Eine derb wirkende dicke Frau saß auf dem Kutschbock und rief den Dorfbewohnern, die die Kutsche zogen, etwas zu, trieb sie mit Flüchen, Versprechungen und Spötteleien an. Also war es der alte Mann, der verletzt war. Nur der eine? Und ein dermaßen junger

Bursche – Kesselflicker hielt immer nach einem Lustknaben Ausschau. Etwas Eigenartiges mußte im Wald passiert sein.

Unwahrscheinlich, daß Kesselflicker noch lebte, bei einem solchen Ergebnis. Wer immer sie waren, sie mußten furchtbarer sein, als es zunächst den Anschein hatte. Das ging in Ordnung; Reck verstand das. Auch sie war furchtbarer als sie aussah.

Sie traf sie am Tor. »Tragt den Mann herein, wenn er nicht gehen kann«, sagte sie. »Laßt die Kutsche hier, und ihr übrigen geht nach Hause.«

»Sie haben Kesselflicker getötet«, sagte einer der Dorfbewohner.

»Und die Hälfte seiner Männer.«

Der dicken Frau war nach Prahlen zumute. »Die Hälfte von denen hab ich selbst erledigt, und ihr könnt drauf wetten, daß jeder die eine oder andere Kerbe abbekommen hat!« Konnte Großmäuligkeit sein, aber nein. Reck sah Blutflecken überall auf ihren Unterarmen. Ein Teil des Blutes war ihr eigenes. »Du kannst dich in dem Becken hier draußen waschen. Säubere deine Wunden.«

Die dicke Frau wusch sich, während die Dorfbewohner den alten Mann hereinbrachten und ihn auf den Behandlungstisch legten. Der Junge und die dicke Frau kamen herein, um zuzusehen; Reck achtete nicht auf sie. Der Mann hatte einen Pfeil in der Kehle, ein ganzes Stück weit drin. Er hatte die Luftröhre durchschlagen, so daß er zwar Schmerzen hatte, aber kein Blut erbrach.

Immer noch quoll langsam Blut aus der Wunde. Reck beugte sich vor und witterte, dann streckte sie ihre lange Zunge aus, um daran zu lecken. Sie hörte, wie die dicke Frau angewidert grunzte. Der Junge schwieg. Etwas stimmt nicht mit dem Jungen, dachte Reck. Aber sie wußte nicht, was. Wichtiger war jetzt der Geschmack des Blutes.

»Gift«, teilte Reck ihnen mit. »Und ein häßliches obendrein. Diese Wunde wird nicht heilen. Das Blut wird nicht aufhören zu fließen.«

»Dann holen wir den Pfeil nicht heraus?« fragte die dicke Frau.

»Ihr wart gut beraten, ihn drinzulassen.«

»Was wirst du tun?« fragte der Junge.

»Nichts.« Reck wandte sich den Dorfbewohnern zu. »Ich habe euch doch gesagt, ihr sollt gehen. Ihr habt getan, was ihr könnt!«

»Du wirst nichts tun?« sagte der Junge. »Dann ziehen wir zum nächsten Dorf weiter, vielen Dank.« Der Junge sprach mit einer Stimme, die verriet, daß er es gewohnt war, seine Wünsche erfüllt zu bekommen.

Hum, der Sohn des Schmieds, antwortete ihm auf dem Weg durch die Tür hinaus. »Oh, das ist nur der Mädchenkobold. Ihr Bruder ist der Heiler.«

»Ein Mädchen!« schrie die dicke Frau. »Woher soll man das wissen, bei Kobolden?«

»Wenn du den Bruder siehst, weißt du es. Er hat einen Zinken, der is' *soo* lang. Trägt nie mehr als seinen Pelz.«

Reck war an die Art und Weise gewöhnt, wie Menschen sich über die Gesichter der Geblinge lustig machten. Wären Geblinge *größer* als zwei Drittel der normal gewachsenen Menschen, würden sie sich das vielleicht nicht einfach gefallen lassen. Aber wenn Geblinge fern von Cranning leben wollten, draußen in der Welt der Menschen, mußten sie die geistlosen Grausamkeiten der Menschen hinnehmen. Ihrem Bruder Ruin fiel das schwerer als den meisten. Um ihnen auszuweichen, verbrachte er die meiste Zeit in den Wäldern und weigerte sich, überhaupt Kleidung zu tragen, als wollte er sagen, daß er lieber das Tier wäre, für das sie ihn hielten, als so zu tun, als wäre er wie sie.

»Wann kommt dein Bruder zurück?« fragte der Junge.

Reck beantwortete die Frage nicht. Statt dessen musterte sie das Gesicht des Jungen, dann witterte sie wieder in der Luft. Also *das* stimmt nicht mit ihm. Der Junge hatte keinen Knochenwulst über den Augen wie die meisten männlichen Menschen. Und der Geruch von Menstruationsblut haftete ihm an; das frische Blut aus der Wunde des alten

Mannes hatte es überdeckt. Aber Recks Nase konnte man nicht belügen.

Die Tür schloß sich hinter dem letzten Dorfbewohner.

»Ich habe gefragt, wann dein Bruder zurückkommt?«

»Zuerst«, sagte Reck, »will ich wissen, wer du bist und weshalb du vorgibst, ein Junge zu sein.«

Plötzlich spürte sie, wie sich eine kräftige Hand um ihr Handgelenk schloß und sie herumdrehte. Es war der alte Mann.

Sie hatte ihn für bewußtlos gehalten, aber jetzt hielt er sie wie die Kiefer eines Haies. Sie hätte ihm vielleicht in die Weichteile treten können, damit er losließ, sah jedoch keinen Grund, die Schmerzen, die er ohnehin aushalten mußte, noch zu verstärken.

»Du kannst Menschen zum Narren halten«, sagte sie »aber keinen einigermaßen gewitzten Gebling. Was die Augen nicht sehen, kann die Nase riechen.«

»Laß sie los«, sagte das Mädchen. »Ich habe meine Periode, richtig? Ich vergaß, daß Geblinge sie riechen können. Das ist eine Gabe, die ich auch gern hätte.«

Der Griff des alten Mannes entspannte sich. Reck rührte sich erst wieder, als er seine Hand wegzog.

»Der Name des alten Mannes ist Angel. Er ist mein Lehrer und Freund. Diese großartige Frau hier ist Sken. Als wir ein Boot erwarben, um Heptam zu verlassen, hat sie sich auf den Kaufpreis draufgeschlagen.« Das Mädchen lächelte. »Eigentlich wollte ich dir sagen, daß mein Name Adam sei, aber jetzt, wo du mein Geschlecht kennst, werde ich dir am besten gar keinen Namen nennen.«

»Wie hast du vor, uns zu bezahlen, wenn Kesselflicker euch beraubt hat?«

»Kesselflicker hat uns nicht beraubt. Er hatte es allerdings vor. Seine Männer verscheuchten unsere Pferde, aber wir setzten ihnen mehr zu, als ihnen lieb war. Wir dachten daran, hier andere Pferde zu kaufen. Aber es scheint, als habe keiner Pferde übrig.«

»Die Armee holt sie sich«, sagte Reck. »Den Menschen

lassen sie ein Pferd für die Farmarbeit. Geblinge kriegen gar keine Pferde.«

»Ich will eure Pferde nicht. Ich möchte nur, daß Angel geheilt wird.«

»Mein Bruder kommt.«

»Du hast nicht einmal nach ihm geschickt.«

»Ich brauche nicht nach ihm zu schicken. Er kennt die Tiere des Waldes. Sie sehen alles, was hier passiert, und erzählen es ihm.«

Das Mädchen warf Sken einen Blick zu, als wollte sie sagen: Auf welche Art abergläubischen Unsinn haben wir uns denn hier eingelassen?

Der alte Mann murmelte: »Wir sind keine Dorfbewohner. Wir wissen, daß Geblinge einander rufen können. Du brauchst uns keine Tiermärchen zu erzählen.«

»Es sind die Tiere des Waldes«, beharrte Reck. »Aber ich habe vor langer Zeit gelernt, nie mit einem Mann zu streiten, der sich für einen Wissenschaftler hält.«

»Ich bin Philosoph. Dieser Pfeil in meiner Kehle tut höllisch weh.«

»Tut mir leid. Vielleicht ist mein Bruder weiter entfernt. Dann könnte es eine Weile dauern, bis er kommt. Es gibt nichts, was wir tun können.«

»Ich habe Durst.«

»Der Pfeil ragt vielleicht quer durch deine Kehle.«

»Tut er.«

»Dann kriegst du auch nichts zu trinken.«

Das Mädchen und Sken setzten sich, das Mädchen auf einen Stuhl und Sken auf den Boden an die Wand gelehnt. Reck kehrte an ihre Arbeit zurück und befiederte weiter die Pfeile, die sie gestern gemacht hatte. Es war eine komplizierte und langwierige Beschäftigung, die durch das mühsame, schmerzerfüllte Atmen des Mannes auf dem Tisch nicht gerade leichter gemacht wurde.

Wenig später kam Will mit Eimern voll Wasser herein. Er schaute die Besucher nicht an, mit Ausnahme eines Blikkes, den er dem Mann auf dem Tisch zuwarf. Er stellte einen Eimer Wasser neben das Feuer und goß den anderen in einen großen Krug neben dem Tisch. Erst dann wandte er sich den Besuchern zu.

»Will«, stellte er sich vor.

»Sken«, sagte die dicke Frau.

Das Mädchen schwieg.

»Wohnst du hier?« fragte Sken.

Will nickte.

Sken blickte von ihm zu Reck und wieder zurück. »Abscheulich«, sagte sie.

Will grinste. »Ich bin ihr Sklave«, sagte er.

Sken entspannte sich ein wenig. »Es ist nicht richtig, wenn ein Mensch einer Gebling gehört, aber solange du ihr nicht den Ponyritt machst ...«

»Ich würde sagen, das geht dich nichts an«, sagte Reck, »und du hast eine seltsame Art zu reden, wenn du willst, daß dieser Mann überlebt.«

»Ich spreche nur aus, was ich denke«, sagte Sken.

»Dann denkst du ganz schönen Mist«, sagte Reck.

Sken machte nur einen Schritt auf sie zu. Angel und das Mädchen riefen, sie solle stehenbleiben. Auch Will rief etwas, aber an Reck gewandt. Trotz der Rufe war es jedoch kein Geräusch, das Sken einhalten ließ. Es war der Anblick von Reck, die ihren Bogen bereits im Anschlag hatte. Noch einen Moment, und sie war bereit, einen Pfeil dorthin zu schicken, wohin immer sie wollte.

»Nicht, Reck«, sagte Will.

»Sie kommen als Bettler an meine Tür, und dann beschuldigen sie *mich*, mich von einem Menschen besteigen zu lassen. Dabei wärst du, wenn das je ein Mensch versuchen würde, vielleicht der einzige, der das überlebt.«

Angel sprach schwächlich vom Tisch aus. »Verzeih dieser Frau. Sie ist auf dem Fluß großgeworden und hat nie gelernt, zivilisiert mit jemandem zu reden.«

Reck entspannte den Bogen. Sken zupfte am Kragen ihres Kleides und setzte sich wieder, den Blick ins Feuer gerichtet. Das Quälen von Kobolden hatte sie noch nie so nahe an den Rand des Todes gebracht. Die Geblinghändler, die in Heptam Flußüberfahrten kauften, waren unterwürfig und gaben nie Widerworte. Das war nicht das erstemal, daß Sken ihr Verständnis vom Lauf der Welt überdenken mußte. Aber es hatte ihr noch niemals gefallen.

Will machte sich an die Zubereitung des Abendessens, und Reck fuhr in ihrer Arbeit fort. Angel atmete immer flacher. Das Mädchen saß schweigend in der Ecke. Sie blieben so, wortlos und wachsam, bis bei Einbruch der Dunkelheit Ruin nach Hause kam.

9 Der Heiler

Ruin spürte den Druck von Unwyrms Haß wie Wind in seinem Gesicht. Er lehnte sich kräftig dagegen und zog unter dem Schmerz des Weitergehens eine Grimasse. Hätte ihn jemand sehen können, so hätte er ein lächerliches Bild abgegeben, ein nackter, schmutziger, ungepflegter Gebling, der sich im grellen Sonnenlicht einen Weg durch flache und grasbedeckte Wiesen erkämpfte und sich dazu antrieb, zwischen Bäume zu taumeln, deren Äste sich leicht zur Seite bogen. Aber immer, wenn Ruin sein Gesicht Cranning zuwandte, gab es einen Orkan des Widerstandes. Er war der einzige Gebling, der nicht nach Hause gehen konnte.

Zwei dieser grausamen Tage – in denen er sich stets von neuem vorwärtsschob, stehenblieb, um sich auszuruhen, und es ihn weiterdrängte – waren bereits vergangen, als er Recks Ruf vernahm. Diese liebevolle Berührung, die wie mit sanften Fingern über sein Rückgrat strich – Ruin hatte ihr nie erzählt, wie der Ruf sich bei ihm auswirkte; kein anderer Gebling hatte eine solche Macht über ihn. Besonders jetzt, nach Unwyrms tagelangen Wutschreien: Recks Gewisper war unerträglich. Ruin sank auf die Knie und weinte. Weinte vor Zorn – wütend auf Reck, weil sie ihn gerufen hatte, wütend auf sich selbst, weil er nicht die Kraft hatte, ihren Ruf zu ignorieren und weiterzukämpfen.

Aber er konnte nicht weiterkämpfen. Und nachdem er ein paar Minuten oder eine Stunde im Gras neben dem Strom gelegen hatte, kroch er zum Wasser und trank, dann erhob er sich. Einen Moment lang wandte er sich in Richtung Cranning; aber der Gedanke an einen weiteren Schritt in diese Richtung war mehr, als er ertragen konnte. Er drehte sich um und ging den anderen Weg. Seine Füße waren leicht unter ihm. Er sprang durch die Wälder und Wiesen, durchmaß in Minuten Entfernungen, für die er vorher Stunden gebraucht hatte. Die ganze Zeit über war seine Schwester wie ein Lied in seinem Geist, als sie ihn zu sich zurückrief.

Ihn rief, aber nicht nach Hause rief. Es gab keinen lebenden Gebling, der eines der Menschenhäuser sein ›Zuhause‹ genannt hätte. Für Geblinge gab es nur ein Zuhause: die große Stadt in der Felswand, die unergründlichen Gänge und Ebenen, die vor dem Antlitz des Skyfoot eine Meile weit hinabreichten. Cranning, eine Stadt mit mehr Einwohnern als die meisten anderen Nationen, bevölkert mit Menschen und Dwelfen und Gauntern, aber regiert von Geblingen, denn nur Geblinge konnten unauslöschlich und unaufschreibbar jede Biegung eines Tunnels an diesem Ort im Gedächtnis behalten. Jeder Stein in jeder Höhle war ihnen vertraut, sogar Geblingen wie Ruin, der noch nie seinen Fuß auf den Felsen gesetzt, noch nie das kalte Wasser gekostet hatte, das vom oben gelegenen Gletscher durch die Gänge floß, der noch nie unter dem Firmament der Dunkelheit geschlafen hatte, das um so vieles behaglicher war als das Himmelszelt. Wo Reck war, konnte auch Ruin in Frieden sein; aber außerhalb Crannings gab es nirgendwo ein Zuhause.

Und solange Unwyrm lebte, wie konnte Ruin jemals dorthin gelangen? Das war das Dilemma seines Lebens, seit seine Mutter ihm, als er noch ein Kind war, erklärt hatte, wer er war und was er zu tun hatte. »Ihr seid die Vortrefflichsten unter denen aus vortrefflichem Geblüt, du und deine Schwester, und die Saat der Herrschaft liegt in euren Seelen. Es gibt nichts, was ihr nicht lernen könnt, nichts, was ihr nicht tun könnt, keinen Gedanken, der euch nicht wie Licht inmitten eines Sturmes in den Sinn kommen könnte. Ihr wurdet geboren, um die beste Antwort der Geblinge auf den schrecklichen Haß Unwyrms zu sein, und ihr seid unsere einzige Hoffnung, ihn zu erschlagen.«

»Wo finde ich ihn?« hatte das Kind Ruin gefragt.

»Er lebt im Herzen von Cranning, wo das Lebensblut fließt. Er lebt mitten im Schloß der Geblinge, die Schlange in unserem Leib, um unsere Kinder zu verschlingen, sobald sie das Licht der Welt erblicken.«

»Dann lehre mich den Weg nach Cranning, Mutter, damit ich gehen und ihn töten kann!«

Daraufhin hatte Mutter mit mutlos aus dem Mund hängender langer Zunge geweint, zwei glitzernde Tränen an den Zwillingsspitzen. »Wie kannst ausgerechnet du von allen Geblingen den Weg nicht schon wissen? Ach, Ruin und Reck, mein Sohn, meine Tochter, wir erschufen euch, damit ihr den Sturz unseres Feindes herbeiführt, aber er weiß es bereits und verbirgt Cranning vor euch in eurem eigenen Geist.«

Als Mutter starb, waren Ruin und Reck eine Weile ziellos in der Welt herumgewandert. Jeder von ihnen gleichzeitig abgestoßen und auf die Aufgabe vorbereitet, die sie den Unterweisungen ihrer Mutter nach zu erfüllen hatten. Reck erlernte die Kunst des Bogenschießens und konnte alles töten, was sie sah – aber sie weigerte sich, auf die Suche nach Cranning zu gehen, und leugnete, daß der Ort ihr etwas bedeutete. Sie verspottete Ruin für seine endlosen Anstrengungen, ihn zu erreichen. »Alles Träume und Visionen«, sagte sie, »alles alberne Prophezeiungen.« Und dennoch übte sie in ihrer Freizeit mit dem Bogen und eignete sich alles Wissen über Unwyrm an, das sich unter den

Geblingen finden ließ, die den Fluß bereisten und kamen, um die Gastfreundschaft ihres Hauses in Anspruch zu nehmen.

Ruin seinerseits wurde nicht zum Mörder. Statt dessen erlernte er die Kunst des Heilens. Er wanderte in den Wäldern umher, prüfte die Kräuter, die dort wuchsen, und verwendete sie, um die kranken und verletzten Tiere zu heilen, ihre Wunden, die die Menschen und andere Bestien verursacht hatten. Wenn ein Kraut vielversprechend war, züchtete er es und zog es heran, brachte ihm mehr bei von dem, was es tun sollte, und bald hatte er Kräuter, die Infektionen beseitigen konnten, ein Wurzelpulver, das instande war, Krankheiten zu heilen, Beeren, die jeglichen Schmerz nahmen. Und er lernte, die innere Gestalt eines jeden Körpers zu erkennen, einfach indem er die äußere Form betrachtete. Eidechse und Löwe, Rotkehlchen und Birkhuhn, er lernte sie erkennen, konnte sie aufschneiden und gesund wieder zusammensetzen. Aber er hätte sein Wissen niemals in Büchern niederlegen können, wie die Menschen es taten. Arme Menschen – ihnen fehlte der Andersverstand, das geheime Gedächtnis, in dem die Geblinge selbst voreinander ihr Wissen verbargen. Wenn man Ruin fragte, was mit einem seiner Patienen nicht stimmte, konnte er es nicht sagen, denn sein Menschenverstand, sein Wortverstand – der wußte nichts vom Heilen. Sein Wortverstand konnte nur sprechen, konnte sich nur an Formen und Geräusche erinnern; mit ihm konnte er nichts anfangen. Es war sein Andersverstand, dem er vertraute, sein Andersverstand, dem er erlaubte, ihn zu beherrschen, und sein Andersverstand, der seine größten Fähigkeiten enthielt.

Aber es war auch sein Andersverstand, den Unwyrm gefunden und von Cranning fortgezwungen hatte. Nur sein schwacher und verhaßter Menschenverstand konnte ihn wieder und wieder vorwärtspeitschen und bei dem endlosen senkrechten Aufstieg auf dem Weg zu seinem Feind um die Kontrolle über seine Arme und Beine kämpfen. Und wenn ich ihm begegne, was werde ich tun? Wozu bin ich nütze, außer der erste meines Volkes zu sein, der verschlungen wird?

Es war beinahe Nacht, und Ruin war vom Mißerfolg verbittert, als er das Haus erreichte, das er mit Reck bewohnte. Er erkannte am Geruch, daß sich Menschen darin aufhielten, und erkannte auch, daß der alte Mann der Verletzte war und die junge Frau ihn sehr liebte und um ihn bangte. Die dicke Frau war nicht mehr als ein Haufen Schweiß; er beachtete sie nicht weiter. Er erkannte außerdem den Geruch von Will, beachtete aber auch ihn nicht weiter. Wenn es seiner Schwester gefiel, sich an Stelle eines Ochsen einen Menschen zu halten, war das ihre Sache. Ruin sprach nie mit Will, und Will hielt es ebenso.

Reck begrüßte ihn ohne eine Berührung oder ein Lächeln. Es hatte hier Ärger gegeben. Ruin fragte auf geblisch: »Weshalb läßt du sie bleiben, wenn sie dich beleidigen?«

»Das Mädchen«, sagte Reck. »Sag nur, daß du nicht spüren kannst, was sie Unwyrm durch ihr Hiersein antut.«

Ruin ging zu dem Mädchen, das wie ein Junge gekleidet auf dem Boden in einer Ecke saß. Ja, er konnte es ebenfalls spüren, wie ein Prickeln, das sein Rückgrat entlangkroch. In ihrer Nähe drängte Unwyrm sie nicht mehr fort. Er rief. Das war etwas, was Ruin vollkommen unbekannt war, obwohl er davon gehört hatte: der Cranning-Ruf. Er war unglaublich stark, wie eine Verheißung sexueller Freuden, wie die Liebe einer Mutter zu ihrem Kind. Ruin kniete sich hin und brachte sein Gesicht dicht vor das Gesicht des Mädchens. Er ignorierte ihre heftige Reaktion, ignorierte die Hand, die zu ihrem Haar hochschnellte.

Die dicke Frau rief von ihrem Platz neben dem Feuer: »Haltet dieses dreckige Biest von ihr fern, oder ich bringe es persönlich um!«

»Still«, murmelte das Mädchen. »Er hat mehr von mir zu befürchten als ich von ihm.« Ruin spürte ihren Atem an seiner Wange, und es schien ein warmer Lufthauch aus Cranning zu sein, das ihn nun zum erstenmal in seinem Leben rief.

»Ein nackter Gebling, der sich so einem Mädchen nähert«, brummte die Alte. »Es gab eine Zeit, als Kobolde ihren Platz noch kannten.«

Reck rief ihn wieder zu seinen Pflichten. »Die dicke Frau, die Geblinge liebt, heißt Sken. Der Mann, der dort stirbt, heißt Angel.«

Ruin riß sich von dem Mädchen los. Es bereitete ihm fast körperliche Schmerzen, als der Cranning-Ruf wich. Dabei hatte sie auch dann noch Macht über ihn, als er weiter weg von ihr stand, denn der ständige Druck von Unwyrms Haß hatte nachgelassen. Ruin war sich nie bewußt gewesen, wieviel von seinem Andersverstand Unwyrm in Anspruch nahm. Jetzt, als er die Wunde untersuchte, kam dieses Verstehen so rasch und eindeutig, daß er es beinahe – nicht ganz, aber beinahe – in seinen Wortverstand übersetzen und vor sich selbst erklären konnte. Zum erstenmal wurde ihm klar, was aus ihm werden könnte, wenn Unwyrm tot wäre.

Angel war bewußtlos. Das bedeutete, daß Ruin keine Zeit damit verschwenden brauchte, ihn mit Drogen in Schlaf zu versetzen. Er schmeckte an der Wunde, aus der nach wie vor Blut floß. Er kannte das Gift – eines der kindischen Kräuter, auf die die Waldräuber so stolz waren. Es war eher der Pfeil, der Ruin Sorgen bereitete. Er hatte beim Eindringen einiges weggerissen und würde beim Herausholen noch mehr wegreißen. Die Speiseröhre des Mannes würde nur schlecht heilen, und es konnte passieren, daß er verhungerte, bevor er wieder schlucken konnte.

»Ich werde ihn aufschneiden müssen«, sagte Ruin, wieder auf geblisch. »Damit er innerlich heilt. Sag das den Menschen.« Er konnte genug Agarant, um sich verständlich zu machen, aber es war einfacher, Reck den Umgang mit den Menschen zu überlassen. Er zog es vor, mit Tieren zu reden, die sich nicht für intelligent hielten.

Während Reck den anderen mitteilte, was Ruin vorhatte,

fand er die Pilzsporen, die das Gift unwirksam machen würden, wählte aus seinem Werkzeugkasten ein Bronzemesser und zog sanft eine lange, dünne Strähne aus dem Drahtkraut auf dem Fensterbrett. Es war kein Metall im Erdreich gewesen, so daß alles organisch war und sich im Inneren des Körpers allmählich auflösen würde. Er nahm die Klinge und das Drahtkraut zusammen mit einem Klaffwurzableger in den Mund, um sie zu sterilisieren. Dann schnitt er in einer raschen Bewegung tief in die Kehle des Mannes, ober- und unterhalb des Pfeiles. Ruin tauchte seine Zunge in die Pilzsporen und führte sie dann in die Einschnitte ein, tief in die Wunde hinein, dorthin, wo das Pfeilgift immer noch das Gerinnen des Blutes verhinderte. Die Sporen würden nur wenige Minuten brauchen, um ihre Arbeit zu verrichten, das Gift zu fressen und dann ihr eigenes Bindemittel zu produzieren, um die Blutgerinnung zu unterstützen.

Während er wartete, sprach er mit Reck – auf geblisch natürlich, so daß die Menschen es nicht verstanden. »Das Mädchen – wer ist sie und weshalb ruft Unwyrm sie?«

»Woher soll ich das wissen?« fragte Reck.

»Du bist diejenige, die all das Wyrmwissen hat. Sie ist zu jung, um eine der Weisen zu sein.«

»Vielleicht übersteigt ihre Weisheit ihr Alter. Ich glaube, sie ist gefährlicher als sie aussieht. Sie hat vor nichts Angst. Sie hat nichts davon gesagt, aber ich glaube, sie hat die meisten von Kesselflickers Leuten getötet.«

»Mit bloßen Händen?«

»Du weißt von der Menschenfrau, nach der es Unwyrm verlangt. Die Wachsamen erzählen jedem die Prophezeiung von der siebenten siebenten siebenten Tochter ...«

»Ich interessiere mich nicht für Menschen, am allerwenigsten für ihre Religionen.«

»Die siebente siebente siebente Tochter wurde vor fünfzehn Jahren geboren, und zwar dem abgesetzten Heptarchen von Korfu, das von sich behauptet, die Welt zu beherrschen. Sie könnte in ihrem Alter sein.«

»Es fällt mir schwer zu glauben, daß bei all den Wegen, die nach Cranning führen, sie ausgerechnet bei uns vorbeikommen soll.«

Die Sporen hatten ihre Arbeit getan; die Blutung war gestillt. Ruin packte den Pfeilschaft und riß ihn mit einem kräftigen Ruck heraus. Der Mann schrie im Schlaf auf. Noch mehr Blut floß, aber schon versiegelten die Sporen wieder die Wunde. Ruin hakte seine Finger um die zerfetzte Speiseröhre und zerrte sie dorthin, wo er sie sehen konnte. Dann nahm er geschickt ein paar senkrechte Schnitte vor und entfernte die zerfransten Ränder.

Während er die Wunden mit dem Drahtkraut vernähte, sprach er auf geblisch mit Reck. »Eigentlich ist es doch egal, ob sie es ist oder nicht, stimmt's? Sie wird nicht ohne uns nach Cranning gehen.«

»Ich bin nicht an Cranning interessiert«, sagte Reck.

»Das bist du ebensosehr wie ich«, sagte Ruin. »Er drängt dich genauso weg wie mich.«

»Nur daß ich nicht versuche, dort hinzugehen, so daß es mir nicht weh tut. Du solltest es auch nicht versuchen, Ruin. Weshalb, glaubst du, hat unsere Familie all die Generationen im Exil verbracht, wenn nicht, um gerade zu dieser Zeit weit weg von Cranning zu sein?«

»Aber er will, daß wir wegbleiben. Das ändert alles. Zu jeder anderen Zeit wollte er, daß der König dort bei ihm ist.«

»Also gehen wir nur, weil er uns nicht bei sich haben will? Dann kontrolliert er uns genauso sicher, wie er es immer tat.«

»Zu jeder anderen Zeit, Schwester, wollte er die Geblinge dazu benutzen, zu zerstören, was die Menschen erbaut hatten, egal, was es war. Er besitzt nicht die Kraft, uns alle zu bezwingen, aber er hat den König bezwungen, und der König hat die anderen zu der gemeinsamen Aufgabe gerufen. Aber diesmal ist alles anders. Er hat nicht vor, die Geblinge gemeinsam handeln zu lassen. Vielleicht liegt es gerade in seiner Absicht, daß wir *nicht* gemeinsam handeln. Und deshalb müssen wir gehen.«

»Auf eine bloße Vermutung hin die maßgeblichen Ziele unserer Ahnen aufgeben?«

»Der Ahne, der diesen Plan zuerst gefaßt hat, stand unter Unwyrms Kontrolle. Deshalb hat er sich für das Exil entschlossen. Aber wie können wir sicher sein, daß Unwyrm nicht gerade unser Exil wünscht?«

»Aus diesem Kreis gibt es keinen Ausweg, Bruder. Wer weiß, ob nicht alles, was wir tun, ihm nur in die Hände spielt?«

»Siehst du? Also entscheiden wir uns aus anderen Gründen. Und hier ist einer: Ohne Unwyrms Atem in meinem Gesicht, Schwester, kann ich endlich selbst frei atmen. Ob Unwyrm es will oder nicht, sie kann uns zu ihm führen.«

»Bis zu dem Augenblick, da er aufhört, sie zu rufen.«

»Alles hängt davon ab, ob er sie mehr will, als er uns fürchtet.«

»Also hältst du sie für die eine.«

»Vielleicht lächelt uns das Schicksal zu.« Ruin beendete seine Arbeit an der Speiseröhre und versenkte sie wieder an ihrem alten Platz. »Sag ihr, daß seine Kehle innerhalb weniger Tage heilen wird. Sie wird enger sein als zuvor. Er wird seine Nahrung kauen müssen.«

Reck drehte sich um und gab die Neuigkeit auf Agarant an die anderen weiter. Ruin nähte noch die Wundränder zusammen, wozu er diesmal einen gewöhnlichen Faden verwendete, als Reck endete und seine Schulter berührte.

»Macht es für dich einen Unterschied, ob das Mädchen unsere Pläne kennt oder nicht?«

»Woher soll sie sie kennen?« fragte Ruin und riß den Faden ab.

»Weil ich gerade entdeckt habe, daß sie Geblisch kann.«

Ruin drehte sich um und blickte das Mädchen an. Ihr Gesicht war ausdruckslos. »Wie kommst du darauf?«

»Weil sie schon wegen Angel erleichtert war, bevor ich ihr sagte, daß er in Ordnung käme. Und dann tat sie so, als wäre sie noch mal erleichtert, nachdem ich es ihr gesagt hatte. Aber ihr Schweiß hat sie verraten.«

Ruin grinste das Mädchen an, wobei er seine Zunge ein wenig heraushängen ließ. Er wußte, daß die leicht gegabelte Spitze einer Geblingzunge Menschen nervös machen konnte, aber tatsächlich gab das Mädchen nicht zu erkennen, ob es sie störte. Er sprach sie auf geblisch an. »Versuche nie, einen Gebling zu täuschen, Menschin. Du bist die wahre Heptarchentochter, nicht wahr?«

Das Mädchen antwortete so flüssig und leicht, als hätten sie sich schon den ganzen Tag über unterhalten, und Ruin bemerkte, daß sie ohne eine Spur jener Unbeholfenheit geblisch sprach, die Menschen oft zeigten, wenn sie mit ihren dicken Stummelzungen Laute zu bilden versuchten. »Nein. Ich selbst bin die Heptarchin.«

Also war ihr Vater tot. Ruin empfand kein Bedauern über den Tod eines Menschen. Menschen trugen ihre Trauer sehr zur Schau, aber sie begriffen eigentlich nicht, was Familienbande wirklich waren. Sie hatten keinen Andersverstand und konnten nur in Worten sprechen. Sie blieben das ganze Leben lang füreinander Fremde. Wie mochte das Leben eines solchen Wesens aussehen? Deshalb verzichtete er auf eine Beileidsbekundung. »Du kennst den Lohn, den ich für das Leben deines Freundes verlange?«

»Er ist mein Sklave, nicht mein Freund«, sagte sie.

»Du wirst mich mitnehmen. Du wirst nicht den Versuch machen, ohne mich zu gehen.«

»Vielleicht gehe ich gar nicht dorthin, wohin du glaubst, daß ich gehe?«

»Du gehst nach Cranning, um mein Volk zu vernichten, und ich werde es retten.«

»Weshalb tötest du mich dann nicht gleich und ersparst uns beiden eine Menge Ärger?«

»Er will dich, aber wenn ich dich töte, wird es ihm mit jemand anderem vielleicht gelingen. So wissen wir wenigstens, wer und wo du bist. Wenn Unwyrm dich also in sein Lager bringt, werden auch wir dort sein. Ich glaube, das heißt wohl, daß wir Freunde sind.« Er lächelte sie an und zeigte ihr seine Zungenspitzen.

Reck stand am Schmortopf, den Abschmecklöffel in der Hand. »Weshalb sagst du ständig *wir*, wo ich doch gar nicht die Absicht habe zu gehen?«

Ruin blickte sie nicht an. »Weil du es nie zulassen würdest, daß ich mich Unwyrm allein stelle.«

Reck zuckte die Achseln. »Wills Eintopf ist fertig.«

Ruin beugte sich zu der Heptarchin vor. Obwohl sie saß und er stand, mußte er sich nicht weit vorbeugen, damit ihre Augen sich trafen. »Gibst du mir dein Wort? Als Bezahlung für das Leben deines Sklaven?«

»Du hast mein Wort, aber nicht als Bezahlung für irgendwas. Angel wird für sein Überleben selbst bezahlen, und ich kann nur mein eigenes Wort geben.«

Ruin nickte ernst. »Dann komm und leiste uns bei Tisch Gesellschaft.«

Reck lachte laut auf. »Es war all den Ärger wert, nur um diesen Augenblick zu erleben – du, Ruin, wie du eine Menschin einlädst, mit dir zu essen.«

»Aber sie ist keine Menschin, oder, Reck? Sie ist Unwyrms Frau und die Mutter des Todes.«

»Ich bin niemandes Frau«, sagte das Mädchen. »Und mein Name ist Patience.«

Jetzt war es an Ruin, aufzulachen. »Patience«, sagte er auf Agarant. »Komm und iß, Patience.«

Der Tisch war für die Bedürfnisse von Geblingen gefertigt. Er war so niedrig, daß Patience nicht auf einem Stuhl sitzen konnte, also machte sie es sich auf dem Boden bequem. Sie war der einzige Mensch bei Tisch. Als Sken sich der kleinen Gruppe nähern wollte, genügte Ruins Blick, um sie auf den Stuhl neben dem Feuer zurückzutreiben. Will traf keine Anstalten, sich zu setzen. Er bediente sie, dann brachte er Sken eine Schüssel.

Ruin fiel auf, daß Patience alle Umgangsformen angemessen beachtete. Sie war gut genug erzogen worden, daß es für sie so natürlich war wie für einen Gebling, alle paar Bissen von ihrem Teller ihm oder Reck anzubieten und an den Bissen zu nagen, die sie ihr anboten. Bei solchen seltenen Gelegenheiten, wenn Menschen eingeladen waren, an einem Geblingessen teilzunehmen, zeigten sie gewöhnlich, wieviel Anstrengung und Überwindung es sie kostete, von einem Geblinglöffel zu essen. Aber Patience zeigte nichts als Ehrerbietung und Anmut. Unwyrms Frauen sollten abscheulich sein, nicht anmutig, dachte Ruin. Aber das macht keinen Unterschied. Bevor dies alles vorbei ist, werde ich sie wahrscheinlich ohnehin töten müssen. Was ist schon der Tod eines Menschen, wenn es vielleicht mein Volk rettet?

Als das Essen zu Ende war, tranken sie heißes Wasser aus dem Topf neben dem Feuer. Ruin bot ihnen an, sie durch den Wald zu bringen, aber Patience wollte davon nichts wissen. »Ich will meine Leute bei mir haben«, sagte sie. »Sobald Angel wieder kräftig genug ist, nehmen wir ihn in der Kutsche mit. Wenn wir Pferde zum Kauf finden.«

Reck zuckte die Achseln. »Zum Kauf? Ruin besorgt dir morgen welche. In den Wäldern gibt es alles.«

»Aber nicht zum Ziehen der Kutsche«, sagte er. »Wir würden unsere ganze Zeit damit verbringen, sie aus Schlammlöchern zu zerren. Wir werden zur nächsten Menschenstadt gehen, sie verkaufen und ein Boot nehmen. Der Wind kommt aus dem Westen, und der Cranwater ist weit und flach. Die Straßen sind der schlimmste Weg nach Cranning.«

So wurde es beschlossen. Der einzige Einwand kam später, in der Dunkelheit, als Ruin neben seiner Schwester lag, und sie ihm sagte, daß sie Will mitnehmen wolle.

»Was bedeutet er dir?« fragte Ruin sie zum tausendstenmal. »Ist er nun dein Liebhaber? Willst du seine kleinen Ungeheuer austragen?«

Auf diese Anschuldigung reagierte sie nicht. Sie sagte nur: »Er ist mein Freund, und wenn ich gehe, geht er auch.«

»Also kommt der Riese mit. Besser, wir kaufen ein großes Boot. Wir sind sowieso schon zuviel. Und alles in allem zu viele Menschen.« Dann verfiel er darauf, obszöne Überlegungen darüber anzustellen, was Will und Reck miteinander trieben, wenn Ruin nicht da war. Sie antwortete nicht, und er hörte erst auf, als ihr Atem ihm sagte, daß sie eingeschlafen war. Es hatte wenig Sinn, sie weiter wütend machen zu wollen.

10 Cranwater

Sie waren nicht gerade die glücklichste Gruppe, die je nach Cranning aufgebrochen war. Angel war zu schwach vor Hunger und vom Blutverlust, um mehr zu tun, als das Geholper auf der Straße zu ertragen. Obwohl er unter Schmerzen Milch von den Bauernhöfen trinken konnte, an denen sie vorbeikamen, würde er Zeit brauchen, um wieder zu Kräften zu kommen, und selbst wenn er bei Bewußtsein war, lauschte er nur den Gesprächen der anderen und versuchte so gut wie nie zu sprechen. Wenn sie in Wirtshäusern entlang des Weges haltmachten, fütterte Patience ihn in seinem Zimmer mit Haferschleim, während die anderen am gemeinsamen Tisch aßen. Und die Geblinge schliefen die Nacht über in seinem Zimmer und paßten abwechselnd auf ihn auf, wenn er sich wegen der Schmerzen in seiner Kehle aufbäumte.

War Angel still, so schien Sken niemals mit Reden aufzuhören. Sie nörgelte über alles, was schiefging, und obwohl sie, wenn es sich vermeiden ließ, nie mit den Geblingen sprach oder ein Wort über sie verlor, machte sie klar, daß sie sie verabscheute. Sie hatte so eine Art, in der Luft zu schnuppern, wenn Ruin näher kam. Und immer wenn Patience und die Geblinge von ›diesem plappernden Lärm‹ sprachen, wurde sie mürrisch und warf mit besonderer Heftigkeit Nußschalen auf die Rücken der Pferde.

Aber weder Skens Verdrießlichkeit noch Angels jämmerlicher Zustand hielten Patiences Aufmerksamkeit lange gefangen. Sie hatte andere Sorgen. Der Cranning-Ruf wurde in ihr jeden Tag stärker, lenkte sie oft von dem ab, was sie tat oder dachte. Und der Ruf veränderte auch seine Form. Er war nicht länger nur ein Drängen in ihrem Geist. Jetzt war er ein Verlangen in ihrem Körper.

Nachts, in einem Wirtshaus nicht weit vom Fluß Cranwater entfernt. Sie träumte einen tiefen und mächtigen, erschreckenden und schönen Traum.

»Patience«, wisperte Sken.

Sken schüttelte sie. Es war noch dunkel. Drohte Gefahr? Patience griff nach der Schlinge in ihrem Haar.

»Nein!« Sken versuchte sie auf die Matte zurückzudrükken.

Skens Druck und die Beschränkung der körperlichen Freiheit flößten Patience die neue Furcht ein, daß Sken selbst ihr Schaden zufügen wollte. Patience war dafür ausgebildet, sich gerade gegen solche nächtlichen Mordversuche zu schützen. Einen Moment lang, solange sie noch nicht ganz wach war, beherrschten ihre Reflexe sie, und sie schlug wild um sich; dann kam sie zu sich und hielt inne, die Finger schon hinter Skens Ohren gehakt, die Daumen kurz davor, der Flußfrau die Augen auszudrücken.

»Süßes Aas«, sagte Sken. »Ich wette, du bist genau das geworden, wozu deine Mutter dich heranwachsen sehen wollte.«

Die Verachtung in Skens Worten, der Rest an augenblickslangem Entsetzen in ihrer Stimme, die Abscheu, die das schwache Licht zeigte, das über das Gesicht der Frau fiel – so sehen sie mich, dachte Patience. Die gewöhnlichen Leute, die Leute, die mit ihren Kindern spielen, auf Festen tanzen, bis sie in Schweiß getränkt sind, schreien und wimmern und einander auf dem Markt verfluchen. Für sie sollte ein Kind meines Alters im Grunde seines Herzens unberührt sein. Wäre ich in Liebesdingen erfahren, würde sie das traurig machen, ja, wie es alle Erwachsenen traurig macht, wenn der Körper eines Kindes erwacht.

Aber ein so junges Kind zu sehen, das sich bereits mit Gewalt und Mord auskennt – ich bin für Sken ein monströses Etwas, wie die mißgestalteten Kinder, die von den Hebammen erwürgt und verbrannt werden.

Beinahe hätte sie gesagt: Ich wurde dazu ausgebildet, zu sein, was ich bin, und darin bin ich am besten.

Dann hätte Sken sie beschuldigt: Das ist schon das zweitemal, daß du mich zu töten versucht hast. Oder sie hätte ihr die bittere Frage gestellt: Mordest du sogar im Schlaf?

Und Patience hätte geantwortet: Wie, glaubst du, wahrt ein König den Frieden, wenn nicht mit Werkzeugen wie mir?

Aber sie würde sich nicht verteidigen. Auch wenn sie sich manchmal wünschte, nicht die Tochter ihres Vaters zu sein; Wünsche konnten die Vergangenheit nicht ändern. Sie hatte nicht mehr Verlangen danach, zu verteidigen, was sie war, als ein Berg es hatte, sich dafür zu verteidigen, daß er groß und zerklüftet war oder abgeschliffen und rund oder welche Form er auch sonst immer haben mochte. Ich bin, was man aus mir gemacht hat, ich habe es mir nicht ausgesucht.

Statt Skens ironische Worte zu beantworten, fragte Patience leise: »Weshalb hast du mich geweckt?«

»Du hast im Schlaf geschrien.«

»Das tue ich nie«, sagte Patience. Hatte Angel ihr nicht beigebracht, im Schlaf völlig still zu sein? Sie erinnerte sich nur zu gut an das kalte Wasser, das man ihr, jedesmal, wenn ihr ein Laut entfahren war, ins Gesicht geschüttet hatte, um sie zu wecken, bis sie Schlafgewohnheiten angenommen hatte, die sie still hielten.

»Dann war es ein Wunder, eine Stimme, die über deinem Bett aus der Luft kam und genau wie du klang.«

»Was habe ich gesagt?«

»Deinen Schreien nach, Mädchen, kann ich mir nur eins denken. Daß ein Liebhaber dich so heftig rangenommen hat wie ein Bauer, der auf dem Feld einen Strunk entwurzelt.«

Erst da kehrte die Erinnerung an ihren Traum zurück und damit auch der Cranning-Ruf. »Er tut mir das an«, wisperte sie. »Er schickt mir Träume. Im Wachen, im Schlaf ...«

Sken nickte wissend. »Du träumst, bis dein ganzer Körper für ihn bereit ist, aber er kommt niemals zu dir.«

»Ich muß zu ihm gehen.«

»Der Fluch der Frauen«, sagte Sken. »Wir wissen, wie sie unsere Liebe für sich ausnutzen, wir wissen, daß wir den ganzen Preis zu zahlen haben, aber trotzdem gehen wir, und trotzdem bleiben wir.«

»Dies ist kein gewöhnlicher Liebhaber«, sagte Patience.

Sken tätschelte ihren Kopf. »Oh, das ist wahr. Der, den man liebt, ist nie gewöhnlich.«

Was? Dachte sie wirklich, Patience sei liebeskrank wie irgendein Dorfmädchen, das sich nach einem gutaussehenden Bauernjungen verzehrt? Weil Patience so ein mädchenhaftes Gefühl niemals gekannt hat, fragte sie sich einen Augenblick lang, ob Sken nicht vielleicht recht hatte. Aber das war absurd. Patience hatte in vielen Adelshäusern junge Mädchen gesehen, hatte ihr Geschwätz über ihre wirklichen und ihre Möchtegernliebhaber gehört. Unwyrms gnadenloser Ruf war viel stärker. Selbst jetzt wühlte er noch ihr Innerstes auf; es kostete sie Mühe, nicht von ihrer Matte aufzustehen, das schäbige Wirtshaus zu verlassen und nach Cranning zu gehen, zu laufen, zu reiten oder zu schwimmen.

Aber Skens plumpe Vermutungen waren harmlos genug. Zu anderen Zeiten hätte Patience den Anschein erweckt, Skens Tröstungsversuche zu akzeptieren. Aber der Cranning-Ruf hatte sie zu sehr ermüdet, zu sehr gereizt, als daß sie jetzt noch die Diplomatin spielen wollte. Also antwortete sie mit der Gehässigkeit, die sie empfand. »Und wenn ich lange genug warte, werde ich darüber hinwegkommen?«

Sken besaß natürlich keinerlei diplomatische Instinkte. »Du *bist* aber auch eine kleine Hexe. Da versucht man, nett zu sein ...«

Patience antwortete, als wollte sie sich völlig erklären: »Ich habe dem Tod diesen Monat öfter ins Auge gesehen als du in deinem ganzen Leben.«

Sken war einen Moment still, dann lächelte sie. »Aber du kennst dich mit Booten nicht so gut aus wie ich.«

»Wir sind jetzt nicht auf dem Wasser«, sagte Patience.

»Wir sind auch nicht dabei, jemanden umzubringen«, antwortete Sken.

Patience legte sich auf der Matte zurück und lächelte eiskalt. Sken hatte gut gekontert.

»Der Tod und der Fluß, wir verstehen beide unser Geschäft«, sagte Patience.

»Dieser Liebhaber, der dich im Schlaf zum Schwitzen und Schreien bringt ...«

»Nicht mein Liebhaber«, sagte Patience.

»Er will dich, nicht wahr? Und du willst ihn?«

»Er will mich wie ein Schakal, der nach einem Lamm hungert. Und ich will ihn wie ...«

»Wie ein Fisch, der das Wasser braucht.«

Patience schauderte. Genauso fühlte es sich an, in diesem Augenblick, als müßte sie tief Luft holen, einen langen Atemzug machen. Aber wenn sie diesen Atemzug machte, würde es ihr letzter sein.

»Sken«, sagte Patience, »ich bin aus Papier gemacht.«

Sken berührte sie sanft, strich mit einem einzigen trockenen Finger über das kalte feuchte Fleisch ihres Armes. »Fleisch und Knochen.«

»Papier. Auf diese und jene Art gefaltet, jede Form annehmend, die man mir gibt. Erbin des Hauses derer von Heptagon, Tochter von Peace, Attentäterin, Diplomatin, gib mir eine Form, ich werde sie annehmen, ich werde die Rolle spielen, falte mich wieder und wieder, ich werde seine Geliebte sein, dessen, der mich ruft, und wenn er mich je bekommt, wird er mich so klein zusammenfalten, daß ich verschwinde.«

Sken nickte weise, und ihr ganzer Körper hüpfte ein wenig bei dieser Bewegung.

»Was, wenn mich einer immer nur auseinanderfaltet? Was wäre ich dann?«

»Eine Fremde«, sagte Sken.

»Ja, selbst für mich«, sagte Patience.

»Genau wie jeder andere auch.«

»Oh, denkst du das? Denkst du, in diesem reizenden, zerbrechlichen Körper einer Mörderin lebt so etwas wie eine normale Frau?«

»Nimm nicht solche Allüren an«, sagte Sken. »Wir sind alle zusammengefaltet, und keiner weiß, was wir in Wirklichkeit sind. Aber ich weiß es. Wir sind alle identisch, leer, unbeschriebene Blätter Papier. Das Gefaltetwerden macht uns erst verschieden. Wir *sind* die Falten.«

Patience schüttelte den Kopf. »Nein, ich nicht. Wahrscheinlich fängt keiner leer und unbeschriftet an, aber ich ganz sicher nicht. Ich bin mehr, als was man mir angetan hat. Ich bin mehr als die Rollen, die ich spielen muß.«

»Was bist du dann?«

»Ich weiß es nicht.« Sie wälzte sich zur Seite, das Gesicht zur Wand, um das Gespräch zu beenden. »Vielleicht werde ich es erst kurz vor meinem Tod herausfinden.«

»Oder vielleicht auch erst kurz danach, wenn sie deinen Kopf aufbewahren.«

Patience wälzte sich zurück, packte mit festem Griff die Falten von Skens Gewand. »Nein«, wisperte sie rauh. »Wenn sie mir das je antun, versprich mir, daß du meinen Kopf entzweischlagen, daß du die Ghouls herausziehen wirst, irgendwas ...«

»Das werde ich nicht versprechen«, sagte Sken.

»Weshalb nicht?«

»Wenn du in einem solchen Zustand bist, daß sie deinen Kopf aufbewahren *könnten*, Heptarchin, bedeutet das, daß ich längst tot bin.«

Patience entspannte ihren Griff um Skens Kleidung, legte sich wieder hin. Das Wissen um Skens Loyalität war ein Trost. Aber es war auch eine Last. Patience war so müde.

»Schlaf jetzt«, sagte Sken, »und träum nicht mehr von der Liebe.«

»Wovon sollte ich sonst träumen, da du ja die Herrin des Schlafes bist.«

»Träume von Mord«, sagte Sken. »Wie ich dich kenne, wirst du wie ein Baby schlafen.«

»Ich liebe den Tod nicht«, wisperte Patience.

Sken tätschelte ihre Hand. »Nein, das glaube ich.«

»Ich wollte nicht, daß mein Vater stirbt. Auch nicht, daß Angel verletzt wird, das war nicht mein Wunsch.«

Sken wirkte verdutzt. Dann begriff sie. »Ich weiß, daß es nicht dein Wunsch war, Mädchen«, wisperte sie. »Aber es bedeutet, daß du nun auf dich allein gestellt bist, nicht wahr? Jedenfalls eine Zeitlang. Und das fühlt sich natürlich gut an.«

»Manchmal aufregend. Grauslich.«

»Und wenn man weiß, daß du dich dem stärksten Feind auf der Welt gegenübersiehst, allein ...«

»Gibt mir kein gutes Gefühl.«

»Lüg nicht«, sagte Sken. »Manchmal liebst du es.«

»Ich hasse ihn für die Wünsche, die er in mir erweckt.«

»Aber ihm allein gegenüberstehen, das willst du. Du willst dich ihm stellen und gewinnen.«

»Mag sein.«

»Es ist völlig normal, daß du so empfindest. Es ist auch völlig normal, ein Idiot zu sein.«

»Ich kann jeden töten.«

»Jeden, den du töten *willst*.«

Die Worte hinterließen Wirkung. »Du hast recht«, sagte Patience. »Wie kann ich ihn töten, wenn er mich dazu bringt, ihn zu lieben?«

»Siehst du? Du kannst es nicht allein tun«, sagte Sken. »Du brauchst Angel. Du brauchst Kobolde, so abscheulich sie auch sind. Auch ihre Hätschelriesen. Vielleicht brauchst du sogar mich.«

»Sogar dich«, wisperte Patience.

»Schlaf jetzt. Wir sind alle bei dir, du bist der Mittelpunkt von allem, wir sind alle bei dir. Du hast viel Zeit, dich auseinanderzufalten, wenn dies erst vorbei ist und der Pflug deines Geliebten irgendwo an einer Wand hängt.«

Patience schlief ein. Sie erwähnte das nächtliche Gespräch nie wieder, aber das Verhältnis zwischen ihr und Sken hatte sich verändert. Sie zankten sich wie üblich, weil Sken kaum eine andere Art des Umgangs mit Menschen kannte, aber ihr Verhältnis hatte sich verändert. Es hatten sich Bande zwischen ihnen geknüpft, Bande zwischen Schwestern, wahrhaft seltsamen Schwestern, aber immerhin.

Am Morgen zogen sie weiter, eine merkwürdige Karawane. Aber Skens Worte hatten auch die Art und Weise verändert, wie Patience die anderen sah. Sie sah sie mit neuen Augen, dachte: Wie kann ich ihn einsetzen? Weshalb brauche ich sie? Welche Kraft hat er, die eine Schwäche in mir wieder wettmacht? Sie waren alle gefährlich – für sie, aber auch für Unwyrm. Vor allem die Geblinge, sie waren ihr ein Rätsel. Je mehr Patience sie beobachtete, desto mehr erkannte sie, daß sie die meiste Zeit wortlos kommunizierten, daß jeder es zu spüren schien, wenn der andere in Not war. Sie war eifersüchtig auf ihre gegenseitige Nähe; sie versuchte sie sogar nachzuahmen und ging hin und wieder zu Angel, wann immer sie den Eindruck hatte, daß er sie brauchen könnte. Manchmal brauchte er sie. Häufiger brauchte er sie nicht. Was immer die Geblinge hatten, ihr fehlte es. Keine besondere Empfindsamkeit. Geblinge sind zu verschieden von uns. Diese Macht, die sie besitzen, ist etwas aus dieser Welt, nicht aus unserer. Sie sind wie Unwyrm. Beide sind Teil dieser Welt, und ich bin eine Fremde hier.

Dann war die Zeit des Reisens über Land vorbei. Der Fluß erstreckte sich wieder vor ihnen, diesmal mit einer geschäftigen Stadt, die sich an seinem Ufer ausbreitete. Es war kein Problem, einen Händler zu finden, der ihnen die Kutsche und die Pferde abkaufte. So nahe Cranning waren natürlich alle Käufer Geblinge. Also verkleidete Patience sich als wohlhabender junger Mann, nahm Will mit, damit niemand versuchen würde, sie zu berauben, und erledigte alle Geschäfte selbst, ohne daß Ruin oder Reck ihr den Handel verderben konnten. Geblinge hatten die Eigenart, einander Geschenke zu machen statt Gewinne herauszuschlagen, und obwohl Patience wußte, daß Angels kleines Schatzkästlein genügend Geld enthielt, um so viele Boote zu kaufen wie sie wollte, lag ihr daran, ihre Rücklagen nicht zu erschöpfen. Wenn sein Hab und Gut einmal weg war, ließ es sich nicht so leicht wieder erneuern.

Die Kutsche verkauft und das Geld in der Hand, nahm Patience – die für alle Welt immer noch wie ein forscher junger Mann aussah – Sken mit, um sich ein Boot zu besorgen. Schließlich war Sken eine Flußfrau; wer sonst sollte die Eignung eines Bootes für ihre Fahrt stromaufwärts beurteilen?

»Das nicht«, sagte Sken ein ums andere Mal. Zu klein, zu stark beansprucht, in schlechtem Zustand, zum Sinken verurteilt, nicht genug Segel für die Fahrt stromaufwärts, zu schwer zu steuern – ein Grund nach dem anderen, um Boot für Boot abzulehnen.

»Du bist wählerisch«, sagte Patience. »Ich habe nicht vor, den Rest meines Lebens darauf zu verbringen.«

»Wenn du das falsche Boot kaufst«, sagte Sken, »wirst du genau das tun.«

Als sie den geschäftigen Kai entlanggingen, bemerkte Patience, daß die Boote alle von Menschen verkauft oder vermietet wurden. »Es war ein Gebling, der unsere Kutsche kaufte«, sagte sie. »Reisen sie nicht auf dem Wasser?«

»Frag *mich* nichts über Geblinge«, sagte Sken. »Ich hoffe, unsere beiden reisen *nicht* per Boot.«

»Sie haben ein Leben gerettet, das mir teuer ist«, sagte Patience.

»Und *wenn* sie mit uns segeln, hoffe ich, daß sie daran denken, wer der Kapitän auf dem Schiff ist.«

»*Ich* bin der Kapitän auf dem Schiff«, sagte Patience.

»Auf keinem Schiff, auf dem *ich* mitsegle, noch auf

irgendeinem, das einen geistig Gesunden befördert«, sagte Sken. »Du hast das Geld, das macht dich zum Eigentümer. Ich habe das Wissen, und das macht mich zum Kapitän.«

»Absolute Autorität?«

»Nicht ganz.«

»Ach ja? Wer steht über dem Kapitän?«

Es war nicht Sken, die antwortete. Die Stimme kam von Patiences anderer Seite und gehörte einem Mann. »Der Lotse!« sagte er.

Patience drehte sich um – und sah niemanden, nur einen Affen, der auf und ab sprang, während er an einer Blase pumpte. Die Blase war mit einer Röhre verbunden, die in einen dicken Glaskrug hinunterführte, dann wieder hinauf zur Luftröhre eines Kopfes, dessen Augen knapp über den oberen Rand hinwegspähten.

»Der Lotse?« fragte Patience.

Sken hatte sich noch nicht umgedreht. »Ja, der Lotse. Einer, der den Fluß kennt. Jeder Fluß ist anders und verändert sich auch noch von Jahr zu Jahr.« Dann sah sie den, der gesprochen hatte, den Kopf, der in einem dicken Glaskrug kauerte. Sken legte ihr Gesicht in Falten. »Ein Toter«, sagte sie. »*Der* wird uns eine schöne Hilfe sein.«

»Bin die letzten zweihundert Jahre ständig den Cranwater rauf und runter gefahren«, sagte der Kopf.

»Köpfe lernen nicht«, sagte Patience. »Köpfe achten auf nichts, und sie vergessen zu rasch.«

Der Affe sprang weiter auf und ab. Es war irritierend.

»Ich achte auf Dinge«, sagte der Kopf des Lotsen. »Ich kenne den Fluß. Für einige Lotsen ist dieser Fluß wie ein Feind, mit dem sie stromauf und stromab einen Ringkampf ausführen. Für andere ist er wie ein Gott, den sie verehren, zu dem sie beten, den sie verfluchen. Für wieder andere ist er wie eine Hure, für die sie verantwortlich zu sein glauben, aber er hält sie nur zum Narren. Für manche ist er eine Geliebte, eine Frau, eine Familie, sie leben und sterben für ihn. Aber für mich ...«

»Komm, junger Herr«, sagte Sken. Aber Patience blieb, um weiter zuzuhören.

»Für mich hat der Cranwater nicht seinesgleichen. Dieser Fluß bin ich. Das ist mein Name, River, wie Gott ihn mir gegeben hat, das ist mein Name, der Strom ist mein Körper, meine Arme, meine Beine.«

Der Affe hielt inne, um sich zu lausen. Der Kopf lächelte, aber weil der Mund tiefer lag als der Rand des Kruges, verzerrte das dicke Glas das Lächeln zu einem schrecklichen Grinsen. Der Affe fand eine Laus, leckte an ihr, verschluckte sie und ging wieder an die Arbeit. Der Atem stieß durch die Kehle des Lotsen.

»Ich habe ein gutes Boot«, sagte River.

»Dein Boot ist ein verrottetes altes Kanu«, sagte Sken.

»Und? *Du* bist der Käpt'n, besorg dir ein gutes Boot, aber dann komm zurück und heuer mich als Lotsen an.«

»Wir werden uns einen *lebenden* Lotsen besorgen, trotzdem schönen Dank«, sagte Sken.

»Ist schon recht, lauft nur davon, ihr habt Beine, ihr könnt einfach weiterlaufen, was schert's euch?«

Ein Falke stieß tief herab, kreiste, kehrte zurück und landete auf einer kleinen Plattform oberhalb des Pfahls, an dem River hing. Er hielt eine sich windende Ratte in einer Kralle. Er riß ihren Bauch auf, verspritzte Blut, zerrte mit dem Schnabel die Eingeweide heraus, dann ließ er den Rest des Kadavers in Rivers Krug fallen. Der Krug wackelte, als die Gools und Kopfwürmer sich daran festmachten und an den Überresten labten.

»Entschuldigt mein Mittagessen«, sagte River. »Wie ihr seht, bin ich ein geschlossenes System. Ihr braucht mich nicht zu füttern, obwohl es mich freuen würde, wenn ihr dafür sorgen könntet, daß mein Krug immer mit Wasser aus dem Cranwater gefüllt ist, und es wäre nett, wenn ihr ihn hin und wieder mal waschen würdet. Äffchen neigt dazu, ihn mit seinem Kot ein wenig zu verschmieren.«

»Wo ist dein Besitzer?« fragte Patience.

Sken wurde wütend. »Du denkst doch nicht daran ...«

»Geh ein Boot kaufen, Sken. Du hast fünfzehn Minuten. Such das beste aus, und ich werde kommen und den Betrag begleichen.«

»Ich lasse nicht zu, daß wir dieses Ding als Lotsen anheuern!«

»Wenn Ruin und Reck sich mit dir als Schiffskapitän abfinden müssen, wirst du auch lernen, mit River als Lotsen zu leben. Warst du es nicht, die gesagt hat, daß der Lotse am wichtigsten ist?«

»Es gefällt dir«, sagte Sken. »Du machst dir einen Spaß daraus, und ich dachte, wir wären Freunde.«

»Sie begehen keinen Fehler, junger Herr«, sagte River. »Ein Lotse muß die Sandbänke kennen, die Strömungen, die schnellen Stellen, die langsamen Stellen, die seichten Kanäle, die Springfluten, ich kenne sie alle, ich werde Sie durchbugsieren, vorausgesetzt, Sie tun, was ich Ihnen sage, auch Sie und selbst diese Königin des Fettes, die in Ihrer Begleitung ist. Was haben Sie vor? Ihren Schweiß zu ernten und ihn stromabwärts als Lampenöl zu verkaufen?«

Patience lachte. Sken nicht.

»Kauf das Boot«, sagte Patience. »Ich will diesen Lotsen, aus guten Gründen.«

River feuerte sie an. »Aus Gründen der Weisheit, aus Gründen des ...«

»Halt die Klappe«, sagte Sken zu River. Dann zu Patience: »Junger Herr, du kennst diesen Mann nicht.»

»An der Art, wie sein Gesicht gealtert und gefurcht ist, erkenne ich, daß er wenigstens zwei Jahrhunderte alt ist und einen Großteil der Zeit in hartem Sonnenschein und bei schlechtem Wetter verbracht hat.«

»Ah, das ist wahr, die Qual des Lebens ist auf mein Gesicht geschrieben«, sagte River.

»Also ist er alt«, sagte Sken.

»Er ist seit wenigstens hundert Jahren ein Kopf«, sagte Patience. »Hat die ganze Zeit über den Fluß bereist. Und auf diesen vielen Fahrten hat er nie einen Kunden enttäuscht. Er hat nie ein Boot auf eine Sandbank gesetzt oder gegen einen Felsen gelenkt.«

»Woher weißt du das?« wollte Sken wissen.

»Weil der junge Herr den Scharfblick in sich trägt, die Wahrheit zu erkennen«, sagte River.

»Weil er hier ist«, sagte Patience. »Hätte er je einen Besitzer hängenlassen, wäre sein Krug zerbrochen worden, und man hätte ihn schon vor langer Zeit in den Fluß geschüttet.«

Sken glotzte, wußte aber keine Antwort. Also ging sie weiter die Kaianlagen entlang und musterte alle Boote mit ungleich skeptischerem Blick.

»Sie haben Weisheit in sich«, sagte River. »Ich hoffe, daß unter den hundert Söhnen, die ich gezeugt habe, als ich noch den Matratzentanz konnte, einer ist, der so gutaussehend und intelligent und …«

»Und reich.«

»… ist wie Euer Gnaden. Obwohl ich mir wünschen würde, daß ein Sohn von mir etwas mehr Bart trüge.«

»Wie er sich ohne Zweifel wünschen würde, daß sein Vater ein paar Gliedmaßen mehr hätte.«

River kicherte, ein künstlich klingendes Lachen, weil es nur aus seinem Mund kam. Er konnte nicht mit dem Bauch lachen, indessen der Affe im ständig gleichen Rhythmus die Blase vollpumpte. »Aye, uns fehlt beiden etwas, ich kann es nicht leugnen.«

»Wann kommt dein Besitzer zurück?« fragte Patience.

»Wenn ich den Affen schicke, um ihn zu holen.«

»Dann schick ihn.«

»Und die Gelegenheit für ein Gespräch mit einem so netten jungen Mann versäumen? Sie sollen wissen, zu meiner Zeit habe ich welche aufgerissen, die so blond waren wie Sie, und sie haben's mir anschließend gedankt.«

»Wie ich's dir danken werde, wenn du dein Schandmaul schließt, bevor wir aufbrechen.«

River zwinkerte. »Sie schockiert wohl nichts, was?«

»Jedenfalls nichts, was in einem Krug lebt«, sagte Patience. »Schick den Affen los. Wenn du reden willst, kann ich deine Lippen lesen.«

River ließ drei scharfe küssende Geräusche ertönen. Patience erkannte, daß es Laute waren, die er ohne die Blase hervorbringen konnte. Sofort ließ der Affe die Blase los und kletterte bis zum Rand des Kruges hinauf, wo er sich hinhockte und seine Stirn gegen die von River preßte. Ein paar zirpende Laute, schnalzende Zungen, knallende Lippen, später ließ der Affe sich auf den Holzkai fallen und lief durch die Menge davon.

River ließ einen einzelnen Schnalzlaut ertönen, und der Falke hob ab und flog weg.

Patience stand da und las seine Lippen, während er scherzte, Geschichten erzählte und sie musterte. Die ganze Zeit über spürte Patience, wie Unwyrm sie rief. Komm schneller, ich brauche dich, du liebst mich, ich will dich haben. Nicht mit Worten, es waren niemals Worte, es war nur das Verlangen. Flieg jetzt zu mir.

Ich komme, sagte Patience lautlos und bemühte sich, nicht an den Mord in ihren Gedanken zu denken.

Der Kopf namens River plapperte immer weiter und sah, je länger sie ihn ansah, immer weniger wie ihr Vater aus. Gut. Sie konnte keine Ablenkung gebrauchen.

Einmal auf dem Wasser, war Sken in ihrem Element und herrschte über sie alle. Ungerührt erteilte River aus seinem Krug, der von einem Pfahl neben dem Ruder hing, gemurmelte Anweisungen; Sken war klug genug, Rivers Befehle, wohin sie steuern müsse, Folge zu leisten, nachdem er einmal bewiesen hatte, daß er den Fluß wirklich kannte. Steuern war Sache des Lotsen – alles andere an Bord unterstand Skens Entscheidungsgewalt. Nur Angel, der endlich bequem lag, ohne das Geholper auf der Straße, nur er war von ihren Befehlen ausgenommen. Alle anderen hielt Sken in Diensten eines Bootes, das unter Segel und Riemen seine trickreiche Fahrt stromaufwärts vollzog, in ständiger Bewegung.

Besonderes Vergnügen bereitete es ihr, Reck und Ruin den Mast hinaufzuschicken und an den zwei Segeln hantieren zu lassen – sie sah mit unerträglicher Genugtuung auf dem Gesicht zu, wie sie über dem Wasser hingen, während sie taten, wie ihnen geheißen war. Die Höhe schien sie nicht zu stören, auch die Arbeit nicht, obwohl das Wasser ihnen offenbar unangenehm war. Eines mußte man Sken jedoch lassen: Sie mißbrauchte ihre Autorität nicht. Wie jeder gute Kapitän wußte sie, daß die Geblinge ihr gehorchen würden, aber nur so lange, wie sie ihnen sinnvolle Befehle gab.

Auch Patience trug ihr Teil bei und arbeitete so hart wie alle anderen. Anfangs fühlte Sken sich unbehaglich dabei, sie herumzukommandieren, aber wenn sie Patience ohne Arbeit ließ, kam und fragte Patience, bis Sken ihr ebensoleicht wie jedem anderen Befehle zubrüllte. Patience war dankbar für alles, was ihre Gedanken beschäftigt hielt. Der Cranning-Ruf war unerbittlich, aber sie konnte einfacher mit ihm leben, wenn sie etwas zu tun hatte. Also verbrachte sie manche Stunde damit, Taue zu flechten, Segel zu hissen und zu streichen oder am Ruder zu lehnen, während River ihnen den Weg flußaufwärts wies, die Strömungen im Zickzackkurs nahm, um vor dem Wind zu bleiben, sie in tiefere Fahrrinnen führte, wo sie mit Riemen und Staken an den kniffligen Stellen vorbeikamen – es war ein aufreibendes Leben voll harter Arbeit, und Patience begann den Fluß zu lieben, teilweise wegen des Friedens, den er ihr brachte, teilweise um des Lebens selbst willen. Skens Derbheit und Ungeschliffenheit wurden zu Energie und Stärke, wenn man sie aus der Sicht des Lebens auf dem Fluß sah.

Obwohl Sken so ein guter Kapitän war, war sie jedoch nicht perfekt. Innerhalb weniger Tage bemerkte Patience, daß Sken Will gnadenlos tyrannisierte, vielleicht auch nur, weil er es sich gefallen ließ. Ohne Zweifel wogen sie etwa gleich viel, aber sie war einen guten Meter kleiner als er. Es war komisch, ihm dabei zuzusehen, wie er ein Tau einholte oder etwas auf oder unter Deck zerrte, wobei seine starken Muskeln sich bei der Arbeit am ganzen Körper bewegten, während die schwabbelige dicke Frau ihn andauernd wutschnaubend verfluchte. Armer Will, dachte Patience. Alle

Qualen der Ehe und keine ihrer Annehmlichkeiten. Aber er trug es gut und schien sich nicht daran zu stören. Es wurde Teil des Gleichgewichts an Bord. Patience ließ es zu.

Es war früher Morgen. Will holte den Anker ein, während Reck das Segel hißte. Ruin saß im Bug und starrte düster vor sich hin. Sken schickte Patience ein Tau sichern, das Reck gerade einholte, und die Aufgabe brachte sie in die Nähe von Ruin, der diese Schicht nicht arbeitete.

Sie sah, daß er bei ihrem Näherkommen fröstelte. »Spürst du so stark, wie er mich ruft?« fragte sie.

Er nickte, ohne sie anzusehen.

»Wer ist er, dieser Unwyrm?«

»Unwyrm. Er selbst.«

»Aber wie sieht er aus?«

»Keiner hat ihn je gesehen.«

»Woher kam er?«

»Er wurde aus demselben Schoß geboren wie die Geblinge.«

Das war natürlich eine religiöse Sprache, und Patience entzifferte sie geistig zu ihrer eigenen Version der Wirklichkeit. »Also ist er ein Gebling?«

Ruin zuckte die Achseln. »Könnte sein. Nur viel mächtiger als jeder andere Gebling. Und er haßt uns. Das ist alles, was wir über ihn wissen.« Er hob eine träge Hand und deutete auf den Fluß. »Dieses Wasser – er füllt es mit Haß und schickt es hinunter, damit wir erfrieren.«

»Der Ruf – funktioniert er so, wie du und Reck einander ruft?«

»Wir können einander nicht kontrollieren, wenn es das ist, was du meinst«, sagte Ruin. »Wir spüren es, und das ist alles. Wir spüren es am besten zwischen Geschwistern. Je verwandter unser Blut ist. Reck und ich sind Zwillinge.«

»Aber Unwyrm macht es willentlich?«

»Er macht es sogar mit Menschen. Keiner von uns kann das.«

»Also ist er wie ein Gebling, nur mächtiger.«

Ruin wirkte wütend. »Er ist nicht wie ein Gebling.«

»Weshalb nennt ihr ihn dann *er*? Woher wißt ihr, daß er ein Mann ist?«

»*Du* weißt es doch auch. Weil er nach der siebenten siebenten siebenten Tochter sucht und nicht nach dem siebenten siebenten siebenten Sohn.« Ruin wandte ihr langsam sein Gesicht zu. Er lächelte, und das war nicht angenehm.

»Was würde es ihm bringen, sich mit einem Menschen zu paaren? Der Nachwuchs wäre niemals lebensfähig. Sterngeborenes und einheimisches Leben läßt sich nicht kreuzen.«

»Ihr Menschen setzt so rührendes Vertrauen in eure Mythen.«

Er versuchte lediglich, sie zu quälen. Patience hatte gesehen, wie er das gleiche mit Reck machte, und sie hatte sich einfach geweigert, es zur Kenntnis zu nehmen. »Also gehört er einer anderen Spezies an?«

»Mag sein. Oder vielleicht ist er auch der einzige Vertreter seiner Art, der je lebte.«

»Das ist unmöglich. Arten kommen nicht aus dem Nichts. Sie haben Eltern. Es gibt Generationen. Soviel verstehe ich von der Wissenschaft.«

»Das Beste an der Wissenschaft«, sagte Reck, die hinter Patience auftauchte, »ist, daß sie Narren davon abhält, jemals die Wahrheit herauszufinden oder auch nur herauszufinden, daß sie über die Wahrheit noch nicht verfügen.«

Ruin blickte sie stirnrunzelnd an. »Vielleicht an der Menschenwissenschaft«, sagte er.

Reck packte den Pelz auf seinem Handrücken, dann schlug sie seine Hand fort. »Au«, murmelte er. Er hielt die verletzte Hand in der anderen, als hätte er eine tiefe Wunde davongetragen.

Reck lächelte süßlich. »Du bist auch kein besserer Wissenschaftler als die Menschen.«

»Ich habe gesehen, was ich gesehen habe, und nicht, was ich sehen wollte oder erwartet habe zu sehen, was mehr ist, als man über einen von *ihnen* sagen kann.« Seine Geste zu Patience war mit Verachtung erfüllt.

Reck warf ihren Kopf zurück. »Wenn du die Weisen unter den Menschen fragen würdest, würden sie dir das gleiche sagen. Man sieht niemals, worauf man nicht vorbereitet ist, und wenn man es sieht, nennt man es bei den alten Namen und gibt vor, es schon immer verstanden zu haben. Und dann erzählt jeder allen anderen etwas, dem jeder längst zugestimmt hat, und jeder hat das Gefühl, der Welt wieder sicher zu sein.«

»Du bist ja so *klug*«, sagte Ruin gehässig. Seine Wut, sah Patience, war nicht im mindesten aufgesetzt.

»Das befahl Mutter mir auch zu sein, als sie mir diesen Namen gab: ›Reck, Kind, das bedeutet *denken*, das bedeutet *seinen Kopf gebrauchen*, das bedeutet *sich über die Ursachen der Dinge Gedanken zu machen*.‹«

»Eure Namen sind Befehle?« fragte Patience. »Dann hatten eure Eltern für dich aber Reizendes im Sinn, Ruin.«

Ruin und Reck blickten sie an, als hätten sie vergessen, daß sie da war. Sie hatten ihr mehr von ihrer privaten Beziehung gezeigt, als ein Mensch sehen sollte. Patience schämte sich dafür, sie in diese Verlegenheit gebracht zu haben. Auch sie hatte vergessen, daß sie diplomatisch sein mußte. Ein Diplomat ist immer der wachsame Fremde, nie der intime Freund. Zur Überraschung aller und niemandes Wohlgefallen hatten sie einen Augenblick lang vergessen, daß sie keine Freunde waren und nie welche sein konnten.

Patience lächelte reumütig und ging davon, wobei sie ihre Blicke wie Dolche in ihrem Rücken spürte. Aber nicht so schneidend wie die Sehnsucht, die fast unverzüglich in ihr anschwoll. Cranning.

War dieses gewaltige Verlangen die Qual, die Vaters Kopf durchlitten hatte, als die Kopfwürmer all seine Bedürfnisse entfesselten? War er unter diesem Druck zusammengebrochen, oder war es viel schlimmer? Werde ich vor Unwyrm treten, der eine Frau will, keinen Mann, und unter diesem Verlangen zusammenbrechen wie ein enthaupteter Kopf, der jeglichen Willen zum Widerstand verloren hat? Werde ich dann so ausgehungert sein, daß ich geistlos tun werde, was er von mir verlangt, ohne einen Gedanken an Widerstand?

Diese Gedanken im Sinn, verbrachte sie den Morgen damit, aus den Dingen, die sie in Angels Stahlkassette gefunden hatte, etwas für sich selbst zu machen. Ein Giftkügelchen, das sie nehmen konnte, wenn es schiefging.

»Was für eine tolpatschige Lösung.«

Das war Angels Stimme. Sofort schloß sie die Kassette, wie ein kleines Mädchen, das vom Vater erwischt wird.

»Sie gehört dir«, sagte Angel, »weil *ich* dir gehöre.«

»Ich habe nicht den Eindruck, daß es so ist«, sagte sie. »Mir hat nie wirklich etwas gehört.«

»Das ist eine sehr scharfsinnige Feststellung. Die meisten Menschen glauben, daß ihnen viele Dinge gehören, und sie tun's doch nicht. Du denkst, dir hätte nie etwas gehört, und dabei ist es doch der Fall.«

»Was gehört mir?«

»Ich. Diese Kassette. Die ganze Menschheit.«

Sie schüttelte den Kopf. »Ich mag für die ganze Menschheit verantwortlich sein, aber ich habe nie darum gebeten, und sie gehört mir nicht.«

»Ah. Also denkst du, Pflicht und Eigentum seien verschiedene Dinge. Die Mutter und der Vater kümmern sich um das Baby und erhalten es am Leben – gehört es ihnen? Und wenn sie sich nicht um es kümmern, ist es wirklich ihres? Das Kind gehorcht den Eltern, dient ihnen, und in dem Maße, wie sie von seinen Diensten abhängen, kommt es dahin, daß auch sie dem Kind gehören. Und doch hat es den Eindruck, als würde es ihnen gehören.«

»Auch du bist sehr scharfsinnig, aber wenn du damit sagen willst, daß Vater mir gehört hat, hast du wirklich keine Hoffnung, ein Weiser zu werden.«

»Nach meiner Art zu denken, ist, was ich gesagt habe, wahr. Aber ich gebe zu, daß die meisten Menschen andere Vorstellungen von Eigentum haben. Sie denken, daß ihnen gehört, was sie zu einem Teil ihrer selbst machen. Wie Sken mit diesem Boot. Sie spürt seine Teile, als wären es

Teile von ihr; sie spürt den Wind im Segel, als wäre das Segel ihr Körper und der Wind triebe sie vorwärts; sie spürt das Stampfen des Bootes, als wäre es das rhythmische Klopfen ihres eigenen Herzens. Ihr gehört dieses Boot, weil dieses Boot ein Teil von ihr ist.«

»So, wie River der Fluß gehört.«

»Ja«, sagte Angel. »Er empfindet den Verlust seines Körpers nicht, weil die Strömungen und Flüsse, die Sandbänke und Wasserwege seine Arme und Beine sind, seine Eingeweide und Innereien.«

Patience versuchte an etwas zu denken, das ihr gehörte wie Sken das Boot. Es gab nichts, wovon sie sich als ein Teil fühlte. Rein gar nichts. Nicht einmal ihre Kleidung, nicht einmal ihre Waffen gehörten ihr, nicht im eigentlichen Sinne. Vor sich selbst war sie immer nackt und unbewaffnet gewesen und daher nicht stärker als ihr eigener Witz und nicht größer als die Reichweite ihrer eigenen Arme und Beine. »Wenn das Eigentum ist, gehört mir nichts«, sagte Patience.

»So nicht. Dir gehört nichts, weil du nichts zu einem Teil von dir hast werden lassen, außer ein paar Waffen und Sprachen und Erinnerungen. Aber gleichzeitig gehört dir auch alles, weil die Welt als Ganzes ein Teil von dir ist, du spürst das Angesicht der Welt, als wäre es dein eigener Körper, und alle Leiden der Menschheit, als wären es deine eigenen Leiden.«

Soll er doch denken, was er will, aber ich weiß, daß es nicht so ist. Ich habe nicht den Eindruck, als gehörte mir die ganze Menschheit, obwohl Vater mich oft gelehrt hat, daß der Heptarch sich genau so fühlen sollte. Ich bin einzeln, abgeschnitten von allem und jedem. Aber glaub, was du willst, Angel. Sie wechselte das Thema. »Bist du sicher, daß du dich wohl genug fühlst, um aufzustehen? Und herumzulaufen?«

»Ich laufe im Augenblick nicht herum, oder? Ich sitze. Aber eigentlich fühle ich mich schon seit Tagen viel besser. Es macht mir einfach Spaß, zu faulenzen.«

»Ich habe dich so sehr gebraucht in diesen Wochen ...«

»Du hast mich überhaupt nicht gebraucht, und es hat dir ziemlich viel Spaß gemacht, herauszufinden, daß du auf eigene Faust Entscheidungen treffen kannst. Aber es freut mich, daß du mich nicht über Bord geworfen hast. Ich kann dir nützlich sein, weißt du. Zum Beispiel brauchst du dieses Gift nicht.«

»Könnte doch sein.«

»Du hast Besseres.«

»Was?«

»Die Kugel, die du aus der Schulter deines Vaters entfernt hast, nachdem er starb.«

Vater hatte ihr erzählt, daß niemand sonst davon wüßte. »Was für eine Kugel soll das sein?«

»Auf dem Glad River hast du mehr als eine Woche lang jedesmal, wenn wir am Ufer schliefen, fünfzehn Minuten damit verbracht, deinen Nachtstuhl zu durchforsten. Es gibt nur eines, was du verschluckt haben könntest, das eine so widerwärtige Aufgabe wert war.«

»Ich dachte, du würdest schlafen.«

»Kind, wer könnte bei einem solchen Gestank schlafen?«

»Werde nicht gemein, Angel.«

»Ich nehme an, du hast es gefunden.«

»Vater sagte mir, ich sollte es nehmen, aber nicht, wozu es gut ist oder wie man es benutzt.«

»Dein Vater hat es nie benutzt. Oder wenigstens nicht zu seiner vollen Kapazität. Damit es richtig nützlich ist, muß es woanders in deinem Körper untergebracht werden. An der tiefsten Stelle in deinem Gehirn.« Angel lächelte. »Und wie es der Zufall will, hast du gerade einen sehr guten Chirurgen zur Hand.«

»Vater sagte mir, ich dürfe niemals einen Gebling wissen lassen, daß ich es habe.«

»In dieser Welt muß man Risiken eingehen.«

»Was ist es?«

Er wechselte zu Gauntisch über. »Dein Szepter, meine geliebte Heptarchin. Aber nur wenige deiner unmittelbaren Vorgänger hatten den Mut, es in ihrem Hirn zu tragen.«

Sie antwortete in derselben Sprache. »Willst du damit sagen, Vater sei für eine solche Operation nicht tapfer genug gewesen?«

»Die Operation ist absolut sicher. Aber sie hatte bisher auf verschiedene Heptarchen unterschiedliche Auswirkungen. Einige sind verrückt geworden. Einer von ihnen ermordete sogar alle seine Kinder, außer einem. Ein anderer begann mit seinen sämtlichen Nachbarn gleichzeitig Krieg und endete damit, daß das Königreich auf Heptam selbst und ein paar Inseln im Westen beschränkt wurde. Andere Heptarchen haben gesagt, es sei, als sähe man die Welt zum erstenmal, und sie haben brillant geherrscht. Aber die Chancen stehen gegen dich. Einmal in dein Hirn eingepflanzt, wirst du, wenn du je wirklich sterben wolltest, auch sterben. Also willst du das Risiko vielleicht auf dich nehmen.«

»Was, wenn es mich in den Wahnsinn treibt?«

»Dann würdest du wahrscheinlich davon besessen, nach Cranning gehen zu wollen, um dich dem Feind der Menschheit zu stellen, unvorbereitet, uninformiert und kaum imstande, etwas anderes zu tun als zu versagen.«

»Mit anderen Worten, was ich jetzt schon tue?«

»Wie könntest du etwas Vernünftigeres tun? Außer wenn du beschlössest, zwei Geblinge mit dir zu nehmen, die dich ohne Zweifel töten wollen, sobald du sie sicher zu Unwyrm gebracht hast.«

Sie erinnerte sich, was er erst Augenblicke zuvor über Geblinge gesagt hatte. »Weshalb ist es mir verboten, einen Gebling sehen zu lassen, daß ich diesen Edelstein habe?«

»Weil es kein Edelstein ist.«

»Ist es nicht?«

»Es ist ein organischer Kristall, der dem Gehirn des Königs von Cranning in der fünften Generation der Welt entnommen wurde.«

»Dem Geblingkönig. Wozu hat er ihn benutzt?«

»Die Geblinge zögerten, mit uns darüber zu reden. Wir wissen, wie er auf Menschen wirkt, aber wer weiß, wie er bei ihm gewirkt hat.«

Patience nickte. »Wenn er dem Geblingkönig gestohlen wurde, gehört er wohl rechtmäßig Reck und Ruin.«

Ein seltsamer Ausdruck erschien plötzlich auf Angels Gesicht, verschwand dann wieder. Keine Grimasse, die sonst jemand sehen konnte, denn Angel war erfahren darin, sein Gesicht ausdruckslos zu halten. Aber Patience sah sie und wußte, daß er überrascht war, vielleicht sogar erschreckt. Was hatte ihn überrascht? Wußte er nicht, daß der Bruder und die Schwester zusammen König der Geblinge waren? Natürlich wußte er es nicht. Ruin hatte gerade Angels Wunde genäht, als Patience das Gespräch der Geblinge mit angehört hatte, das ihr enthüllte, wer sie waren. Angel war bewußtlos gewesen, und seither hatte keiner davon gesprochen.

»Tut mir leid«, sagte sie. »Wußtest du nicht, daß sie König sind? Das ist etwas, was ich mit angehört habe, als du noch nicht ganz gesund warst.«

»Nein, ich hatte keine Ahnung. Ich werde darüber nachdenken müssen«, sagte Angel. »Das könnte die Dinge ändern. Das könnte es in der Tat. Es verschafft mir eine Atempause.« Er lächelte und tätschelte ihre Hand, wobei er ein wenig verdutzt dreinsah.

Aber Patience war sogar noch verwirrter als zuvor. Denn Angel belog sie. Sie wußte, wie er aussehen würde, wenn seine Worte wahr wären und er nichts verbarg. Aber er *verbarg* irgend etwas – alles, was er im Augenblick zeigte, war eine Maske. Er war nicht im geringsten überrascht gewesen, und er mußte auch über nichts nachdenken und seine Pläne nicht ändern. Er hatte die ganze Zeit über gewußt, wer die Geblinge waren. Und wenn es so war, dann hatte er nur nicht gewußt, daß *sie* wußte, wer sie waren.

Man kann auf eine Lüge auf zweierlei Weise reagieren: so tun, als glaubte man sie, oder den Lügner mit dem Wissen um die Lüge konfrontieren. Ersteres macht man bei

Feinden; sie konnte sich Angel nur als Freund vorstellen. »Wie lange weißt du es schon?« fragte sie ihn.

Er setzte dazu an, sie wieder zu belügen, dann gebot er sich Einhalt. »Nein«, sagte er. »Du bist jetzt Heptarchin, und ich darf nichts vor dir zurückhalten. Dein Vater verriet mir vor vielen Jahren ihre Namen, ihre Namen und wo sie leben. Die Heptarchie hat stets Wert darauf gelegt, den Aufenthalt der Geblingkönige zu kennen.«

»Also wußtest du die ganze Zeit über, daß sie in diesem Dorf leben.«

»Dein Vater wußte es und hat mich gewarnt. Sie fügen der Gleichung nur noch einen Unsicherheitsfaktor hinzu. Es wäre besser gewesen, sie links liegen zu lassen. Und ich hätte auch keinen Pfeil in die Kehle bekommen.« Er kicherte. »Aber das macht mir nichts aus.«

Sie lächelte ihn an, obwohl er sie noch immer belog. Etwas stimmte nicht an dem, was er sagte. Vielleicht hatte er doch nicht gewußt, wer sie waren. Vielleicht hatte Vater ihn gar nicht gewarnt. Es war unmöglich abzuschätzen, und sie konnte ihn jetzt nicht mehr gut fragen. Bei seiner ersten Lüge war er vielleicht noch ein Freund gewesen. Bei der zweiten Lüge konnte sie ihn nur noch als Feind behandeln. Laß ihn denken, seine Lüge habe Erfolg gehabt, hatte Vater ihr beigebracht, und dein Feind wird nicht zu verzweifelteren Maßnahmen gezwungen sein.

Was sie am meisten bekümmerte, war, daß sie von Angel noch nie im Leben als Feind gedacht hatte. »Was fürchtete Vater denn, daß sie tun würden, als er dich warnte?«

»Ich weiß nicht. Damals dachte ich, daß er eine weitere Geblinginvasion befürchtet. Aber ich glaube nicht, daß diese beiden nach Menschenblut dürsten. Die anderen Könige riefen die Geblinge mit einem Kriegsschrei auf den Lippen zum Skyfoot. Diese zwei sind nahezu verkleidet. Kein Geblingkönig ist jemals in der Gesellschaft von Menschen gereist. Jedenfalls nicht lebender Menschen.«

Je mehr sie im zuhörte, desto offensichtlicher wurde es, daß alles Lügen waren, und Angel wurde immer zuversichtlicher, daß sie ihm glaubte. Angel verfolgte einen Plan, ohne Zweifel etwas, das er und Vater vor langer Zeit ausgeheckt hatten, und ein Teil des Plans machte es nötig, ihr nicht alles zu sagen, was er wußte. In Angels Augen war sie immer noch ein Kind, konnte man ihr immer noch nicht das Wissen anvertrauen, um selbständig eine intelligente Entscheidung zu treffen. Angel war entschlossen, sie im unklaren zu lassen und sie auf den Weg zu zwingen, den er und Vater für sie ausgesucht hatten. Nun, Angel, du wirst vielleicht feststellen, daß ich nicht ganz das hilflose Baby bin, für das du mich hältst. Ich kann dich nicht dazu zwingen, mir zu vertrauen, aber wenn die Zeit kommt, wirst du wünschen, es getan zu haben, weil ich tun werde, was ich für mich beschlossen habe, ob es dir gefällt oder nicht, und wenn du mich aufzuhalten versuchst, Angel, wirst du vielleicht sogar feststellen, daß ich zu stark für dich bin.

Aber sie glaubte es nicht. Ihre gespielte Tapferkeit war leerer Schein. Nie zuvor war sie sich so kindisch und schwach vorgekommen wie jetzt. Noch bin ich nicht Heptarchin, erkannte sie. Ich habe kein Königreich und keine Macht, nur die Bestimmung, die du und Vater und Unwyrm und die Geblinge und die Priester alle für mich im Sinn habt. Ihr habt so viele Pläne mit mir, daß, egal was ich tue, es etwas ist, das *irgend jemand* von mir getan haben wollte. Eine einzige Marionette an tausend Fäden, und ich weiß nicht einmal, wer sie in Händen hält.

Ihr Gesicht verriet Angel nichts davon. Statt dessen lächelte sie schelmisch, so wie sie es immer tat, wenn sie ihn neckte. »Also denkst du, es wäre sicher für mich, Ruin wissen zu lassen, daß ich das Szepter habe, das ihm gehören sollte, und ihn dann noch zu bitten, mir das Gehirn aufzuschneiden und es hineinzulegen?«

Angel streckte seine leeren Hände aus. »Ich habe nicht gesagt, daß es ohne Risiken ist.«

Sie knuffte ihn spielerisch. »Verbring die Tage wieder mit Schlafen. Da warst du mir eine größere Hilfe.«

Sie konnte sehen, wie seine Anspannung nachließ, als

sie vorgab, das unbeschwerte, vertrauensselige Mädchen zu sein, das sie im privaten Umgang mit ihm immer gewesen war. Er glaubte ihr. »Ich denke, Ruin wird zustimmen«, sagte er, »daß das Szepter jetzt mehr menschlich als geblisch ist. Die Heptarchen hatten es über dreihundert Generationen lang in ihrem Besitz. Aber dennoch sage ich nicht, du solltest jetzt aufstehen und es ihm geradeheraus sagen.«

»Man kann unmöglich wissen, was man tun soll«, sagte sie. »Alle Prophezeiungen weisen auf eine Katastrophe hin, aber sie verraten mir nicht, was die Katastrophe verursachen wird. Egal, für was ich mich entscheide, es könnte die Welt vernichten oder sie retten, und ich weiß nicht, was was ist. Und du hilfst mir nicht einmal bei der Entscheidung.«

Er lächelte. »Du wußtest, daß du die Welt vielleicht in die Katastrophe führst, als du beschlossen hast, nach Cranning zu gehen. Ich begleite dich nur auf der Reise. Hat bisher eine Menge Spaß gemacht.« Er stand auf und ging schwächlich wieder zu seinem Lager unter der Markise zurück.

Patience saß da und beobachtete eine Zeitlang das Wasser. Gerade als sie begonnen hatte, ein wenig Selbstbewußtsein aufzubauen, stellte sich heraus, daß Angel sein eigenes Spiel spielte. Es gab niemanden mehr, dem sie vollends vertrauen konnte.

Aber sie konnte nicht lange vor sich hin brüten. Denn wann immer ihre Aufmerksamkeit nicht ganz bei der Arbeit oder dem Gespräch war, kehrten ihre Gedanken zu diesem ständigen, nagenden Drängen zurück, nach Norden zu gehen, flußaufwärts zu ziehen, Erleichterung von dem überwältigenden Druck ihres körperlichen Verlangens zu finden.

Rivers Falke kreiste und stieß auf das Boot hinunter. Sie drehte sich um, um zuzusehen, wie er eine Taube zerriß, ihre Innereien fraß und den Körper samt Federn und allem in den Krug fallen ließ. Der Affe spielte mit sich selbst; dies war eine ruhige, gemächliche Gegend des Flusses, so daß der Lotse für eine Weile keine Stimme brauchte.

Das Gleichgewicht von Rivers' Körperhaushalt, soweit man noch von einem Körper reden konnte, war ihr ein Wunder und ein Rätsel. River selbst war recht einfach zu verstehen; wie alle Köpfe war er ein wenig verrückt und lebte nur für die Reisen den Cranwater hinauf und hinunter. Solange das Boot segelte, war er reichlich entlohnt. Aber der Affe und der Falke – was hatten sie davon? Der Affe aß mit den Menschen und schien's zufrieden zu sein. Außerdem konnte er nirgendwoanders hin. Affen waren eine Spezies, die die Menschen mit auf diese Welt gebracht hatten; sie hatten hier keinen natürlichen Lebensraum und konnten nur als Haustiere überleben. Also wußte der Affe auf einer primitiven Stufe vielleicht, daß seine Sklavenarbeit an der Blase die einzige Art und Weise war, wie er bestehen konnte.

Aber der Falke – sie konnte den Falken nicht verstehen. Er konnte sich selbst ernähren. Er brauchte niemanden. Was hatte er davon, daß er River diente? Weshalb blieb er? River hatte keine Hände, um ihn zurückzuhalten, nicht die Macht, ihn zu belohnen oder zu bestrafen. Der Falke schien aus reiner Großzügigkeit bei ihm zu leben.

Vielleicht sah der Falke River als einen Teil von sich an, fütterte den Kopf aus dem gleichen Instinkt heraus, der Eltern dazu veranlaßt, ihre Kinder zu füttern. Oder vielleicht war der Falke trainiert, in ein Muster gefaltet worden, demzufolge er es nicht ertragen konnte, River sterben zu lassen. Vielleicht sehnte sich der Falke nicht nach Freiheit. Oder vielleicht hatte sich der Falke, da er frei war, aus freiem Willen zu diesem Tun entschlossen.

Als Will sie mittags zum Essen rief, wollte Patience nicht kommen. Es war Recks Hand auf ihrer Schulter, die sie zu ihnen brachte. »Was immer Angel dir gesagt hat«, wisperte die Geblingfrau, »du bist immer noch der Inbegriff unser aller Zukunft. Komm und iß.«

Ja, dachte Patience. Komm, Marionette. Komm, Faltpapier. Führ deinen Tanz auf, behalt die Form bei, die wir dir gegeben haben.

Bis du deinen Zweck erfüllt hast. Dann wird dich jemand – die Geblinge, Unwyrm, vielleicht sogar irgendein verrückter Wachsamer – unterwegs verbrennen.

11 Heffijis Haus

Eines Nachmittags trimmten sie gerade das Segel, während sie durch eine schmale Fahrrinne zwischen Sandbänken hindurch eine Biegung umrundeten, als River zweimal mit der Zunge schnalzte und der Affe zu kreischen begann. Inzwischen wußte jeder, was dies zu bedeuten hatte: daß River einen raschen Kurswechsel wollte. Sie unterbrachen ihre Gespräche und lauschten – Rivers Stimme war nie laut.

»Hart backbord!« sagte er. Will, der am Ruder stand, stemmte die Pinne gegen die Steuerbordseite, und beinahe im gleichen Augenblick packte Sken Patience und einen Gebling und lief auf die linke Seite des Bootes hinüber. Patience hatte gerade noch Zeit, einen flüchtigen Blick auf das zu werfen, dem sie auswichen: eine große Boje, groß genug, daß es ihr und dem Boot gleichermaßen schlecht bekommen wäre, hätten sie sie bei dieser Geschwindigkeit vor einem dermaßen rauhen Wind frontal gerammt. So wie die Dinge lagen, rempelten sie zwar noch dagegen, aber nur seitlich und mit stark gedrosseltem Tempo.

»Die sollte zwei Meilen stromaufwärts liegen«, sagte der Lotse. »Die letzte Regenzeit muß ihren Anker bis hierher gezogen haben. Werft ein Tau.«

Sken zögerte nicht. Sie knotete ein Seil an einem Enterhaken, schwang den Haken über dem Kopf und warf ihn gegen die Boje, die jetzt einige Dutzend Meter hinter ihnen tänzelte. Der Haken verfing sich bereits beim ersten Wurf, aber Patience wußte nicht, ob das bemerkenswert war oder einfach nur etwas, was man von einer fähigen Flußfrau erwarten konnte.

»Was machst du da?« wollte Ruin wissen.

»Sie dorthin zurückschleppen, wo sie hingehört«, sagte Sken, als wäre es eine Tatsache, die selbst einem Kind einleuchten müßte.

»Ist nicht unsere Sache«, sagte Ruin.

»Es gibt auf dem Fluß schon zu viele, die so denken«, sagte Sken. »Aber River und ich, wir sind uns einig. Wenn etwas nicht am richtigen Platz ist, was man in Ordnung bringen kann, dann bringt man's in Ordnung, damit der nächste Lotse nicht riskiert, was uns fast passiert wäre.«

Sie kehrten wieder auf den alten Kurs durch die Fahrrinne zurück, und dann hatten sie eine Zeitlang freie Fahrt. Lange genug, um die Boje eingehender zu betrachten. Ein Schild war an ihr befestigt, in einem Winkel, daß man es gerade so lesen konnte, wenn man sich vom Heck aus zur Steuerbordseite hinauslehnte. Auf Geblisch, Gauntisch, Dwelfisch und Agarant – den Sprachen, die alle reisenden Menschen verwendeten, ungeachtet ihrer Heimatsprache – warb das Schild für den Verkauf einer einzigen Sache:

ANTWORTEN

Angel lachte laut, als Patience ihm sagte, was daraufstand. »Wann hat man je eine solche Arroganz gesehen?«

»Vielleicht verkaufen sie gar nicht«, sagte Reck. »Vielleicht kaufen sie.«

Patience lachte nicht. Es war zu ironisch. Wenn es etwas gab, was sie gerade jetzt brauchte, waren es Antworten. Und hier waren sie, wurden zum Kauf angeboten.

Zwei Meilen weiter gingen sie vor Anker und holten die Boje ein. Sken und Will zurrten sie am Boot fest, holten dann den Anker der Boje ein und versahen ihn mit einem Sack Ballast. Es dauerte höchstens eine Stunde, aber Patience hatte dabei nichts zu tun, so daß ihr genügend

Zeit blieb, nach der Stelle am Ufer Ausschau zu halten, wo die Antworten zu finden sein mochten. Es war keine stark besiedelte Gegend, so daß es nur das Haus hoch oben auf dem Hügel sein konnte, vielleicht eine Viertelmeile zu Fuß vom Fluß entfernt.

Wäre das Haus eines der üblichen Wirtshäuser entlang des Flusses gewesen, die den Reisenden mit riskanten Spielen, unverdaulichem Essen und verwanzten Betten lockten, hätte Patience sie nicht an Land gehen lassen. Statt dessen war es jedoch alt und bescheiden und weit genug vom Wasser entfernt, daß es keine Geldfalle für Reisende sein konnte. Wenn sie nicht geankert hätten, um die Boje in Ordnung zu bringen, wäre es nur für einen Augenblick in einer Lücke zwischen den Bäumen am Flußufer zu sehen gewesen. Für Patience war das ein Hinweis darauf, daß das Schild ernst gemeint war. Es war ein Ort für Menschen, die es genug nach Wahrheit verlangte, daß sie arbeiteten, um sie zu bekommen – abseits der Wege, schwer zu erreichen, mit nur einem einzigen Schild, das ihnen sagte, um was es sich handelte, und nur einem einzigen flüchtigen Blick darauf, der ihnen sagte, wo man sie finden konnte.

Natürlich spürte Patience in dem Augenblick, als sie daran dachte zu halten, den Cranning-Ruf in sich, der sie drängte weiterzugehen, schneller, schneller. Er war jetzt nicht stärker als zuvor; Unwyrm versuchte nicht, sie dazu zu bringen, ausgerechnet diesen Ort zu meiden. Aber weil das Bedürfnis weiterzueilen so groß war und weil sie wußte, daß jemand anderer dieses Bedürfnis in ihr erweckte, widerstand sie um des Widerstehens willen, so wie sie als Kind absichtlich zusätzliches Leid ertragen hatte, um sich an die Härten des Lebens zu gewöhnen.

Als Will und Sken an Bord des Bootes kletterten und die Boje loszumachen begannngen, sprach Patience ihre Entscheidung aus: »Bring das Boot an Land.«

»An dieser Stelle!« sagte Sken. »Das werde ich nicht! Vor Einbruch der Nacht kommen wir noch an einem Dutzend besserer Wirtshäuser vorbei.«

Patience lächelte und wandte sich an River. »Der Lotse bestimmt den Kurs, der Kapitän beherrscht das Leben an Bord des Schiffes, aber der Eigentümer sagt, welchen Hafen das Schiff ansteuern wird. Habe ich recht?«

River blinzelte ihr zu.

Sken fluchte, aber statt wieder das Segel zu hissen, stakten sie und Will das Boot ans Ufer.

Sie berührten den mürbe aussehenden Kai, der in den Fluß hinausragte, und vertäuten schnell das Boot. Patience ließ Sken zurück, damit sie auf Angel aufpaßte, und führte Will und die Geblinge an Land. Angel verlangte, daß man ihn mitnähme. Patience ignorierte ihn. Sie verspürte nicht das gleiche Bedürfnis, sich seinen Wünschen zu fügen, wie es vor seinen Lügen der Fall gewesen war.

Es gab kaum so etwas wie einen Pfad den Hügel hinauf. Patience überließ Ruin die Führung – er konnte eine Fährte auf nacktem Fels in einem Gewittersturm finden, oder so schien es jedenfalls. Reck und Will nahmen ihren Platz hinter ihr ein. Es war, als wäre sie wirklich Heptarchin mit einem Begleitschutz vorn und hinten; oder eine Gefangene mit Wachleuten, die ihr jeden Fluchtweg abschneiden sollten.

Das Haus auf dem Hügel war noch schäbiger, als es von unten ausgesehen hatte. Die Fenster hatten kein Glas und keine Läden, und der Geruch des nach hinten gehenden Hofes machte klar, daß die Schweine sich hier selbst waschen mußten. »Könnte es sein, daß hier niemand lebt?« fragte Patience.

Ruin grunzte. »Der Kamin ist an.«

»Und in der Küche ist frisches Wasser«, fügte Reck hinzu.

Patience wandte sich an Will. »Gibt es etwas, was sie mit ihren Nasen *nicht* herausfinden können?«

Will zuckte die Achseln. Nicht allzu helle, dachte Patience. Aber was konnte man von der Art Mann erwarten, die mit Geblingen zusammenlebt?

Auf ihr Klopfen an der Tür antwortete ein rascher Ruf

von drinnen. Eine weibliche Stimme, und keine sehr junge. »Ich komme!« Der Ruf war in der Gemeinsprache erfolgt, aber der Akzent verriet Patience, daß es nicht ihre Heimatsprache war. Und tatsächlich, es war eine Dwelfin, kleiner als die Geblinge, mit dem halbgroßen Kopf, der sie so besonders abscheulich aussehen ließ.

»Eine Dwelfin soll uns Antworten geben?« fragte Ruin mit seinem üblichen Takt.

Die Dwelfin blickte ihn stirnrunzelnd an. »Einem Zwerg soll ich welche geben?«

»Wenigstens spricht sie in vollständigen Sätzen«, sagte Reck.

Aber es war Patience, die der Dwelfin die Hand reichte, damit sie ihre Finger lecken konnte. Als dem Brauch Genüge getan war, bat die Dwelfin sie herein und führte Patience sofort zu etwas, was offensichtlich der Ehrenplatz am Kamin war. Will blieb wie immer neben der Tür stehen. Er schien sich nie als Teil dessen zu sehen, was vorging. Nur ein Zuschauer, ein Lauscher. Oder vielleicht nicht einmal das, vielleicht ein Hilfsmittel wie ein Pferd, das nur zum Vorschein gebracht wurde, wenn man es brauchte.

Die Dwelfin brachte ihnen kochendes Wasser und ließ sie die Blätter für den Tee aussuchen. Patience erkundigte sich nach der Möglichkeit, Zimmer mit verschließbaren Fenstern für die Nacht zu bekommen.

»Das hängt davon ab«, sagte die Dwelfin.

»Wovon? Nenn uns den Preis.«

»Ach, der Preis, der Preis. Der Preis sind gute Antworten auf meine Fragen und gute Fragen für meine Antworten.«

»Mit einem Dwelfen kann man nicht reden«, sagte Ruin ungeduldig. »Man kann mit Bäumen intelligentere Gespräche führen.«

Er sprach auf geblisch, aber es war offensichtlich, daß die Dwelfin zumindest den Kern dessen mitbekommen hatte, was er sagte. Patience argwöhnte, daß sie in Wirklichkeit sogar Geblisch verstand, was sie erheblich gescheiter machen würde als ihresgleichen sonst war.

»Sag uns«, forderte Patience sie auf, »welche Art Fragen schweben dir vor?«

»Nur die Weisen bleiben hier«, sagte die Dwelfin. »Die Weisen aus allen Ländern, und sie lassen ihre weisesten Gedanken zurück, bevor sie gehen.«

»Dann sind wir an den falschen Ort gekommen«, sagte Patience. »Alle Weisen haben unser Land verlassen, bevor ich geboren wurde.«

»Ich weiß«, sagte die Dwelfin traurig. »Aber ich begnüge mich damit, was heutzutage vorbeikommt. Du bist nicht zufällig eine Astronomin, oder?«

Patience schüttelte den Kopf.

»Brauchst du dringend eine?« fragte Reck.

»Oh, nicht dringend, nicht dringend. Es scheint nur eine vergessene Kunst zu sein, was einen erstaunen sollte, bedenkt man, daß wir alle von den Sternen kommen.«

»*Sie* kam von den Sternen und der Große an der Tür«, sagte Ruin. »Der Rest von uns sind Einheimische.«

Die Dwelfin lächelte ein wenig. »Oh«, sagte sie. »Du denkst, die Geblinge seien hier geboren?«

Jetzt begann sich Patience zum erstenmal zu fragen, ob sie diese Dwelfin nicht ernstnehmen sollte, nicht bloß aus Höflichkeit, sondern weil sie etwas von Wert wußte. Ihr Hinweis darauf, daß auch die Geblinge Sternengeborene seien, ließ erwarten, daß ihre Ideen zumindest interessant wären. Interessant genug, daß Angel hiersein sollte. Sie war vielleicht verärgert über ihn, vertraute ihm vielleicht nicht, aber Patience war keine solche Närrin, daß sie die Möglichkeit zurückgewiesen hätte, Gewinn aus dem zu schlagen, was immer er ihr als Wahrheit erzählen würde. Sie wandte sich an Reck. »Glaubst du, Will würde vielleicht hinuntergehen und Angel heraufbringen?«

Reck blickte verärgert drein. »Will ist nicht mein Eigentum«, sagte sie.

Da Will viel mehr wie ein Sklave handelte als Angel, hielt Patience Recks Bemerkung, daß sie ihn nicht kontrolliere, für lächerlich. Will tat nie etwas, wenn Reck ihm nicht zuvor die Erlaubnis dazu gegeben hatte. Aber Patience erwiderte darauf nichts, sondern wandte sich bloß an Will und fragte ihn, ob er glaube, er könne Angel zum Gasthaus hinauftragen. Will schwieg, machte sich aber sogleich auf den Weg.

»Weshalb schickst du nach mehr aus deiner Gruppe«, fragte die Dwelfin, »wenn ich noch nicht mal gesagt habe, ob ihr bleiben könnt?«

»Weil Angel derjenige von uns ist, der einem Weisen noch am nächsten kommt. Er ist Mathematiker.«

»Dann ist er nichts. Zahlen und noch mehr Zahlen. Selbst wenn man genug begreift, um die Fragen zu stellen, bedeuten die Antworten rein gar nichts.«

Das entzückte Patience, die Angel bei mehr als einer Gelegenheit genau das gleiche gesagt hatte. Sie hätte auch Angels Antwort zitieren können, da sie sie aufgrund der schieren Wiederholung in Erinnerung behalten hatte. Aber statt dessen nahm Patience die Dwelfin beim Wort. Sie bot Antworten an, also weshalb nicht die Frage stellen, die am meisten zählte? »Laß mich dir eine Frage stellen. Wer und was ist Unwyrm und was will er?«

Die Dwelfin lächelte erfreut, sprang auf die Füße und lief aus dem Zimmer.

»Wenn sie die Antwort darauf hat«, sagte Reck, »dann weiß sie, was keine andere lebende Seele weiß.«

Bald kam die Dwelfin ins Zimmer zurückgestürzt. »Unwyrm ist der Bruder der Geblinge, Gaunter und Dwelfen und der Sohn dessen, der den Sternenschiffkapitän besaß«, sagte sie. »Seiner Mutter gehörte einmal die ganze Welt, und er will sie zurück.« Sie strahlte vor Stolz.

Mürrisch warf Ruin ein: »Diesen Mischmasch aus Wahrheit und Spekulation könnte sich jeder ausdenken.«

»Still«, sagte Patience. Dann sagte sie, an die Dwelfin gewandt: »Tut mir leid, ich habe den Teil verpaßt, wo du sagtest ...«

Bevor sie zu Ende sprechen konnte, wiederholte die Dwelfin ihre Worte. »Unwyrm ist der Bruder der Geblinge,

Gaunter und Dwelfen und der Sohn dessen, der den Sternenschiffkapitän besaß«, sagte sie. »Seiner Mutter gehörte einmal die ganze Welt, und er will sie zurück.« Wieder lächelte sie das identische Lächeln. Es war, als hätten sie den gleichen Augenblick zweimal erlebt. Die Dwelfin gab eine Antwort, die sie auswendig gelernt hatte.

Ruin blickte Reck an, dann lächelte er. »Also gut, jetzt wollen wir beide dich mal etwas fragen«, sagte Ruin. »Wo ist der Seelenstein der alten Geblingkönige?«

Patience hatte wenig Probleme, die Antwort auf diese Frage selbst zu vermuten, hielt ihre eigenen Zweifel und ihre vorgebliche Unwissenheit jedoch im Zaum. »Was ist ein Seelenstein?« begann sie.

Aber die Dwelfin war schon aufgesprungen und aus dem Zimmer gelaufen. Und solange sie fort war, strichen Reck und Ruin über das Gesicht des jeweils anderen, als bildeten sie den anderen sorgfältig in Lehm nach. Patience beschloß, daß ihre Frage mehr war als eine bloße Prüfung. Und tatsächlich, als die Dwelfin wieder ins Zimmer zurückkehrte, wandten sie sich zu ihr um und warteten gespannt auf ihre Antwort, zeigten mehr Interesse, als Patience geglaubt hatte, daß ihre stoischen Gesichter jemals ausdrücken könnten.

»Der Seelenstein der Geblingkönige, der das Szepter der Heptarchen wurde, befindet sich in der Schulter von Peace, dem rechtmäßigen Heptarchen. Er steckt direkt hinter dem Schlüsselbein, nahe am Hals, und er wird ihn seiner Tochter geben, bevor er stirbt.« Die Dwelfin nickte weise.

Reck und Ruin drehten sich um und sahen Patience an, die schwieg, wobei sie versuchte, aus ihrem Gesicht eine Maske höflicher Verblüffung zu machen. Es gab keine Möglichkeit, wie diese Dwelfin das Geheimnis ihres Vaters erfahren haben könnte.

Als sie die stumme Gruppe der Geblinge sah, die das Menschenmädchen anstarrten, begann die Dwelfin wie toll zu kichern. »Und jetzt habt ihr *meine* Frage beantwortet, ihr alle.«

Patience wandte sich ihr höflich zu. »Und wie lautet diese Frage?«

»Meine Frage an dich ist, wer du bist und weshalb Geblinge und Menschen auf diese Weise gemeinsam reisen?«

»Und wie lautete unsere Antwort?« fragte Reck.

»Eure Antwort lautet, daß ihr der Geblingkönig seid, der Junge und das Mädchen, und du, Menschin, die Tochter von Peace, dem Heptarchen, bist, der tot ist, und du jetzt den Seelenstein und das Szepter hast. Ihr zieht in die Schlacht, seid aber nicht sicher, ob ihr auf der gleichen Seite steht oder nicht.«

Dies war keine gewöhnliche Dwelfin.

Patience zog die schlanke Glasrute ihres Blasrohrs aus dem Kreuz an ihrem Hals hervor. Sie nahm auch die Schlinge aus dem Haar. Ruhig sprach sie zu Reck und Ruin, mit gleichmütiger, sicherer Stimme. »Wenn ihr euch vom Platz rührt, seid ihr tot, noch ehe ihr den ersten Schritt gemacht habt.«

»Ach herrje«, sagte die Dwelfin. »Ihr solltet nicht nach Antworten fragen, die ihr nicht hören wollt. Ich will hier keinen Mord- und Totschlag. Dies ist ein Ort, an dem nur die Wahrheit herrscht. Leistet euren Schwur darauf, ihr alle, daß ihr damit wartet, einander zu töten, bis ihr wieder am Fluß seid.«

Keiner meldete sich freiwilig, um den Schwur zu leisten.

»Was habe ich getan? Ärger, Ärger, das ist es, was die Wahrheit einem bringt. Ihr armen Narren – ihr dachtet, eine Dwelfin könnte nie etwas wissen, und deshalb habt ihr mir die Fragen gestellt, auf die, wie ihr glaubtet, die Antwort niemand wissen kann. Aber ich habe alle Antworten. Jede einzelne von ihnen.«

»Wirklich?« fragte Reck. »Dann sag uns, wie wir unser Dilemma lösen können. Woher auch immer du die Antwort wußtest, Patience hat sozusagen zugegeben, daß sie den wertvollsten Besitz der Geblingkönige hat. Nun müssen wir ihn mehr denn je in unserer Geschichte haben, wir müssen seine Geheimnisse erfahren. Wir würden sie freudig töten, um ihn zu bekommen, und sie würde freudig uns töten, um ihn zu behalten. Wenn Will zurückkommt, werden wir keine Schwierigkeit haben, sie zu töten, also wird sie uns töten müssen, bevor er wieder da ist.«

»Ich sage euch, leistet einen Schwur«, verlangte die Dwelfin.

»Um des Seelensteins willen würden wir nie einen Schwur einhalten«, sagte Ruin, »noch würden wir ihr glauben, wenn sie einen leistete.«

»Ich weiß nicht einmal, wozu er dient«, sagte Patience. »Ich weiß nur, daß Vater sagte, ich solle ihn um jeden Preis behalten, und Angel sagte, ich solle euch bitten, ihn in mein Hirn einzupflanzen.«

Ruin lachte. »Er dachte, daß *ich*, wenn ich ihn einmal in Händen halte, ihn *dir* einpflanzen würde?«

Reck, immer noch reglos, brachte ihn mit einem Zischen zum Schweigen. Dann sagte sie: »Patience, mein Narr von einem Bruder versteht nicht. Obwohl der Seelenstein rechtmäßig uns gehört, nützt er uns jetzt nichts mehr.«

»Er nützt uns nichts mehr?« sagte Ruin.

»Als die Menschen zuerst auf den Gedanken kamen, ihn in ihre Gehirne einzusetzen, trieb es sie in den Wahnsinn. Es war zuviel Geblisches an ihm. Aber jetzt könnten wir ihn niemals mehr in unsere Gehirne einsetzen – es ist zuviel Menschliches an ihm.«

Ruin krauste die Stirn. »Es besteht eine Chance, daß wir ihn verwenden könnten.«

»Und es besteht eine noch größere Chance, daß wir bei dem Versuch draufgehen würden.«

Ruin blickte wild drein. »Nach so vielen Jahren – und wir finden ihn jetzt, wo wir ihn am dringendsten brauchen, und du sagst, wir können ihn nicht mehr benutzen!« Aber sein Zorn verwandelte sich sofort in Verzweiflung. »Du sagst es, und es ist wahr.«

Patience war skeptisch. Dies konnte ein Trick sein, um sie in Sicherheit zu wiegen. Also wandte sie sich um der einzigen Hilfe willen, die sie sich vorstellen konnte, an die Dwelfin.

»Ich habe eine Frage an dich«, sagte sie. »Verrate mir, was das Szepter macht, wenn es mit dem Gehirn verbunden ist.«

»Wenn ich gehe, um die Antwort zu holen«, sagte die Dwelfin, »werdet ihr euch wahrscheinlich gegenseitig töten, bevor ich wieder da bin, und dann kann ich euch nie mehr eine Frage stellen.«

»Wenn sie nicht von ihren Stühlen aufstehen, werde ich sie nicht töten«, sagte Patience.

»Wir weren nicht aufstehen«, sagte Reck.

»Aber sei nicht so sicher, daß du uns töten könntest«, sagte Ruin.

Patience lächelte. Die Dwelfin schauderte und verließ das Zimmer. Diesmal hüpfte sie nicht.

Als sie zurückkam, murmelte sie vor sich hin. »Es dauert lange«, sagte sie.

»Ich höre«, sagte Patience.

Die Dwelfin begann zu rezitieren. »Wenn man ihn über dem limbischen System im Menschengehirn einpflanzt, wachsen aus dem organischen Kristall namens Szepter oder Seelenstein kleinere Kristalle, die in jeden Teil des Gehirns vordringen. Die meisten davon sind passiv, sammeln wichtige Erinnerungen und Gedanken. Ein paar von ihnen erlauben dem Menschen jedoch, Erinnerungen zu empfangen, die von früheren Besitzern zuvor in dem Kristall gespeichert wurden. Da viele der Erinnerungen den ersten sieben Geblingkönigen gehören, deren Gehirnen der Kristall entstammt, kann das für Menschen äußerst verwirrend sein. Wenn der Mensch nicht imstande ist, die Kontrolle über den Kristall zu gewinnen, können sich die fremdartigen Erinnerungen dem Geist auf unwillkommene und schwer zu handhabende Weise aufdrängen, die bis zur Identitätsverwirrung, also zum Wahnsinn, führt. Die sicherste Methode, den Kristall zu verwenden, ist die, ihn an einem geschützten Platz nahe einem einigermaßen wichtigen Nerv einzupflanzen. Ein oder zwei Kristallketten werden zum Gehirn wandern und Erinnerungen sammeln, den menschlichen Wirt aber fast nie mit welchen versorgen. Allerdings gibt's nur eine verteufelt geringe Chance, daß man jemanden trifft, der diese Informationen braucht, Heffiji.«

Alle lachten über den letzten Satz.

»Wer immer dir diese Antwort gegeben hat, Dwelfin, war nicht so weise wie er dachte.«

»Ich weiß«, sagte die Dwelfin. »Deshalb habe ich es dringelassen, damit ihr sehen könnt, daß ich ihm schließlich doch eine gute Frage gestellt habe, auch wenn er dachte, daß dies nicht der Fall sei.«

»Und was passiert, wenn man ihn in das Gehirn eines Geblings einpflanzt?« fragte Patience.

»Aber weshalb sollte jemand so was tun?« fragte die Dwelfin. »Alles, was ein Gebling tun muß, ist ...«

»Still!« wisperte Ruin.

»Nein«, sagte Reck. »Nein, laß sie reden.«

»Alles, was ein Gebling tun muß«, sagte Heffiji, »ist, ihn zu verschlucken. Der Geblingkörper kann den Kristall in winzige Stücke aufspalten, und er wird sich genau dort, wo er im Geblinggehirn hingehört, wieder zusammenfügen.«

»Wie ist das möglich?« fragte Patience. »Weshalb können Geblinge ihn so einfach benutzen, während Menschen ...«

»Weil wir mit Seelensteinen geboren werden«, sagte Ruin verächtlich. »Wir alle haben sie. Und wir essen die Seelensteine unserer Eltern, wenn sie sterben, um die Erinnerungen weiterzutragen, die ihnen in ihrem Leben am meisten bedeutet haben.« Er blickte Reck mit bitterem Triumph an, als wollte er sagen: Nun, du hast gesagt, sie soll reden, und jetzt habe ich's getan.

Patience blickte mit wachsendem Verständnis von einem zum anderen. »Also sind all diese Geschichten darüber, daß Geblinge ihre Toten essen ...«

»Dwelfen auch«, sagte Heffiji. »Und Gaunter.«

»In allen Tieren auf dieser Welt gibt es eine Art Seelenstein, viel kleiner als unserer, zu klein, um ihn zu sehen«, sagte Ruin. »Nur in den Menschen nicht. In den verkrüppelten, ans Fleisch gefesselten Menschen, deren Seelen mit ihnen sterben.«

Unsere Seelen sterben, dachte Patience, mit Ausnahme derer, deren Kopf man nimmt. Das war eine Frage, die sich ihr schon mehr als einmal gestellt hatte. Wie begann das Nehmen des Kopfes? Weshalb haben menschliche Wissenschaftler je *versucht*, Köpfe am Leben zu erhalten? Weil sie wußten, bereits vor Hunderten von Generationen wußten, daß die eingeborene Spezies so etwas wie ein ewiges Leben habe, ein Teil ihres Gehirns nach dem Tod weiterlebte. Sie waren neidisch gewesen. Köpfe zu nehmen war der menschliche Ersatz für die Seelensteine der Geblinge, Dwelfen und Gaunter. Statt der Kristallkugel des Seelensteins gibt es für uns Ghouls, Kopfwürmer und ausgeweidete Ratten, die von einem Falken in einen Glaskrug fallengelassen werden.

»Von allen Menschen haben nur die Heptarchen ihre Eltern in sich aufgenommen«, sagte Reck. »Und das geschah nur, indem sie uns unsere edelsten Eltern stahlen. Dein Vorfahr hat den siebten König getötet und seinen Seelenstein geraubt, so daß die Könige der Geblinge jetzt keine Erinnerung mehr daran haben, wie das Königreich begann. Ruin ist der närrischen Ansicht, daß es uns irgendeinen Vorteil brächte, ihn jetzt wiederzuhaben. Ich dagegen bin der Meinung, daß es nur zu unserem Vorteil gewesen wäre, hätten wir ihn die ganze Zeit gehabt.«

»Ich muß ihn haben«, sagte Ruin. »Wenn ich wüßte, was ich wissen muß ...«

»Unwyrm will, daß du es tust, Ruin.« Reck schien es Vergnügen zu bereiten, ihren Bruder unter ihr überlegenes Wissen zu zwingen. »Es würde ihm gefallen, wenn der halbe Geblingkönig ein plappernder Idiot wäre. Narr! Wenn es Menschen in den Wahnsinn trieb, bei ihrer unzureichenden Verbindung mit dem Stein, was denkst du, wird es dir erst antun, völlig und absolut mit mehr als dreihundert menschlichen Bewußtheiten verbunden zu sein? Kein Gebling ist stark genug, um *das* zu ertragen.«

Patience konnte sehen, daß Ruin jetzt nicht länger taktierte, und ergab sich den Argumenten seiner Schwester. Wenn sie schwieg, war klar, daß die Auseinandersetzung dahingehend erledigt wäre, daß das Szepter friedlich in ihrem Besitz verblieb, vielleicht sogar in ihr Gehirn eingepflanzt wurde. Wenn es aber so gefährlich war, daß Ruin es nicht einzusetzen wagte, mußte sie mehr darüber erfahren, was der Kristall mit ihr anstellen würde.

»Sind das menschliche und das geblische Bewußtsein so verschieden voneinander?« fragte sie. »Wir sprechen die Sprache des anderen, wir ...«

»Du verstehst nicht das geringste vom geblischen Bewußtsein ...«, begann Ruin.

»Es ist unsere Kraft«, sagte Reck, »und unsere Schwäche. Wir sind vom Augenblick unserer Geburt an nie allein. Das Wort Isolation bedeutet uns nichts. An den Rändern unseres Bewußtseins können wir andere Geblinge spüren, im Wachen und im Schlafen. Wenn wir einen Seelenstein verschlucken, *werden* wir zu der Person, deren Stein wir verschluckt haben, tagelang, manchmal wochen- und monatelang, bis wir all die Erinnerungen sortieren und an ihren Platz stellen können. Wenn Ruin auf diese Weise menschlich werden müßte, wäre die Isolation, mehr als dreihundertfach, wahrscheinlich unerträglich, wie der Tod des Halben selbst. Aber du, eine Menschin – du bist die Einsamkeit gewohnt, weil du nie etwas anderes gekannt hast. Und der Seelenstein verbindet sich nicht so absolut mit dir. Ein starker Mensch – wie du ...«

»Du willst ihn ihr einpflanzen, nicht wahr«, sagte Ruin.

»Ich denke schon, ja«, sagte Reck.

»Es könnte sie Unwyrms Willen noch mehr unterwerfen«, sagte er.

»Aber was macht das schon? Schlimmstenfalls würde es sie zu seiner hilflosen Schachfigur machen. Da sie wahrscheinlich ohnehin so enden wird, was macht das für einen Unterschied?«

Patience schauderte innerlich über den völligen Mangel von Mitgefühl für sie. Selbst sie, die Gelegenheitsmörderin, empfand ein gewisses Verständnis, eine Art grundsätzlicher Verwandtschaft mit den Menschen, die sie tötete. Jetzt wurde ihr zum erstenmal klar, daß sie sie als Tier betrachteten, nicht als Person. Sie schätzten sie, wie ein Mensch ein gutes Pferd schätzen mochte, wenn er in Gegenwart des Pferdes schmeichlerisch von seinen Stärken und Schwächen redet. Der Unterschied war, daß Patience sie verstand.

Ruin, der, obwohl er zugeben mußte, daß seine Schwester recht hatte, immer noch verärgert war, wandte sich an Patience. »Ich werde diesen Seelenstein einpflanzen, unter zwei Bedingungen. Erstens, daß du ihn mir oder Reck oder unseren Kindern zurückgibst, wenn du stirbst.«

»Weshalb, wenn ihr ihn doch nie benutzen könnt?« fragte Patience.

»Wenn alles vorbei ist«, sagte Ruin, »und meine Arbeit getan ist, *kann* ich ihn benutzen. Und wenn ich dabei verrückt werde, ist das nicht schlimmer als der Tod. Ich habe keine Angst vor dem Sterben. Wenn ich jedoch Erfolg habe und ihn meistere, dann wird uns alles, was wir verloren haben, wieder zurückgegeben werden, und ich kann es an meine Erben weitergeben.«

»Ich werde dich einen anderen Schwur leisten lassen«, sagte Patience. »Pflanze ihn ein, und wenn ich in Gegenwart des Königs der Geblinge sterbe, werde ich mich nicht bemühen, sie davon abzuhalten, ihn an sich zu nehmen, wer immer sie sein werden.«

Ruin lächelte. »Das kommt aufs gleiche raus. Du mußt nur versprechen, dich zu bemühen, in Gegenwart des Königs der Geblinge zu sterben.«

»Wenn ihr versprecht, euch nicht zu bemühen, diesen Tag übereilt herbeizuführen.«

»Ich hasse Politik«, sagte Heffiji. »Ihr braucht keine Schwüre. Ihr werdet ihn ihr einpflanzen, weil er für euch nutzlos ist, und ihr werdet ihn zurückbekommen, wenn sie tot ist.« Sie schnaubte. »Sogar eine Dwelfin mit weniger als einem halben Hirn kann euch *das* sagen.«

»Wie lautet die zweite Bedingung?« fragte Patience.

»Der erste Geblingkönig«, sagte Reck. »Er war Unwyrms Bruder. Seine Erinnerungen an Unwyrm sind in dem Stein. Du mußt uns sagen, was Unwyrm ist. Du mußt uns alles über ihn sagen, woran du dich erinnern kannst, wenn der Seelenstein an seinem Platz ist.«

»Also *erinnern* sich die Heptarchen an Unwyrm«, wisperte sie. »Sie haben die ganzen Jahre über gewußt, wer der Feind ist.«

»Nur diejenigen mit dem Mut, sich den Stein ins Hirn einpflanzen zu lassen«, sagte Reck.

»Und die mit der Kraft, danach ihre geistige Gesundheit zu bewahren«, sagte Ruin.

Noch einmal fragte Reck: »Wirst du es uns sagen?«

Patience nickte. »Ja.« Und dann beschloß sie, nicht mehr die vorsichtige Diplomatin zu sein. Sie ließ Reck und Ruin ihre Angst sehen. »Glaubt ihr, daß ich wirklich stark genug bin, um es zu ertragen?«

Ruin zuckte die Achseln. »Wenn du es nicht bist, sind *wir* nicht schlimmer dran als zuvor.« Sie war für ihn immer noch ein Tier.

Aber Reck bemerkte ihre Verletzbarkeit diesmal und antwortete mitleidig. »Wie viele Male wurde das in der Weltgeschichte bereits getan? Woher sollen wir wissen, wie stark ein Mensch sein muß, um Geblinge in seinem Bewußtsein auszuhalten und dennoch Mensch zu bleiben? Aber ich werde dir sagen, was ich von dir weiß. Viele Menschen, die *meisten* Menschen, winden sich in ihrer Einsamkeit, verängstigt und schwach, versuchen, sich so viele Dinge und Wesen wie möglich einzuverleiben. So viel ihr eigen zu nennen, daß sie sich groß fühlen und fälschlicherweise glauben können, daß sie nicht allein sind. Aber du: Du hast im Dunkeln keine Angst vor deiner eigenen Stimme.«

Patience steckte die Schlinge wieder ins Haar zurück und

ließ die Röhre in den hölzernen Schaft gleiten. Die Geblinge entspannten sich sichtlich. »Du sagtest, dein Name sei Heffiji?« fragte Patience.

»Ja. Eine Gelehrte hat ihn mir einst gegeben, vor langer Zeit. Ich habe vergessen, welchen Namen ich davor trug. Wenn du mich fragst, nenne ich ihn dir.«

»Sie war eine Gaunterin, nicht wahr? Die Gelehrte, die dir den Namen gab? Heffiji ist ein gauntisches Wort.«

»Ja, war sie. Weißt du, was es bedeutet?«

»Es ist ein verbreitetes Wort. Es bedeutet ›niemals‹. Niemals was?«

»Mikias Mikuam Heffiji Ismar.«

»Niemals den zu findenden Ort verlieren.«

»Das bin ich«, sagte Heffiji. »Ich weiß nichts, aber ich kann alles finden. Willst du es sehen?«

»Ja«, sagte Patience.

»Ja«, sagte Reck.

Ruin zuckte die Achseln.

Heffiji führte sie im übrigen Haus herum. Jedes Zimmer war mit Regalen gesäumt. Auf den Regalen stapelten sich ohne offensichtliches Ordnungsprinzip Papierhalden. Steine oder Holzstücke dienten in den Zimmern, wo die scheibenlosen Fenster den Wind hereinließen, als Beschwerer. Das ganze Haus war eine einzige Bibliothek von Papieren, die in wüster Unordnung verteilt waren.

»Und du weißt, wo alles ist?« fragte Reck.

»O nein. Ich weiß erst, wo etwas ist, wenn du mir eine Frage stellst. Dann erinnere ich mich, wo die Antwort ist, weil ich mich erinnere, wo ich sie abgelegt habe.«

»Also kannst du uns erst irgendwohin führen, wenn wir dich darum bitten.«

»Aber wenn ihr mich bittet, kann ich euch überallhin führen.« Sie lächelte vor Stolz. »Ich mag nur ein halbes Hirn haben, aber ich erinnere mich an alles, was ich je tat. All die Weisen kamen an meinem Haus vorbei, und alle hielten sie an und gaben mir jede Antwort und stellten mir jede Frage. Und wenn ich die Antwort auf ihre Frage nicht wußte, stellte ich einfach anderen die gleiche Frage, bis einer von ihnen sie beantworten konnte.«

Patience machte Anstalten, einen Stein von einem Papierstoß zu heben.

»Nein!« schrie Heffiji.

Patience setzte den Stein wieder ab.

»Wenn du etwas bewegst, wie soll ich es dann wiederfinden?« rief die Dwelfin. »Alles, was du berührst, wird für immer und ewig verloren sein! Es gibt hunderttausend Blatt Papier in diesem Haus! Hast du Zeit, sie alle zu lesen und dich zu erinnern, wo jedes einzelne ist?«

»Nein«, sagte Patience. »Tut mir leid.«

»Dies ist mein Gehirn!« rief Heffiji. »Hiermit tue ich, was Menschen und Geblinge und Gaunter mit ihren großen Köpfen tun! Ich erlaube euch den Aufenthalt hier, weil ihr zu meinem Gedächtnis beitragen werdet. Aber wenn ihr etwas bewegt, könnt ihr ebensogut das Haus mit mir darin niederbrennen, weil ich dann nichts weiter als eine Dwelfin mit einem halben Gehirn und ohne Antworten sein werde, ohne jede Antwort!«

Sie weinte. Reck tröstete sie, strich mit ihren langen, vielgliedrigen Fingern in einem wirbelnden Muster wie eine sich schließende Vogelschwinge durch das Haar der Dwelfin. »Es ist wahr«, sagte Reck, »Menschen sind so, sie stolpern in anderer Leute Häuser und zerbrechen und zerstören, ohne einen Gedanken an das Unheil zu verschwenden, das sie damit anrichten.«

Patience ertrug die Zurechtweisung; sie hatte sie verdient.

Aber Ruin deutete ihr Schweigen so, als habe er den wesentlichen Punkt von Recks Ausführung nicht begriffen. »Sie meint, daß ihr Menschen auf diese Welt kamt und sie für uns alle ruiniert habt, die wir vor euch hier waren – Geblinge, Dwelfen und Gaunter.«

Auf einmal weinte Heffiji nicht mehr. Sie entzog sich Reck mit einem breiten Lächeln auf dem Gesicht. »Das ist meine beste Antwort«, sagte sie. »Stell mir die Frage!«

»Welche Frage?« wollte Ruin wissen.

»›Für uns alle, die wir vor euch hier waren‹«, sagte sie. »Stell sie mir!«

Ruin versuchte zu entscheiden, welche Frage sie meinte. »Also gut, wer war vor den Menschen hier?«

Heffiji sprang entzückt auf und ab. »Wyrmer!« rief sie. »Wyrmer und Wyrmer und Wyrmer!«

»Was ist dann mit den Geblingen, wenn wir nicht hier waren, als die Menschen kamen?« fragte Reck.

»Was ist mit ihnen? Zu vage – du mußt eine bessere Frage als diese stellen.«

»Woher kamen die Geblinge?« fragte sie.

Heffiji sprang wieder auf und ab. »Meine Lieblingsfrage, meine Lieblingsfrage! Kommt, und ich zeig's euch! Kommt, und ich zeig's euch!«

Sie führte sie eine Leiter zu einer niedrigen und muffigen Dachstube hinauf. Selbst die Geblinge mußten sich bücken; Patience mußte sich niederkauern und zur gegenüberliegenden Ecke hinüberrutschen. Heffiji reichte Ruin ihre Laterne und nahm ein Blatt Papier von einem Dachbalken. Sie breitete es auf dem Boden der Dachstube aus. Dann nahm sie die Laterne zurück und begann eine nach der anderen die Erklärungen zu den dort festgehaltenen Zeichnungen zu lesen.

»So was wie eine einheimische Lebensform gibt es auf dieser Welt nicht mehr, und außer den Menschen selbst auch so was wie irdisches Leben nicht«, sagte sie.

»Das ist verrückt«, sagte Ruin. »Jeder weiß, daß die domestizierten Pflanzen und Tiere von der Erde kamen ...«

Heffiji leuchtete ihm mit der Laterne ins Gesicht. »Wenn du alle Antworten schon kennst, weshalb hast du dann an meinem Haus haltgemacht?«

Beschämt verstummte er.

Heffiji rezitierte. »Wenn man das Genmaterial jeder Pflanze und jedes Tieres mit den Berichten hinsichtlich ähnlicher Pflanzen und Tiere vergleicht, die die Menschheit von der Erde mitgebracht hat, stellt man fest, daß nach wie vor der ursprüngliche Genkode am Wirken ist, geradezu perfekt – jedoch nur als winziger Teil eines einzigen, unermeßlich viel größeren Genmoleküls.«

Heffiji deutete auf ein Diagramm, das die Lage der Eiweißstruktur irdischer Arten innerhalb des einzelnen Chromosoms der gegenwärtigen Imakulataversion zeigte. »Die von der Erde mitgebrachten Strukturen wurden offenbar von einheimischen Arten übernommen oder, besser ausgedrückt, imitiert, indem sie das fremde Genmaterial in ihr eigenes einbauten. Da das daraus resultierende Molekül theoretisch Hunderte von Malen soviel Informationen enthalten kann, wie die ursprüngliche Erdenspezies benötigt, kann das restliche Genmaterial anderen Zwecken zugeführt werden. Möglicherweise bewahren die Imakulata-Arten ihre latente Fähigkeit, sich immer neu anzupassen, um konkurrierende Arten zu imitieren und dann zu ersetzen. Es besteht sogar eine Chance, daß das Genmolekül von Imakulata komplex genug ist, um zielgerichtet Veränderungen im Genmaterial seiner eigenen Reproduktionssegmente zu kontrollieren. Aber ob mit dem Genmolekül nun eine rudimentäre Intelligenzform vorliegt oder nicht, unsere Experimente haben schlüssig bewiesen, daß jede Imakulata-Art im Verlauf zweier Generationen jede Erdenspezies perfekt imitieren kann. Tatsächlich verbessert die Imakulata-Version das irdische Original sogar unweigerlich, verleiht ihm einen Wettbewerbsvorteil – kürzere Schwangerschafts- oder Keimzellen zum Beispiel oder bemerkenswert schnellere sexuelle Reife oder eine erheblich gesteigerte Nachkommensrate pro Generation.«

Heffiji blickte sie durchdringend an, einen nach dem anderen. »Nun?« fragte sie. »Versteht ihr?«

Patience erinnerte sich daran, was Prinz Prekeptor einmal zu ihr gesagt hatte. »Das Genmolekül ist der Spiegel des Willens.«

Heffiji schnaubte verächtlich. »Das ist Religion. Die bewahre ich im Keller auf.«

»Wir verstehen«, sagte Ruin.

»Ihr müßt es alle verstehen. Wenn ihr danach fragt, sage ich es euch noch mal.«

Sie fragten nicht. Heffiji wandte sich einer Anzahl Zeichnungen von Weizen und einem merkwürdigen geflügelten Insekt zu.

»Zu unseren Experimenten gehörte auch, das Genmaterial ursprünglich irdischer Arten des gemeinen Weizens zu separieren, um festzustellen, was übrig blieb, wenn das gegenwärtig dominante irdische Erbgut verschwunden war. Die Experimente waren aufwendig, und mehrmals versagten wir, aber schließlich gelang es uns, das Genmaterial zu trennen und irdischen Weizen sowie die Spezies anzubauen, die ihn absorbiert und ersetzt hatte. Die Genstruktur des irdischen Weizens war mit der aus den Berichten identisch, die von den ursprünglichen Kolonisten an uns überliefert worden waren, und doch konnten wir, als er wuchs, keinen Unterschied an der Pflanze selbst gegenüber dem Imakulata-Weizen feststellen. Das übriggebliebene Genmaterial des Imakulata-Weizens selbst führte aber gar nicht zu einer Pflanze. Statt dessen führte es zum Entstehen eines kleinen insektenartigen Flugtiers mit wurmähnlichen Körper und drei Flügelpaaren. Es war anders als alles, was wir in unseren Katalogen von der Erde finden konnten, ähnelte aber möglicherweise dem, was die frühesten Kolonisten in ihren Berichten als ›Mücken‹ bezeichneten, die nach wenigen Jahren aus der ersten Kolonie Heptam zu verschwinden schienen.«

»Was hat das mit den Geblingen zu tun?« fragte Ruin. »Ich weiß mehr über Pflanzen, als jeder menschliche Wissenschaftler je wußte.«

Heffiji starrte ihn an. »Geh doch, wenn du die Antworten, die ich gebe, nicht willst.«

Reck berührte die Wange ihres Bruders. »Es ist nicht so, daß er nicht verstünde«, sagte sie. »Es ist vielmehr so, daß er bereits zu gut versteht.«

Heffiji fuhr fort. »Wir sperrten eine einzelne Imakulata-Mücke in einen Glasbehälter, der ein Muster reinen irdischen Weizens enthielt, der zur Befruchtung bereit war. Ohne männlichen Partner begann die Imakulata-Mücke bald Tausende von Eiern zu legen. Auch der Weizen reifte und ließ seinen Samen fallen. Aber zuerst schlüpften die Imakulata-Eier. Ein paar von ihnen produzierten Mücken, die einander wild anzugreifen begannen, bis nur noch eine übrig war. Die meisten Samen produzierten jedoch eine unglaubliche Vielzahl merkwürdiger Pflanzen, von denen viele dem Weizen ähnelten, manche der Mücke und die meisten hoffnungslos schlecht angepaßt waren. Nur wenige wuchsen zu mehr als ein paar Zentimetern Höhe heran, bevor sie abstarben. Jene, die aufgegangen waren, konnte man immer noch leicht von der irdischen Art unterscheiden, obwohl sie im allgemeinen ein wenig weizenähnlich aussahen. Zu der Zeit, als die nächste Generation von irdischem Weizen keimte und heranwuchs, hatten sie bereits begonnen, Samen zu tragen, und zeigten alle Anzeichen dafür, eine neue und kraftvolle Art zu werden. Wir begannen augenblicklich mit verschiedenen weiteren Experimenten, um festzustellen, ob die Resultate identisch sein würden.«

Weiter zur nächsten Zeichnung. »In der Zwischenzeit paarte sich die einzige überlebende Mücke der zweiten Generation nicht etwa mit der neuen Imakulata-Art, sondern mit dem irdischen Weizen der zweiten Generation. Diesmal ähnelte der Großteil des Mückennachwuchs dem, was wir heute Weizen nennen – ganz und gar ununterscheidbar vom irdischen Weizen, mit Ausnahme des Vorhandenseins eines einzelnen riesigen Genmoleküls, das sämtliche Erbinformationen des ursprünglichen Erdenweizens enthielt. Wir wiederholten diese Resultate. Als man der Mücke der zweiten Generation erlaubte, sich mit dem irdischen Weizen der zweiten Generation – oder sogar der zehnten und zwanzigsten Generation – zu kreuzen, war das Resultat immer äußerlich identischer Imakulata-Weizen, der sich schneller und kraftvoller entwickelte als der irdische Weizen und die neue Imakulata-Pflanzenart. Tatsächlich schien der Imakulata-Weizen besonders feindselig gegen die neuen Imakulata-Nichtweizenarten eingestellt zu sein. Sie wurden innerhalb von zwei Generationen wie durch ein Gift vernichtet. Der irdische Weizen hielt manchmal bis zu sechs Generationen durch, bevor er vollständig verdrängt war. Erlaubte man der Mücke der zweiten Generation jedoch nicht, sich mit dem späteren irdischen Weizen fortzupflanzen, trat der Imakulata-Weizen nicht auf. Statt dessen vermehrten sich die neue Imakulata-Art und der irdische Weizen weiter ihrer ureigenen Form gemäß, ohne daß es zu Kreuzungen zwischen den Arten kam. Dieser Prozeß der vollständigen Verdrängung innerhalb von zwei Generationen hat sich möglicherweise bei jeder irdischen Art, die die Kolonisten mitgebracht haben, viele Male wiederholt, nur nicht bei der Menschheit selbst, die in ihren Chromosomenstrukturen bisher keine Veränderung gezeigt hat.«

Und das war alles.

»Du bist gar nicht zu den Geblingen gekommen«, sagte Ruin trimphierend. »Wir haben dich nach den Geblingen gefragt, aber du bist gar nicht dahin gekommen.«

Heffiji stolzierte mit der Laterne hinaus. Selbstverständlich folgten sie ihr. Aber sie führte sie nicht die Treppe hinunter. Statt dessen fand sie ein paar weitere Blätter und breitete sie aus. Es waren vier Zeichnungen, alle von derselben Hand gezeichnet und beschriftet. Auf einer stand »Menschliche Genmoleküle«, auf den anderen dreien »Menschenähnliche Abschnitte bei geblischen, dwelfischen und gauntischen Genmolekülen.«

In allen Fällen war die menschliche Genstruktur ganz in das Innere eines einzigen langen Moleküls eingebettet, so wie die Struktur des irdischen Weizens in das Genmolekül der Imakulata-Pflanzen eingegangen war.

Heffiji konnte ihre Begeisterung kaum zügeln. »Sie haben es nicht gewußt! Ich war die, die es zusammengebracht hat, ich war die, die wußte, daß dies beides Antworten auf dieselbe Frage waren! Und als ich Menschen und Geblinge zusammen sah, wußte ich, daß ihr diejenigen wart, die diese Antwort haben mußtet.« Sie grinste. »Deshalb habe ich geschummelt und Hinweise gegeben.«

»Das ist nicht wahr!« rief Ruin. »Wir sind nicht bloß mißratene Kopien der Menschen!«

Er stieß mit der Hand vor, als wollte er Heffijis Messinglaterne zu Boden werfen. Reck und Patience fingen seinen Arm ab, bevor es ihm gelingen konnte.

»Willst du das Haus niederbrennen?« fragte Reck.

»Wir sind die ursprünglichen Bewohner dieser Welt, und sie sind die Eindringlinge! Wir stammen nicht von den Menschen ab! Sie haben uns unsere Welt genommen!«

Patience sprach ruhig auf ihn ein. »Ruin, du hast recht. Wenn die Hälfte deines Erbes menschlich ist, ist es die andere Hälfte nicht. Die andere Hälfte ist einheimisch. Uns zu imitieren, war Teil eurer Natur. Was immer eure Vorfahren waren, bevor die Menschen nach Imakulata kamen, es lag in ihrer Natur, zu absorbieren und sich anzupassen. Was ihr heute seid, ist die Erfüllung dessen, was eure Vorfahren werden mußten, wenn sie sich treu bleiben sollten.«

»Und was waren wir vorher?« fragte Reck. Es war eine rhetorische Frage. Aber wieder lief Heffiji mit der Laterne davon, stieg einmal klappernd die Leiter hinunter. Sie hatten keine andere Wahl, als ihr zu folgen, während sie durchs Haus lief und rief: »Ich weiß es, ich weiß es! Ich weiß es, ich weiß es!«

Sie fanden sie in dem großen Raum, wo Will inzwischen wieder neben der Tür stand, während Angel auf dem Platz neben dem Feuer saß. Heffiji hielt ein großes Blatt Papier, das vier Versionen derselben Zeichnung zeigte. Ständig wiederholte sie die Worte, die oben auf der Seite standen: »Wahrscheinlichste Rekonstruktion großer segmentierter Tiere, gefunden in den Gruben Rameling und Wissick.«

Als Heffiji sich endlich beruhigt hatte, sprach Angel leise von seinem Platz am Feuer aus. »Wyrmer«, sagte er. »So nannten die frühesten Kolonisten sie und töteten sie alle, obwohl es Hinweise darauf gab, daß sie in Gemeinschaft lebten und ihre Toten begruben. Sie waren zu furchteinflößend, sie erweckten zu viele menschliche Ängste. Und jetzt sind sie ausgerottet.«

»Mit Ausnahme von einem«, sagte Patience. »Das ist Unwyrm doch, nicht wahr? Der letzte der Wyrmer.«

»Nicht ganz«, sagte Ruin, der erschöpft und entmutigt aussah. »Wir Geblinge haben ihm diesen Namen gegeben, oder nicht? Unwyrm. Nicht-Wurm. Nicht unser Vater; unser Bruder. Wir erinnerten uns nicht, daß er so aussah, erinnerten uns nicht, was ein Wyrm war. Aber jetzt ist es klar. So wie die Mücke der zweiten Generation, die alle anderen Mücken tötete und darauf wartete, sich wieder mit dem irdischen Weizen zu paaren. Das ist es, was Unwyrm macht. Er wartet darauf, sich wieder mit einem Menschen zu paaren.«

»Die siebente siebente siebente Tochter«, murmelte Angel. »Ich habe dir gesagt, du sollst nicht gehen.«

»Eine neue menschliche Spezies, die die alte ablösen soll«, sagte Reck, »und dabei gleich die anderen vernichtet – die Gaunter, Dwelfen und Geblinge.«

»Weshalb hat er so lange gewartet?« fragte Patience. »Die Mücke hat den Prozeß schon in der darauffolgenden Generation abgeschlossen. Weshalb wartete Unwyrm 343 Generationen auf mich?«

Heffiji war niedergeschlagen. »Ich habe nicht die Antwort auf *alles*, weißt du.«

12 Das Szepter

Vorsichtig schor Ruin Patiences Haar hinter dem Ohr herauf bis beinahe zur Mitte des Hinterkopfes.

»Jetzt kommst du nicht mehr umhin, deine Perücke zu tragen«, sagte Angel. »Diese neue Frisur könnte einiges Aufsehen erregen.«

Ruin kaute auf einem Blatt, dann leckte er den geschorenen Bereich mit seiner rauhen Zunge ab. Mehrmals stieß er mit einer trockenen Nadel in ihre Haut. Patience nahm es nur als winzigen Druck wahr – die schmerzleitenden Nerven waren bereits betäubt.

»Ist mir egal, wie mein Haar aussieht«, sagte sie. »Ich werde von Glück reden können, wenn ich mich nach alledem noch daran erinnere, ein Mädchen zu sein.« Sie versuchte ihre Zuversicht durch Scherze zu zeigen, überraschte sich aber selbst damit, wie verängstigt sie statt dessen klang. »Oder auch nur ein Mensch.«

Reck berührte ihre Hand. Vage erinnerte sich Patience, daß es sie noch vor einem Monat große Anstrengung gekostet hatte, ihren Abscheu nicht zu zeigen, wenn ein Gebling sie berührte. Jetzt empfand sie die Berührung als Trost. Hüte dich davor, sie zu sehr zu mögen, sagte sie sich. Hüte dich vor der Zuneigung, dem großen Betrüger.

»Patience«, wisperte Reck, »es ist nicht gut, wenn du nicht genau weißt, wer du bist. Du wirst die Erinnerungen von Hunderten von Männern und Frauen in deinem Bewußtsein haben, wenn dies vorbei ist. Einige von ihnen sind sehr stark – vor allem die Geblinge. Die Geblingkönige haben immer zu den allerstärksten gehört.«

»Ich weiß, wer ich bin«, wisperte Patience. Aber es war eine Lüge. Wenn sie wußte, wer sie war, dann war das ein Geheimnis, das sie vor sich selbst verborgen hielt. Ein Geheimnis, das sie schließlich entdecken würde, wie sie hoffte. Im Besitz des Seelensteins zu sein, würde sie auseinanderfalten, wieder zu dem machen, was sie war, bevor sie die ihr zugewiesenen Rollen im Leben erlernte. Wenn sie unbeschrieben war, ein leeres Blatt, wenn sie außer ihren Rollen nichts war, dann würde der Seelenstein sie wieder zusammenfalten, und sie würde in einem Sturm der Erinnerungen und längst gestorbenen Seelen verschwinden. Aber wenn sie ein wahres Selbst hatte, das tiefer lag als die Gesichter, die die anderen ihr aufmalten, würde sie ihren Weg hinaus finden, sie würde die Kontrolle behalten, sie würde überleben.

Entweder bin ich jemand und werde leben, oder ich bin niemand, und mein Selbst stirbt.

Sie spürte, wie Ruin einen Hautlappen anhob und ihn an der Seite feststeckte. Dem mahlenden Geräusch nach schnitt er gerade in ihren Schädel, aber sie spürte nicht mehr, als wenn ihr Kopf eine Steinplatte wäre. Er war ein Steinmetz, der ihr eigenes Gehirn in eine Art Kopfhalle verwandelte, mit lauter lebenden Köpfen, die auf sie hinabstarrten und zugleich aus ihren Krügen mit Gools und Kopfwürmern auf sie einjammerten. Sie schauderte.

»Halt still«, murmelte Ruin.

Angel begann einen leisen Monolog, um sie zu beruhigen. »Anscheinend, Patience, wurden diese Informationen über Unwyrm und die Herkunft der Geblinge, Dwelfen und Gaunter von demjenigen, der diese Antworten hinterließ, nicht zum erstenmal entdeckt. Die Prophezeiungen selbst, sogar Unwyrms Name, die Überlieferungen der Nichtmenschen, daß sie von einem vormenschlichen Ahnen abstammen und daß Unwyrm ihr Bruder ist – das alles weist darauf hin, daß diese Informationen früher schon bekannt waren, vielleicht sehr verbreitet.«

Ruin fräste ein Stück Schädel heraus und legte es auf den Tisch. Es verursachte einen hohlen Klang.

»Aber das Wissen kommt und geht. Zum Beispiel, was geschah, als sich Menschen und Geblinge zum erstenmal begegneten? Hatten die Geblinge bereits eine Sprache entwickelt? Eine Gesellschaft? Oder schufen sie ihre Sozialstruktur nach dem Vorbild der Menschen?«

Ruin hielt das winzige Szepter in der Hand. »Dies ist mein Erbe«, wisperte er. »Kein Mensch hätte dies machen können. Es gehört mir und Reck, und du hast kein Recht darauf.«

Für einen Augenblick dachte Patience, daß er sein Wort brechen würde, daß er es in den Mund stecken, verschlukken und selbst am Rande des Wahnsinns dahinschreiten würde. Sie war erleichtert, nur einen Moment lang, es nicht selbst tun zu müssen. Aber dann setzte er es in die Gehirnbasis ein, und sie zitterte in dem Wissen, daß es schließlich doch ihre Bürde war. Seine Zunge stieß es durch den kleinen Einschnitt, den er vorgenommen hatte, bis es dort war, wo er es hinhaben wollte, genau in der Mitte ihres Limbischen Systems. Dann zog er seine Zunge zurück, leckte an einer kleinen Schale, die mit feinem Puder bedeckt war, und führte sie wieder ein, um den Puder an Ort und Stelle zu verschmieren.

»Und noch eine Frage, die mich beschäftigt«, sagte Angel, der fortfuhr, als hätte Ruin nicht gesprochen, als hätte Patience sich jetzt nicht unwiederbringlich einer Reise anvertraut, die sie vernichten konnte. »Wie hängt der Kristall mit nichtmenschlicher Intelligenz zusammen? Die Geblinge haben natürlich menschenähnliche Gehirne, aber die Dwelfen nicht. Ihr alle habt die Kristalle, aber die Gaunter besitzen keinen Willen, kein Gefühl für Identität – die Seelensteine können nicht der Sitz der Persönlichkeit sein. Und ihr Geblinge, ihr und Unwyrm, verfügt über gemeinsame Kommunikationsmittel, die alles übersteigen, wozu die Menschen fähig sind. Und doch kann Unwyrm sie verwenden, um Menschen zu rufen – es muß etwas daran sein, was wenigstens latent auch uns möglich ist.«

»Du bist ein solcher Dreckskerl, wenn du wie ein Gelehrter zu reden versuchst«, wisperte Patience.

Angel ignorierte sie. »Und der Wyrm, der ursprünglich den Sternenschiffkapitän rief – er hatte die gleichen Fähigkeiten und vielleicht mehr.«

Ruin sprach, ohne von seiner Arbeit aufzusehen. »Ohne Zweifel haben die Wyrmer ihre Fähigkeit dazu verwendet, ihre Opfer anzulocken und ihre Feinde abzustoßen. Ein Wyrm setzte sie dann bei eurem Sternenschiffkapitän ein, aber zweifellos geschieht das unabhängig von der Intelligenz des Opfers.«

»Und statt den Kapitän zu fressen, paarten sie sich«, sagte Reck.

»Ich frage mich, was ihm am Ende wohl lieber war, sich zu paaren oder zu sterben«, sagte Angel. »Ich frage mich, wieviel Erniedrigung ein Mensch ertragen kann und immer noch am Leben bleiben will.« Es klang traurig.

»Mit seiner Rechten zeichnete er, was der Wyrm wollte«, wisperte Patience. »Mit seiner Linken warnte er uns. Er besaß immer noch einen Teil seines menschlichen Willens, obwohl der Wyrm die meisten seiner Handlungen kontrollierte.«

»Ja, eine Spaltung, das ist es, ein Zusammenbruch. Ein Teil des Willens wurde ins Gehirn überführt, geschaffen und geformt von Erinnerungen, von Erfahrung. Der bewußte Verstand, der kontrollierbare Verstand, der Verstand der Worte. Und ein anderer Teil des Willens wurde – ja, wohin überführt? In die Gene? Sicher sind die Gene der einzige Teil von uns, der Aussicht hat, unseren Tod zu überleben – welcher Ort könnte als Sitz des unbewußten Verstandes geeigneter sein ...«

Patiences Vision wurde mit einemmal klar. Ihr war nicht bewußt gewesen, daß sie vorher verschwommen gewesen war. Aber es war nicht Angel, der da sprach, es war der alte Mikail Nakos. Welche Stimme hatte sie geglaubt, daß es sei? Sie konnte sich nicht erinnern. Mikail, er war derjenige, der es auf sich genommen hatte, diese Wesen, die Geblinge, zu studieren. Ich dachte, es könnte keinen Schaden anrichten. Aber jetzt will er diesen organischen Kristall in jemandes Verstand einpflanzen. Er begreift nicht, welche Folgen das haben kann.

»Was, wenn die Kristalle die mentalen Fähigkeiten der Menschen bereits verstärkt und es ihnen ermöglicht haben, telepathisch zu kommunizieren, so wie die Geblinge es offenbar tun?«

Dann eine andere Stimme. »Könnte möglich sein.« Es war ihre eigene Stimme, wußte sie, aber nicht, wie sie hätte sein sollen. Aus irgendeinem Grund erwartete sie, daß es eine Mädchenstimme sein sollte, geübt darin, einschmeichelnd und sanft zu sein; statt dessen war sie rauh, herrisch, männlich. Weshalb nicht männlich? Bin ich kein Mann? Der Heptarch lauschte in sich hinein, versuchte sich zu erinnern, weshalb seine eigene Stimme ihm nicht richtig zu klingen schien.

»Obwohl ich annehme, daß die telepathische Kommunikation mehr mit den Molekülen als mit den Kristallen zu tun hat. Der Kristall ist wahrscheinlich eher so etwas wie das Gedächtnis. Ein unglaublich wohlgeordnetes, klares und mächtiges Gedächtnis.« Er bezweifelte seine Fähigkeit nicht, ein intelligentes Gespräch mit einem brillanten Wissenschaftler zu führen. Schließlich waren die alten Heptarchen Wissenschaftler gewesen, zu Anfang. Aber weshalb nenne ich ihn einen alten Heptarchen? Demnach bin nicht ich es. Nicht wirklich ich, der da spricht, obwohl ich mich daran erinnere, als wäre ich es. »Ich schätze schon – aber die Kleinen, wissen Sie, die Kleinen, die man Dwelfen nennt, die können sich mit absoluter Perfektion an alles erinnern, was sie je gemacht haben, obwohl sie einen Gedanken, der komplizierter ist als ihr Name, nicht lange festhalten können. Sie speichern Millionen von Daten, verfügen jedoch über kein Organisationsprinzip.«

»Nicht unplausibel. Ganz und gar nicht. Der Kristall wäre der Datenspeicher. Das Gehirn der Systematisierer. Aber die Telepathie – sie könnte im Kristall stecken.«

»Ich bin nicht einmal sicher, ob ich glaube, daß es überhaupt Telepathie ist. Das ist nur Spekulation. Die Geblinge werden es uns bestimmt nicht sagen, zum Teufel mit ihren mörderischen kleinen Vipernseelen.«

»Dennoch könnte der Kristall, verbunden mit einem menschlichen Gehirn, für eine beträchtliche Verstärkung der mentalen Fähigkeiten sorgen.«

»Wenn er sich verbinden läßt. Wenn es wirklich etwas mit mentaler Verfaßtheit zu tun hat.«

»Schwer zu beantworten. Aber auch die Geblinge beantworten es einem nicht – und sie wissen es wahrscheinlich sowieso nicht. Unwissende kleine Teufel.«

Aus irgendeinem Grund wollte der Heptarch ihn berichtigen. Ihm die Wahrheit über die Geblinge sagen. Aber er konnte sich nicht erinnern, weshalb er die Geblinge so gut zu kennen glaubte, also schwieg er.

»Sehen Sie, wenn die Geblinge nicht so gefährlich

wären, so tödlich, könnten wir es uns vielleicht leisten, es auf sich beruhen zu lassen. Aber sie sind Kannibalen – wir haben gesehen, wie sie die Gehirne ihrer Artgenossen fressen –, und sie haben bereits beinahe ein Dutzend aus unserem Volk ermordet. Wir müssen soviel wie möglich über sie lernen. Was sie wollen, woher sie kommen ...«

»Also brauchen Sie eine kleine weiße Maus, um den Kristall zu testen.«

»Unglücklicherweise ist dazu eine höchst intelligente weiße Maus erforderlich. Ich beabsichtige, ihn mir selbst ins Gehirn einpflanzen zu lassen.«

»Unsinn. Wenn Sie ihn jemandem einpflanzen müssen, dann pflanzen Sie ihn mir ein.«

»Sie sind der Heptarch. Das kann ich nicht tun.«

»Ich bin der Heptarch, also *müssen* Sie es tun. Es gibt keine Pflicht, die so schwierig, gefährlich oder unangenehm wäre, daß irgendeiner aus meinem Volk sie tun könnte, ich aber nicht.«

Patience wurde sich plötzlich bewußt, daß sie nicht der Mann war, der beschlossen hatte, sich den Seelenstein in sein Gehirn einsetzen zu lassen. Das war vor langer Zeit gewesen, bei einer anderen Person. Aber wie konnte der Kristall die Erinnerung an ein Ereignis gespeichert haben, das anscheinend stattgefunden hatte, bevor der Kristall implantiert worden war?

Kaum war ihr diese Frage in den Sinn gekommen, fiel ihr bereits die Antwort dazu ein, wie einer Mutter, die zu ihrer Tochter spricht; sie war die Mutter *und* die Tochter, hörte dem Gespräch von beiden Seiten aus zu, führte beide Seiten des Gespräches selbst. Es war verwirrend, aber aufregend.

»Wenn das Szepter zum erstenmal in dein Gehirn eindringt, sucht es nach deinen mächtigsten Erinnerungen, kopiert sie und bewahrt sie auf.«

»*Du* wirst meine Erinnerungen doch nicht erfahren, oder?«

»Nein, Liebling, aber du wirst meine erfahren. Du wirst

erfahren, was ich in eben diesem Augenblick denke, wie sehr ich dich liebe, daß ich dir dieses Geschenk mache, solange ich noch am Leben bin.«

»Ich fürchte mich.«

»Denke immer an unseren großen Vorfahren, der zuerst beschloß, das Szepter zu tragen. Er ist unser Mut, und ein Teil von ihm wird zu einem Teil von dir.«

Weshalb hat Vater mir nicht geholfen, wie diese Mutter ihrer Tochter half? Dann konnte sie sich nicht mehr erinnern, wer Vater war oder wer sie war, nur noch an die Mutter, nur noch an die Tochter.

»Du bist sicher, solange du nicht an gewisse Dinge denkst.«

»Welche Dinge?«

»Wenn ich dir sage, welche es sind, mein Dummerchen, wie willst du dann verhindern können, daran zu denken?«

Ich weiß, welche es sind, dachte Patience. Es sind die Geblingkönige, in deren Gehirn der Kristall zuerst wuchs. Es sind die wyrmherzigen Geblingkönige, an die ich nicht denken darf.

Und eben dieser Gedanke brachte sie zu den Erinnerungen, die sie am meisten fürchtete, einer furchtbar fremdartigen Perspektive. Sie wußte sofort, daß sie einen Schritt in den Abgrund getan hatte. Sie konnte ein schwaches Summen wahrnehmen, wie peripheres Sehen, wie Hintergrundlärm, wie ein metallischer Geschmack im Mund, wie ein Geruch, der stark an süße und bittere Erinnerungen gemahnt, wie die Berührung Tausender winziger Fliegen auf ihrer Haut; allmählich wurde ihr bewußt, wie dem Gebling, dessen Verstand jetzt in dem ihrem hauste, bewußt wurde, daß dies ihre Brüder, ihre Schwestern waren, deren Leben zum Erstgeborenen sprach, dem Geblingkönig, mir selbst.

Die anderen Geblinge kämpften sich noch aus ihren weichhäutigen Hüllen frei, das Haar kraus und verfilzt. Der erschöpfte Körper meiner Mutter umgibt mich, ihre schwarzen Glieder zittern vor Anstrengung. Neben mir liegt mein Vater, sein armer, schwacher, haarloser Körper schweißgebadet. Komm zu mir, Vater, öffne meinen Mund ...

»Voll entwickelt. Was immer es ist, es ist kein Baby.« Die Stimme war sanft. »Habt ihr hier noch nie etwas von Babys gehört?«

Sein Mund bewegt sich, und die Laute sind schön. Lehre mich, diese Laute zu machen.

Vater verzieht sein Gesicht, als er mich anschaut. »Voll entwickelte kleine Affen.« Er berührt mich. Er stupst mich an. »Du hast mich hierhergebracht, damit du *die* hier gebären kannst!«

Noch ein Ei öffnet sich, aber mit etwas Schwarzem darin. So schwarz wie Mutter. Mit einem winzigkleinen Kopf wie dem von Mutter. Es hat Hunger. Ich kann spüren, daß es Hunger hat. Es will Vater töten. Es will mich töten. Es will jeden töten und die ganze Welt auffressen.

Vater hat mir beigebracht, was zu tun ist. Er hat mich bereits gerettet. Vater hat mir beigebracht zu schubsen. Ich schubse den Schwarzen, ich schubse ihn, aber er tut mir weh. Ich schreie vor Angst auf. Mutter, hilf mir. Vater, rette mich. Ich höre einen schrecklich furchterregenden Laut, und es ist mein eigener Laut, der wie Vaters aus meinem eigenen Mund kommt. Ich schreie und schreie.

Sie kämpfen, Mutter und der Schwarze. Vater ruft und ruft ...

»Bleibt hier und sterbt, bleibt alle hier und freßt einander um Gottes willen auf!«

Der Klang seiner Stimme verrät Furcht, und auch ich fürchte mich. Vater geht durch ein Loch in der Wand der Geburtsstätte. Vater kennt den Weg. Vater, wir kommen! Vater mitgehen, rufe ich mit meiner lautlosen Stimme, und sie hören mich mit ihrem Andersverstand. Ich gehe, und genauso gehen all die anderen, all jene, die wie ich aussehen, und einige der Kleineren und Schmächtigeren, alle, die sich bewegen können, alle, die sich nicht sterbend auf dem Boden krümmen, weil ihre Körper nicht funktionieren. Wir rufen hinter ihm her: Wir kommen, Vater, aber er hört uns nicht, weil wir keinen Laut von uns geben, und gegenüber dieser Lautlosigkeit ist er taub. Ich sehe es in seinen Augen, als er uns anblickt, er versteht unsere Rufe nicht, er hört nur unsere Schreie.

Hinter uns frißt das Schwarze, das wie Mutter aussieht, ihren Bauch auf, und er wird uns alle fressen, wenn er kann. Hungrig, hungrig, er treibt seinen Hunger in uns alle hinein. Kommt zu mir, sagt sein Hunger, kommt und füllt mich! Und ich kann fühlen, wie meine Brüder und Schwestern ihm nachgeben, innehalten, zu ihrer Geburtsstätte zurückkehren. Nein! Ich schreie! Nein! Vater gehen, mitgehen. Mit Vater, mit Vater sagt allen mit Vater gehen.

Und die Stärksten nehmen meinen Ruf auf, sie rufen ebenfalls: Mit Vater gehen, und wir werden stärker, während wir zusammen rufen, stärker und stärker, bis wir den Hunger des Mutterfressers überwunden haben.

Hinunter in den schwarzen Tunnel, wir alle in den schwarzen Tunnel, wo bist du, Vater? Wo bist du?

Ich sehe euch, kluge Schwestern und Brüder, ich spüre eure Wege in der Dunkelheit, ich weiß, wo ihr seid, jeder einzelne von euch, in so vielen verschiedenen Tunnels. An Vaters Schritten, die vor mir aufklatschen, erkenne ich den Weg nach draußen. Folgt dem Wasser. Folgt dem fließenden Wasser. Es führt von der Geburtsstätte weg, folgt dem Wasser ...

Patience schrie vor Freude auf, als sie zum erstenmal das Licht der Welt sah. Von der Öffnung in einer Höhle im Antlitz einer hohen Klippe aus blickte sie auf einen ausgedehnten Wald hinunter, mit den Zuläufen des Cranwaters, die sich vereinigten und einen einzigen Strom bildeten, der vom Skyfoot wegfloß. Noch während sie sich erinnerte, Patience zu sein, konnte sie sich ebensogut daran erinnern, der erste Geblingkönig gewesen zu sein, der die Anwesenheit jedes anderen Geblings spürte, während jeder aus seinem oder ihrem eigenen Tunnel herauskam, um den Himmel vorzufinden, das Wasser, das aus jeder Höhlenöffnung sprudelte. Wieder sah sie durch die Augen des Geblings.

Wir stehen alle hier, schauen in das grelle Licht, wie ich. Größere und kleinere, ich kann uns hier am Rande der Welt spüren. Und neben mir ist Vater, ich habe ihn gefunden, auf seinem Gesicht ist Wasser. »Ich habe meine Seele für dich verkauft«, sagte er. »Alles, was ich wollte, war diese Wyrmin da hinten. Wie konnte ich sie wollen.« Ihn schaudert. »Ich habe sie aufgefressen. Welche Art Ungeheuer ...«

Ich versuche auch ihn zu spüren, wie ich all die anderen spüre, aber er ist nicht da, meine Augen sehen ihn, meine Nase riecht ihn, aber mein Andersverstand kann ihn nicht finden. Ich berühre seine Wange und koste das Wasser auf seinem Gesicht. Es ist Salz, nicht wie das klare Wasser der Höhle. Er sieht meine Zunge und verzieht das Gesicht. Dann streckt er die Hand zu mir aus und berührt meine Wange, und sein Mund sagt: »Aber du bist kein Wyrm, oder? Es ist schließlich nicht deine Schuld, nicht wahr.«

Dann steht er auf und nimmt meine Hand und führt mich an den Rand und streckt seine Hand aus, um auf das grelle blaue Wabern zu deuten, das mich und alle Kinder von Menschen und Wyrmern blendet.

»Himmel«, sagt er.

»Weh. Ich.« Ich spreche. Ich bin wie er, nicht wie Mutter. Sie wurde von dem Wyrm an der Geburtsstätte gefressen, aber Vater lebt, und ich bin wie er.

»Vor einer Stunde geboren, und schon kannst du sprechen. Was habe ich getan? Was kann aus dir werden?«

Patience sah zu, wie die Zeit schneller verstrich. Wie der Sternenschiffkapitän nach der Geburt der Babys ihnen alles beibringt. Häuser zu bauen, nach Nahrung zu jagen, ihre Kinder zu versorgen und sie zu erziehen. Sprechen fiel ihnen leicht, alles Lernen fiel diesem neuen Volk leicht, das niemals etwas vergaß, selbst wenn es etwas nur einmal getan hatte. Es erfand seine eigenen Worte schneller, als Vater sie ihnen beibringen konnte, bis sie kaum mehr zu ihm kamen, um noch etwas von ihm zu lernen.

Der Geblingkönig, der nie einen Namen für sich selbst

hatte, er kam häufig zu Vater. »Wyrm«, sagte Vater. »Deine Mutter ist eine Wyrmin, und ich bin dein Vater, aber am allerwichtigsten ist das Ungeheuer, das deine Mutter fraß und uns aus der Geburtsstätte vertrieb. Es sieht wie ein Wyrm aus, aber es ist kein Wyrm. Es ist dein Bruder, und er wird euch alle töten, wenn er kann, und wenn er jemals die Berge verläßt, mußt du ihn zuerst töten.«

So war der Geblingkönig der erste Gebling, der zu töten lernte, und er setzte das geheime Wissen des Mordens ein, wie Menschen es von Anfang an eingesetzt hatten – um Macht an sich zu binden. Ich kenne das schreckliche Geheimnis. Ich kann dich töten, wenn du nicht gehorchst. Aber wenn du mir gehorchst, kann ich das Geheimnis mit dir teilen, und auch du kannst die Macht haben ...

Bis Vater eines Tages sagt, als er mich blutüberströmt antrifft: »Ich wünschte, Unwyrm hätte dich an jenem Tag in der Geburtsstätte getötet, ich wünschte, er hätte mich lieber getötet und gefressen als zuzulassen, daß ich dich zu dem mache, was du bist. Es tut mir leid, daß ich dich unterrichtet habe, irgendeinen von euch.«

Also töte ich ihn und fresse sein Gehirn vor den anderen auf, obwohl ich keinen Seelenstein darin finde; ich erzähle ihnen nicht, daß er keinen Stein hatte. Und jetzt ist meine Macht perfekt, sogar noch größer als Unwyrms Macht, denn er hat keinen, der ihm gehorcht, und ich habe all jene.

Patience schrie bei dieser Erinnerungen auf, bei dem Geschmack und Geruch von Vaters Blut, beim Ausdruck des Entsetzens, der Ehrfurcht und Bewunderung in den Augen der anderen Geblinge. Ich hätte das nicht tun können, ich hätte das niemals tun können, ruft sie voll Abscheu aus. Und doch bin ich dazu erzogen worden, damit ich töte, um Macht zu bekommen, damit ich jeden verschlinge, der droht, meinem Willen die Stirn zu bieten ...

»Er treibt sie in den Wahnsinn«, sagte Angel.

»Gib ihr Zeit, sich selbst zu finden«, sagte Reck.

Die Stimmen bedeuteten Patience nichts. Denn alles, was sie sehen konnte, war das im Laufe der Jahre vergossene Blut. Die Ermordung der Geblingkönige, die Ermordung der Heptarchen. Kriege und Attentate, Foltern und Vergewaltigungen, sie erinnerte sich, all die Verbrechen von siebentausend Jahren der Macht begangen zu haben, und sie haßte sich für das, was sie getan hatte.

Nichts im Leben bis auf Terror und Tod, dachte sie.

Und dann das Gesicht ihrer eigenen Mutter (war es wirklich ihre Mutter? Sie hatte dreihundert Mütter), das sie anlächelt, sie berührt, zu ihr sagt: »Mein Herz, weine nicht. Weine nicht über die Dinge, die in deinem Namen getan worden sind. Für jedes Leben, das genommen wurde, gab es zehntausend, die unter deinem Schutz in Frieden lebten. Glaubst du, deine Macht würde auch nur einen Augenblick andauern, wenn du nur die Macht zu töten hättest? Sie würden sich erheben und dich zu Fall bringen. Du hast die Macht, sie zusammenzuhalten, sie als Einheit handeln zu lassen. Du hast durch den Klang deiner Stimme die Schwachen stark werden lassen, und sie lieben dich auf ewig.«

Patience klammerte sich an die Botschaft dieser Stimme. Ich habe durch den Klang meiner Stimme die Schwachen stark werden lassen. Sie lieben mich auf ewig.

Und schließlich, als sie einen Faden gefunden hatte, an dem sie sich festhalten konnte, um nicht in den Abgrund zu stürzen, schlief sie ein.

13 Ein wahrer Freund

Als sie erwachte, lag sie im Bett, mit drei flauschigen Unterbetten zugedeckt. Eine kalte Brise aus einem zerbrochenen Fenster strich an ihrem Gesicht vorbei. Die drei Bäume vor dem Fenster waren herbstlich vergoldet. Seid ihr wirklich die Bäume der Erde? fragte sie sie lautlos. Oder seid ihr seltsame Wesen, nicht von dieser Welt, die die Bäume gefangen haben und sich tief in ihnen versteckt halten, damit sie sie als Maske tragen können?

Sie dachte an all die Kinder, die sie in ihren Hunderten von Leben gehabt hatte, stellte sie sich vor, wie sie zu ihr emporlächelten, gute Kinder, jedes einzelne davon; aber dann kroch etwas Dunkles, ein dunkler Wyrm in ihre Münder, und wenn sie jetzt zu ihr blicken, ist es der Wyrm mit dem winzigen Kopf und den gefächerten Fingern – ohne jeden Flügel – und den hundert fleischigen Organen, die dem Zerreißen und Verdauen und der Fortpflanzung dienen – Unwyrm, kennst du den Unterschied zwischen fressen und sich paaren? Oder gibt es für dich diesen Unterschied nicht? Aller Hunger ist derselbe Hunger.

Sie schlug die Augen auf. Sie sah ihn, noch bevor sie etwas anderes sah, wie er dastand, durch das Fenster vom schwachen Herbstlicht. Sein Gesicht, das sie in völligem Stillschweigen musterte, seine unfaßbare Unerschütterlichkeit, wie die eines Tieres; oder nein, eines Berges, wie das Antlitz eines lebenden Felsens. Weshalb musterst du mich?

Sie sprach nicht; er antwortete nicht. Er bemerkte nur, daß sie die Augen offen hatte, nickte und ging aus dem Zimmer. Sanft schloß er die Tür hinter sich. Es war die Zartheit, die Sanftheit, mit der er die Tür schloß, die ihr verriet, daß er schließlich doch nicht aus Stein geschaffen war. Es war nicht Leblosigkeit, was ihn so still machte, es war Frieden. Er hatte seinen Frieden mit dem Leben geschlossen, und so hatte sein Gesicht nichts mehr zu sagen, zwischen den Reden keine stummen Bitten auszudrücken, und sein Geist mußte sein Schweigen nicht durch Reden unterbrechen. Er ist nicht hungrig. Er ist längst satt.

Und als sie an Hunger dachte, spürte sie wieder den Cranning-Ruf, mächtig wie eh und je, an ihrem Schoß nagen. Ich verzehre mich danach, seine Babys zu bekommen, dachte sie. Er kam zu ihr als Erinnerung an hundert Alpträume während des Schlafes. Er will, daß ich mich nach seinem Samen in mir verzehre, so wie seine Mutter vor mir den Sternenschiffkapitän dazu brachte, sich nach ihr zu sehnen. Er will mich glauben machen, es sei Ekstase.

Sie schauderte. Aber jetzt, da sie hundertmal von Unwyrm geträumt hatte, von seinem sich winden, als er seine Mutter verschlang und seine hilflosen entstellten Brüder hinmetzelte, jetzt, da es ihr so vertraut war, verlor sie nicht mehr die Gewalt über sich und schrie, wie sie es in all ihren Träumen getan hatte. Sie war es müde, weiter dagegen anzuschreien. Ich werde eben zusehen müssen, daß es nicht passiert, das ist alles. Er wird sterben, bevor er mich bekommt, oder ich werde sterben. Seine Kinder werden nicht aus meinem Körper geboren werden.

Aber selbst wenn ich überlebe: Werde ich jemals einen Mann so sehr wollen, wie ich Unwyrm will? Was, wenn er mitten im Rufen nach mir stirbt? Wird dieses Verlangen dann für immer in mir sein, auf ewig unbefriedigt?

Gedanken wie diese machten sie wütend auf sich selbst. Sie richtete sich auf und schwang die Beine über den Rand des Bettes. Sofort hätte die Benommenheit sie beinahe überwältigt.

Die Tür zu ihrem Zimmer ging auf, und Angel kam herein. Angel, stark und gesund aussehend, nicht länger schwach von der Wunde in seiner Kehle.

»Deine Wunde ist geheilt, und die Bäume haben ihre Farbe gewechselt«, sagte sie. »Wie lange habe ich geschlafen?«

»Vierzig Tage und vierzig Nächte, wie Moses im Berg, wie der Regen der Sintflut, wie Elias, als er in der Wildnis fastete. Wenn man es Schlaf nennen kann. Du hast eine Menge geschrien und uns alle wachgehalten. Sogar River hat sich beschwert, daß du seinen Affen erschreckst. Wie fühlst du dich?«

Sie langte hoch und berührte die Seite ihres Kopfes, die Ruin geschoren hatte. Das Haar war einige Zentimeter gewachsen.

»Schwach«, sagte sie. »Unwyrm ruft mich.«

»Wir fürchteten, daß das Szepter zu stark für dich sei.«

»Es war eigentlich nicht das Szepter. Es waren all die schrecklichen Dinge, die ich getan habe.«

»Du hast nichts davon getan.«

»Aber das habe ich, Angel. Nein, streite nicht mit mir. Ich habe meinen eigenen Vater getötet und sein Gehirn gegessen, wie es der erste Geblingkönig tat, oder meine eigene Frau getötet, wie *mein* Vater es tat. Aber ich *habe* getötet. Um dir und Vater zu gehorchen oder um mein eigenes Leben zu retten, habe ich leichtfertig getötet, mit Freude, mit Stolz. Das hat es mir schwer gemacht, mich von all ihren Verbrechen – fernzuhalten. Ich konnte nur eine geringe Hoffnung finden und verfolgen, die von Leben zu Leben durch meine Vergangenheit läuft, Angel. Eine Hoffnung, daß sich alles doch noch zum Guten wendet. Daß aus dem Blut, das ich auf dem Boden vergossen habe, neues Leben erwächst.«

»Viele Leute, die gerade aus einem schweren Schlaf erwachen, halten sich für Philosophen«, sagte Angel.

»Mach dich nicht über mich lustig«, sagte Patience. »Dies ist mein – mein Beitrag zum Szepter, wenn ich einen zu leisten habe. Alle Kinder werden auf mich blicken, Geblingkinder und Menschenkinder, sie werden alle auf mich blicken, und ich muß sie beschützen. Vor Unwyrms Kindern. Und doch denke ich manchmal – daß Unwyrms Kinder keine Mörder sind. Sie sind alle von einem Herz und Geist, wie die Wyrmer es waren, bevor die Menschen auf diese Welt kamen. Bevor die menschlichen Gene uns füreinander zu Fremden machten. Unwyrms Kinder sind nie allein. Und ich könnte ihre Mutter werden.«

»Sag das nicht, Patience«, entfuhr es Angel.

»Es ist nur, daß ich endlich den Gedanken verstanden habe, den er mir schickt, Angel. Ich weiß, was Unwyrm seiner eigenen Mutter angetan hat. Er ist der Verschlinger, nicht ich. Ich werde ihn töten, wenn ich kann.« Sie wußte, daß sie nicht überzeugend klang.

Aber das war egal. Sie mußte nicht Angel überzeugen, sondern sich selbst.

»Dann *ist* er ein Wyrm? Ein Nachfolger derer, die die ersten Kolonisten getötet haben?«

»Er ist *der* Unwyrm, Angel. Der einzige. Seit den siebentausend Jahren der Weltgeschichte am Leben.«

»So lange zu leben ...«

»Wir sind hier Fremde. Das einheimische Leben kann sich anpassen, in einer einzigen Generation Veränderungen durchmachen, für die wir eine Million Jahre brauchen. Unwyrm ist intelligenter als sie alle. In ihm sind die mächtigsten der Eingeborenengaben vereint, und er rief die brillanten menschlichen Denker zu sich, die ihm alles beigebracht haben müssen, was sie wußten. Was soll ihn davon abhalten, sich genetisch zu reparieren, wenn er feststellt, daß ein Teil von ihm schwach wird und zerfällt? Was soll ihn davon abhalten, zu leben, bis er bereit ist, sich zu paaren?«

»Weshalb sollte er so lange warten?«

»Ich weiß nicht. Ich weiß nur, wie die Menschen auf die ersten Geblinge wirkten. Die Maschinen, die unseren Ahnen zu fliegen erlaubten, die Bilder in die Luft malten, die Wälder durchkauten und Weizenfelder ausspien. Was sahen die Wyrmer, als ein neuer Stern am Himmel auftauchte und Metallvögel über die Oberfläche der Welt ausschwärmten? Sie waren schließlich keine Mücken, die den sicheren und stationären Weizen einfach ersetzten. Sie stellten den Höhepunkt des ökologischen Systems dar, diese Wyrmer, aber wir waren mächtiger als sie. Und wenn sie uns ersetzten ...«

»Sie wüßten alles, was wir wissen.«

»Der Weizen sitzt da, wartet passiv darauf, daß sein Feind ihn vernichtet. Aber die Wyrmer wußten, daß Menschen nicht passiv waren. Wir waren die tödlichsten Konkurrenten für das Leben, das diese Welt jemals gesehen hat. Um uns zu bezwingen, mußten die Enkel der Wyrmer den Menschen nicht nur gleich werden – sie mußten uns in den Dingen übertreffen, in denen wir am besten sind. Sie mußten mehr wissen, schöner, brillanter, mächtiger und gefährlicher sein. Wie konnte ein einziges Wyrmkind, Unwyrm, das sich in seiner Eishöhle am Skyfoot verbarg, wie konnte es genug lernen, um seine Kinder darauf vorzubereiten?«

»Eine Eishöhle? Das bedeutet, er lebt hoch oben im Berg, wo die Gletscher sind.«

»Verstehst du nicht, Angel? Er konnte uns nicht besiegen, solange wir Maschinen bauten. Das wußten die Wyrmer von Anfang an. Als sie den Sternenschiffkapitän gefangennahmen, ließen sie ihn, noch ehe sie ihn überhaupt herunterbrachten, alles Metall zerstören, das leicht zu fördern war. Aber es gab noch Metall – ich erinnere mich an meine Vorfahren, die ihm nachjagten, die es förderten, die versuchten, Maschinen damit zu bauen. Vielleicht hätten sie Erfolg gehabt. Aber immer kamen die Geblinge, eine Flut von Geblingen aus dem fernen Cranning.«

»Ich bin einigermaßen vertraut mit der Geschichte dieser Welt.«

»Angel! Ich erzähle dir, was keiner jemals gewußt hat. Ich erzähle dir, *weshalb* alles geschah. Ich habe den großen Plan gesehen, die Zusammenhänge auf einen Blick erkannt. Unwyrm schickte die Geblinge, um die Menschheit davon abzuhalten, die Maschinen zu bauen, die uns unüberwindbar gemacht hätten. Er wartete die ganze Zeit über und hielt uns schwach, während er selbst Weisheit ansammelte. Er gab sich siebentausend Jahre. Und dann erfüllte er seine eigene Prophezeiung, indem er dafür sorgte, daß meine Brüder getötet wurden und ich ...«

Er berührte sanft ihren Kopf, um sie zu beruhigen. Kühl und liebevoll spürte sie seine Hand auf ihrer Stirn, auf ihrer Wange. »River meint, daß Cranning nur noch eine Woche entfernt liegt und die Herbstwinde kräftig genug wehen, um uns hinzubringen. Aber wir müssen *jetzt* aufbrechen. Der Winter wird uns zu schaffen machen. Es ist gut, daß du heute zu dir gekommen bist – so können wir dich bei klarem Verstand nach Cranning bringen.«

Sein Tonfall hatte etwas Gekünsteltes, als er sprach; sein Herz war nicht bei dem, was er sagte, und sie konnte sich nicht vorstellen, weshalb er sie belog. Aber das überraschte sie nicht; sie konnte sich überhaupt kaum etwas vorstellen, dazu war sie noch viel zu benommen. Also ließ sie es auf sich beruhen, versuchte nicht herauszufinden, was er vor ihr verbarg. »Sag Reck und Ruin, daß ich den Plan von Cranning ebenfalls kenne.«

»Sie wissen, daß du ihn kennst. Du hast uns im Schlaf viel erzählt. Wir haben die Geschichten aufgeschrieben, die du hinausgeschrien hast, und Heffiji hat sie da und dort verstaut. Ich habe versucht, hinter ihr System zu kommen.«

»Sie hat keines.«

»Das war auch meine Schlußfolgerung. Eine wahre Dwelfin. Aber niemand sonst hätte es tun können. Unwyrm hat alle Personen zu sich gerufen, die etwas wußten. Er hätte auch sie zu sich gerufen, wenn sie wirklich etwas gewußt hätte. Die einzige Art und Weise, wie das Wissen in der Welt bleiben konnte, war durch jemanden wie Heffiji, die nichts von seinem Wert wußte, aber alles in die Hände bekommen konnte, was zählte. Es ist alles hier. Alles Erlernte der Welt. Reck und Ruin haben Geblinge aus Cranning herbeigerufen, damit sie den Ort bewachen. Sie werden die Fenster verglasen und Läden anbringen, ein neues Dach auflegen. Was immer nötig ist, um dieses Haus zu beschützen.«

»Akzeptieren die Geblinge Reck und Ruin als ihren König?«

Angel zuckte die Achseln. »Wer weiß, was in ihrem Verstand vorgeht? Sie sagen eine Sache, aber unter der Oberfläche könnte etwas vollkommen anderes vorgehen. Tatsache bleibt, daß sich diese Könige zur Zeit nicht mehr als ein paar Dutzend Meter von dir entfernen dürfen, oder Unwyrm treibt sie sofort von Cranning weg. Sie können nicht gut Anspruch darauf erheben, die Geblinge zu führen, solange sie noch an die menschliche Heptarchin gekettet sind, habe ich recht?«

»Wir haben genügend Zeit verschwendet«, sagte Patience. »Bring mich zum Boot.«

»Wir werden bis nach Cranning gehen, aber erst tiefer in den Berg vorstoßen, wenn du kräftiger bist.«

»Ich war nicht krank, nur verrückt«, sagte Patience. »Verrückte Menschen können erstaunlich kräftig sein.«

»Hat sich der Ruf – irgendwie verändert?«

»Nur insofern, als ich jetzt weiß, wer mich ruft.«

»Also kontrolliert er dich nicht.«

»Wenn er es tut, kontrolliert er mich so gut, daß ich nicht weiß, daß man mich kontrolliert.«

»Das erleichtert mich.«

»Angel, ich bin eine furchtbare Person geworden.«

»Ach, wirklich?«

»Hätte man mir das Szepter gegeben, bevor ich die Dinge wußte, die wir hier in diesem Haus erfahren haben, hätte ich es niemals ertragen können. Hätte man mich ohne Verständnis dessen, was ich jetzt verstehe, nach Cranning gebracht, wäre ich bei meiner Konfrontation mit ihm hilflos gewesen. Ich blicke auf all das zurück, was du und Vater getan habt, auf all das, was ich und die Geblinge taten, und – es war richtig, es war notwendig.«

»Weshalb macht dich das furchtbar?«

»Sogar Mutters Tod, Angel. Sogar das.«

»Ah.«

»Was für eine Art Person bin ich, wenn ich zugebe, daß meine eigene Mutter sterben *mußte*? Ich habe es so viele Male durchlebt, mein ganzes Leben, nur diesmal durch Vaters Augen. Er hat sich das niemals verziehen. Und doch verzeihe ich ihm.«

Angel beugte sich vor und küßte sie auf die Stirn. »Meine Heptarchin, nur du bist geeignet, über die Menschheit zu herrschen.«

»Was für eine Art Person bin ich?«

»Eine weise.«

Sie widersprach nicht, obwohl sie wußte, daß es nicht stimmte. Weise war sie nicht. Aber stark – sie *war* stark.

Sie hatte den Seelenstein bezwungen. Es gab ein wahres Selbst unter all den Faltungen ihres Lebens. Soviel wußte sie, aber der Rest ihres Selbst ließ sich immer noch nicht fassen, befand sich außer Reichweite, außer Sicht. Also sollte Angel sie doch weise nennen, es kümmerte sie nicht. »Aber bin ich *gut*, Angel?«

»Als Heptarchin hast du nicht länger die Wahl zwischen gut und böse. Du hast die Wahl zwischen richtig und falsch.«

Sie war lange genug seine Schülerin gewesen, um den Unterschied zu verstehen, und sie wußte, daß er recht hatte. Wenigstens in ihrer Rolle als Heptarchin konnte sie nicht mehr nach der gleichen Moral leben, nach der andere lebten. Ihre Entscheidungen waren jetzt Entscheidungen für eine größere Gemeinschaft, nicht mehr nur für sie selbst. Aber welcher Gemeinschaft? »Richtig für wen?« fragte sie.

»Für die Menschheit, Heptarchin.«

Sie wußte sofort, daß er sich irrte. »Nein. Das Königshaus ist die ganze Welt. Ich bin auch eine Gebling. Alles Leben, das spricht, und alles Leben, das nicht spricht, alles Leben der Welt bis auf eines.«

»Und dieses eine will dich. Aber eher sterbe ich, bevor ich das zulasse. Er denkt, ich sei zu schwach, um dich zu retten, aber ich kann und werde es tun.«

Sein Eifer beim Sprechen war nicht geheuchelt. Welche Lügen er auch immer erzählte, dies hatte damit nichts zu tun. Er liebte sie. Sie berührte seine Wange. »Diene mir als freier Mann, Angel.«

»Sklave oder frei, ich diene dir immer gleich. Welchen Unterschied macht das?«

»Ich bitte dich jetzt, einen freien Mann, mir zu helfen.«

Sanft kleidete Angel sie an und führte sie aus dem Zimmer.

Zu ihrer Überraschung wimmelte das Haus von Geblingen, ganzen Hundertschaften davon. Ihr Zimmer war ihnen verboten gewesen, aber überall sonst im Haus waren sie emsig mit Verglasen, Tünchen und Reparieren beschäftigt, um es wieder in Ordnung zu bringen. Patience setzte sich im Gemeinschaftsraum neben ein spärliches Feuer, und ein Sonnenstrahl fiel quer über ihren Stuhl und half, sie warmzuhalten; sie sah zu, wie die Leitern sich auf und ab und an den Wänden entlangbewegten, wie die Geblinge hierhin und dorthin kletterten. Rivers Äffchen wieselte zwischen ihren Beinen umher – ein dutzendmal wurde es gestoßen, beinahe zertreten, von einem Hochstand geschubst. Immer wieder stand es auf, stieß kreischend einen Strom unintelligenter Obszönitäten aus und stürzte sich erneut ins Gewimmel. Patience kam nicht umhin zu bemerken, daß Heffijis Verhalten dem des Affen sehr ähnelte, wie sie geradezu hektisch vor Entzücken und Sorge aus dem Haus eilte und wieder hinein, die Treppen hinauf und wieder hinunter. »Rührt das nicht an!« schrie sie dabei unentwegt. Die Geblinge lachten und spotteten über sie, aber sie gehorchten ihr auch.

In seinem Krug auf dem Kaminsims schlief River. Abseits vom Cranwater existierte die Welt für ihn nicht.

Patience ertappte sich dabei, wie sie versuchte, die lautlose Kommunikation der Geblinge, den sprachlosen Ruf des Andersverstandes zu spüren. Sie erinnerte sich so deutlich daran, wie es sich angefühlt hatte, als sie die ersten paar Geblingkönige gewesen war. Aber jetzt spürte sie nichts. Es war, als streckte sie ihre Hand aus, nur um festzustellen, daß man sie ihr abgeschlagen hatte. Sie sah ihnen wehmütig zu, voll Kummer darüber, daß sie sie nie kennenlernen würde außer in den Erinnerungen aus zweiter Hand, die ihr durch das Szepter zugeführt wurden. Und die Geblinge gingen ihrer Arbeit nach, ohne zu wissen, wer sie war, ohne zu ahnen, daß sie der einzige lebende Mensch war, der wußte, was es hieß, ein Gebling zu sein, der die ständige Gemeinschaft verstehen konnte, die ihnen Halt in der Welt gab. Wie habe ich zuvor den Mut gefunden zu leben, als ich noch nicht wußte, was es heißt, eine andere Person zu kennen?

»Patience«, wisperte jemand hinter ihr. Sie kannte die Stimme, wußte, daß Recks Hand sich nach ihrer Schulter ausstreckte, und streckte ihr die eigene Hand entgegen. Und ja, da war er, der weiche Pelz der Geblinghand. Für einen Augenblick dachte sie, daß sie Recks Nähe vielleicht durch den Andersverstand gespürt hatte. Aber nein; es konnte nur ihr Instinkt als Attentäterin gewesen sein, zu wissen, wenn sich eine Hand nach ihr ausstreckte. Sie konnte nicht hoffen, je ein Teil der Geblinggemeinschaft zu werden.

»Reck«, sagte sie.

»Wir fürchteten schon, eine Verrückte mit nach Cranning nehmen zu müssen.«

»Eine Verrückte sollte hierbleiben. Schließlich ist das hier ein Irrenhaus.«

Reck lachte. »Eigentlich nicht. Diese Geblinge kamen, um Heffijis Haus wieder aufzubauen, um das Wissen der Menschen zu sichern.«

»Wie hast du sie hergerufen?«

»Oh, der Geblingkönig ist bekannt. Nicht von Angesicht oder bei Namen – nein, wenn sie uns hier sehen, denken sie, daß wir nur zwei weitere Geblinge sind, die gerufen wurden und kamen. Aber im Andersverstand kennen sie den Ruf des Geblingkönigs.«

»Kommen Sie aus Cranning?«

»Ich glaube nicht. Wir haben gerufen, und die in der Nähe befindlichen Geblinge haben es gehört und den Ruf weitergegeben. Je mehr ihn aufnahmen, desto stärker wurde er, bis wir wußten, daß wir genug hatten. Wir sind nicht Unwyrm. Unser eigener Ruf allein könnte niemals von hier bis nach Cranning reichen.«

»Es ist anständig von euch, dieses Haus am Leben zu erhalten.«

»Dieses Haus hat das Unmögliche geleistet. Es hat meinen geliebten Bruder Ruin Demut gelehrt. All die Ideen, die Heffiji hier aufbewahrt. Ruin ist zu einer echten Plage geworden, fragt sie aus, hängt von Antwort zu Antwort an ihren Fersen. Er hat in seinem Leben kaum einen Menschen und aus offenkundigen Gründen nie einen der Weisen gekannt. Aber jetzt hat er gesehen, was der menschliche Verstand in seinen besten Augenblicken zustande bringt.«

»Wenn er uns je in unseren schlimmsten Augenblicken kennenlernen will, braucht er nur das Szepter zu nehmen«, sagte Patience.

»Nicht sehr wahrscheinlich«, sagte Reck. »Wir pflegten euch Menschen wegen eures Alleinseins zu bemitleiden. Das heißt, ich bemitleidete euch, und er verachtete euch. Aber jetzt, na ja, jetzt erzählt er mir ununterbrochen, daß Alleinsein die Grundlage für wahre Weisheit sei, daß all die brillanten Gedanken in diesem Haus der verzweifelte Ruf eines Menschen nach einem anderen sind, der sagt: Kenne mich, lebe mit mir in der Welt meines Verstandes.«

»Das ist ein sehr poetischer Gedanke.«

»Ich sagte ihm, er sei liebeskrank – er habe sich in die menschliche Rasse verliebt. Aber du weißt, wie er ist. Ich habe die Menschen nie so sehr gehaßt wie er, und daher bin ich nicht ganz so beeindruckt, wenn ich herausfinde, daß nicht alle Menschen wertlos sind.« Reck ging zu dem Stuhl auf der anderen Seite des Feuers.

»Es ist seltsam«, sagte Patience. »Ich habe immer von Häusern geträumt. Von verschiedenen Häusern, auf die ich achtgeben mußte. Manchmal von Heffijis Haus und manchmal vom Haus meines Vaters und manchmal vom Haus derer von Heptagon. Manchmal auch von dem Haus, in dem meine Mutter getötet wurde.«

Reck blickte nachdenklich drein. Auf der Treppe erklangen Schritte. Ruin kam ins Zimmer geschlendert. Patience bemerkte sofort, daß er nicht mehr nackt war. Er trug kurze Hosen. Ein Schritt hin zur Anerkennung der menschlichen Zivilisation.

»Weshalb hast du mich gerufen?« fragte er.

Reck wandte sich zu ihm um, winkte ihn näher. Niemand sonst befand sich im Zimmer, aber dennoch war es besser, nicht zu laut zu reden, nicht, wenn sie Dinge sagten, die enthüllen konnten, wer sie waren, bevor sie es wirklich wollten. »Sie hat unseren Ruf gehört«, sagte Reck.

Ruin blickte Patience an, als prüfe er ein merkwürdiges neues Kraut, das ihm gerade auf dem Waldboden aufgefallen war. »Das Verlangen zu kommen, um ein sehr wichtiges Haus zu reparieren? Und wo es liegt?«

»Ich habe manchmal Wege gesehen, ich wußte nie, woher oder wohin. Aber immer konnte ich in der Ferne das Haus brennen sehen, und ich wußte, ich mußte mich beeilen ...«

Reck schüttelte den Kopf. »Unser Ruf enthielt nichts von einem Feuer.«

»Wir sehen nicht einmal Bilder«, fügte Ruin hinzu. »So präzise ist der Andersverstand nicht.«

Aber Patience erregte der Gedanke, daß sie den geblischen Andersverstand in ihrem eigenen Körper erlebt haben könnte. Sie würde nicht zulassen, daß diese kleinen Einwände ihn widerlegten. »Ich bin kein Gebling, und vielleicht übersetzt mein Gehirn Dinge in Bilder, die ich verstehen kann. Vielleicht habe ich mehr von einer Gebling an mir als ihr denkt. Ich erinnere mich an den Andersverstand. Ich erinnere mich, all die anderen Geblinge und den Plan von Cranning gespürt zu haben. Und außerdem habe ich jetzt das Szepter. Vielleicht kann ich euren Ruf deshalb spüren.«

Reck fuhr sich mit dem langen Nagel ihres Daumens über die Zunge. »Nein«, sagte sie. »Heptarchen haben schon früher den Seelenstein getragen, aber sie haben nie den Ruf des Königs an sein Volk vernommen.«

Ruin neigte den Kopf und musterte Patiences Gesicht. »Wenn es nicht der Seelenstein ist, dann hat sie vielleicht Unwyrms Ruf empfänglicher gemacht, so daß sie hört, was kein Mensch zuvor hören konnte.«

Reck hob einen Finger. »Vergeßt nicht: Kein Heptarch hat den Seelenstein je so nahe bei Cranning getragen. Vielleicht wurde der Ruf, als die anderen Geblinge ihn aufnahmen und weitergaben, stark genug, daß sie ihn hören konnte.«

»Er war nicht wie Unwyrms Ruf«, sagte Patience. »Der ist so klar und mächtig.«

»Unwyrm ist viel besser darin als wir. Unsere menschliche Natur. Sie schwächt uns.« Reck klang ein wenig verdrossen.

»Wünschst du dir, kein menschliches Erbteil zu haben?«

Reck lachte verbittert. »Denkst du, wir finden die Wyrmer schöner? Wir hatten nicht die Möglichkeit, uns unsere Vorfahren auszusuchen.«

»Ich habe es gesehen«, sagte Patience. Und sie erzählte ihnen von der Geburt der ersten Geblinge. Ruin brachte sie dazu, langsamer zu reden, auf jedes Detail einzugehen. Er lauschte mit geschlossenen Augen, als könnte er durch Konzentration auf den Klang ihrer Worte die Erinnerungen heraufbeschwören, die die Geblinge für immer verloren hatten, als sie den Seelenstein der Könige verloren.

Als Patience erzählte, wie der junge Unwyrm seine Mutter tötete, nickte Ruin. »Ja, ja«, sagte er. »Es war kein Mord. Er mußte den Kristall essen, verstehst du. Um alles zu wissen, was sie wußte.«

»Wir sind jetzt diskreter«, sagte Reck. »Wir sind menschlicher. Wir warten, bis unsere Eltern eines natürlichen Todes sterben. Das bedeutet, wir führen ein längeres Eigenleben, bis wir zu unseren Eltern werden. Aber es ist nichts Unnatürliches daran, daß ein Kind das Gedächtnis seiner Eltern ißt, nicht auf Imakulata.«

Patience fuhr mit der Geschichte fort, mit allem, woran sie sich über das Leben der ersten Geblinge erinnern konnte. Und sie endete damit, daß der letzte der Geblingkönige, der diesen Seelenstein trug, die Leiche des letzten lebenden Wyrms fand. Die Menschen hatten ihn verbrannt.

»Natürlich«, sagte Reck. »Wenn etwas seltsam und furchteinflößend ist, töte es. Das menschliche Credo.«

»Die Menschen tun nur, was sie tun müssen«, sagte

Ruin. Reck grinste schelmisch und blinzelte Patience zu, als wollte sie sagen: Siehst du, was für ein Humanophiler mein Bruder geworden ist? »Aber auch die Wyrmer taten, was sie tun mußten«, sagte Ruin. »Sie wußten, daß die Menschen sie mit ihren Maschinen allesamt töten konnten und würden. Was macht man, wenn der Feind zu stark ist, um ihn zu vernichten? Man wird selbst zu diesem Feind.«

»O ja, jeder tut, was seine Gene ihm befehlen«, witzelte Patience.

»Hätten sie sich nicht mit Menschen gepaart«, sagte Reck, »würde es uns nicht geben. Wir können die Wahl, die sie getroffen haben, wohl kaum verdammen.«

»Aber weißt du, Heptarchin, wir Geblinge sind nicht, was sie zu werden beschlossen haben«, sagte Ruin. »Wir sind der Abfall der zweiten Generation, die mißlungenen Experimente, die dem Untergang geweihten Hybriden, die kläglichen Mißgeburten. Dwelfen ohne Hirn. Gaunter ohne Willen. Wir Geblinge, wir kamen dem nahe. Aber wir waren nicht perfekt. Es ist die nächste Generation, die perfekt sein wird, während wir zum Sterben verurteilt sind.«

»Es ist nicht so, daß jemand das geplant hätte«, sagte Patience. »So hat sich das Leben hier auf Imakulata nun mal entwickelt.«

»Wenn man es so sieht«, sagte Reck, »möchtest du dich sicher mit Unwyrm zusammentun und seine Babys bekommen, oder?«

»Bei allem verdienten Respekt gegenüber der Weisheit unserer ältesten Vorfahren«, sagte Ruin, »der Geblingkönig hat beschlossen, dem Plan nicht zu folgen.«

»Wir sind Wyrm genug, um das Leben jedes anderen Gebling zu spüren«, sagte Reck, »und Mensch genug, um einen individuellen Überlebenswillen zu besitzen. Soweit es uns betrifft, ging der Anpassungsprozeß weit genug, als er uns, die Gaunter und die Dwelfen ins Leben rief.«

»Wir sind die Erben der Wyrmer«, sagte Ruin. »Von den Menschen verschieden, ihnen aber ähnlich genug, um an ihrer Seite zu leben. Die Gene der Wyrmer sind in uns am besten aufgehoben. Nicht in der perfekten Kopie, die Unwyrm herzustellen beabsichtigt.«

»Wir *sind* Verbündete in diesem Krieg«, sagte Patience. Spontan rutschte sie von ihrem Stuhl, setzte sich vor dem Feuer auf den Boden und lehnte sich gegen Recks Beine, wobei ihr Kopf auf den Knien der Gebling zu ruhen kam. »Ich erinnere mich, Geblingleben gelebt zu haben. Ich will ebensosehr, daß ihr wie daß die Menschen überleben.«

Reck strich ihr durchs Haar. »Ich habe dich kennengelernt, wie ich außer dir keinen anderen Menschen kennengelernt habe. Ich würde es bedauern, wenn die einzige Möglichkeit, Unwyrm aufzuhalten, darin bestünde, dich ebenfalls zu töten.«

»Aber du würdest es tun«, sagte Patience.

»Wenn es keinen anderen Ausweg gäbe, ja.«

»Und gäbe es keinen anderen Ausweg«, sagte Patience, »würde ich wollen, daß du es tust.«

Zufällig blickte sie, als sie das sagte, zur Tür zurück. Angel stand dort, die Hände beidseitig an den Pfosten. Der Ausdruck auf seinem Gesicht verriet, daß er ihr Gespräch mitangehört hatte und daß er in Patiences Tod nicht einwilligen würde.

Und zum erstenmal kam es Patience in den Sinn, daß Angel gar nicht die Absicht haben könnte, ihr zu gehorchen, wenn es zur letzten Schlacht gegen den Unwyrm kam. Angel hatte seine eigenen Pläne, und wie oft er sie auch Heptarchin nennen mochte, dachte er von ihr doch immer noch als von einem Kind unter seinem Schutz.

Ein Schauder durchlief Patience, als sie dachte: Was, wenn ich dich töten muß, Angel, um zu tun, was ich zu tun habe?

Er konnte an ihrem Gesichtsausdruck nicht gesehen haben, was sie dachte, aber schwach wie sie war, konnte sie den Schauder nicht verbergen. Er sah es. Wortlos ging er wieder hinaus, schloß hinter sich die Tür.

Wenn Reck und Ruin das flüchtige Zwischenspiel bemerkt hatten, äußerten sie sich nicht dazu. Vielleicht weil Reck ihren Schauder spürte, fragte sie: »Bist du kräftig genug, um weiterzuziehen?«

»Welche Kraft erfordert das schon?« fragte Patience. »Ich bin geistig gesund, denke ich, und so können wir aufbrechen, sobald die Arbeit hier beendet ist.«

»Dann brechen wir jetzt auf. Es ist nicht nötig, hier zu warten, bis das Haus fertig ist. Es wird zu Ende gebracht, ob wir hier sind oder nicht. Außerdem können wir es überwachen, ohne überhaupt hier zu sein.«

Reck stand auf.

»Warte«, sagte Patience. »Ich wollte dich was fragen. Über Will. Er hat mich vom Bettende aus gemustert, als ich erwachte.«

Reck zuckte die Achseln. »Will macht, was er will.«

»Wie lange war er da schon?«

»Ich weiß nicht. Wann immer ich ihn bemerkt habe, kam er entweder aus deinem Zimmer oder ging hinein.«

Ruin kicherte. »Schließlich ist er ein Mann, und du hast deine Körperverkleidung erst abgelegt, als ich dich operierte. Vielleicht gefällt es ihm, dich anzuschauen. Er lebt seit langem im Zölibat.«

Patience brachte es einen Augenblick aus der Fassung, sich vorzustellen, daß Will sie vielleicht als Frau begehrte. Dann erkannte sie, daß Ruin scherzte. Sie lachte.

»Lach nicht«, sagte Reck. »Ich habe es bereits vor langer Zeit aufgegeben, Wills Gedanken entziffern zu wollen, so daß meine Vermutung nahezu wertlos ist. Er macht, was er will. Aber ich bezweifle, daß er daran dachte, dich haben zu wollen, Kind. Ich habe nie erlebt, daß er etwas für sich wollte. Sein Leben ist nichts als Dienst.«

»Ein geborener Sklave«, sagte Ruin.

»Keiner könnte ihn je sein Eigentum nennen«, sagte Reck. »Er dient, aber nur, wo er denkt, daß sein Dienst erforderlich ist. Ich glaube, daß er sich insgeheim für Kristos hält. Ist es nicht das, was der Menschgott sein wollte? Jedermanns Diener?«

»Ich bin Skeptikerin«, sagte Patience. »Religion interessiert mich nicht.«

»Nun, ob es dir gefällt oder nicht, die Religion interessiert sich für dich«, sagte Reck. »Wenn du lebend aus alledem herauskommst, wirst du froh sein können, wenn sie nicht behaupten, *du* seist Kristos.«

»Sie ist ein ebensoguter Kandidat wie jeder andere«, sagte Ruin.

»Warum nicht du?« fragte Patience. »Das würde ihnen zu schlucken geben, einen Geblingerlöser zu haben.«

Ruin lachte. »Warum nicht? Der Kobold Kristos.«

Patience lachte mit ihm. Als sie es tat, spürte sie, wie der Cranning-Ruf in ihr stärker wurde, als habe er sich während ihres langen Wahnsinns nur zurückgehalten, sei jetzt aber durch den Klang ihres Lachens geweckt worden. Lust nach Unwyrm entbrannte in ihr. Sie rief nach Sken, und noch am selben Nachmittag machten Sken und Will das Boot klar. Am nächsten Morgen nahm Patience persönlich Rivers Krug vom Kaminsims. »Wach auf«, sagte sie zu ihm.

Langsam schlug er die Augen auf, dann schnalzte er zweimal und ließ einen küssenden Laut ertönen. Unverzüglich kam der Affe ins Zimmer gehüpft und begann hektisch an der Blase zu pumpen. »Wird auch Zeit«, sagte River. »Wird auch verdammt noch mal Zeit! Was meinst du eigentlich, wozu ich sie meinen Kopf habe aufheben lassen? Um zuzusehen, wie ein Haufen Kobolde ein langweiliges Haus dekoriert? Bring mich zum Boot hinunter, und du kannst dir sicher sein, daß ich diese Reise als schlimmste und dümmste Reise meines Lebens in Erinnerung behalten werde!«

Er schimpfte den ganzen Weg den Berg hinunter. Erst das Schaukeln des Bootes auf dem Wasser brachte ihn zum Schweigen; dann sang er dem Fluß das merkwürdigste Lied vor, ein Lied ohne Worte, sogar ohne viel Melodie. Das Lied eines Mannes, der schließlich zu seinem Körper heimkehrt, das Lied der Ekstase, die er verspürt, wieder seine Arme und Beine zu haben, wieder er selbst zu sein. River, wieder mit dem Fluß verbunden.

Sie stießen sich von Heffijis klapprigem Kai ab und segelten mit dem letzten Herbstwind nach Norden. Patience konnte spüren, wie Unwyrm sich freute, daß sie sich ihm wieder näherte. Dieser Monat des Wartens mußte hart für ihn gewesen sein: nicht wissend, was sie aufgehalten hatte, nicht wissend, ob sie verletzt war oder die Kraft erlangt hatte, ihm zu widerstehen, oder in Gefangenschaft geraten war. Jetzt näherte sie sich ihm wieder, und er ließ ihren Körper vor Wonne darüber erschauern.

14 Der Wachsame

Patience wußte, daß die Landschaft stromaufwärts von Heffijis Haus identisch mit der Landschaft war, durch die sie bisher gekommen war. Die gleichen massiven Eichen, die gleichen Buchen und Ahorne, Eschen und Kiefern. Aber sie wußte jetzt mehr. Sie *war* mehr. Sie konnte sich an einige der frühesten Heptarchen als an kleine Kinder erinnern, die lange Kataloge der Flora und Fauna lernten, alle sauber unterschieden nach einheimischer und irdischer Herkunft ...

Eichen und Ahorne waren irdischer Herkunft, ebenso Eschen und Kiefern. Buchen und Palmen und Farne waren einheimisch, aber nach ähnlich aussehenden irdischen Arten benannt. Scheuernuß, Heißbeere, Glasfrucht und Netz waren einheimisch; die Walnuß stammte von der Erde.

Wie viele ihrer frühesten Vorfahren sah Patience jetzt deutliche Unterschiede zwischen Imakulatas einheimischem Leben und dem Leben, das an Bord des Sternenschiffes mitgebracht worden war, und sie begann den Ursprung der uralten Feindschaft zwischen Menschen und den von ihnen verachteten intelligenten Eingeborenen zu verstehen. Sie waren vom menschlichen Standpunkt aus häßlich, seltsam und gefährlich, während die Menschen und die Pflanzen, die sie mitgebracht hatten, sicher und schön waren.

Aber Patience konnte darüber hinaus sehen, was keiner ihrer Vorfahren je gesehen hatte. Obwohl sie sich an die Welt erinnern konnte, wie der fünfte Heptarch sie sah, besaß sie keine Erinnerung an eine außerirdische Welt. Die Wälder von Imakulata waren in der fünften Generation haargenau so geworden, wie sie heute noch waren, beinahe zur Gänze irdischer Herkunft.

Und doch nicht vollständig irdisch. Die einheimischen Arten waren nicht ersetzt worden. Sie hatten bloß Verkleidungen angelegt und waren dem Anschein nach zu den Pflanzen irdischer Herkunft geworden, die die Menschen kannten. Was war die Eiche vorher gewesen? Ein kleines Fluginsekt, ein Wurm, ein Seetang, ein auf einem Staubkorn dahintreibendes Virus? Die ganze Welt war verkleidet, jedes Lebewesen gab vor, den Menschen, die sich für die Herren der Welt hielten, eine Heimat und ein Trost zu sein. Alles, was wirklich den Menschen gehörte, war entführt, ermordet und von Spöttern ersetzt worden. Patience stellte sich vor, sie könnte durch die Verkleidung des Wildes sehen, das am Flußufer trank und bei ihrem lärmenden Näherkommen leichthin davonsprang. Sie malte sich das geheime Selbst einer Eiche als verborgenes, entstelltes Baby aus, das sie aus dem Herzen des Baumes böse angrinste. Wechselbälger, eine Welt von Wechselbälgern, die sich alle gegen uns verschworen haben, uns in Sicherheit wiegen, bis zu dem Moment, an dem sie schließlich beginnen werden, auch uns zu ersetzen.

Sie schauderte. Und sie stellte sich vor, daß Unwyrm über das Verlangen ihres Körpers auf sie einflüsterte. Komm zu mir, komm und gebäre meine Kinder, meine Kinder, meine Wechselbälger, wir werden uns in jedes Haus der Welt stehlen, du und ich, und in die Betten der Kinder kriechen. Wir werden unseren kleinen Wyrmling in die Wiege legen und zusehen, wie er seine Gestalt verändert, um genau wie das Menschenbaby auszusehen, das dort liegt. Dann werden wir das Menschenbaby nehmen, es nach draußen tragen, ihm die Kehle aufschlitzen und es in einen Sack werfen.

Tausend Säcke, alle in einen Garten ausgeleert, wo die grinsenden Eichen dem verworfenen Fleisch das letzte bißchen Leben aussaugen. Patience stellte sich vor, daß sie durch den Garten ging und daß spröde Knochen unter ihren Füßen zerbarsten, während sie zusah, wie ihr Gatte einen weiteren Sack ausleerte, sie dann mit seinem winzigen Wyrmkopf anblickte und sagte: »Der letzte. Das ist der letzte von ihnen. Es ist nur noch ein Menschenkind auf der Welt übrig.« Er holte ein lebendes Baby aus dem Sack, dessen entsetzte Augen hoffnungslos zu ihr hinaufstarrten, und bot ihr großzügig diese Mahlzeit an.

Statt dessen lief sie davon, zu einem Ort, wo der Boden weich war und ihren Füßen Schonung brachte; zu einer kleinen Hütte im Wald, wo sie hören konnte, wie eine Mutter ihrem Kind leise etwas vorsang. Hier ist ein Ort, den wir übersehen haben, dachte sie. Ein Kind, das noch lebt. Ich werde es beschützen, ich werde es vor Unwyrm verstecken, und es wird aufwachsen und heranreifen und die Wechselbälger töten.

Sie spähte ins Fenster und sah das Baby, und es war wunderschön; seine zerbrechlichen Finger waren um den Daumen der Mutter geschlossen, und sein Mund machte süße Saugbewegungen. Lebe, sagt sie lautlos zu dem Kind. Lebe und werde stark, denn du bist der letzte.

Da blinzelte das Kind ihr zu und grinste.

Angel rüttelte sie aus dem Schlaf. »Du hast geschrien«, sagte er.

»Tut mir leid«, wisperte sie. Sie ging zum Dollbord und blickte über das Wasser hinweg zu den Bäumen. Keiner davon schien sich verändert zu haben. Ihr Traum war Unsinn gewesen. Wenn es wie eine Eiche aussieht, wenn es sich wie eine Eiche schneiden läßt, wenn man wie aus einer Eiche damit etwas bauen kann, was macht es dann, daß sie ein riesiges Genmolekül hat anstatt vieler kleiner?

Was macht es, wenn das Wild nur zur Hälfte Wild ist und die andere Hälfte seiner Blutlinie von einem seltsamen Imakulata-Wesen abstammt? Leben ist Leben, Gestalt ist Gestalt.

Bis auf mein Leben. Meine Gestalt. Die muß bewahrt werden. Unwyrms verbesserte Version der Menschheit ist der Tod des alten, fehlerhaften, einsamen, aber wunderschönen Erdenvolkes. Meines Volkes.

Komm, beeil dich, beeil dich, komm, sprach Unwyrms Leidenschaft.

»Schau nur«, sagte Angel. »River hat Ruin den Mast hinaufgeschickt, und er hat ihn an der letzten Biegung des Flusses gesehen. Den Skyfoot. In ein paar Minuten können wir ihn sogar von Deck aus sehen.«

Patience stand auf. Trotz allem, was sie auf dieser Reise schon durchgemacht hatte, reagierte ihr Körper immer noch rasch. Innerhalb von Augenblicken war sie wieder wachsam und stark. Mein Körper weiß nicht, daß ich dreihundert Generationen alt bin, dachte sie. Mein Körper hält mich für eine junge Frau. Mein Körper denkt immer noch, ich hätte eine eigene Zukunft.

Der Skyfoot war ein Schatten, der sich an einer langen, geraden Uferstrecke knapp über den fernen Bäumen erhob.

»Wenn der Wald nicht so hoch wäre«, sagte Angel, »hätten wir ihn schon eine Woche vor unserem Eintreffen bei Heffijis Haus gesehen statt erst drei Tage, nachdem wir es wieder verlassen haben.«

»Er ist sehr nahe«, sagte Patience.

»Nicht wirklich. Nur sehr hoch. Sieben Kilometer von der Basis bis zum Kamm.«

»Und jetzt wieder verborgen.«

Es war ein zu flüchtiger Anblick gewesen und in zu weiter Ferne, um irgendwelche Züge auszumachen. Aber jedes weitere Erscheinen dauerte länger als die vorigen. Zwei Tage später gingen sie in einer anderen Flußbiegung vor Anker, und als die hereinbrechende Nacht den Berg verdeckte, begannen die Lichter von Cranning den Himmel zu sprenkeln wie eine niedrighängende Galaxie.

Die Lichter reichten so weit von Osten nach Westen, wie sie durch ihre Gasse zwischen den Ufern aus hohen Baumstämmen sehen konnten. In dieser Nacht bestiegen Reck und Ruin in der Dunkelheit die Takelage, um gemeinsam auf dem Mast zu kauern und zuzusehen, wie ihre Heimat zum Leben erwachte.

River wurde mürrisch. Cranning bedeutete ihm nicht mehr als das Ende der Reise. Es war die Reise, für die er lebte, und jede Ankunft war wie ein kleiner Tod.

Am nächsten Tag begann sich der Fluß in viele breite und langsam fließende Ströme aufzuspalten, die zwischen bewaldeten Inseln hindurchführten. »Was wir hier haben«, sagte Angel, »ist eine uralte tektonische Kollision von enormen Ausmaßen. Wir befinden uns auf einer Platte, die einst unter die riesige Auffaltung des Skyfoot geschoben wurde. Jetzt haben sich die beiden verbunden, und der Boden ist stabil, aber früher einmal muß es furchtbare Erdbeben gegeben haben. Das Land fällt von hier bis zur Basis des Skyfoot tatsächlich wieder ab. Das Wasser von den schmelzenden Gletschern hoch oben im Berg sammelt sich in den tieferliegenden Gebieten und bildet einen See, der die gesamte Basis des Berges umgibt. Die ursprünglichen Kolonisten haben das gesehen und geschrieben, daß es dergleichen sonst nirgendwo auf einem bewohnbaren Planeten im Universum gibt.«

»Bis jetzt«, sagte Patience.

»Nun, man nimmt an, daß alles, was einmal passieren kann, schließlich auf einer anderen Welt wieder passieren kann und wird.«

Sie konnten jetzt Ansammlungen von Gebäuden in der Flanke des Berges erkennen. Den ganzen Tag über hing Ruin an den Mast geklammert da oder saß verzückt im Bug, musterte die gewaltige Felswand, als wäre sie eine geliebte Bittstellerin, die zu ihm kam.

»Er ist völlig nutzlos«, beschwerte sich Sken. »Wir sollten

ein Tau an ihm festbinden und ihn als Anker über Bord werfen.«

Recks Reaktion auf den Berg war das Gegenteil von der Ruins. Während er stiller wurde, wurde sie beredsam.

»Ich habe die Geschichten gehört, seit ich klein war«, sagte sie. »Der Boden und das Wasser aus zehntausend Höhlenöffnungen Crannings sind so fruchtbar, daß nie ein Stück Holz oder ein Bissen Nahrung jemals hierher importiert wurde. Am Fuß Crannings liegt ein feuchter und nährstoffreicher Regenwald. Der Berg steigt durch alle Wetterlagen der Welt auf. Alles, was irgendwo in der Welt leben und wachsen kann, wächst hier.«

Sie erzählte von den Königreichen der Menschen, die auf dem Antlitz des Berges erblüht und untergegangen waren, einige davon nur drei Kilometer breit, fünfzig Meter tief und zwanzig Meter hoch, aber mit ihren eigenen Dialekten, Armeen und Kulturen versehen. »Und hinter ihnen allen, in den tiefsten Höhlen, in völliger Dunkelheit, führen wir Geblinge unser Leben. Zehn Millionen Geblinge, mehr als die Hälfte der Geblinge auf der Welt. Während Menschen, Dwelfen und Gaunter ihre Kriege und Intrigen auf dem Antlitz des Skyfoots austragen, halten wir uns an sein Herz. Sie bauen ihre Grenzen und Mauern, so daß keiner hindurch kann – aber die Geblinge kommen durch, weil wir alle verborgenen Wege kennen.«

»Herrscht ihr nicht auch an der Oberfläche?« fragte Patience.

»Wenn wir wollen«, sagte sie lächelnd. »Wenn wir beschließen zu herrschen, herrschen wir. Jeder dort weiß es. Wir brauchen uns damit nicht zu brüsten.«

Patience empfand keine Begeisterung beim Anblick des Berges. Irgendwo in der Nähe des Gipfels wartete er auf sie und spürte, wie sie näherkam, wobei sich seine Begierde nach ihrem Eintreffen steigerte. Sie stellte fest, daß sie sich danach sehnte, das Boot zu wenden, es stromabwärts treiben zu lassen und nie mehr an Cranning oder die Heptarchie oder sonst etwas zu denken. Sie träumte öfter und wachte in der Nacht schweißüberströmt auf, zitternd vor einem Verlangen, das ihren Schlaf beherrschte.

In einer solchen Nacht erhob sie sich von ihrem Bett und verließ die Kabine. Ruin hielt seine Wache am Bug, aber sie bewegte sich leise, und wenn er sie bemerkte, ließ er es sich nicht anmerken. Er hatte sich den Lichtern im Berg zugewandt, die jetzt zu später Stunde eines nach dem anderen erloschen. Sie ging zum Heck des Bootes und rollte sich neben einem dicken Tau zusammen, das aufgeschossen auf Deck lag. River schlief in seinem Krug, schaukelte sachte hin und her, während der Strom das Boot wiegte. Die Luft war kalt, aber ihr gefiel die Unbequemlichkeit; sie lenkte sie vom Cranning-Ruf ab.

Sie war sich nicht bewußt, geschlafen zu haben, aber als sie die Augen aufschlug, stand Ruin nicht mehr am Bug. Also hatte jemand anderer Wache. Wer war dran? Es war noch kein Licht am Himmel. Sken? Will?

Sie hörte ein Plätschern im Wasser neben dem Boot. Sofort war sie auf der Hut. Sie wußte alles über die Flußpiraten auf den tiefergelegenen Abschnitten des Cranwaters; sie hatte nie von welchen in solcher Nähe zum Skyfoot gehört, aber es war möglich. Lautlos zog sie das Glasblasrohr aus dem Kreuz und brachte sich in Sitzhaltung. Das Plätschern bewegte sich an der Backbordseite des Bootes dahin, und wirklich langte eine Hand zum Dollbord hinauf. Als die andere Hand erschien, senkte sich das Boot leicht ab, denn jetzt nahm es das Gewicht eines sehr großen Mannes auf.

Dann entspannte sich Patience ein wenig. Sie kannte diese Hände, kannte nur einen Mann, der so groß war. Langsam stemmte sich Will hüfthoch über das Dollbord. Dann schwang er eines nach dem anderen seiner Beine auf das Deck, stand auf und begann auf das Heck zuzugehen. Er war nackt. Und Patience, ständig erregt von der Leidenschaft ihrer endlosen erotischen Träume, keuchte unwillkürlich auf.

Sofort erstarrte er. Patience schämte sich, so wenig

Selbstbeherrschung zu haben, daß sie unfreiwillig einen Laut von sich gab; Will zeigte keine Scham über seine Nacktheit. Er sah sie, schüttelte den Kopf und ging dann einige Schritte weit auf sie zu, bevor er die Kabinenwand umrundete und sich dorthin begab, wo seine Kleider warteten.

Im Mondlicht sah Patience deutlich das breite, weiße, haarlose Narbengewebe, das von seinem Nabel bis zu den Klippen und von seiner Hüfte zur anderen ein krauses und runzeliges Kreuz bildete. Der Breite der Narben nach war klar, daß er vor langer Zeit, als Kind, gebrandmarkt worden war. Aber es war trotzdem ein Schock für sie. Nur eine Sekte entstellte sich selbst mit dem Zeichen des Kreuzes an den verborgenen Stellen des Körpers. Will war ein Wachsamer.

Er versuchte nicht, es zu verbergen. Er hielt sich ihr zugewandt, als er erst sein Hemd, dann seine Hosen anzog. Sein Haar tropfte noch vom Wasser; seine Socken und Schuhe ließ er beiseite. Mit zwei Schritten stand er vor ihr, so groß wie der Skyfoot aus ihrer Perspektive. Dann setzte er sich in einer einzigen flinken Bewegung hin und schaute ihr in die Augen. »Ein Wachsamer war einmal mein Herr«, sagte er leise.

Sie wußte nicht, weshalb sie sich jetzt vor ihm fürchtete. Als sie Oruc gedient hatte, waren die Wachsamen gefährlich gewesen, weil sie nicht das mindeste auf Gesetz und Regierung gaben, und wenn sie sprachen, lag Aufruhr in ihren Worten und der Mut des Wahnsinns in ihren Augen. Sie waren gefährlich, weil die einfachen Leute glaubten, daß Gott ihnen eine besondere Macht gegeben habe, und so besuchten sie sie in ihren einsamen Hütten, brachten ihnen Nahrung und Kleidung und vor allem ein aufmerksames Publikum für ihre Aufwiegelei.

Das Risiko bestand für sie jetzt nicht mehr. Bei dem, was die Wachsamen von *ihr* glaubten, drohte ihr weniger Gefahr von einem Wachsamen als von sonst einem Lebewesen.

Und dennoch fürchtete sie sich.

»Wachsame brandmarken ihre Sklaven nicht«, sagte sie. »Nicht gegen ihren Willen.«

Will nickte. »Auch ich war ein Wachsamer. Als Kind.«

»Hast du die Schwüre widerrufen?«

»Nein.«

»Dann bist du immer noch ein Wachsamer?«

»Ich halte mein Leben – für eine Wache. Aber die meisten Betbrüder in ihren kleinen Hütten würden mich für einen Häretiker halten.«

»Und weshalb ist das so?«

»Weil ich nicht glaube, daß Kristos kommen wird, um die Menschen zu einen und in Frieden und Harmonie über die Welt zu herrschen.«

An diesem Morgen hatte er bereits mehr zu ihr gesagt, als in all den Wochen zuvor. Aber sein Reden war so einfach, wie es sein Schweigen gewesen war, als ob Reden oder Schweigen keinen Unterschied für ihn machten. Sie hätte ihm diese Fragen jederzeit stellen können, und er hätte geantwortet. »Was für eine Wache hältst du also?«

»Eine Wache, die das gleiche Ziel verfolgt wie alle Wachen – das Kommen Kristi abzuwarten.«

»Du bewegst dich im Kreis.«

»In einer Spirale. Mit jeder Windung näher zur Wahrheit.«

Sie dachte wieder darüber nach, was er gesagt hatte, versuchte die Antwort auf das Problem zu finden, das er ihr gerade gestellt hatte. Dann erkannte sie, daß er sie prüfte, so wie Vater und Angel sie immer geprüft hatten. Sie schüttelte den Kopf. »Sag es mir einfach. Oder laß es bleiben. Es kümmert mich nicht.«

»Ich glaube, daß Kristos kommen wird, um Geblinge, Dwelfen und Gaunter zu vereinen. Und auch die Menschen, wenn sie genügend Abbitte leisten.«

»Wachsame glauben nicht, daß Geblinge Seelen haben.«

»Ich sagte dir ja, ich sei Häretiker.«

»Und was ist mit mir?« fragte sie.

Will schüttelte den Kopf und blickte auf das Deck hinunter. Sie betrachtete sein Gesicht, die offene Einfachheit seines Ausdrucks. Sie hatte ihn wegen seiner Miene einmal für dumm gehalten. Jetzt sah sie ihn als einen Mann, der im Frieden mit sich selbst war und ein offenes Gesicht besaß, nicht weil er naiv und vertrauensselig war, sondern vielmehr weil er weise und vertrauenswürdig war. Ein Mann ohne Arglist. Wenn er nicht antworten wollte, log er nicht; er schwieg einfach. Es war die einzige Sache, auf die ihre diplomatische Ausbildung sie nicht vorbereitet hatte: auf einen ehrlichen Mann.

Schließlich richtete er den Blick wieder auf ihr Gesicht. Sein Ausdruck veränderte sich.

Was war es? Verzweiflung und Hoffnung, die miteinander kämpften?

»Worauf hoffst du?« wisperte sie.

Er sprach nicht. Statt dessen streckte er seine massige Hand aus und strich mit der Rückseite seiner Finger über ihre Lippen. Es war die Geste der Ehrerbietung gegenüber dem Heptarchen. Sie wurde innerlich kalt. Wieder einer, der Pläne mit ihr hatte.

Aber dann schüttelte er den Kopf. »Es ist eine Lüge«, sagte er. »Das war einmal alles, was ich von dir wollte.«

»Und jetzt?«

Seine Hand glitt hinter ihren Kopf, bedeckte die Stoppeln ihres Haares dort, wo es geschoren worden war, packte sie fest und doch ohne Gewalt. Er beugte sein Gesicht zu ihr vor, küßte sie auf die Wange und drückte einen langen Augenblick seine Wange gegen ihre.

Keiner hatte sie je so umarmt. Sie konnte sich nicht erinnern, daß sie seit dem Tod ihrer Mutter überhaupt jemand umarmt hatte. Sie verlor die Gewalt über sich und zitterte. Nach all dem angestauten Sehnen des Cranning-Rufs konnte sie nicht anders als zu glauben, daß es dies war, was ihr Körper wollte. Sie wandte ihm das Gesicht zu, küßte seine Wange.

Und schrie vor Schmerzen auf.

Rasch entzog er sich ihr, musterte ihr Gesicht. Konnte er

die schreckliche Welle des Ekels sehen, die ihren Körper überschwemmt hatte?

»Es tut mir leid«, murmelte er.

»Nein«, wisperte sie und mußte kämpfen, um überhaupt irgendwelche Worte herauszubringen. »Nein, es ist Unwyrm, er verbietet es, er verbietet ...« Aber Patience wollte sich nicht unterwerfen. Spontan ergriff sie Wills Hemd und zog sich näher an ihn heran, preßte ihr Gesicht gegen seine Schultern; sie spürte seine Hände zaghaft ihren Rücken, ihre Schultern berühren und seinen Atem warm in ihrem Haar.

Aber je länger er sie hielt, desto schmerzhafter wurde die Bestrafung durch Unwyrm. Obwohl sie atmete, spürte sie ein schreckliches, drängendes Verlangen zu atmen, als würde ihr jemand ein Kissen auf das Gesicht drücken. Ich *atme*, sagte sie sich, aber ihr Körper wurde gegen ihren Willen von Panik erfüllt. Sie stieß Will von sich und warf sich keuchend aufs Deck.

»Du *bist* Kristos«, sagte Will. »Erkennst du es nicht? Du bist die Heldin, die sich dem Wyrm in seinem Lager stellt. Du bist die, die uns alle retten oder vernichten wird, Menschen und Geblinge, Dwelfen und Gaunter.«

Die Bestrafung ließ nach, jetzt, da er sie nicht mehr berührte. Sie begann ruhiger zu atmen.

»Er berührt nicht deinen tiefsten Ort«, sagte Will. »Er kann nur deine Leidenschaft bezwingen, nicht deinen Willen. All die Weisen, die zu ihm gegangen sind, sie waren schwächer als ihre Leidenschaft. Sie hatten ihr ganzes Leben damit verbracht, ihr Verständnis zu mehren, ihre Geschichten von der Welt aufzubauen. Ihr Gedächtnis, ihre Identität, dieser Teil der dreieinigen Seele wurde bis zur Perfektion geschliffen, so scharf wie nur irgendein Schwert, das ich je in die Schlacht mitnahm. Aber als Unwyrm sich an sie wandte, wandte er sich an ihre Leidenschaft. Das war ungewohntes Gelände für sie, ein Bereich, den sie in ihrer Seele nicht erobert hatten, und so gingen sie zu ihm, weil sie dachten, daß sie keine Wahl hatten.«

»Er brachte mich dazu, zu denken, daß ich nicht mehr atmen kann, obwohl ich doch geatmet habe.«

»Hättest du in meinen Armen bleiben wollen«, sagte Will, »wärst du es geblieben.«

»Ich konnte nicht.«

»Hättest du es gewollt, ganz und gar, ohne Vorbehalte deinerseits, hättest du bleiben können.«

»Woher weißt du, was ich kann oder nicht kann?«

»Weil er mich gerufen hat und ich die Grenzen seiner Macht kenne.«

Sie musterte ihn im Mondschein so gut es ging. Soweit sie es sagen konnte, sprach er die Wahrheit. Dieser schwerfällige Riese war einer der Weisen? Dieser Mann, der auf Recks Feld den Pflug gezogen hatte, der nie sprach, der als Sklave gelebt hatte und wenigstens an einige der Doktrinen der Wachsamen glaubte – war einer der Weisen?

»Du und ich«, sagte Will, »wir haben die gleiche Kraft erlernt. Beide sind wir unter starken Herren aufgewachsen, und beide gehorchten wir. Aber wir lernten, unseren Gehorsam in Freiheit zu verwandeln. Wir lernten, uns auszusuchen, wem wir gehorchten, selbst wenn andere dachten, wir hätten keine Wahl. Obwohl wir den Anschein erweckten, keinen eigenen Willen zu haben, waren deshalb all unsere Handlungen unser ganzes Leben lang frei.«

Sie dachte an Vaters und Angels Prüfungen, die Regeln des Protokolls, die Rituale der Selbstverleugnung. Manchmal war es gewesen, wie Will sagte. Manchmal hatte sie die freie Wahl gehabt. Aber zu anderen Zeiten nicht. Zu anderen Zeiten war sie ganz und gar nicht frei gewesen und hatte an den Fesseln der Sklaverei gezerrt.

»Hat er dir jemals den Atem geraubt?« fragte sie.

»Eines Tages ging ich in die Schlacht. Mein Herr war der Heerführer, und sein Banner zog den Feind auf uns. Ich stand zwischen ihnen, wie ich es immer getan hatte. Nur rief mich an diesem Tag Unwyrm zu sich. Er jagte mir furchtbare Angst ein, aber ich hielt stand. Er machte mich so durstig und hungrig, daß mein Kopf weh tat und mein

Mund ausdörrte, aber ich hielt stand. Er machte das Bedürfnis meiner Blase und meines Darms so stark, daß mein Körper alles entließ, was er enthielt, aber ich schenkte dem keine Beachtung und hielt stand. Und dann, als der Feind mich erreichte, gab er mir das Gefühl, als würde ich ersticken. Der Drang zu atmen ist der eine unwiderstehliche Drang, und ich wußte, daß ich keine Erleichterung von diesem Schmerz finden würde, wenn ich nicht das Schlachtfeld verließe und nach Cranning zu ziehen begänne.«

»Was hast du getan?«

»Was du auch getan hättest. Ich vergewisserte mich, daß ich wirklich atmete, und machte dann weiter, tat, was ich tun wollte, ungeachtet der Schmerzen. An jenem Tag tötete ich vierundneunzig Menschen – der Bannerträger zählte mit –, und mein Herr bot mir die Freiheit an.«

»Hast du sie angenommen?«

»Wie konnte er mir anbieten, was ich bereits hatte? Ich war frei. Wie du frei bist. Hättest du nicht insgeheim bezweifelt, daß du mich lieben wolltest, hättest du mich hier auf diesem Deck gehabt.«

»Und hättest du dich mir hingegeben?« fragte sie.

»Ja.«

»Weil ich Heptarchin bin?«

»Nicht weil du *Heptarchin* bist, sondern weil *du* Heptarchin bist.«

»Ich bin nicht so stark wie du denkst.«

»Im Gegenteil. Du bist stärker als du weißt.«

Sie wechselte das Gesprächsthema; sie glaubte ihm nicht und wollte es doch und fürchtete, daß es ihr ein Übermaß an Selbstvertrauen einflößen würde, wenn sie noch länger zuhörte. »Du bist einer der Weisen? Welche Geheimnisse kennst du, die Heffiji in ihrem Haus lagern könnte?«

»Sie stellte mir ihre Frage, und ich gab ihr meine Antwort«, sagte Will.

An seinem Tonfall erkannte sie, daß sie besser nicht direkt danach fragen sollte, wie die Frage oder die Antwort gelautet haben mochte. Statt dessen stellte sie ihre eigene Frage. »Was hast du gelernt als Sklave?«

»Daß keiner je der Sklave eines anderen sein kann.«

»Das ist eine Lüge.«

»Dann habe ich gelernt zu lügen.«

»Aber du glaubst es.«

Will nickte.

»Es gibt Leute, die etwas aus Furcht vor der Peitsche tun. Es gibt Leute, die etwas aus Furcht vor dem Verlust ihrer Familie oder ihres Lebens tun. Es gibt Leute, die man kauft und verkauft. Sind sie nicht Sklaven?«

»Sie sind Sklaven ihrer Leidenschaft. Ihre Furcht beherrscht sie. Welche Macht hast du über mich, wenn ich mich nicht vor deiner Peitsche fürchte? Bin ich dein Sklave, wenn ich mich nicht vor dem Verlust meiner Familie fürchte? Ich gehorche dir, treu, vollkommen, weil ich es mir so ausgesucht habe; bin ich deshalb dein Sklave? Und wenn es dazu kommt, daß du mich meiner Freiheit wegen haßt, die größer ist als deine, und du mir zu tun befiehlst, was ich nicht tun will, dann stehe ich in Ungehorsam vor dir. Bestrafe mich dann; ich habe es mir ausgesucht, bestraft zu werden. Und wenn die Bestrafung härter ausfällt, als ich hinzunehmen gewillt bin, dann werde ich soviel Kraft aufwenden, wie erforderlich ist, um die Bestrafung zu verhindern, und nichts weiter. Aber nie habe ich auch nur einen Augenblick lang etwas getan, was ich mir nicht selbst ausgesucht hätte.«

»Dann ist keiner so stark wie du.«

»Doch, allerdings. Ich habe meinen Gehorsam Gott anvertraut und verwende meine ganze Urteilskraft darauf, seinen Willen auszuführen, sofern ich ein gewisses Verständnis davon gewinne. Aber jene, die beschlossen haben, ihren Gehorsam ihrer Leidenschaft zu überlassen oder ihren Erinnerungen, sie haben es sich ausgesucht, zu gehorchen. Der Vielfraß überfüllt aus freien Stücken seinen Bauch, der Päderast schwelgt in der Unschuld und der Ängstliche gehorcht seiner Angst – weil er es will.«

»Bei dir klingt es so, als wären unsere Wünsche und Sehnsüchte unabhängig von uns.«

»Das sind sie. Und wenn du das nicht weißt, dann wirst du vielleicht doch noch zu Unwyrms Sklavin.«

»Ich kenne ein wenig von den Doktrinen der Wachsamen.«

»Ich rede nicht von einer Schule der Doktrinen. Ich rede von der Antwort, die ich Heffiji gegeben habe. Dem Grund, weshalb Unwyrm mich ruft.«

Jetzt konnte sie ihn frei heraus fragen. »Welche Frage hat dir Heffiji gestellt?«

»Sie hat mich gefragt, ob Dwelfen eine Seele haben.«

»Dann ist es *doch* Theologie.«

»Was sie mich wirklich gefragt hat – und es ist eine Frage, die du dir besser beantwortest, bevor du dich Unwyrm stellst –, sie hat mich gefragt, welcher Teil von ihr sie selbst sei.«

Patience musterte Wills sanftes Gesicht. Woher hatte er wissen können, welche Frage sie so sehr verfolgte? »Mein Vater hat mir beigebracht, allem zuzuhören und nichts zu glauben.«

»Das machen die Toten«, sagte Will.

»Die Toten hören nicht zu.«

»Wenn du nichts glaubst, dann hörst du genauso zu wie die Toten.«

»Ich bin nicht tot«, wisperte Patience.

Will lächelte. »Ich weiß«, sagte er. Er streckte eine Hand aus, als wollte er ihre Wange berühren; sie entzog sich ihm und schüttelte den Kopf. Also setzte er sich wieder, unternahm keine Anstrengung, seine Enttäuschung zu verbergen, und begann seinen Unterricht. »Jeder Teil der dreieinigen Seele hat seine Sehnsüchte. Die Leidenschaft hat die Sehnsüchte nach dem Vergnügen, dem Überleben und dem Vermeiden von Schmerz. Jene, die Sklaven der Leidenschaft sind, sind die, die wir als Hedonisten oder Feiglinge, Abhängige oder Betrunkene sehen, die, die wir bemitleiden oder verachten. Und diese Sklaven denken, daß ihre Leidenschaft sie selbst sei. Ich will dieses Getränk. Ich will atmen. Ihre Identität liegt in ihren Bedürfnissen. Und sie zu kontrollieren fällt leicht. Man kontrolliert einfach ihre Vergnügungen oder ihren Schmerz.«

Sie lächelte. »Das habe ich schon in der Wiege gelernt. Aber Leute, die man so leicht kontrollieren kann, sind es nicht wert, daß man sie kontrolliert.«

»So«, sagte er. »Das sind die Schwächsten. Bist du eine von ihnen?«

»Wenn er mich ruft, kann ich an kaum etwas anderes denken als an mein Verlangen nach ihm. Selbst wenn ich mich erinnere, wie er aussieht, aufgrund der Gebling-Erinnerungen, die ich in mir trage, selbst wenn ich ihn verabscheue, bringt er mich noch dazu, ihn zu wollen, seine Kinder zu wollen.«

»Du hast gegen seinen Willen Kesselflickers Gehölz durchquert.«

»Hätte er mich wirklich aufhalten wollen, wäre es ihm gelungen.«

»Ich sage, er konnte es nicht. Weil du dich bereits vor langer Zeit von deinem körperlichen Verlangen unabhängig gemacht hast.«

Sie erinnerte sich an die kühle Brise durch das unverglaste Fenster ihres Zimmers. Sie nickte.

»So.« Er lehrte nicht, wie Vater lehrte; er zeigte keinerlei Triumph, wenn sie sich seinen Argumenten beugte. Er fuhr einfach fort. »Der zweite Teil der dreieinigen Seele, das Gedächtnis, die Erinnerungen – das ist schwieriger. Sie weisen eine andere Art von Verlangen auf, eine, die uns so sicher angeboren ist wie das Bedürfnis zu atmen, aber weil es nie befriedigt wird, wissen wir nicht, daß es existiert. Einen Augenblick lang, zwischen den Atemzügen, brauchen wir nicht zu atmen, daher erkennen wir das Bedürfnis zu atmen, wenn es wiederkehrt.«

»Aber die Erinnerungen sind niemals fort, so daß wir sie nie bemerken.«

»Ja. Ja, weißt du – unser Gedächtnis kann nicht alle Erinnerungen aufbewahren. Kann nicht jedes Bild festhalten, das wir sehen, jede Ereignisabfolge, die uns widerfährt, alles, was wir lesen, alles, worüber wir hören. Das ist zu viel. Müßten wir das wirklich, würden wir wahnsinnig werden, noch bevor wir aus dem Kindesalter heraus wären. Also suchen wir sie uns aus. Die Dinge, die wichtig sind. Wir erinnern uns nur an das, was zählt. Und wir erinnern uns daran in einer bestimmten Reihenfolge, in Zusammenhängen, die die Dinge untereinander haben. Tagsüber steht die Sonne am Himmel; und alle Tage werden zu einem Tag, und alle Nächte werden zu einer Nacht – wir brauchen uns nicht an jeden Tag zu erinnern, um uns die Vorstellung vom Tag ins Gedächtnis zu rufen. Aber wir erinnern uns nicht einfach daran – wir erinnern uns an das *Warum*. Es ist Tag, weil die Sonne am Himmel steht. Oder steht die Sonne am Himmel, weil Tag ist? Verstehst du? Wir erinnern uns nicht aufs Geratewohl. Alles ist durch die Fäden der Ursache miteinander verbunden.«

»Ich gehöre nicht zu den Weisen«, sagte Patience. »Vielleicht kennen die Weisen alle Ursachen, aber ich nicht.«

»Aber genau das ist es; daher kommt das Verlangen: Jede noch so kleine Erfahrung, an die wir uns erinnern, erscheint uns als Geschichte – als Abfolge von Ereignissen, die durch das Wirken und Weben der Ursachen miteinander verbunden sind. Und wir glauben diese Geschichte, daß alles eine Ursache und eine Wirkung hat, ohne weiter zu fragen. Ich tat dies, *weil*. Ich tat jenes, *damit*. Und das ist die Welt, in der wir leben, dieses Muster von Ereignissen, das Bezug aufeinander nimmt. Es wird zum Gefüge, an Hand dessen wir alles erinnern. Aber es gibt einige Dinge, die einfach nicht ins Bild *passen*.«

»Nicht nur *einige* Dinge.«

»Die schwachen Geistes sind, bemerken es nie, Lady Patience. Für sie fügt sich alles, weil sie sich einfach nicht an die Dinge erinnern, die keinen Platz fanden. Sie sind nie passiert, die Erinnerung daran ist ausgelöscht. Aber für jene, die klaren Geistes sind, verschwinden die störenden

Dinge nicht. Sie werden zu einer gräßlichen Sehnsucht im Verstand. Weshalb, rufen sie. Weshalb, weshalb, weshalb. Und sie geben sich nicht zufrieden, solange sie nicht den Zusammenhang sehen. Selbst wenn das bedeutet, das gesamte Gefüge, das zuvor existiert hat, zu Fall zu bringen. Es gab einmal eine Zeit, als die Menschheit auf einem einzigen Planeten eingesperrt war, und sie dachten, ihr Stern umkreise diesen Planeten, weil sie nichts anderes sahen. Das war in ihren Augen der Beweis. Aber es gab einige, die genauer hinsahen und entdeckten, daß das nicht stimmte, und das *Warum* lastete schwer auf ihnen, bis sie eine Antwort hatten. Und als alles paßte, waren sie imstande, Sternenschiffe zu Welten wie dieser hier zu schicken.«

»Jedes Kind fragt, warum«, sagte Patience.

»Aber die meisten Kinder hören zu fragen auf«, sagte Will. »Sie finden schließlich ein System, das gut genug funktioniert. Sie haben genügend Geschichten, um für alles gewappnet zu sein, was sie interessiert, und alles, was ihre Geschichten nicht abdecken, ignorieren sie.«

»Die Priester sagen, daß das Selbst im Gedächtnis ist – daß wir die Erinnerung an unser Handeln sind.«

»So sagen sie.«

»Aber ich erinnere mich an die Handlungen Hunderter von Heptarchen und auch einiger Geblinge. Sind sie ein Teil von mir?«

»Du siehst das Problem, wie nur wenige Leute es sehen«, sagte Will. »Das Selbst ist nicht im Gedächtnis, nur die Geschichte, die wir von uns glauben. Sie kann auch verändert werden. Wir sehen, was wir getan haben, legen uns eine Geschichte zurecht, um es erklären zu können, glauben die Geschichte und denken, daß wir uns verstünden.«

»Mit Ausnahme der Dwelfen, die Erinnerungen in ihrem Bewußtsein nicht lange festhalten können.«

»Ja.«

»Also was hast du Heffiji gesagt – daß sie keine Seele hat?«

»Nur daß ihre Seele keine Geschichte hat. Weil unser Selbst etwas anderes ist.«

Sie wußte, was er sagen würde; es war ihr jetzt klar. »Der Wille natürlich. Es ist seltsam, Will, daß du nach der Sache benannt bist, die du für die wichtigste hältst. Oder hast du beschlossen, daß sie die wichtigste ist, weil du diesen Namen trägst?«

»Will war nicht der Name, mit dem ich geboren wurde. Ich nahm diesen Namen an dem Tag an, als Reck mich anblickte und sagte: ›Wer bist du?‹«

»Und welches Verlangen hat der Wille? Du sagtest, alle drei Teile der Seele hätten ihr Verlangen.«

»Der Wille läßt nur eine einfache Wahl, und die ist bereits getroffen. Das ganze Dasein besteht nur aus dem Ausleben dessen, was definiert, wer man wirklich ist.«

»Und das wäre?«

»Die Wahl zwischen Gut und Böse.«

Sie ließ ihn ihre Enttäuschung sehen. »All dieses Gerede, und wir kommen *dazu*?«

»Ich rede nicht von der Wahl, die man hat, jemanden zu töten oder nicht zu töten oder etwas zu stehlen oder nicht zu stehlen. Manchmal ist es böse, eine Person zu töten. Manchmal ist es gut. Das weißt du.«

»Weshalb ich schon vor langer Zeit beschlossen habe, mich nicht darum zu kümmern, ob etwas gut oder böse ist.«

»Nein. Du hast beschlossen, dich nicht darum zu kümmern, ob es gesetzlich oder ungesetzlich ist.«

»Ich habe beschlossen, daß es nichts gibt, was absolut gut oder absolut böse wäre. Du hast gerade das gleiche gesagt.«

»Habe ich nicht«, sagte Will.

»Du hast gesagt, manchmal sei es gut, zu töten, und manchmal sei es böse.«

»Aha. Töten ist nichts Absolutes. Aber wenn du jetzt zu Unwyrm gehst, was ist falsch daran, zu tun, was er will? Was ist falsch daran, seine Kinder zu bekommen?«

»Ich will es nicht.«

»Weshalb? Du weißt, daß er dir Lust bereiten wird. Und deine Kinder – sie werden menschlich sein, ganz und gar menschlich, nur stärker und klüger, raffinierter und flinker, und sie werden ohne Zweifel eine perfekte Verbindung zwischen ihren Gehirnen haben, alle von ihnen wie Unwyrm, versehen mit den besten menschlichen Zügen. Du wirst die Mutter der Herrenrasse werden. Der großartigsten Intelligenzwesen, die jemals geschaffen wurden. Der nächste Schritt in der menschlichen Entwicklung. Weshalb sehnst du dich nicht danach?«

»Ich weiß nicht«, sagte sie.

»Wenn du es jetzt nicht weißt, wirst du es zum fraglichen Zeitpunkt, sobald du erst bei ihm bist und dein ganzes Sehnen nur auf ihn gerichtet ist, auch nicht wissen. Du wirst dich immer noch weigern, aber nicht mit deiner ganzen Kraft. Und es wird dich deine ganze Kraft kosten, ihm zu widerstehen, das verspreche ich dir.«

»Komm mit mir«, sagte sie. »Töte ihn für mich.«

»Ich werde mit dir kommen, wenn ich kann. Und ich werde ihn töten, wenn ich kann. Aber ich glaube nicht, daß ich dazu imstande sein werde. Ich glaube, es gibt nur eine Person, die ihm jemals nahe genug kommen wird, um ihn zu verletzen, um ihn aufzuhalten.«

»Dann sag's mir. Was muß ich wissen?«

»Ganz einfach. Nichts existiert, was nicht im Verhältnis zu etwas anderem stünde. Ein Atom ist nicht ein Atom. Es existiert nicht, außer im Verhältnis zu anderen Atomen. Würde es nie auf etwas anderes reagieren, wäre es nicht existent. Alle Existenz ist so – vollkommen isolierte Teile, die nur über ihre Wechselwirkung mit anderen Teilen ins Sein treten. Bei den Menschen genauso. Auch wir existieren nur im Verhältnis zu den anderen Ereignissen auf der Welt. Alles, was wir tun, alles, was wir sind, hängt von unseren Reaktionen auf andere Ereignisse und den Reaktionen anderer Ereignisse auf uns ab.«

»Das wußte ich.«

»Du wußtest es nicht. Es ist so offensichtlich, daß keiner

es weiß. Würde nichts, was du getan hast, zu einer Veränderung in der Welt draußen führen, und nichts in der Welt draußen irgendeine Veränderung in dir bewirken, dann wüßtest du nicht, daß es draußen eine Welt gibt, und sie wüßte nicht, daß du existierst, und so wäre es bedeutungslos, überhaupt von deiner Existenz zu sprechen. Also hängt deine Existenz, unser aller Existenz, von jedem Teil, jeder Person im Universum ab, die sich nach bestimmten festgefügten Schemata verhält. Dem System. Der Ordnung, in der alles existiert. Die Gesetze, die Atome und Moleküle binden, sind sehr streng. Sie haben keinen Bewegungsspielraum, denn sobald sie sich bewegen, hören sie auf zu sein. Aber das Leben – ah, dort beginnt die Freiheit. Und wir, die wir uns für intelligent halten, wir sind die freiesten von allen. Wir schaffen unser eigenes Schema und verändern es nach Gutdünken. Wir erbauen Systeme und Ordnungen und reißen sie wieder ein. Aber du wirst feststellen, daß keine unserer Wahlmöglichkeiten irgendeine Wirkung auf die Art und Weise hat, wie die Atome und Moleküle sich verhalten. So wie wir keine Vorstellung davon haben, was jedes einzelne Molekül tut, haben sie keinen Schimmer davon, was wir tun. Wir können ihre Ordnung nicht im geringsten verändern. Wir können sie nutzen, aber wir können nicht ihr System niederreißen und sie dazu bringen, aus der Welt zu verschwinden.«

»Ich nehme an, das ist wahr. Wir können Holz verbrennen, aber die Atome, die aus bestimmten Molekülen gerissen werden, verbinden sich wieder mit anderen, und die Systeme hängen zusammen.«

»Genau. Also können wir dem größten Teil des Universums nichts Gutes oder Böses antun. Nur anderen Lebewesen. Meistens einander. Weil wir die Kontrolle über die Systeme der Menschen haben. Sie sind in jeder Kleinigkeit so wirklich wie das Universum selbst, und sie sind es, die uns Existenz bescheren – aber wir können sie manipulieren. Wir können die Systeme verändern, die die Begriffe unseres Lebens ausmachen. Und wir verändern diese Systeme gemäß der einfachen Wahl unseres Willens.«

»Und welche Wahl ist das?«

»Sie entstammt dem Verlangen des Willens. Und das Verlangen des Willens ist einfach. Zu wachsen.«

»Ich will nicht wachsen.«

»Jedes Lebewesen hat dieses Verlangen, Patience. Angel rührte auf seine kindische Weise daran, als er von Leuten sprach, denen Dinge gehören. Das ist die trübsinnigste Vorstellung, die die Leute von Wachstum haben. So wie Sken dieses Boot zu einem Teil ihrer selbst macht – es macht sie größer. Auch essen macht größer.«

Patience lächelte. »Jetzt wirst du absurd.«

»Durchaus nicht. Auch Könige machen sich größer, weil ihr Königreich ein Teil von ihnen ist. Eltern machen sich durch ihre Kinder größer. Aber einige wenige Leute haben auch einen so mächtigen Hunger, daß sie erst dann zufrieden sind, wenn ihr Sein alles Lebende umschließt.«

»Das Königshaus ist die ganze Welt«, murmelte Patience.

»Was hast du gesagt?«

»Etwas, was mein Vater mir beibrachte.«

»Oh.«

»Also, ist es gut oder böse, sich nach dem Größerwerden zu sehnen?«

»Weder noch. Es kommt darauf an, auf welche Weise man größer zu werden versucht. Das System lebt vom Opfer. Keine Ordnung könnte existieren, in der jede Person die ganze Zeit über alles bekäme, wonach es sie verlangt. Das System, das uns unsere Existenz beschert, hängt davon ab, daß die Leute Opfer bringen. Ich gebe etwas auf, wonach es mich verlangt, damit andere etwas bekommen können, wonach es *sie* verlangt. Sie wiederum geben etwas auf, was sie wollen, damit ich etwas von dem haben kann, was *ich* will. Jede menschliche Gesellschaft hängt von diesem einfachen Prinzip ab.«

Wie immer eilten ihre Gedanken ihr voraus und versuchten, das Problem zu lösen, bevor es ihr erklärt worden war. »Du sagst also, daß gute Menschen alles opfern und böse Menschen nichts opfern.«

»Ganz und gar nicht. Ich sage, daß gute Menschen etwas opfern, das notwendig ist, um die Ordnung aufrechtzuerhalten, die allen anderen erlaubt zu existieren, selbst wenn sie ihr eigenes Leben opfern müssen. Während böse Menschen manipulieren und das Opfer allen anderen Personen abverlangen, um ihren eigenen Hunger vollständig zu befriedigen. Verstehst du den Unterschied?«

»Das ist Theologie. Kristos war gut, weil er sein Leben opferte.«

»Sprich nicht solchen Unsinn, Patience, nicht zu mir. Jeder stirbt, und manche sind aus dummen Ursachen heraus zum Märtyrer geworden. Kristos ist Kristos, weil wir glauben, daß er sich für die ganze Welt geopfert hat. Für die größte Ordnung von allen. Für etwas Geringeres wäre er nicht gestorben. Weil sein Selbst so gewachsen war, daß es alle Systeme der Menschheit mit einschloß, und er handelte danach, indem er sie alle beschützte.«

»Jetzt verstehe ich, wie du zum Häretiker wurdest.«

»Natürlich tust du das. Diese Narren, die denken, Kristos werde kommen, um die Menschen in vollendetem Frieden zu vereinen, ohne die Millionen Geblinge, Gaunter und Dwelfen miteinzuschließen! Es wäre nicht gut, weil ein solcher Kristos – oder sollte ich sagen *eine* Kristos? – weil diese Kristos der halben Bevölkerung der Welt das Opfer abverlangen würde, ihr zu dienen. Wenn Kristos also Kristos ist, ist sie willens, alles zu opfern, um die Ordnung, die uns allen das Leben beschert, zu bewahren.«

»Ich bin nicht Kristos. Ich glaube nichts davon.«

Will blickte traurig drein. »O doch, du glaubst meine Geschichte«, sagte er. »Aber du wirst erst später wissen, daß du sie glaubst, im Rückblick. Wenn wir beide dann überhaupt noch leben.«

»Es ist eine hübsch Philosophie«, sagte Patience. »Sie ergibt einen Sinn. In der Schule hättest du eine sichere Karriere vor dir.«

Er ließ die Beleidigung von sich abtropfen. »Wenn du ihm gegenüberstehst, Patience, wirst du dich erinnern. Ein winziger Teil deines Gedächtnisses wird meine Geschichte festhalten, und du wirst dich erinnern, wer du bist und wer er ist, und du wirst dein eigenes Verlangen in Zweifel ziehen und meiner Geschichte glauben. Du wirst ihn vernichten, obwohl du ihn in diesem Augenblick mehr lieben wirst als die ganze Welt. Du wirst ihn vernichten, weil du weißt, daß er böse ist.«

»Wenn ich ihn vernichten kann, werde ich es tun, um mich selbst zu retten.«

»Du bist die Welt und alle Welten. Wie lange wird es dauern, bevor seine Kinder, nachdem sie alles andere intelligente Leben auf dieser Welt ersetzt haben, Sternenschiffe bauen und hinausziehen werden, um jede andere Welt zu erobern, der die Menschheit einen Besuch abgestattet hat? Es gab einmal einen Philosophen, der sagte, daß es nie Krieg zwischen den Welten verschiedener Sonnensysteme geben könne, weil es nichts zu gewinnen gäbe. Aber er war ein Narr. Man kann Größe gewinnen, Größe des Selbst, und jede Welt mit seinen Kindern füllen. Das ist der mächtigste Drang allen Lebens. Fragen des Profits oder der Politik sind im Vergleich dazu trivial.«

»Wenn ich Unwyrm gegenüberstehe«, sagte Patience, »wird es keine große Frage von Gut und Böse sein. Es wird heißen, ich, mein Körper, meine Gewitztheit, so wie ich bin, gegen ihn. Nicht mehr.«

»Sein Haus gegen das Königshaus. Der Preis ist die Welt.«

»Ich will die Welt nicht.«

»Deshalb wirst du sie bekommen.«

Sie lachte frustriert. »Will, was soll ich mit dir machen? Du siehst mich größer als ich bin. Ich kann nie zu dem werden, als was du mich siehst.«

Will schüttelte den Kopf. »Ich sehe dich als fünfzehnjähriges Mädchen, das sich manchmal fürchtet, aber immer tapfer ist. Ich sehe, daß du dir deiner Schönheit nicht bewußt bist, was dich grenzenlos schön macht; daß du dir deiner Macht nicht bewußt bist, was dich gefährlich mächtig macht. Ich hatte viele Herren in meinem Leben, aber du bist der einzige Herr, dem ich bis in den Tod folgen könnte.«

»Siehst du? Wie kann ich das ertragen? Ich kann nicht perfekt sein.«

»Wenn *ich* perfekt sein kann, kannst auch du perfekt sein.« Er ließ sich nicht anmerken, ob er sich bewußt war, wie prahlerisch er jetzt klang.

»Du bist *perfekt*?« fragte sie.

»Ich habe mich perfektioniert, damit ich dir dienen könnte, sobald du kämst. Du bist in allen Regierungskünsten bewandert, nur in einer nicht: dem Krieg. Ich habe mich darin perfektioniert, damit ich dir dienen kann. Meine Herren waren allesamt Generäle, aber ich habe ihnen immer auf die gleiche Weise gedient – ich machte sie alle zu Siegern.«

»Du? Ein Sklave?«

»Ein Sklave, dem man vertraute. Sie alle haben erfahren, daß sie gewannen, wenn sie meinen Rat annahmen. Ich habe mich vorbereitet, damit du mich bereit finden würdest, wenn du mich brauchtest.«

»Woher wußtest du, daß wir uns je treffen würden? Dort auf deiner Farm mit Reck und Ruin. Wie standen die Chancen, daß ich dich je finden würde?«

»Es war keine Frage der Chance. Von dem Zeitpunkt an, als ich die Wahrheit der Seele herausfand, war der Cranning-Ruf stets mit mir, Lady Patience. Dann marschierten wir eines Tages eine Straße entlang, von Waterkeep nach Danswatch, und einen kurzen Augenblick lang, als wir an einer Hütte am Nordende des Dorfes vorbeikamen, verschwand der Ruf. Und wurde ersetzt von einer Zurückweisung, einem mächtigen Verlangen, mich Cranning nicht weiter zu nähern. Und dann gingen wir eine kurze Strecke, und der Cranning-Ruf kehrte zu mir zurück. Ich wußte sofort, daß etwas in dem Haus …«

»Reck und Ruin.«

»Ich wußte nicht, daß dort Geblinge lebten. Ich wußte sicher nicht, daß sie der Geblingkönig waren. Aber ich wußte, daß, was immer dort war, Unwyrm Angst einflößte, und wenn Unwyrm Angst empfand, war das gut und ich mußte mich damit verbünden. Also floh ich und ging zu Reck. Bei ihr und Ruin verschwand der Cranning-Ruf, so daß ich Frieden fand. Aber das war nicht der Grund, weshalb ich zu ihnen ging, und es war auch nicht der Grund, weshalb ich blieb. Ich blieb, um auf dich zu warten.«

»Woher konntest du denn wissen, daß ich dort vorbeikommen würde?«

»Aus demselben Grund, aus dem ich dort hinging. Denn wenn du nicht vorbeikämst, könnte Unwyrm nicht besiegt werden.«

»Das ist kein Grund.«

»Dennoch ist es *der* Grund.«

»Du wirst mir zu mystisch.«

»Ich glaube nicht«, sagte Will. »Ich glaube, ich bin für dich gerade mystisch genug.«

»Stumm hast du mir besser gefallen«, sagte sie.

»Ich weiß«, sagte er. »Ertrage mich.« Er streckte seine Hand aus. Mit den Fingerspitzen strich er ihr übers Kinn, übers Haar. Seine Finger erkundeten ihren Körper, ihren Hals, ihre Schulter, ihre Brust, ihre Hüfte. Schließlich kam seine Hand auf ihrem Schenkel zum Ruhen. »Wenn du willst, daß ich wieder spreche«, sagte er, »werde ich es tun. Als Sklave zu seinem Herrn. Als Untertan zu seinem König. Als Wachsamer zu Kristos. Als Gatte zu seinem Weib.«

Dann beugte er sich vor und küßte sie auf die Lippen. Wieder erfüllte Unwyrm sie bei seiner Berührung mit Abscheu, aber diesmal ignorierte sie es, überwand sich und nahm das schmerzhafte Geschenk an, das er ihr gab. Als sein Kuß vorbei war, erhob er sich und ging über das Deck dorthin, wo seine Stiefel standen. »Zeit für mich, herumzustampfen«, sagte er, »und die anderen zu wecken.«

Es stimmte. Im Osten zeigte sich Licht über den Bäumen; die Sterne verblaßten. Und die hohe Wand des Skyfoots ragte in den Nordhimmel, oben mit ewigem Schnee bedeckt, wo Unwyrm ihrer harrte, nach ihr dürstete. Will hat mir Geschichten erzählt, und einige davon glaube ich, aber was wird es helfen, wenn ich bei dir bin, Unwyrm? Du bist der einzige Gatte, der mir prophezeit wurde.

Selbst Unwyrm konnte sie nicht davon abhalten, sich zu wünschen, daß Wills Hand sie noch einmal berühren, seine Lippen sie liebkosen sollten. Nach allem Philosophieren vermutete sie, daß der Traum von einem menschlichen Liebhaber das einzige war, was Will ihr gegeben hatte und was ihr ein klein wenig helfen mochte, wenn sie Unwyrm gegenüberstand. Sie konnte nicht mehr an eine mystische Sicht von Gut und Böse glauben. Aber sie konnte an die Erinnerung glauben, von einem Mann berührt worden zu sein.

Sie wandte sich um, nur um stromabwärts zu blicken, nur um sich umzuwenden, und sah plötzlich in Rivers Gesicht. Er hatte die Augen geöffnet und starrte sie an. Tränen hatten ihre Spuren auf seinem Gesicht hinterlassen.

»Haben wir dich geweckt?« fragte sie albern.

Seine Lippen antworteten lautlos: Der Fluß ist alles Leben, das ich brauche.

Aber sie wußte, daß es eine Lüge war. Für ein paar Minuten an diesem frühen Morgen hatten sie und Will ihn an das Leben erinnert.

15 Fäden

Je näher sie dem Skyfoot kamen, desto besser konnten sie sehen, daß er keine bloße Steilwand war. Er war steil, aber immer noch eine Schräge mit gelegentlich tiefen Felsgesimsen, die mit Obstgärten und Farmland bedeckt waren. Große Bereiche des Berges waren für den Ackerbau in Terrassen angelegt, während sich Häuser und Gebäude an der Felswand zu Dörfern und kleinen Städten drängten. Weit oben gab es horizontal verlaufende Straßen, auf denen Karren, die man auf dem Berg gebaut hatte, hin- und herfuhren. Es gab Hebebühnen, die ständig heraufgezogen und abgesenkt wurden, um Passagiere und Fracht zu Städten zu befördern, die zweihundert Meter weiter oben oder unten lagen. Die ganze Flanke des Berges war, so weit und so hoch sie sehen konnten, ein Bienenstock der Betriebsamkeit.

Wolken hingen nur wenige hundert Meter über ihnen, als sie schließlich den klaren und scheinbar bodenlosen See erreichten, der den Berg wie eine viele Kilometer breite Schürze umgab. Dutzende von Häfen, in denen geschäftiges Treiben herrschte, schoben ihre Kais ins Wasser hinaus. River murmelte seine Befehle, und Sken hantierte am Ruder, während sie sich geschickt zwischen den Booten und Landungsstegen ihren Weg bahnten, bis sie im Hafen einen leeren Abschnitt fanden, den River für sie ausgesucht hatte.

Zur Überraschung aller sprang Will an Land, noch ehe ein alternder Hafenarbeiter sie fertig vertäut hatte. Will stieß einen alten Mann mit dem Ellenbogen zur Seite, dann löste er das Tau wieder.

»Weshalb hast du das getan?« wollte Angel wissen, als Will vorsichtig wieder ins Boot stieg. Der Hafenarbeiter murmelte hinter ihm Flüche.

»Weil dies Freistadt ist, und wenn man diesen Schakalen schon zu Beginn in die Hände fällt, ist man verloren.«

»Was weißt *du* davon?« fragte Ruin.

Will schaute ihn einen Augenblick gleichmütig an, dann wandte er sich an Reck. »Ich war schon mal hier«, sagte er.

Reck hob die Brauen.

»Ich hatte einmal einen Herren, der mich als Leibwache hierher mitnahm.«

Patience sah, daß Will mit der gleichen Offenheit sprach, die sie wenige Tage zuvor erlebt hatte, als sie in der frühmorgendlichen Dunkelheit miteinander gesprochen hatten, nur vom Mondlicht beleuchtet. Tagsüber war es das gleiche. Er log nicht. Es war unmöglich, ihm zu unterstellen, daß er nicht glaubte, was er sagte. Aber auf der ganzen Reise hatte er sich weder ihr noch sonst jemand gegenüber anmerken lassen, daß er schon mal in Cranning gewesen war.

»Du warst schon mal in Cranning?« fragte Ruin.

»Weshalb hast du das nicht früher gesagt?« wollte Angel wissen.

Will überlegte einen Augenblick, bevor er antwortete. »Ich wußte nicht, daß ihr gerade hier anlegen würdet. Dies ist der einzige Teil von Cranning, den ich besucht habe.« Er lächelte. »Mein Herr dachte, es gäbe in einigen der Häuser weiter oben in Freistadt einige geheime Huren. Huren, die Dinge tun könnten, die sich keiner je vorstellen kann.«

»Hatte er recht?« fragte Sken.

»Er hatte keine große Vorstellungskraft«, sagte Will. »Daher war er leicht zufriedenzustellen.« Er warf dem alten Hafenarbeiter, der immer noch auf dem Anlegeplatz jammerte, eine kleine Münze zu. Der Mann fing sie mit einer raschen, schlangengleichen Bewegung seiner Hand auf und grinste. »Nun wird er uns jemanden beschaffen, der genügend Geld hat, um unser Boot zu kaufen. Statt so zu tun, als wäre er bereit, es für uns zu bewachen.«

Aus dem hinteren Bereich des Bootes hörten sie Rivers Stimme. »Ich bin hier bekannt«, sagte er. »Ich werde einen fairen Preis erzielen.«

»Das will ich meinen«, sagte Patience. »Aber es hat dich nicht sehr gekümmert, ob wir dieses Geld bekommen oder die Weiber dieses alten Hafenarbeiters.«

»Ich kann es nicht ausgeben«, gab River freimütig zu. »Was bedeutet mir schon Geld? Aber wenn sie mich stehlen, komme ich um so schneller wieder zu einer Reise stromabwärts.«

Sken war wütend. »Ich sollte deinen Krug zerbrechen.«

»Hätte ich noch meinen Körper«, gab River zurück,

»würde ich dich schon lehren, was eine Frau mit einem Mann tun sollte.«

»Du warst nie Manns genug für mich«, sagte Sken.

»Du warst nie Frau genug, um einen wirklichen Mann zu erkennen, wenn du einen sahst.«

Sie stritten weiter; die anderen schenkten ihnen keine Beachtung. In wenigen Augenblicken veränderte sich die gesamte Hierarchie an Bord des Bootes. Sken und River, die unumschränkten Herrscher der Reise, bildeten jetzt nur noch Hintergrundgeräusche. Die anderen setzten einfach in Will das Vertrauen, das sie bisher Sken entgegengebracht hatten. Die Tyrannei des Wissens.

Will fühlte sich durch die Autorität nicht in Verlegenheit gebracht wie vor ihm Sken. Patience sah zu, wie er geschickt die Leitung ihrer Expedition übernahm. In all diesen vielen Tagen und Wochen der Reise hatte er sich nicht einmal Geltung verschafft, mit Ausnahme dieses einzigen Morgens mit ihr, als niemand sonst es hatte sehen können. Aber jetzt übernahm er den Befehl leichthin und völlig selbstverständlich. Er brauchte die Leute nicht herumzukommandieren oder seine Stimme zu erheben. Er hörte ihren Fragen zu, beantwortete sie und traf auf ruhige Weise seine Entscheidungen, die keine Diskussion zuließen. Sie hatte viele Männer gesehen, die das Befehlen gewohnt waren; die meisten davon trugen ihre Autorität als Herausforderung, als hätte jemand sie gerade beschuldigt, machtlos zu sein. Will nahm seine Autorität, als hätte er sie gar nicht, und so gehorchten ihm die anderen ohne Widerwillen, ohne zu bemerken, daß sie sich ihm unterwarfen.

Wenn er mein Gatte wäre, würde er von mir erwarten, daß ich ihm gehorche? Fast augenblicklich schämte sie sich dieses Gedankens. Denn er setzte seine Autorität ausschließlich zum Wohl der Gruppe ein. Deshalb war er gleichermaßen bereit zu folgen wie zu führen. Denn ob er den Befehl gab oder ein anderer: Wenn er etwas Richtiges und Gutes befahl, würde sie es tun und nicht daran zweifeln, daß er im umgekehrten Fall sicher ebenfalls gehorchen würde.

»Du kannst die Augen nicht von ihm abwenden«, wisperte Angel ihr zu.

Sie hatte kein Verlangen, Angel zu erzählen, warum. »Er ist nicht der dumme Esel, für den wir ihn hielten.«

»Traue ihm nicht«, sagte Angel. »Er ist ein Lügner.«

Sie konnte nicht glauben, daß Angel so etwas sagte. »Wie kannst du ihn hören und sehen und denken, er würde etwas sagen, was er nicht glaubt?«

»Alles, was du mir sagst«, erwiderte Angel, »läuft darauf hinaus, daß er ein sehr guter Lügner ist.«

Sie rückte von Angel ab, um zu verbergen, wie durcheinander sie war. Natürlich konnte Angel recht haben. Es war ihr noch nicht in den Sinn gekommen, und das hätte es sollen, daß Wills Offenheit und Ehrlichkeit ebensosehr eine Illusion sein mochte wie ihre eigene. Hatte sie sich schließlich nicht ihr ganzes Leben darin ausgebildet, so zu reden, daß man ihr glaubte? Konnte er nicht das gleiche getan haben?

Oder hatte Angel gespürt, wie sehr sie begann, sich auf Will zu konzentrieren? War er auf den Einfluß, den der Mann auf sie ausübte, eifersüchtig? Aber nein. Angel hatte noch nie in seinem Leben aus Eifersucht gehandelt. Sie hatte Angel vertraut, seit sie denken konnte. Wenn er an Will zweifelte, wäre es gefährlich für sie, nicht ebenfalls an ihm zu zweifeln.

Aber sie konnte nicht an ihm zweifeln. In dieser einen Nacht hatte er sich dem Zentrum der Geschichte genähert, als die sie ihre Zukunft sah. Sie konnte ihn nicht wieder in den Hintergrund stoßen. Was immer Angel von ihm hielt, Wills Fähigkeiten waren echt, das bewies er. Und sie liebte ihn, dessen war sie sicher.

Aber der Zweifel war da! Nun stand Angel auf dem Kai, unterhielt sich mit Will und schenkte Patience keine Beachtung mehr; aber seine Worte hatten genügt, Zweifel in ihren Gedanken zu säen. Ihr Vertrauen in Will war nicht mehr absolut, wie es das gewesen war. Und sie verabscheute Angel dafür, obwohl sie wußte, daß sie ihm dankbar sein sollte. Traue niemandem, hatte Vater gesagt. Und sie hatte es vergessen, bei Will. Aber was für eine Närrin sie gewesen war, ein religiöser Fanatiker wie er, ein Wachsamer, und sie hatte ihm völlig vertraut. Abwarten und zusehen. Das würde sie tun. Abwarten und zusehen.

Will verkaufte das Boot fast auf Anhieb und zu einem niedrigen Preis. River war im Preis inbegriffen – und er verfluchte Will dafür, daß er ihn so niedrig veranschlagte. Will lachte nur. »Ich habe dich schnell verkauft, damit du bald wieder auf dem Fluß bist«, sagte er. »Ich dachte, das sei alles, worum es dir ginge.«

River schnalzte mit der Zunge, und sein Affe drehte den Krug herum, so daß er flußabwärts blickte, damit River seine früheren Besitzer nicht mehr sehen mußte.

An Patience gewandt, hatte Will eine weitere Erklärung für den niedrigen Preis. »Wir sind besser dran, wenn sie denken, daß wir uns aus Geld nichts machen. Sie werden uns für reiche Besucher halten, die zum Spielen hergekommen sind. In Freistadt gibt es keine offizielle Regierung und kein geschriebenes Gesetz. Aber solange sie denken, daß wir hier sind, um Geld auszugeben, ist unser Leben vollkommen sicher. Wir könnten auf offener Straße eine Stahlbörse fallenlassen, eine Woche später wiederkommen, und sie wäre immer noch unangetastet.«

»Sind die Menschen hier so ehrlich?« fragte Angel.

»Der Raub ist organisierter. Die großen Diebe stellen sicher, daß die kleinen Fische ihnen bei ihren Profiten nicht in die Quere kommen. Straßenkriminalität? Bleibt nur auf den Hauptstraßen, den gut beleuchteten Straßen und Gehwegen und Treppen. Wir werden sicher sein. Die Diebe werden im Inneren der Häuser auf uns warten, an den Spieltischen und in den Hurenhäusern. Keiner geht mit viel mehr als dem Preis für die Rückfahrt von hier weg.«

»Was geschieht, wenn sie herausfinden, daß wir nur auf der Durchreise sind?« fragte Patience. »Daß wir nicht hier sind, um ein Vermögen zu verlieren und dann fortzugehen und anderen Leuten zu erzählen, was für eine wunderbare Zeit wir verbracht haben?«

Will lächelte. »Mag sein, daß wir bei unserer Abreise ein paar Leichen zurücklassen. Angel sagte mir, du seist gut darin.« Seine Worte, seine Miene gaben keinen Hinweis darauf, daß er sich an ihr Gespräch erinnerte. Also *war* er ein Betrüger, ein Heuchler; entweder verbarg er jetzt seine Liebe zu ihr, oder aber er trug sie damals als falsche Maske. In beiden Fällen hatte Angel recht – er *konnte* lügen.

Sie verabschiedeten sich von River, der sie ignorierte; dann verließen sie den Kai und nahmen sich Zimmer in einem Wirtshaus drei Ebenen über dem Fluß. Patience und Angel gaben sich als reiche junge Frau und ihr Großvater aus, mit Will als Leibwächter, Sken als Dienerin und Reck und Ruin als geblische Händler, die mit ihnen gereist waren. Die Überraschung war Ruin. Will bestand darauf, daß er sich herausputzen müsse, um die Rolle zu spielen, und als er auf dem Kai erschien, gebadet, gebürstet und vornehm gekleidet, seine Schwester elegant untergehakt, sah Patience, daß seine vorige Alltagskleidung und Unzivilisiertheit nicht auf Ignoranz, sondern auf einer freien Entscheidung beruhte. Gemeinsam waren sie der König der Geblinge und konnten dementsprechend aussehen, wenn es erforderlich war.

Die ganze Zeit, die wir zusammen gereist sind, dachte Patience, hielt ich mich für die einzige, die verkleidet war. Aber wir waren alle verkleidet und sind es schon wieder. Wenn wir Unwyrm erreichen, falls wir dann noch zusammen sind, wird dann die letzte Verkleidung gefallen und die Wahrheit über uns alle bekannt sein?

Falls es überhaupt eine Wahrheit gibt. Vielleicht sind wir, was wir zu sein vorgeben, und nehmen mit jedem Kostümwechsel neue Identitäten an.

Sie wußte, daß sie schließlich, wenn sie Unwyrm gegenüberstünde, keine Verkleidung mehr tragen würde. Sie würde kein Versteck mehr haben. Keinen Schutz mehr außer ihrer eigenen Klugheit und aller Kraft, die sie aufzubringen vermochte. Sie fühlte sich nackt, als könnte jeder durch ihre Kleidung das dünne Mädchen mit dem weißen Körper sehen, das Unwyrm rief.

»Du mußt zu den Spieltischen hinuntergehen«, sagte Angel.

»Ich kann mit meiner Zeit Besseres anfangen«, sagte Patience. Sie saß am Fenster und blickte über den Hafen und die Wälder dahinter.

»Sitzen und Brüten? Spüren, wie seine Finger sich um dein Herz schließen?«

Sken legte vom Bett aus los: »Wenn ich jeden Tag baden kann, kannst du auch runtergehen und Kalika spielen.«

»Sken hat recht. Wir sind hier, um so zu tun, als wären wir Vergnügungssüchtige. Also müssen wir das Vergnügen suchen. Ob es uns gefällt oder nicht.«

»Besuch die Huren für mich, Angel. Tu deine doppelte Pflicht.« Aber sie verließ das Fenster und ging zum Spiegel. Ihr Haar war immer noch kurzgeschnitten und reichlich verunstaltet von der Operation. Aber die Stoppeln waren nun schon zwei Zentimeter lang. »Angel«, sagte sie, »schneid mir den Rest ab, ja? Bis es eine Länge hat.«

»Die Frisur macht dich nicht gerade attraktiver«, sagte Angel.

»Vielleicht wird es nötig sein, irgendwo unterwegs die Perücke abzulegen. Sei ein netter Mensch.« Sie lächelte kokett. Da Angel es war, der ihr beigebracht hatte, wie man so lächelt, wußte sie, daß er es als Scherz ansehen würde. Und wirklich lächelte er. Wenn auch ein bißchen spät. Er war mit anderen Dingen beschäftigt. Hier in Cranning, mit Unwyrms Lager irgendwo über ihnen, fiel es ihnen schwerer, sich gleichmütig zu geben.

Angel holte die Schere aus seiner Truhe und begann zu schneiden. Es gab ihr ein strenges Aussehen, fast keine Haare auf dem Kopf zu haben.

»Wo liegt von hier aus der nächste Tunnel?« fragte Patience.

»Reck sagt, wir wären verrückt, wenn wir von hier aus die Tunnels nähmen. Es würde dreimal so lange dauern, und in den Höhlen leben Räuber.«

»Ich habe nicht gefragt, ob wir die Tunnels nehmen sollen, ich habe gefragt, wo der nächste Tunneleingang liegt.«

Angel seufzte. »Wahrscheinlich gibt es einen an der Rückseite dieses Hauses. Irgendwo. Obwohl die Häuser an dieser Klippe halb übereinander gebaut sind. Wer weiß schon, welches davon die Felswand an einer Stelle berührt, wo ein Tunnel austritt?«

»Könnte ich einen Schritt ins Innere eines Tunnels tun, wüßte ich, wo er ist. Ich habe die Geblingerinnerungen an das Labyrinth. Ich würde dann ein Gefühl dafür haben, wohin wir uns wenden müßten.«

»Und was sollte ihn davon abhalten, dich zu zwingen, durch die Tunnels zu gehen? Er kann *dir* Sicherheit bieten, Lady Patience, aber *wir* werden keinen Schutz haben. Ich stelle mir vor, welche Freude es ihm machen muß, uns alle tot irgendwo in den Tunneln zu wissen, während er dich sicher und gesund – und allein – zu sich führt.«

»Wenn ich für einen Augenblick in einen Tunnel treten will, Angel, sehe ich nicht, weshalb ich das nicht tun könnte.«

»Willst du das?«

»Ja, ich denke schon.«

»Willst *du* es?«

Oder hatte Unwyrm ihr diese Idee eingegeben? Sie runzelte vor dem Spiegel die Stirn. »Versuchst du mich dazu zu bringen, an allem zu zweifeln?« fragte sie.

»Ich will nur sicherstellen, daß du tust, was das Beste ist.«

Patience antwortete nicht. Jeder schien so erpicht darauf zu sein, ihr Ratschläge zu erteilen. Als würde die Anwesenheit von Unwyrms Drängen in ihrem Verstand sie der Fähigkeit berauben, eigene Entscheidungen zu treffen. Oder kam ihre Verärgerung von Unwyrm, der sich bemühte, sie von ihren Gefährten zu trennen? Sie fragte sich, ob sie ihrem eigenen Urteil vertrauen konnte. Es wäre so bequem, sich darauf zu konzentrieren, Unwyrm auf Distanz zu halten, während sie zuließ, daß Angel sie den Berg hinaufführte. Angel konnte ihr Sicherheit geben. Vielleicht hätte sie die ganze Zeit über seinen Rat annehmen sollen. Sie dachte an Will und Reck und Ruin im Nachbarzimmer und fragte sich, ob es klug gewesen war, überhaupt die Straße durch Kesselflickers Gehölz zu nehmen. Sie waren nur eine zusätzliche Belastung. Angel genügte schon, mit Sken, die ihnen helfen konnte, wo brutale Kraft vonnöten war. Reck und Ruin waren zu unberechenbar – wann waren Menschen- und Geblinginteressen jemals zusammengetroffen? Und Will – was für ein Wahnsinn, seine Religion. Mit Patience als Gottheit, als Liebesgöttin, als Opfer; jener Morgen auf dem Boot war ein Traum gewesen, eine Täuschung. Wie konnte sie mit diesen seltsamen Leuten im Schlepptau den Berg hinaufgehen? Wer wußte schon, was sie anstellen mochten?

Beinahe hätte sie Angel den Vorschlag gemacht, daß sie jetzt aufbrechen sollten, ohne es dem Geblingkönig zu sagen, einfach in der Menge zu verschwinden. Sobald sie weit genug von Reck und Ruin entfernt wäre, würde Unwyrm sie wieder von Cranning wegstoßen; sie könnten ihr niemals folgen.

Aber sie fühlte sich unbehaglich dabei. Eine flüchtige Erinnerung an Lippen auf ihrer Wange, Finger, die ihren Körper berührten. Bin ich noch ein so junges Mädchen, daß mich dermaßen bedeutungslose Wallungen des Blutes beeinflussen? Aber sie beeinflußten sie. Und etwas anderes auch: die Erinnerung daran, selbst der Geblingkönig gewesen zu sein. Auch diesen Druck spürte sie, das Gefühl, selbst Cranning zu sein, daß all die Millionen Geblinge, die hier ihr emsiges Leben führten, ihrer Verantwortung, ihrem Schutz, ihrem Befehl unterstanden. Sie erinnerte sich deutlich, daß sie hier einst geherrscht hatte, als nur wenige tausend Geblinge diesen Ort bewohnten. Sie konnte sich dieser Verantwortung nicht einfach entziehen. Also schwieg sie.

Angel legte die Schere beiseite. »Reizend«, sagte er.

»Du siehst wie eine Gefangene aus, die man gerade aus der Frohen Höhle befreit hat«, sagte Sken.

»Danke«, sagte Patience. »Ich finde, die Frisur paßt gut

zu meiner Person.« Sie setzte ihre Perücke auf und wurde wieder zur Frau. »Was spielt man hier?«

»Eigentlich werden hier mehr Shows aufgeführt.« Angel strich das Haar an ihrem Hinterkopf glatt. »Es gibt hier ein Theater mit einer Gauntergruppe. Aber sie haben auch Wurm-und-Schlitterer-Kämpfe, und die Wetten gehen manchmal in astronomische Höhen.«

»Ich habe eigentlich noch nie einen Wurm-und-Schlitterer-Kampf gesehen«, sagte sie.

»Nicht sehr hübsch«, sagte Sken.

»Wir sollten etwas wetten, oder sie werden uns nicht abnehmen, daß wir Spieler sind, und sich überlegen, ob es sich für sie lohnt, daß wir hier herumhängen.« Angel warf eine schwere Börse in die Luft und fing sie auf. Skens Blick wich nicht von dem Beutel.

»Trotzdem. Die Show klingt besser. Was für eine ist es?«

»Ich weiß nicht. An so einem Ort wahrscheinlich ein Drama, ein Bühnenstück.«

»Vielleicht können wir uns irgendwo eine ansehen.«

Angel runzelte die Stirn. »Wenn du Theater willst, gibt es bessere Orte als Freistadt.«

»Ich bin geschäftlich hier«, sagte Patience. »Also habe ich keine große Wahl.«

Ein Klopfen an der Tür. Will streckte seinen Kopf herein. »Wir sind soweit, wenn ihr soweit seid.«

»Wir sind's auch«, antwortete Angel.

Es war eine ziemlich große Menge im Wurm-und Schlitterer-Zimmer versammelt. Angel führte sie zuerst zu den Pferchen, um die Wettstreiter des Abends einzuschätzen. Die Schlitterer hingen alle vorne an ihren Glasbehältern, und die Farben wechselten wie Bänder in ihnen, wobei neue Arme und Beine in verschiedene Richtungen wuchsen und andere sich zurückzogen. Sie hatten nicht mehr als fünf Zentimeter Durchmesser. »Ich dachte, sie wären größer«, sagte Patience.

»Das werden sie noch, während des Kampfes«, sagte Sken. »Sie hungern sie für den Transport zu einem Mindestgewicht herunter. Schlitterer sind aber sowieso alle mehr oder weniger gleich. Was zählt, sind die Würmer.«

Die Würmer wurden in Schwärmen gehalten, jeweils zu zwölft in einem Behälter. Sie trieben langsam und ziellos durch das Wasser. Patience verlor rasch das Interesse an ihnen und schaute sich im Spielraum um.

Es war ein seltsamer Anblick, wie leicht sich Menschen und Geblinge hier mischten. Es gab keinen Hinweis auf Trennung, keinen Hinweis auf gesellschaftliche Stellung. Es gab sogar einige Dwelfen, die keine Diener waren, und Gaunter, die vielleicht keine Prostituierten waren, obwohl sich das schwer sagen ließ. Gaunter standen bei Glücksspielen nicht allzugut da – sie nahmen zu viele schlechte Wetten an. Sicher waren die Leute hier nicht so unsportlich, Wesen ohne jedes Widerstandsvermögen zu berauben.

Jeder war schön, oder wollte wenigstens so wirken. Dutzende von fetten Frauen und dickbäuchigen Männern trugen Kleidung mit Schwalbenschwanz, um ihren Reichtum zu betonen; Kiefer und Kinn im Überfluß. Brokat wallte von gepolsterten Schultern; Samt floß von überbordenden Hüften. Aber die Gaunter, die hier und da in der Menge herumstanden, trieben ihren Spott mit den menschlichen Schönheitsbemühungen. Das menschliche Ideal schrieb für Männer massig und stark, für Frauen rundlich und fruchtbar vor; gutes Zuchtmaterial nannte man es, und es wurde hoch gelobt. Aber Männer wie Frauen hatten eine plumpsende Art zu gehen, als trügen sie unter ihrer Kleidung Bronzeplatten. Die Gaunter andererseits schienen zu gleiten. Nicht prahlerisch, wie ein Tänzer es vielleicht tut, indem er die Beine vom Rumpf sondert, so daß der Kopf auf einer ebenen, unbewegten horizontalen Fläche verharrt. Vielmehr bewegten sie sich wie ein Kräuseln in der Erde selbst, als wüchsen sie wie die grazilen, nützlichen Pseudopodien der Schlitterer in ihren Behältern unmittelbar aus dem Boden.

Wenn sie sich bewegen,
sind ihre Leiber das Lied der Erde.
Wenn sie sprechen,
sind ihre Stimmen das Lied der Luft.
Wenn sie lieben, ach!
welches Vergnügen sie geben,
So stark wie das Wogen der See.

So sprach der ›Hymnus der Gaunter‹, ein halb satirischer, halb verrückter Lobgesang eines alten Dichters, der zu exzentrisch war, als daß sein Name in Erinnerung geblieben oder seine Dichtung verlorengegangen wäre.

Und Vater hatte gesagt, die Menschen würden ihre Maschinen auf Imakulata nicht vermissen, weil die Gaunter beinahe so gehorsam und viel, viel schöner seien.

Besonders ein Gaunter, ein junger Boyok, aschblond und zwar klein, aber recht hochgewachsen für sein Gewicht; er fiel Patience auf, wie er immer wieder in die vorderste Reihe der Menge sprang, die sich um das laufende Spiel versammelt hatte: hinein und wieder heraus. Dabei strich manchmal seine Hand und manchmal auch seine Schulter ganz sachte über den Schritt eines reich aussehenden Kunden. Ein Lustknabe? Nein, wenn er ihre Aufmerksamkeit erregt hatte, reichte er ihnen ein dünnes Blatt Papier. Also verkaufte er etwas, aber etwas, das sich über einen sexuellen Annäherungsversuch besser an den Mann oder die Frau bringen ließ.

Es war unvermeidlich: Auf seiner Reise durch die Menge versuchte der junge Gaunter seine Über-den-Schritt-Streich-Technik auch bei Angel. Aber dann fiel Patience etwas Merkwürdiges auf. Angel benahm sich genau wie alle anderen: ein Augenblick der Verblüffung, ein Blick angenehmer Überraschung über die Schönheit des Gaunters, ein Lächeln des Erkennens beim Anblick des Handzettels, ein Ausdruck wehmütiger Enttäuschung, als der Boyok davonsprang. Patience, wenn auch keinem sonst, zeigte das deutlich, daß Angel *nicht* überrascht gewesen war. Denn wäre er wirklich überrascht gewesen, hätte er einige Augenblicke lang überhaupt keine Gefühlsregung gezeigt, bis er sicher gewesen wäre, was die Begegnung zu bedeuten hatte. Dann hätte er vielleicht die natürliche Reaktion nachgeahmt, aber nicht so perfekt. Offenbar war ihm der Gaunter also bereits aufgefallen, ohne daß er jemanden hatte merken lassen wollen, daß er ihm aufgefallen war. Das betrübte Patience zutiefst, weil mit Ausnahme von Angels Reisegefährten, einschließlich ihrer selbst, keiner im Raum ihm die geringste Aufmerksamkeit geschenkt hatte. Aus irgendeinem Grund war Angel der Boyok aufgefallen, aber er hatte es sie nicht wissen lassen wollen.

Also ging Patience zu Angel hinüber, der jetzt zusah, wie der Schlitterer für das nächste Spiel vorbereitet wurde, und wisperte: »Was hat er verkauft? Der kleine Lustknabe mit seiner Werbung?«

Angel zuckte die Achseln. »Ich hab's irgendwo fallengelassen.«

Patience sah das Papierknäuel auf dem Boden und hob es auf. Es war in Glyphen geschrieben statt in Buchstaben, was erklärte, weshalb alles auf einem einzigen vertikalen Streifen stand. Die Glyphen waren einfach, aber durch graphische Darstellungen ergänzt. »Lord Fäden und Seine Wandernde Wundermaschine Im Schmelzenden Schnee. Privatlogen. Nur auf Einladung.«

»Bloß 'ne Sex-Show«, sagte Angel. »Nichts Sehenswertes.«

»Du bist in der Welt herumgekommen«, sagte Patience. »Was dir langweilig erscheint, könnte für mich interessant sein.«

»Du bist erst fünfzehn.«

»Mit einem Liebhaber«, sagte sie.

Er runzelte die Stirn.

»Der darauf wartet, daß mein Eis taut«, fügte sie hinzu. Sie legte genug Nachdruck in ihre Stimme, daß ihm klar sein würde, wie ernst es ihr war.

Sein Stirnrunzeln wich. »Wenn du willst.«

Und sie wußte, daß es das war, was er wollte. Hatte er sie seine heuchlerische Reaktion absichtlich sehen lassen? Oder hatte er ein indirektes Manöver vor? Aus irgendeinem Grund wollte Angel zum Schmelzenden Schnee gehen, um zu sehen, welche Unterhaltung Lord Fäden vorbereitet hatte. Wie schon so oft in ihrem Leben war sie verwirrt. Was hatte er in diesem kleinen Gaunter gesehen, daß er sich dazu entschlossen hatte, zu gehen?

Angel plazierte Wetten – große, aber nicht groß genug, um unerwünschte Aufmerksamkeit auf sich zu ziehen – für das nächste Spiel. Er wettete fünf Zentimeter auf den Schlitterer. Es war gewagt, eine solche Spanne zu geben, aber die Quote würde im Fall eines Gewinnes um so größer sein. Patience hatte Angel noch nie spielen gesehen, obwohl sie Vater oft genug beobachtet hatte. In Vaters Fall hatte sie nie herausgefunden, ob ihm das Spielen wirklich Freude bereitete oder ob er aus diplomatischen Gründen nur so tat, als bereitete es ihm Freude.

Der Schlitterer wurde durch ein Dekameter offener Luft in den Kampftank fallengelassen. Der Schock der Luft ließ ihn schrumpfen; einmal im Tank, begann sich sein Körper unvermittelt auszudehnen, während er Nährstoffe aus der umgebenden Kultur in sich aufnahm. Er war ein schneller; in den drei Sekunden vor der Freilassung des Wurms nahm er mehr als doppelte Größe an.

Die Würmer waren anfangs langsam und dumm, schwammen träge und ziellos dahin. In dem Augenblick, da der erste von ihnen gegen den Schlitterer stieß, wurden sie jedoch allesamt zielsicher und flink. Sie klammerten sich an die Oberfläche des Wesens und begannen, sich einen Weg hineinzufressen.

Der Schlitterer bemerkte sie natürlich auch, und auf seine einzigartige Weise ließ er die Würmer wissen, daß sie ihm als Mahlzeit so willkommen waren wie jede andere. Die Schlittererwände wuchsen um die Würmer herum, schlossen sie in dem halbstarren Gel ihres Inneren ein. Die Würmer begannen auf der Stelle, sich vor Schmerzen zu winden und zu drehen, als die Verdauungssäfte des Schlitterers sich in ihre Körper fraßen. Aber ihr Krümmen war nicht richtungslos. Sie bewegten sich vom Rand des Schlitterers nach innen, auf den Dotter zu, der seine primitive Intelligenz und sein gesamtes Fortpflanzungssystem enthielt. Wenn sie es erreichten, würden die Würmer ihre eigenen Genmoleküle dort ablagern, die den Körper des Schlitterers übernehmen und ihn zu einem Produktionsgefäß für Würmer machen würden. Aber dieser Schlitterer war zu schnell gewachsen, und sein Dotter befand sich zufällig recht weit von der Stelle entfernt, wo alle Würmer eingedrungen waren. Die Würmer waren tot, bevor einer von ihnen den Dotter erreicht hatte. Der nächste Wurm war jedoch bis auf vier Zentimeter herangekommen.

Angel zeigte überhaupt keine Reaktion. Er streckte nur auf großväterliche Weise die Hand aus und sagte: »Komm, kleine Lady. Wir essen besser etwas, bevor ich alles verliere.« Ein paar Leute kicherten – es war nicht sehr wahrscheinlich, daß jemand so etwas sagte, wenn es nicht völlig unmöglich war, daß er Bankrott ging.

Sie aßen an einem Ort mit Glaswänden, die auf einer Seite auf den See und den Wald hinausführten und auf der anderen einem zierlichen und hübschen Klippengarten gegenüberlagen. Das Essen war so gut wie nur irgend etwas, das Patience in King's Hill gegessen hatte, obwohl viele der Früchte dwarfisch und erstaunlich sauer waren und das Fleisch mit Alkohol angemacht war, den sie nicht kannte.

Und dann, als das Abendessen vorbei und Dunkelheit hereingebrochen war, zog Patience eine Schau ab, bei der sie sich eingehend nach dem Schmelzenden Schnee erkundigte. Der Tischherr warf Patience einen langen und mißbilligenden Blick zu – der Schmelzende Schnee war anscheinend ein Ort, an den anständige Leute, selbst Vergnügungssüchtige in Freistadt, jungfräuliche Mädchen nicht mitnahmen. Angel blieb unbeeindruckt.

»Warum gehen wir wirklich hin?« fragte sie ihn schließlich. Sie schritten über hölzerne Gehwege, die bedenklich über Dachgiebel und Gärten drei Ebenen weiter unten hinaushingen. Die Geblinge waren dicht hinter ihnen, aber nicht nahe genug, um sie zu hören. Will und Sken waren zu breit, um neben jemandem zu laufen; sie folgten den beiden Gruppen hintereinander.

»Hast du's nicht gesehen?« fragte Angel. »Der kleine Bursche hat uns ausgesucht. Von dem Zeitpunkt an, als er den Spielraum betrat. Sobald er mir die Nachricht gegeben hatte, ging er wieder.«

»Und was hat das zu bedeuten?«

»Gaunter haben keinen Willen, Patience. Sie spüren die Sehnsüchte der Menschen in ihrer Nähe und versuchen die Sehnsucht zu befriedigen, die am stärksten ist. Sie geben notorisch unzuverlässige Botschafter ab, weil sie sich so leicht ablenken lassen. Aber dieser schwankte nicht.«

»Unwyrm?«

»Mir kam der Gedanke, daß er fähig wäre, einen Gaunter auf einen einzigen Zweck ausgerichtet zu halten.«

»Dann sollten wir diesen Ort meiden.«

»Wie ich dir früher schon vergeblich zu erklären versucht habe, will Unwyrm uns in sein Lager locken und wir wollen dorthin gelangen. Erst wenn wir ankommen, trennen sich unsere Ziele.«

Es war eine hoffnungslos dumme Antwort. Unwyrm wollte Patience dort haben, aber sonst wollte er keinen. Offensichtlich schwebte also nicht Patience in Gefahr, aber jeder, der sie begleitete; wenn Unwyrm könnte, würde er sie alle zurückweisen, so daß sie ihn ohne Begleitung aufsuchen würde.

Sie hatte jedoch keine Zeit herauszufinden, weshalb Angel solchen Unsinn erzählt hatte, denn sie erreichten den Schmelzenden Schnee, und Angel begann sofort, einen Tisch zu organisieren. Patience nahm an, daß er sie immer noch für so kindlich hielt, daß er sie mit einer dummen Antwort abspeisen konnte, während er seine wahren Gründe für sich behielt. Nach all dieser Zeit unterschätzte er sie immer noch. Oder nicht? Vielleicht war der Grund für sein Handeln offensichtlich, und nur Unwyrms Druck hielt sie davon ab zu verstehen. Sie würde es nicht merken, wenn Unwyrm ihr Denken beeinträchtigte, aber Angel würde es, und vielleicht hatte er bereits gesehen, daß ihr Urteil unzuverlässig war. Das erschreckte sie, und Unwyrms Freude wogte in ihr.

Eine Vorstellung endete gerade, als der Logenmeister sie zu einem an der Frontseite vergitterten Abteil führte, das die kreisrunde Bühne übersah. Der Boyok aus dem Spielraum war da, zusammen mit zwei Tarkern und einem ungewöhnlich hochgewachsenen, traurig dreinblickenden Gaunter mit langen, fettig-grauen Haaren. Sie waren alle nackt, alle zerbrechlich gebaut, auf ätherische Weise schön, wie Gaunter es eben sind. Aber in den letzten Minuten des Tanzes erkannte Patience, daß dies keine bloße Sex-Show war, die die Paare in den Logen rings um die Bühne anheizen sollte. Mit dem Tanz wurde eine Geschichte aufgeführt. Der traurig dreinblickende Gaunter war nicht einmal erregt. Er stand einfach nur da, hochgewachsen und gerade, doch mit leicht zur Seite geneigtem Kopf, während das Haar ihm ungekämmt ins Gesicht fiel, als wären seine Schultern an dünnen Fäden von der Decke aufgehängt, aber als hielte rein gar nichts seinen Kopf. Der Boyok versuchte den alten Gaunter zu erreichen; die Tarker, ebenso jung wie er und beinahe so knabenhaft, versuchten ihn mit Berührungen und Streicheln, die zugleich gewaltsame Einschränkung wie sanfte Provokation waren, zurückzuhalten. Der Boyok war erregt – schließlich bezahlten die Kunden dafür, oder nicht? –, aber es schien ihn nicht zu interessieren, was die Tarker taten. Endlich, während die Musik jubilierte, erreichte der Boyok den alten Gaunter. Patience wappnete sich gegen einen unangenehm derben pornographischen Höhepunkt, aber statt dessen erstieg der Gauntling den alten Burschen, als wäre er ein Baum, kniete sich auf seine Schultern – sein Gleichgewicht war bedenklich, und doch schwankte er kaum – und hob dann den Kopf des alten Gaunters am Haar hoch, bis er wie der übrige aufgerichtete Körper gerade und wachsam war.

Schweigen. Ende.

Das Publikum applaudierte, aber ohne Begeisterung. Offenbar hatte es bemerkt, was auch Patience aufgefallen war: daß dies gar keine Sex-Show war, sondern vielmehr Tanz mit einem erotischen Thema. Der Höhepunkt war ästhetisch gewesen, nicht wollüstig. Das Publikum war dementsprechend enttäuscht. Man hatte es betrogen.

Aber Patience fühlte sich nicht betrogen. Es hatte in ihr, in diesen paar Augenblicken, eine Sehnsucht entfacht, die sich über ihre Selbstbeherrschung hinwegsetzte und ihr Tränen in die Augen trieb. Es war nicht die Art von Leidenschaft, die Unwyrm in ihr weckte, kein erzwungenes, überwältigendes Drängen. Es war vielmehr eine melancholische Sehnsucht nach etwas, das überhaupt nicht körperlich war. Sie wollte verzweifelt ihren Vater zurückhaben, damit er sie anlächelte; sie sehnte sich nach der Umarmung ihrer Mutter. Es war Liebe, was der Tanz in ihr erweckt hatte, Liebe wie die, von der die Wachsamen sprachen: ein reines Bedürfnis nach jemand anderem, der einen mit Freude erfüllt. Und beinahe ohne zu denken wandte sie sich um und blickte Will an, der neben der Tür im hinteren Teil des Séparées stand. Sie sah in seinem arglosen Gesicht einen perfekten Spiegel der Sehnsucht, die sie empfand; und sie freute sich, denn er blickte sie an, auf der Suche nach dem gleichen in ihr.

Dann wandte sie sich wieder der Bühne zu. Der Applaus war erstorben, aber die vier Gaunter behielten ihre letzten Posen nach wie vor bei. War die Vorstellung doch noch nicht zu Ende? Die Musik war verstummt; es herrschte völlige Stille, bis auf das Atmen und Murmeln des Publikums in seinen Logen und auf den billigen Parkettsitzen. Ein paar lange Sekunden blieb die Pose perfekt. Dann begann der alte Gaunter durchzusacken. Der Boyok zog ihn an den Haaren nach oben, als versuchte er ihn festzuhalten, aber der Gaunter sank von den Schultern an zusammen, als wäre das Gewicht des Boyok zuviel für ihn.

Während er sank, drehte er sich. Als er sich schließlich in voller Länge auf dem Boden ausstreckte, gerade noch auf einen Ellenbogen gestützt, mit dem Boyok rücklings über ihm, der nach wie vor sein Haar gepackt und den Kopf hoch hielt, war das Gesicht des alten Gaunters direkt auf die Loge gerichtet, in der Patience saß. Tatsächlich schienen seine Augen sie und nur sie zu sehen, sie flehentlich anzublicken. Ja, sagte sie lautlos. Dies ist das perfekte Ende für den Tanz. Stumm, zusammengebrochen und doch noch mit durch die Mühen des Boyok unvermindert aufgerichtetem Kopf, das Gesicht himmelwärts gewandt.

Dann, als sei ihre unausgesprochene Zustimmung das Stichwort, wurden die Lichter alle auf einmal gelöscht. Die Dunkelheit währte nur eine oder zwei Sekunden, aber als die Lichter wieder entzündet wurden, war die Bühne leer. Patience applaudierte, und einige im Publikum fielen ein; die meisten hatten das Interesse verloren. »Ich will sie kennenlernen«, sagte Patience. »Gaunter oder nicht, das war wunderschön.«

»Ich werde sie holen gehen«, sagte Will.

»Nein, ich«, sagte Angel.

»Dann gib mir das Geld«, sagte Will.

»Man wird mich schon nicht berauben«, sagte Angel.

»Ich war früher schon mal hier«, sagte Will. »Auf offener Straße ist man sicher, aber nicht in den Korridoren eines Hauses wie diesem.«

Angel hielt einen kritischen Augenblick lang inne, dann gab er Will zwei Börsen. Patience wußte, daß er das meiste Geld wahrscheinlich trotzdem behalten hatte, aber es war ein Kompromiß, und es gab keinen Grund, über so etwas Törichtes zu streiten.

Wäre die Vorstellung ein Erfolg gewesen, hätte wenig Aussicht bestanden, auch nur einen der Gaunter in ihre Loge heraufzubekommen, nicht ohne ernsthaften Versuch, den Logenmeister zu bestechen. Aber da sie durchgefallen war, brauchte man nur mit den zwei Tarkern zu sprechen – ein Tarker war schließlich ein Tarker. Sowohl der alte

Gaunter wie der Boyok aus dem Spielraum folgten Angel, als er zurückkehrte.

Eine andere, eher erwartete Vorstellung begann auf der Bühne; Patience zog den Vorhang vor, um den Anblick fernzuhalten und die Geräusche zu dämpfen. Will öffnete inzwischen das Kerzenfenster, so daß sie sich sehen konnten.

»Hat es Ihnen gefallen?« fragte der alte Gaunter.

»Sehr«, sagte Patience.

»Ja, ja, Sie sind es, die ich gespürt habe. Sie sind es, die das wahre Ende sehen mußte. So viele waren enttäuscht, aber Sie spürte ich, stärker als alle anderen.«

»Wie endet es normalerweise?« fragte Sken.

»Oh, bei einem solchen Publikum bespringen wir uns gewöhnlich jeder auf dreierlei Weise. Abschaum. Kein Kunstempfinden.« Er lächelte Patience an. »So ein gutes Ende hatten wir noch nie. Der Zusammenbruch, mit meinem noch erhobenen Haupt – ah, ich danke Ihnen, Lady.«

Daran hatte Patience nicht gedacht, obwohl es ihr hätte klar sein müssen. Gaunter reagieren immer auf die stärksten Sehnsüchte. Kein Wunder, daß sie ihr so hervorragend gefallen hatten.

Unwyrms Einmischung hatte ihre sämtlichen Leidenschaften so sehr verstärkt, daß sie natürlich die dominierende Person im Theater war.

Aber auch wenn der Anstoß schließlich von ihr gekommen war, hatten sie es doch aufgeführt. »Sie waren hinreißend«, sagte sie.

»Sie wollen nicht mal eine Kostprobe von Kristiano hier?« sagte der alte Gaunter und deutete auf den Boyok. Seine Überraschung war offensichtlich.

»Nein«, sagte sie.

»Oder von mir. Sie sind doch heiß wie eine rollige Katze, Lady. Ich konnte es schon spüren, bevor Sie das Gebäude betraten.«

»Belassen wir's dabei!« schnappte Angel. Patience sah auch bei Will die Andeutung einer Bewegung, als wäre er darauf vorbereitet gewesen, das Gespräch noch abrupter zu unterbrechen als Angel.

»Wer bist du?« fragte Patience.

»Fäden«, sagte er. »Natürlich nicht wirklich *Lord* Fäden. Ich habe noch nie von einem Gaunter gehört, der ein Lord gewesen wäre, nicht wahr? Einfach Fäden. Und Kristiano, mein lieber Boyok, der Beste, den ich je hatte.«

»Der größte Künstler vom Eis bis zum Cranwater«, sagte Kristiano. Es war natürlich ein Slogan, aber der Gaunter glaubte es.

»Wir sind Reisende«, sagte Fäden. »Wohin gehen Sie? Wir begleiten Sie und treten jeden Abend für Sie auf. Ihre Sehnsucht ist sehr stark, und Sie ziehen uns zu der Schönheit, die zu erschaffen wir uns bemühen.«

Reck und Ruin hatten während dieses ganzen Menschenamüsements geschwiegen. Es war wohlbekannt, daß Geblinge für die menschliche Faszination am Sex Verachtung empfanden. Ihre eigenen Paarungen waren von Empathie durchdrungen, so daß jeder wußte, wann und wie der andere befriedigt war. Sie dürsteten nicht wie Menschen nach Erleichterung aus der Isolation, nach Vergewisserung, daß das, was der eine empfand, vom anderen geteilt wurde.

Daher überraschte es nicht, daß Ruin umgehend Einwände gegen den Vorschlag erhob. »Wir haben für unsere Zwecke genügend Begleiter.«

Angel berichtigte ihn kalt. »Wir haben *mehr* als genügend Begleiter.«

Auf einmal sah Fäden ein wenig krank aus. »Bitte nicht, Streit vertrage ich nicht so gut.«

»Es war mir ein Vergnügen, euch zuzusehen«, sagte Patience. »Aber mein Gebling-Freund hat recht. Wir sind hier, um die Freuden von Freistadt zu kosten, und dann setzen wir unseren Weg fort.«

Fäden lächelte.

Kristiano berührte ihre Knie. »Lady, große Lady, Fäden kann nicht getäuscht werden, nicht von jemandem, dessen Verlangen so deutlich ist.«

»Ich weiß, wohin Sie wollen«, sagte Fäden, »und ich kenne den Weg.«

Will sprach leise. »Laßt uns gehen. Sofort.«

Patience war sich unsicher. Anscheinend war dieser Gaunter in der Empathie ungewöhnlich erfahren. Aber wie konnte Empathie ihm ihr Ziel verraten? Dabei waren keine Worte, keine Bilder im Spiel.

Wie zur Antwort auf ihre Frage ließ Fäden seinen Kopf in einem unmöglichen Winkel nach hinten fallen, als wären alle Muskeln in seinem Genick erschlafft. Dann begann er zu murmeln, seine Worte ein Singsang: »Ich bin noch nicht so alt, daß ich den Geschmack des Verlangens wie ein Messer in Ihrem Herzen vergessen kann. Ich habe den Hunger geschmeckt, die Sehnsucht, das Eis zu ersteigen, wo er wartet, wo er wartet, wo er wartet. Und die Lady, die er ruft, ist jene, auf die er wartet, und er ruft Sie stärker als jeden vor Ihnen, doch unter den Schichten des Schmerzes, die er Ihnen schickt, spüre ich etwas Stärkeres als jemals zuvor. Sie sind sein Feind. Sie sind seine Geliebte. Und ich bin Ihr Führer zur Kammer des Liebeswerbens.«

Während der Rede hatte Kristiano beinahe unbewußt begonnen, sich zu bewegen, als wären die Worte ein Gedicht und er die visuelle Musik. Selbst in der Beschränkung des Séparées waren die Gestalt und die Bewegungen des Boyok-Körpers ganz vorzüglich. Er orientierte sich, vielleicht instinktiv, so, daß das Licht über seine Arme und Hände spielte, die Konturen seines Gesichts hervorhob und Schatten erschuf, die ein Teil des Tanzes wurden.

Wie kann jemand, der so jung ist, schon so erfahren in der schwierigsten aller Künste sein? Kaum hatte sie sich die Frage gestellt, sah Patience bereits eine Antwort: Kristiano führte den Tanz aus, den Fäden ihm gab. Fäden – und Kristiano war seine Marionette. Aber das bedeutete, daß Kristiano auf einen Gaunter reagierte, als wäre der Gaunter ein Mensch oder Gebling mit einem mächtigen Willen.

»Wie kann ein Gaunter einen anderen zum Tanzen bringen?« fragte sie.

Fäden erwachte aus seiner Trance und wirkte verdutzt. »Tanzen?« Dann blickte er Kristiano an, als wäre er sich nicht bewußt gewesen, daß der Boyok tanzte. »Jetzt nicht«, sagte er. Sofort entspannte Kristiano seine Pose.

»Du hast ihn zum Tanzen gebracht, als du zu mir sprachst«, sagte sie. »Wie ist das möglich, wenn du keinen Willen hast?«

Er war darauf vorbereitet, zu lügen; sie konnte es sehen. Aber wenn er wirklich Unwyrms Führer den Berg hinauf war – für den Weisen, der vor ihr gekommen war, und jetzt für die siebente siebente siebente Tochter –, dann mußte sie die Wahrheit von ihm erfahren, und aus irgendeinem Grund wußte sie, daß dies die eigentliche Frage war.

Sein Gesicht verzerrte sich. »Lady, Sie quälen mich mit Ihrem Verlangen.«

»Dann erleichtere dich und antworte mir.«

»Ich bin ein Ungeheuer unter den Gauntern«, sagte er.

»Weil du einen Willen hast?«

»Weil ich wünschte, ich hätte einen. Ich wünschte es. Ich bringe sie den Berg hinauf – schon seit meiner Kindheit finde ich diese Männer und Frauen mit ihrem Verlangen, dem Hunger, der sie verzehrt, und ich bringe sie den Berg hinauf bis zur gelben Pforte. Dorthin wollen sie, aber sie kommen nie mehr zurück. Und Sie, Sie haben mir solche Schönheit gegeben, denken Sie, ich kann es Ihnen verzeihen, daß Sie ein solcher Lebensborn sind? Wie das Wasser aus seinem Palast den Berg hinunterfließt, ein Lebensborn, und ich werde Sie wie alle anderen den Berg hinaufbringen, und Sie werden nie mehr zurückkommen, und was soll ich dann tun? Wie sollen wir je wieder tanzen, nun, da wir das Publikum gefunden haben, das uns zum Leben erwecken kann?«

Wieder tanzte Kristiano zu Fädens Sprechgesang, gab seinen Worten ein seltsames Eigenleben.

»Ich bin alt«, sagte Fäden. »Der Boyok hier, er ist mein Kind-Selbst. Welchen Tanz kann ich jetzt noch aufführen, außer dazustehen und den anderen ringsum ihre Bewegung zu verleihen? Bis Sie kamen, habe ich seit Jahren nichts anderes getan als inmitten meines Tanzes dazustehen.«

»Dann *bist* du mächtig«, sagte Patience. »Jedenfalls mächtig genug, um die anderen zu kontrollieren.«

»Ich habe keinen Willen, große Lady, aber ich habe Sehnsüchte, so stark wie Ihre, heiß wie Feuer, kalt wie das Schlafgemach, das auf Sie wartet, und perfekt, ja, ich kenne die perfekten Formen. Ich sehne mich nach ihrer Perfektion, und sie antworten mir, sie folgen mir. Lassen Sie mich Ihnen folgen, Lady.« Sein Blick verband sich mit ihrem.

Sie versuchte den flehentlichen Blick zu verstehen, den er ihr zuwarf. Alles, was er ihr erzählt hatte, stimmte. Aber da war noch mehr. Sie mußte auch das wissen, was er vor ihr zurückhielt. Sie ließ die Sehnsucht in sich wachsen, drängte ihr Verlangen nach Will, ihre Angst vor diesem Ort in den Hintergrund; sie gab sogar einen Augenblick lang ihrem Bedürfnis nach, dort hinaufzusteigen, wo Unwyrm wartete.

Sein Gesicht verzerrte sich. Sein Atem kam in schweren Stößen. Und dann plötzlich, aus einer Maske der Agonie heraus, sprach er wieder. »Gehen Sie nicht den Berg hinauf, Lady, sonst wird er Sie bekommen, ganz allein; dort wird es keine Hilfe für Sie geben.«

»Ich bin nicht allein«, sagte sie.

»Sie werden es sein, Sie werden es sein, bis auf den Lügner, bis auf seine Marionette, bis auf den Weisen, der hinaufging und wieder zurückkehrte, den Verräter, der ...«

Als er sprach, dachte Patience an den einen Mann, der behauptet hatte, ein Weiser zu sein, und zugegeben hatte, in Cranning gewesen und wieder zurückgekehrt zu sein. Sie blickte ihn an, und auch die anderen taten es. Will, bereit, sie um Unwyrms willen zu betrügen.

Und sie hätte es weiter geglaubt, hätte sie Fäden nicht einen flüchtigen Blick zugeworfen, kurz bevor seine Rede zu Ende gegangen war, und er schlaff auf einem Stuhl zusammenbrach, sein Atem ein dünnes Wispern der Erschöpfung. Kristiano keuchte auf und fühlte unverzüglich seinen Puls; erleichtert, daß Fäden nicht tot war, drückte der Boyok den alten Gaunter an sich.

Aber sogar in dem schwachen Licht hatte Patience es gesehen: Fäden war nicht vor Erschöpfung zusammengebrochen. Angels Hand hatte hinausgelangt, hatte den Gaunter an den Stellen berührt, von denen Angel ihr beigebracht hatte, daß sie einen Mann bewußtlos machen konnten. Gerade als Fäden genug gesagt hatte, um Will zu belasten, aber bevor Fäden alles gesagt hatte, was er sagen wollte, hatte Angel ihn zum Schweigen gebracht. Ihn in dem Augenblick zum Schweigen gebracht, als alle den Blick auf Will gerichtet hatten. Sie war die einzige, der es hatte auffallen können. Ihn zum Schweigen gebracht, bevor Fäden wirklich einen Namen genannt oder mit dem Finger gedeutet oder jemanden angeblickt hatte.

»Du«, sagte Angel. Er blickte Will an. »Dich hat er gemeint. Du bist schon einmal hiergewesen. Und ich habe gehört, was du Patience vorgestern morgen auf dem Boot erzählt hast, ich habe gehört, daß du den Cranning-Ruf vernommen hattest. Daß du einer der Weisen bist. Bestreitest du das?«

Hätte sie Angels Finger nicht bei der Arbeit gesehen, hätte sie seinen Worten geglaubt. Aber sie wußte, daß Angel der Verräter war. Indem er Will beschuldigte, zeigte er ihr die Wahrheit. Er war ein junger Mann gewesen, als er den Cranning-Ruf vernommen hatte. Er war wie alle Weisen nach Cranning gegangen, ohne sich besser vor dem Ruf schützen zu können als irgendein anderer. Aber Unwyrm wollte, daß eine Aufgabe erfüllt wurde. Daß Peace eine Tochter bekäme. Also war Angel vom Berg zurückgekehrt, mit dem Wissen bewaffnet, wie wieder rückgängig zu machen war, was man Peace angetan hatte. Bald war Unwyrms Braut gezeugt und geboren, und dann hatte Angel sein Leben ihrer Erziehung, ihrer Vorbereitung geweiht. Und sie schließlich hierhergebracht. Die ganze Zeit hatte er in Unwyrms Diensten gestanden. Die ganze Zeit. Und mein Vater vertraute ihm. Sie wollte mit den Fäusten auf ihn einschlagen, durch die weichen Stellen seines Gesichts in ihn hineingreifen und ihn in Stücke reißen. Nie zuvor hatte sie solche Wut und Scham verspürt wie jetzt in dem Wissen, daß all ihre kindliche Liebe einem Mann zugefallen war, dessen Zuneigung nur eine Farce gewesen war. Er ist ein Schweinehirt, und ich bin sein einziges Schwein. Jetzt führt er mich zum Schlachter, und ich, blind gegenüber dem, was er wirklich ist, liebe ihn.

Aber ich bin nicht blind genug. Und weil sie alles verbergen konnte, wenn es erforderlich war, ließ sie keinen etwas von ihrer Wut merken.

Ruin lachte über den Gedanken, daß Will einer der Weisen sei, aber Reck war alarmiert. Patience fing ihren Blick auf und starrte sie einen Moment lang an, während Angel seine Beschuldigungen gegen Will fortsetzte. Verstand sie? Ich werde handeln, und du mußt mich im Auge behalten, wenn du auf dem Weg den Berg hinauf bei mir bleiben willst.

Ihre Gedanken rasten immer noch, fügten jetzt alles zusammen, überprüften ihre sämtlichen Erinnerungen, ob sie zur gegenwärtigen Realität paßten. Angel war der Feind. Er hatte sein Bestes versucht, sie von der Begegnung mit Ruin und Reck abzuhalten, und jetzt wollte er sie loswerden, bevor sie Unwyrm erreichten. Er war ein zu guter Attentäter: Sie glaubte nicht, daß der Geblingkönig den Gipfel des Berges lebend erreichen würde, solange Angel sie begleitete und Will nicht da war, um sie zu beschützen. Also würde Angel sie nicht begleiten.

»Will«, sagte sie. »Nach allem, was passiert ist, wirst du verstehen, daß ich dir nicht mehr vertrauen kann.« Sie hoffte, daß er in ihrem gleichmütigen Blick die Bitte um Verständnis lesen konnte, die Bitte, mitzuspielen. »Aber ich will nicht, daß Angel dich tötet.«

»Ihn nicht töten?« wisperte Angel.

»Also werde ich dich fesseln und Sken hierlassen, damit sie dich bewacht, und wir werden den Logenmeister bestechen, so daß er dich die Nacht über ungestört läßt. Versuche nicht, uns zu folgen, oder ich töte dich selbst.«

Will schwieg. Hatte er verstanden?

»Das ist verrückt«, sagte Angel. »Er ist ein gefährlicher Mann, und du willst ihn lebend zurücklassen?«

»Er ist harmlos«, sagte Reck. Aber sie sah verwirrt aus, als wäre sie nicht sicher, ob sie Will für einen Verräter halten oder ob sie sich an ihre jahrelange Vertrautheit mit diesem Mann klammern sollte.

»Streiten können wir später«, sagte Patience. »Wenn wir aus dieser Loge raus sind.« Sie warf einen Blick hinter den Vorhang, der das einzige Hindernis zwischen ihnen und dem Publikum war. »Oder wollen wir zu einem Teil der Vorstellung werden?«

Patience bedeutete Sken, ihn mit dem Seil zu binden, das sie um ihre Taille getragen hatte. Es war lang und kräftig genug. Patience manövrierte sich vorsichtig zwischen Angel und Will, aus Angst, Angel würde ein Messer in ihn stoßen oder ihn vergiften und sich dann dafür entschuldigen, daß er getan hatte, was er für das Beste gehalten hatte. Patience war sich noch nicht sicher, wie sie ohne Blutvergießen durch diese Krise finden sollte. Aber sie wußte, daß sie Will vertrauen konnte, und wollte, daß er am Leben blieb. Will wandte seinen Blick nicht von Patiences Gesicht; er leugnete nichts. Sie hoffte, dies bedeutete, daß auch er ihr vertraute.

Jedes Wort, das Angel jetzt sagte, jede Bewegung, die er machte, erfüllte sie mit Ärger und Schrecken. Hatte sie nicht als zu einem Meisterattentäter zu ihm aufgeblickt? Alles, was sie über Angriff und Verteidigung wußte, hatte sie von ihm gelernt; sie hatte begonnen, sich auf diese Fähigkeiten zu verlassen, hatte geglaubt, jeden besiegen zu können, aber jetzt fragte sie sich, was Angel vor ihr zurückgehalten haben mochte. Sie konnte dies oder jenes versuchen, aber er hatte es ihr beigebracht – einen Stich mit der

Nadel, einen Pfeil in die Kehle, einen Schnitt mit der Schlinge, er kannte jeden Zug, den sie auszuführen vermochte, während sie nicht einmal ahnen konnte, was er ihr vielleicht vorenthalten hatte.

Fiel ihm auf, daß sie sich zwischen ihm und Will hielt? Fiel ihm auf, daß sie sich so bewegte, daß er die Loge zuerst verlassen mußte und so keine Gelegenheit haben würde, sie von den Geblingen zu trennen? Wußte er, daß sie ihm nicht länger vertraute? Sie hoffte, daß er zu besorgt war, daß ihn der Umstand, wie nahe Fäden seiner Entlarvung gekommen war, zu sehr ablenkte, um anhand ihrer Handlungen zu erkennen, daß sie die Wahrheit über ihn wußte. Die Tatsache, daß sie sogar gesehen hatte, wie er den Gaunter zum Schweigen gebracht hatte, war der Beweis, daß er zur Zeit nicht auf der Höhe war. Dies allein gab ihr eine Chance, ihn zu besiegen, zu entkommen.

Angel führte sie in den Korridor hinaus. Sken stand in der Tür, nachdem die anderen hindurchgetreten waren, und beobachtete sie.

»Wir sollten den Gaunter mitnehmen«, sagte Angel leise. »Selbst wenn Unwyrm ihn kontrolliert, *kennt* er doch immerhin den Weg.«

»Angel«, sagte sie. »Ich fürchte mich so. Ich habe Will vertraut, und er war die ganze Zeit Unwyrms Kreatur.« Sie schlang die Arme um ihn, klammerte sich an ihn, wie sie es getan hatte, als sie noch klein war. Aber bevor ihre Finger die Stellen erreichen konnten, die sie berühren mußte, um ihn bewußtlos werden zu lassen, hatten seine Finger ihre gefunden. Da wußte sie, daß er sich nicht hatte täuschen lassen. Daß er sich völlig bewußt war, daß sie ihm nicht mehr vertraute. Sie hatte eine flüchtige Vision ihrer selbst, wie sie bewußtlos in seinen Armen zusammenbrach. Er würde ihnen erzählen, daß sie ohnmächtig geworden sei; sie würden es ihm glauben. Und ohne ihren Schutz würden Reck und Ruin nicht lange durchhalten. Es war vorbei.

Aber seine Finger preßten nicht. »Ich habe dich geliebt«, wisperte sie und ließ zu, daß der Schmerz des Betrugs ihre Stimme zum Zittern brachte.

Und er zögerte immer noch. Jetzt fanden ihre Finger die Stellen; sie zögerte nicht. Er sank sofort zu Boden.

»Gehen wir«, sagte sie zu den Geblingen.

»Was ist passiert?« fragte Ruin.

»Angel ist der Verräter.«

Die anderen blickten sie einen Moment lang verständnislos an.

»Ich habe gesehen, wie er den alten Gaunter zum Schweigen brachte, bevor er irgendwelche Namen nennen konnte. Angel ist Unwyrms Mann.«

»Dann müssen wir Will befreien«, sagte Reck.

Sken drehte sich um, um in die Loge zurückzukehren und ihn loszumachen. Aber just in diesem Moment erschien der Logenmeister am anderen Ende des Ganges. »Was tun Sie da!« rief er. Er konnte Angels Körper auf dem Boden liegen sehen. »Was haben Sie getan! Mord! Mord!« Er lief den Weg, den er gekommen war, wieder zurück.

»Das ist dumm«, sagte Ruin. »Er ist nicht einmal tot.«

»Dumm oder nicht, wenn er die Polizei holt und sie uns zum Verhör festnehmen, werden sie Menschen und Geblinge in getrennten Zellen unterbringen, so daß Unwyrm euch wegstoßen kann, während er mich anzieht«, sagte Patience.

Der Logenmeister schrie immer noch, und bald würde er zurück sein. Sie konnten auch das Publikum hören, das langsam unruhig wurde. Patience wollte auf Will und Sken warten, aber sie hatten keine Zeit. Ruin zerrte an ihrem Arm. Reck und Ruin führten sie rasch auf das andere Ende des Ganges zu.

»Wie kommt ihr darauf, daß dieser Weg hinaus führt?« fragte Patience beim Laufen. »Wir bewegen uns direkt auf die Felswand zu.«

Eine Wendeltreppe führte zu den Zimmern der Schauspieler hinauf, wo die Freuden der Aufführung oft die ganze Nacht über fortgesetzt wurden, mit Improvisationen und unter Beteiligung des Publikums. Da sie nirgendwo anders hingehen konnten, stiegen sie hoch. Patience stolperte zwischen den Geblingen und fiel auf die Stufen.

»Unwyrm weiß, was ich gerade getan habe«, sagte sie. »Ich kann es spüren – er versucht mich dafür zu bestrafen, daß ich Angel verlassen habe.« Sie versuchte zu klettern, konnte jedoch kaum einen Schritt machen. Unwyrm hämmerte auf sie ein; sie war ein Sturm widersprechender Leidenschaften; sie konnte nicht denken.

Ruin vorne und Reck hinten zerrten und schoben sie die Treppe hinauf. Es gab hier reihenweise Umkleideräume mit nackten Gauntern und Menschen, die sich emsig von der letzten Vorstellung in Ordnung brachten oder auf die nächste vorbereiteten. Die Geblinge hielten sie an den Armen und führten sie den Gang entlang. Schritt für Schritt. Die Bewegung gab ihr etwas, worauf sie sich konzentrieren konnte. Unwyrms Drängen begann nachzulassen – er konnte einen solch mächtigen Ruf nicht lange aufrechterhalten. Allmählich bekam sie sich wieder in die Gewalt und begann, ohne Hilfe der Geblinge schneller zu gehen.

»Haben die Umkleideräume an der Außenmauer Fenster?« fragte sie.

»Dieser hier«, sagte Ruin.

Ein nackter junger Mann schmückte gerade sein Glied, als sie hereinkamen und das Fenster ausprobierten.

»Es ist kalt draußen«, sagte er sanft.

»Verschließ bitte die Tür«, sagte Patience.

»Tut mir leid«, sagte er. »Sie hat kein Schloß.«

»Geht ziemlich tief runter«, sagte Ruin, während er aus dem Fenster blickte. »Und der Gehweg dort ist nicht sehr breit. Noch um einiges tiefer, wenn wir ihn verfehlen.«

Nun warf Patience einen Blick aus dem Fenster. »Kinderspiel«, sagte sie. Sie schwang sich hinaus, hängte sich an den Händen auf und ließ sich fallen. Den Geblingen blieb nichts anderes übrig, als ihr zu folgen. Reck endete bäuchlings auf dem Gehweg. »Wir Geblinge stammen nicht völlig von den Affen ab«, sagte sie. »Wir haben nicht eure Instinkte für Sprünge aus dem Fenster.«

Patience hielt sich nicht mit einer Entschuldigung auf.

Die Nacht war dunkel, die Wolken hingen nur wenige Meter über ihnen, und sie konnten kaum sehen, wohin sie gingen, aber sie begannen zu laufen. Plötzlich fühlte Patience sich sehr müde. Es war ein langer Weg den Berg hinauf. Sie hatte seit der vorigen Nacht auf dem Boot nicht mehr geschlafen; weshalb konnte sie nicht einfach in ihr Zimmer zurückkehren und sich ausruhen? Sie wollte sich ausruhen. Aber sie schüttelte das Gefühl ab; sie wußte, woher es stammte. Unwyrm würde es ihnen nicht leichter machen. Solange Angel bei ihnen gewesen war, hatte Unwyrm ihnen keine Hindernisse in den Weg legen müssen. Doch wenn Unwyrm jetzt die Geblinge davon abhalten wollte, zusammen mit Patience sein Lager zu erreichen, würde er andere Personen benutzen müssen, um zu versuchen, sie von Patience wegzulocken. Oder sie zu töten. Patience hatte kein Verlangen danach, sich Unwyrm allein zu stellen. Sie kannte seine Kraft und brauchte Hilfe; wenn die Geblinge alles an Hilfe waren, die sie bekommen konnte, dann wollte sie sie gewiß nicht verlieren. Sie konnte sonst keinem vertrauen. Jeder war ihr Feind.

Sie hielten sich gerade lange genug in ihren Zimmern im Wirtshaus auf, damit Reck ihren Bogen und Ruin sein Messer holen konnte und um sich für den Aufstieg in den Winter mit Mänteln zu versorgen. Keine Menschenverschwörung arbeitete gegen sie, nur Unwyrm, der Personen in der Nähe aufspüren und sie gegen die Gruppe der Heptarchin ins Feld schicken würde. Also lag keine große Gefahr darin, ihre Zimmer aufzusuchen – nur darin, länger als ein paar Minuten in ihnen zu verweilen. Sie trennten sich nicht: Die Geblinge begaben sich mit ihr auf das Zimmer, das sie sich mit Angel und Sken geteilt hatte, und sie wiederum ging mit ihnen in das ihre. Jemand klopfte an die Tür, als sie gerade aufbrechen wollten.

»Das ist wahrscheinlich nur der Wirt«, sagte Reck.

»Es ist der Tod«, sagte Patience. »Unwyrm wird dafür sorgen, daß wir auf unserem Weg den Berg hinauf niemandem als dem Tod begegnen werden.«

Ruin riß das Fenster auf. Patience kletterte hinaus. Vor dem Fenster ging es dreißig Meter weit in die Tiefe. Das war selbst für sie zuviel. Aber sie war von jeher ein guter Kletterer gewesen und sah, daß es einigermaßen einfach sein würde, das Dach zu erreichen. »Vertraut eurer menschlichen Hälfte«, sagte sie. »Dafür werdet ihr eure sämtlichen Affenvorfahren brauchen.« Sie stellte sich auf das Fensterbrett, langte zur Dachrinne hinauf und zog sich hoch. Reck folgte ihr dichtauf. Ruin hatte sich auf dem Dach kaum zu ihnen gesellt, als sie ein brüllendes Geräusch hörten. Flammen loderten aus dem Fenster des Zimmers, das sie gerade verlassen hatten.

»Wir werden uns ganz schön beeilen müssen, was?« sagte Ruin.

»Weiter«, sagte Patience. Sie liefen über den Dachfirst dorthin, wo eine Leiter ihn mit dem Gehweg der nächsten Ebene verband. Wie viele Kilometer bis zum Gletscher auf dem Gipfel des Skyfoot? Patience wollte nicht daran denken. Sie ergriff einfach die Leiter, setzte ihre Füße darauf und begann zu klettern.

16 Angel

Sken quälte sich damit ab, Wills Fesseln zu lösen, bis er zu ihr sagte: »Ginge es nicht schneller, wenn du sie durchschneidest?«

»Oh, jetzt kann er reden. Weshalb hast du vorhin nichts gesagt?« Sie sägte mit ihrem stumpfen Eßmesser. »Weshalb hast du, als ich dich gefesselt habe, mit keinem Wort erwähnt, daß du unschuldig bist?«

»Weil irgend jemand *nicht* unschuldig war, und ich nicht wußte, wer.«

Ein Strang löste sich. »Es war Angel.«

»Darauf bin ich auch schon gekommen.« Als der Hauptknoten einmal durchschnitten war, kamen seine Hände und Füße frei. Rasch erhob er sich – er war nicht lange genug gefesselt gewesen, um steif zu werden.

Gerade als er die Tür erreichte, lief der Logenmeister vorbei, einen Knüppel schwingend und eine Gruppe höchst uneinheitlicher Soldaten führend. Sicher nicht die offizielle Garde, nur ein aus dem Augenblick geborener Haufen, der sich zusammengefunden hatte, um Unwyrms Zwecken zu dienen. Schon bald würden richtige Soldaten eintreffen. Will beschloß, keinen Versuch zu machen, ihnen zu folgen. Er kannte Patience und die Geblinge gut genug, um nicht um ihre Sicherheit zu fürchten. Und da war etwas anderes, dem er sich widmen mußte.

»Ist noch genug von der Schnur übrig, Lady Sken, um diesen Burschen zu fesseln, bevor er zu sich kommt?«

Sken trat zu ihm in den Gang hinaus neben Angels bewußtlosen Körper. »Sie haben ihn zurückgelassen?«

»Unwyrm hat sie weitergetrieben. Er läßt nicht zu, daß seine Leute abgelenkt werden.«

Sie stieß Angel mit dem Zeh an. »Bist du sicher, daß keiner zu Hause ist? Er ist gerissen.«

»Rüttel ihn lange genug, dann kommt er zu sich. Ich will nicht, daß er dann seine Hände frei hat.«

Sken fesselte ihn – Will wußte aus Erfahrung, wie bemerkenswert gut sie darin war –, und zusammen trugen sie den alten Mann in die Loge zurück. Erst dann schenkte Will Kristiano und Fäden irgendwelche Beachtung. Der alte Gaunter war wieder wach.

»Was ist mit mir passiert?« fragte Fäden.

»Angel fand, daß deine Geschichte zu persönlich wird.«

»Geschichte? O ja. Ja, meine Geschichte. Ich habe versucht zu lügen. Ich konnte spüren, wie sehr Angel wollte, daß ich lüge.«

»Aber du hast trotzdem die Wahrheit gesagt?«

»Das Mädchen. Sie wollte die Wahrheit mehr, als er die Lüge wollte. Es war sehr strapaziös. Ich denke, ich wurde ohnmächtig.«

»Man hat etwas nachgeholfen.«

»Ich kannte ihn«, sagte Fäden. »Ich kannte sie alle. Aber Angel – er war ein Guter, ein Gescheiter. Als ich ihn den Berg hinaufbrachte, gab es keine Spur von bösem Verlangen in ihm.«

»Ich könnte nicht mal vermuten, was ein Gaunter unter ›böse‹ versteht«, sagte Sken.

»Wir denken das gleiche wie jeder andere auch«, sagte der Gaunter. »Und wie bei jedem anderen auch haben unsere Handlungen nichts mit unseren Ansichten über Gut und Böse zu tun. Man hat mich nicht zufällig zum Führer der Weisen auserwählt. Ich bin sehr klug.«

»Dein Tanz war wunderschön.«

»Klug. Bloß klug. Das ist das Beste, was ein Gaunter zu erreichen hoffen kann. Nicht wahr, Kristiano?« Er fuhr dem schönen Gauntling neben ihm durchs Haar. »Ich bin der Gipfel des gauntischen Ehrgeizes. Aber gräme dich nicht; wir sind die letzten Unschuldigen. Wir sind nie der Urheber unserer eigenen Handlungen. Das erlaubt uns, unbeschwert von Schuld ein reifes Alter zu erreichen.«

Will glaubte, Ironie aus dem Tonfall des alten Gaunters herauszuhören. »Du wußtest, wohin du sie geführt hast?«

Er zuckte beredt die Achseln. »Sie wollten alle dorthin.«

»Auch ich will dorthin«, sagte Will. »Wirst du mich hinbringen?«

»*Er* will nicht, daß ich dich hinbringe«, sagte Fäden. »Und er richtet die dringendsten Bitten an mich. Ich habe sie ihm nie abgeschlagen.«

»Er schenkt uns derzeit keine Beachtung.«

Fäden sah einen Augenblick nachdenklich drein. »Du hast recht. Obwohl das nichts zu bedeuten hat. Er hat mich zehn Jahre in Frieden gelassen. Und dann kam er vor drei Tagen wieder zu mir. Ich habe mich noch nie so beeilt. Ich befand mich auf der anderen Seite von Cranning, spielte in einem anständigen Stück, einem Palast voller Leute mit Bildung und Urteilskraft. Dann brachte er mich dazu, alles stehen und liegen zu lassen und hierherzukommen, um ein Engagement wie dieses hier anzunehmen – ich arbeite nicht gern an solchen Orten. Die Menge hat einen erbärmlichen Geschmack. Weshalb willst du, daß ich rede?«

»Ich mag den Klang deiner Stimme.«

»Nein, du willst mehr von mir als das. Du willst wissen ... ah. Ja. Nun, woher soll jemand wissen, was ein Gaunter wirklich ist? Bin ich gut oder böse? Kannst du mir vertrauen oder nicht? Kannst du es ihm sagen, Kristiano?«

Kristiano lächelte. Sein Gesicht hatte das friedliche Aussehen eines Heiligen. Oder eines Idioten.

»Wie stark sind deine Leidenschaften, Mensch? Du hast die Größe und Kraft eines Pferdes, aber das interessiert mich nicht. Es ist die Dimension deiner Lust, deiner Unersättlichkeit, deines Ehrgeizes, um die es wirklich geht. Du kannst mir vertrauen, wenn dein Verlangen stark ist und niemals schwankt.«

»Unter den Beispielen des Verlangens erwähnst du nur die bösen.«

»Meiner Erfahrung nach zeugen nur sie von Lebenskraft. Außer bei den Fanatikern. Ich gehörte einmal einem Wachsamen, als ich ein Kind war. Er brachte mich dazu, ihn bis aufs Blut auszupeitschen. Und eines Tages überkam ihn ein solcher religiöser Eifer, daß er dabei starb. Gib mir die Lust der Sünder statt der Enthaltsamkeit der Heiligen.«

»Was ist mit deinem eigenen Verlangen?« fragte Will. »Du sagtest, du hättest welches.«

»Oh, ich bin ein Mann der Leidenschaft, jeglicher Leidenschaft und keiner Vollendung. Ich habe schändliche Dinge getan. Ich habe meine Brüder in den Magen der Wyrmer geführt. Unwyrm ist nicht gut zu seinen Dienern. Er bewahrt uns nicht davor, zu bereuen, was wir tun.«

»Bis die Reue morgens der Geschmack in deinem Mund und abends der letzte schmerzende Laut in deinen Ohren ist.«

Will und Fäden blickten Angel an, der jetzt wach war.

»Ich weiß, wie es ist, ein Gaunter zu sein«, sagte Angel. »Unwyrm macht aus uns allen Gaunter.«

»Halt du die Klappe«, sagte Sken. »Dieses kleine Mädchen hat an dich geglaubt.«

Will blickte sie an, und bei dem Ausdruck auf seinem Gesicht verstummte sie.

»Außer dir«, sagte Angel. »Außer Will. Fäden, kannst du das glauben? Will ist einer der Weisen. Nur gelangte er nie zu Unwyrm. Er war sogar einmal hier in Cranning, und er gelangte nie zu Unwyrm.«

Will schüttelte den Kopf. »Ich habe den Cranning-Ruf nicht vernommen, als ich hier war. Erst später. Als ich genug gelernt hatte, um des Rufes würdig zu sein.«

»Ich kann dich nicht losbinden«, sagte Fäden bedauernd zu Angel. »Dieser Mensch hier ist soviel stärker.«

Angel seufzte. »Ja, sehr stark. Ich habe es auch versucht, weißt du. Auf dem ganzen Weg von Cranning zu Lord Peace habe ich versucht, nicht zu gehorchen. Ich habe sogar versucht, mich zu töten. Und später, viele Male, wollte ich Peace warnen, ihm von der Schlange erzählen, die er in sein eigenes Haus geholt hatte. Aber all das wurde von dem Verlangen überdeckt, bei Patience zu bleiben, sie zu beschützen, sie sicher zu ihm zu bringen. Ich hätte dich getötet, wenn du versucht hättest, mit ihr zu schlafen.«

»Und jetzt? Wo er nicht länger an dir zehrt?«

»Ist er wirklich verschwunden? Kein Wunder, daß ich mich so leer fühle. Wie ein Kopf mit einer leeren Atemblase, der weder etwas zu sagen noch den Atem dazu hat. Ich kann mich kaum erinnern, wer ich vorher war. Aber ist er verschwunden? Ich liebe sie immer noch.«

»Das sagst du *mir*?«

Angel lächelte. »Ich bin ein hervorragender Lügner. Du kannst mir nicht glauben, besonders dann nicht, wenn ich am glaubwürdigsten scheine. Ich warne dich. Töte mich jetzt. Das ist der einzige Weg, wie du sichergehen kannst, daß ich dich nicht hinterrücks erdolche.«

»Es gibt noch einen Weg«, sagte Will. »Ich kann dich immer vor mir behalten.«

»Er ist aus mir verschwunden«, sagte Angel. »Und ich liebe Patience noch immer. Ich habe so sehr befürchtet, daß ich's nicht täte, daß ... sie ist mein Leben gewesen. Mein

ein und alles. Sie ist mein Kind – so gewiß wie ihr Vater und ihre Mutter habe auch ich sie gezeugt. *Ich* tat es. Unwyrm kann kein Wissen in ein Menschengehirn einpflanzen – ich mußte es lernen, mit meinem eigenen Verstand, um es zu verstehen. Was der Weise vor mir behauptete, daß es nie mehr rückgängig zu machen sei, ich machte es rückgängig. Und hätte ich herausgefunden, daß sie mich nie interessierte, daß alles von Unwyrm kam, was wäre mein Leben dann, wer wäre ich?« Da begann Angel zu Wills Überraschung zu weinen. »Und die ganze Zeit hoffte ich, daß ich sie hassen würde, wenn er – sie mir nähme, wenn er endlich aus meinem Denken verschwände; daß ich feststellen würde, daß sie abscheulich sei, und ich sie haßte und sie es verdiente, betrogen zu werden.«

Dann erstickten die Tränen seine Rede.

Fäden nickte weise. »So ist das mit uns. Wir wissen, was wir tun. Wir wissen es, und wir wollen es nicht, aber wir haben keine andere Wahl. Wir sind eigentlich sehr traurige Geschöpfe.«

Sken blickte ihn überrascht an. »Du sagtest doch, du empfindest keine Schuld.«

Fäden seufzte. »Die Leute fühlen sich besser, wenn ich ihnen das sage. Aber es ist eine Lüge. Wir erinnern uns an alles, was wir getan haben. Wir erinnern uns sogar daran, daß wir es tun wollten. Wie können wir uns davon je freisprechen?«

Kristiano begann Fädens Stirn zu streicheln, seine sanften Finger vollführten einen anmutigen Tanz auf dem Gesicht des alten Gaunters. Will fragte sich, wie es sich anfühlen mochte, von diesen Fingern berührt zu werden. Und dann, bevor ihm noch recht bewußt wurde, diesen Gedanken gehabt zu haben, kam Kristiano zu ihm und berührte ihn, so wie er Fäden berührt hatte. Will war beschämt; Kristiano zog sich rasch zurück, kauerte sich in eine Ecke und verbarg das Gesicht.

»Tut mir leid«, sagte Will.

»Oh, Kristiano ist sehr empfindlich. Und du bist sehr

mächtig.« Fäden lächelte. »Wenn du etwas willst, wenn du eine Sache *beschließt*, nun, dann ist sie beschlossene Sache, nicht wahr?«

Will zuckte die Achseln.

»Wo ist sie?« fragte Angel.

»Weg. Mit den Geblingen. Um sich ihm zu stellen.«

»Das kann sie nicht. Sie versteht nicht – er ist viel stärker, als er ihr jemals gezeigt hat. Stärker als die Geblinge, stärker als sie es ist. Und bei nur drei Gegnern wird er seine Aufmerksamkeit nicht teilen müssen, wird er mit ihnen machen, was er will.«

»Genau«, sagte Will. »Deshalb wird Fäden mich und Sken den Berg hinaufbringen.«

»Und mich. Du bist ein Wachsamer, nicht wahr? Dann laß um Gottes willen zu, daß ich mich erlöse.«

»Du mißverstehst die Lehre. Es ist Kristos, die dich erlösen wird.«

»Es wird keine Kristos geben! Ihre Kinder werden monströse Parodien von Menschen sein!«

»Das verstehe ich«, sagte Will. »Aber ich werde niemals zulassen, daß du mit uns den Berg hinaufsteigst. Einen Augenblick zuvor hast du mich noch gebeten, dich zu töten. Das war eine gute Idee.«

»Nein, war es nicht«, sagte Angel. »Du brauchst mich.«

»Nicht einmal Unwyrm braucht dich jetzt noch.«

»Du kannst mich nicht töten. Als Wachsamer hast du dem Mord abgeschworen, oder nicht?«

»Ich habe auch geschworen, nie einen Ungläubigen meinen Glauben gegen mich verwenden zu lassen.«

»Ich kann euch helfen!«

»Unwyrm kennt alle Wege in dein Gehirn, Angel. Seit wie vielen Jahren jetzt? Er ist durch jeden Spalt in deinem Schädel gekrochen und kennt Geheimtüren, die du nie gefunden hast.«

»Glaubst du? Ich hatte meine Hände auf ihrem Kopf und Hals, ich war bereit, ich hätte sie schlafenlegen können. Ich hätte sagen können, sie sei ohnmächtig geworden, und mit ihr und den Geblingen weggehen und die beiden einfach töten können, und nichts hätte uns daran gehindert, anschließend zu ihm zu gehen, Patience und ich – und er wollte, daß ich es tue, er brachte mich dazu, daß ich es selber wollte.« Er lächelte triumphierend. »Ich tat es nicht. Ich tat es nicht. Ich hielt durch, hielt gerade lange genug aus, daß sie *mich* schlafenlegen konnte. Es war nicht lange, Will, es war kein heroischer Widerstand, wie es dein Beschluß war, ihm niemals zu erliegen. Es wird kein Epos darüber geben. Aber Unwyrm hätte gewinnen können, in eben jenem Augenblick, und ich habe ihm lange genug widerstanden.« Seine Stimme wurde zu einem eindringlichen Wispern, einem Flehen, einem Gebet. »Ich liebe sie, Will, und auch wenn du mich tötest, wirst du niemals vergessen, daß ich sie gerettet habe, ich tat es, ich habe sie gerettet …«

»Er ist stärker als er aussieht«, sagte Fäden.

»Was weißt du schon davon?« sagte Will. »Du spürst doch nur das Verlangen. Und was ihm fehlt, fehlt auch dir: ein eigener Wille.«

»Ich weiß, was ich weiß«, erwiderte Fäden. »Du sagst mir, daß ich mich irre, aber du willst, daß ich weiterrede. Weil du ihm verzeihen willst. Ich weiß, daß du es willst, weil auch ich ihm verzeihen will.«

»Es ist sein Verlangen, das du spürst.«

»Nein«, sagte Fäden. »Er will, daß ich ihn töte. Und ich würde es auch tun. Ich habe so meine Möglichkeiten.«

»Was hält dich dann ab?« sagte Angel.

»Er hier.« Fäden deutete auf Will. »Er ist ein Ungeheuer an Mitgefühl. Du tust ihm leid.«

»Es ist sehr schwer, eine Verhandlung zu führen«, sagte Will, »wenn du ihm verrätst, was ich wirklich will.«

»Aber du willst doch, daß ich die Wahrheit sage. Ich verspreche dir, Will, daß ich in dem Augenblick, wo du es wirklich willst, den Mund halten werde.«

Will lachte. »Jahrelang habe ich mein Schweigen gewahrt, und nie wußte jemand etwas über mich. Nun hat mein Gewissen eine Stimme gefunden.«

Angel bewegte sich unbehaglich und spannte seine Fesseln an.

»Versuch nicht, sie zu lockern«, sagte Sken. »Es wird dir nicht gut bekommen.«

Angel stand langsam auf und streckte seine Hände vor sich aus. Er war nicht mehr gefesselt. »Narren«, sagte er. »Es hat nie einen Strick gegeben, der mich halten konnte, wenn ich nicht gehalten werden wollte.«

Sken griff nach ihrem Messer, sah dann aber, daß Angel es hatte. »Ich schwöre, daß ich ihn gefesselt habe«, protestierte Sken. »Und mein Messer, wie hat er ...«

»Ich könnte euch alle töten«, sagte Angel. »Aber seht ihr? Ich tu's nicht. Weil ich nicht mehr bin, was ich war. Er beherrscht mich jetzt nicht mehr. Ich will euch begleiten, um die Chance zu haben, euch zu helfen. Ich liebe sie mehr als irgendeiner von euch, und ich habe ihr mehr Leid zugefügt und muß mehr wiedergutmachen. Und wenn wir uns ihm alle zusammen stellen, dann wird er nicht imstande sein, von mir Besitz zu ergreifen. Ich kann mit euch durchhalten und ihn bekämpfen ...«

»Du könntest keine Sekunde lang für dich selbst sprechen«, sagte Will.

»Ich könnte. Ich bin stärker als du denkst.«

»Das bin ich auch«, sagte Will. Wie er es gewollt hatte, war Fäden lautlos und langsam hinter Angel getreten. Nun warf er auf Wills unausgesprochenen Wunsch hin plötzlich eine Schlinge um Angels Hals und zog sie straff. »Laß das Messer fallen«, sagte Will.

Angel ließ das Messer fallen. Kristiano hob es auf. Fäden nahm seine Schlinge von Angels Hals. Angel berührte eine Stelle, wo die Schlinge seine Haut geritzt hatte. »Das hat noch keiner geschafft«, sagte Angel. »Keiner hat mich je überrascht.«

»Ich bin ein Tänzer«, sagte Fäden. »Ich bin sehr gut darin.«

»Ich wollte niemandem weh tun«, sagte Angel. »Ich wollte nur, daß ihr seht, daß ich es könnte, aber nicht die Absicht habe, es zu tun.«

»Und ich wollte dir nur zeigen, daß du es nicht könntest«, sagte Will.

»Ihr seid ja alle verrückt«, sagte Sken. »Ich wünschte, ich wäre wieder auf dem Fluß.«

»Bevor du ihn tötest«, sagte Fäden zu Will, »würdest du mich ihm eine Frage stellen lassen?«

Will nickte.

»Ich habe so viele zu ihm geführt, aber keiner der anderen ist jemals zurückgekehrt. Sag mir: Was hat er mit den anderen getan?« Seine Miene war gespannt; dann plötzlich war sie es nicht mehr. Er sah Will aus müden Augen an. »Kannst du mein Verlangen nicht in Ruhe lassen, nicht einmal jetzt, Will? Du hast mich dazu gebracht, daß ich die Antwort auf diese Frage nicht wissen will. Aber ich weiß, daß ich sie doch wissen will. Sobald du diesen Zwang von mir nimmst, werde ich es wieder wissen wollen, es wird mich wieder verfolgen, wie es das immer tut, wenn ich nicht abgelenkt bin. Also bitte ich dich, gib mir die Sehnsucht meines Herzens zurück und laß zu, daß ich es wissen will.«

Aber Will hielt es nicht für gut, wenn Fäden das Schicksal der Menschen kannte, die er den Berg hinaufgeführt hatte. Wenn Schuld ihn verzehrte, bis zu einem Grad, wo er nicht mehr richtig funktionierte, war er vielleicht nicht mehr imstande, Will zu Unwyrms Lager zu führen.

»Will«, wisperte Fäden, »wenn du mich diese Frage nicht stellen läßt, dann bist du nicht anders als Unwyrm, der Verlangen und Sehnsüchte der Menschen so verändert, wie es ihm gerade beliebt.«

Es traf Will hart, sich mit Unwyrm verglichen zu hören. Und Fäden lächelte: »Sag's mir, Angel«, meinte er.

»Du bist gerissen«, sagte Angel. »Du verfügst auch über ein paar Tricks, Menschen zu manipulieren.«

»Wir Gaunter haben durchaus einen Willen, weißt du. Er ist schwach und nicht gut ausgebildet. Er vertrocknet wie alter Kuchen und zerfällt zu Staub, wann immer ein Mensch oder ein Gebling oder sogar, empörend wie es ist, ein Dwelfe etwas von uns verlangt. Aber wenn wir allein sind, sitzen wir nicht einfach nur da und starren Löcher in die Luft, bis andere Menschen kommen. Allein haben wir genügend Kraft, um zu denken und Pläne zu schmieden und manchmal auch um zu handeln. Meine Frage, bitte, selbst wenn du sie mir nicht beantworten willst.«

Will nickte Angel zu. »Ich will es auch wissen.«

»Es ist nichts ... Schmerzhaftes«, sagte Angel. »Was er ihnen ... uns ... mir einpflanzt. Er hat einen Keim in uns eingepflanzt, eine Art Virus, glaube ich, das dazu führte, daß ein Kristall in meinem Gehirn wuchs. Das ist alles. Die meisten von ihnen behielt er ein oder zwei Jahre dort, um dem Kristall Zeit zu geben, einzudringen und aus jedem Teil des Gehirns Erinnerungen und Weisheit zu sammeln. Dann – nahm er ihn wieder heraus.«

»Also tötete er sie«, wisperte Kristiano.

»Nein«, sagte Angel. »Nein, es sind Menschen, sie sind nicht von Imakulata. Sie können ohne den Seelenstein leben. Der Kristall raubt ihre Erinnerungen, aber er läßt ihnen Schatten. Sie sterben nicht, wenn der Kristall verschwunden ist. Sie – vergessen einfach. Alles. Aber er ist immer noch da, die Schatten sind da in ihren Gehirnen, und solange sie leben, stolpern sie hin und wieder rein zufällig über eine alte Information. Vielleicht finden sie sogar welche von den Zugängen, entdecken einen Teil ihrer Identität wieder. Ich weiß es nicht. Aber es bringt sie nicht um. Er läßt sie alle eines natürlichen Todes sterben.«

»Gefangene bis zum Tod?« fragte Will.

»Nein. Nicht wirklich Gefangene. Sie lieben ihn.«

»Danke«, sagte Fäden. »Ich habe Böses getan, aber nichts so Böses, wie ich befürchtet habe.«

»Niemals böse«, murmelte Kristiano. Er berührte Fädens Hand. »Gutes Herz«, wisperte der Boyok. Der alte Gaunter lächelte und nickte.

»Du warst anders«, sagte Will zu Angel. »Dir hat er den Seelenstein nicht wieder genommen.«

»Er brauchte mich, damit ich wieder in die Welt hinausgehe. Um Patiences Geburt herbeizuführen.«

»Was war deine Weisheit?« fragte Will. »Was hast du studiert, das ihn veranlaßte, dich zu rufen?«

»Ich studierte neues Leben. Die Art und Weise, wie junge Organismen wachsen, von den Keimzellen im elterlichen Körper bis zur Reife des lebenden Kindes.«

»Nicht bloß Organismen. Du hast den Menschen studiert.«

»Alles, was man über das Wachstum des menschlichen Kindes, Fötus', Embryos, Eies und Spermiums wissen muß – ich weiß es. Ich wußte es damals.«

»Er hat dir den Seelenstein nicht genommen – und dafür hast du ihn unterrichtet.«

Angel schüttelte den Kopf. »Nein.«

»Ja«, sagte Will. »Wenn er Informationen sammeln wollte, mit deren Hilfe er die menschliche Rasse vernichten konnte, mußte er wissen, was du wußtest.«

»O ja«, sagte Angel. »Aber ich habe ihn nicht unterrichtet. Ich habe ihn studiert. Ich habe die Zellen untersucht, die er in sich selbst entwickelt hatte. Bereit, sich mit den kräftigen neuen Menschengenen zu verbinden, die Patience ihm bringen würde. Er wollte sichergehen, daß er bereit war. Er wollte wissen, ob sein Nachwuchs alles tun würde, was er von ihm wollte.«

»Und was wollte er von ihm?«

»Oh, ich meine nicht ihre Karriere oder so was. Ich habe sie nur studiert, um ihre Wachstumsrate vorherzusagen. Er hat Wunder getan. Seine unglaublichen Genmoleküle – sie können sich selbständig verändern. Sein Körper erzeugt neue Hormone, und sie treten in die Keimzellen über und bewirken deren Veränderung. Ihnen fehlt die menschliche Komponente als aktives Merkmal. Aber sie ist da, auch wenn kein menschlicher Zug dominant ist. Ich war imstande, künstliches Wachstum herbeizuführen, geklontes Leben allein aus seinen Spermien. Es lebte nie länger als ein paar Minuten. Ich kann keine Wunder wirken.«

»Was hast du erfahren?«

»In diesen wenigen Minuten haben sie getan, wozu

menschliche Zygoten sechs Monate brauchen. Deshalb starben sie. Er hat sie so manipuliert, daß die einzelnen Zellen sich in einer unglaublichen Rate reproduzieren. Meine Nährlösung war zu schwach für sie. Ich pumpte sie in sie hinein; sie wuchsen sichtbar vor meinen Augen, und dann gingen sie ein und starben. Es erschreckte ihn. Für einen Augenblick brachte er mich dazu, mich töten zu wollen.«

»Also ist er steril?« fragte Will. »Seine Kinder werden in der Gebärmutter sterben?«

»Nein. Jetzt nicht mehr.«

»Wie meinst du das?«

»Ich habe ihm gesagt, was sie brauchten. Sie müßten langsamer wachsen, das habe ich ihm zuerst gesagt, aber er lehnte ab. Er will, daß seine Kinder innerhalb von Stunden, Minuten erwachsen werden – dann können sie seinen Seelenstein fressen, weißt du, und wissen alles, was er weiß, und verlassen allwissend die Geburtsstätte.«

»Er hat mit dir gesprochen?«

»Ich träumte davon. Er brachte mich auch dazu, mich danach zu sehnen – mitanzusehen, wie sie so schnell heranwachsen und leben. Also sagte ich ihm, daß seine Kinder einen Dotter bräuchten. Eine Quelle der Substanz und Energie, so reichhaltig, daß sie ihnen ermöglicht, in dieser unglaublichen Geschwindigkeit zu wachsen. Er kann nicht so viele Kinder haben wie er gern will, aber sie werden innerhalb einer Stunde erwachsen sein. Er fürchtet sich davor, er weiß, er kann sie nicht beschützen. Also stellt er aus seinem eigenen Körper einen sehr dichten, sehr reichhaltigen Dotter her, den er zusammen mit seinem Samen einpflanzen will ...«

»In Lady Patience.«

»Glaubst du an Gott? Bete für sie, Wachsamer.«

»Also werden es wenige Kinder sein.«

»Die Kinder sollten besser nie gezeugt werden«, sagte Angel. »Oder sie werden innerhalb einer Stunde aus dem Berg hervorkommen, fähig, miteinander zu kommunizieren, wie die Wyrmer es immer taten. Nicht auf die schwächliche Weise, wie die Geblinge es tun. Die alten Wyrmer waren *ein* Selbst. Egal, wie viele Leiber seine Geliebte hervorbringen wird, Unwyrm wird *ein* Kind haben. Und wenn sie wirklich die Erde übernehmen, werden sie eine einzige Wesenheit sein und alles wissen, was jeder einzelne weiß. Wenn auch nur einer von ihnen überlebt ...«

»Das wird keiner«, sagte Will.

»Denen werde ich's schon zeigen«, sagte Sken. »Den kleinen Ungeheuern werde ich's schon zeigen.«

»Ungeheuer?« meinte Angel. »Ja, zeigt es den Ungeheuern.«

»Fäden«, sagte Will. »Wie nah an Unwyrms Lager heran kannst du uns den Berg hinaufbringen?«

»Außerhalb von Freistadt haben die Miserkorden Plattformen angelegt, die den größten Teil des Berges überbrükken. Wenn Unwyrm uns nicht aufzuhalten versucht, könnten wir in etwa zwölf Stunden dort sein. Wenn wir im Morgengrauen hier aufbrechen, sind wir bei Einbruch der Nacht da.«

»Ich wette, die anderen werden es nicht so leicht haben«, sagte Will. »Es bringt nichts, sich Unwyrm unausgeruht zu stellen. Fäden, können wir hier irgendwo schlafen? Nur für ein paar Stunden?«

»Ihr habt für diese Loge bezahlt«, sagte Fäden.

»Ich nehme an, wir werden nicht die ersten sein, die die ganze Nacht über bleiben.«

»Ihr werdet die ersten sein, die schlafen.« Fäden lächelte. Kristiano lachte.

»Sken«, sagte Will, »ich werde zwei Stunden Wache stehen. Die nächsten zwei übernimmst du.«

»Ich hatte auf mehr Schlaf gehofft«, sagte sie.

»Mehr werden wir nicht kriegen. Und du, Angel – du kannst ebensogut durchschlafen. Du magst dich für einen unbesiegbaren Attentäter halten, aber ich bin zu meiner Zeit Soldat gewesen, und die Zahl meiner Opfer ist wenigstens ebenso groß wie deine.«

»Ich sagte dir doch, er ist nicht mehr in mir.«

»Ich habe dich nur gewarnt, für den Fall, daß er zurückkommt.« Will lächelte.

»Du meinst, du wirst ihn nicht töten?« fragte Sken.

»Richtig«, sagte Will.

»Und wirst du mich mitnehmen?« fragte Angel.

»Ich habe Unwyrms Ruf erlebt«, sagte Will, »und ich hege keine Verachtung für jene, die ihm erliegen. Gott hat einen guten Grund im Sinn für jede Seele, die geboren wird. Du hast ein Recht auf den Versuch, dich zu erlösen. Aber ich verspreche dir, ich werde dich in dem Augenblick töten, wo ich sehe, daß Unwyrm dich wieder in seiner Gewalt hat.«

»Ich weiß«, sagte Angel. »Und ich will es so.«

»Er will es wirklich«, sagte Fäden.

»Vier Stunden«, sagte Will. »Bei Tagesanbruch brechen wir zum Gipfel auf. Wir sind keine große Armee, aber mit Gottes Hilfe werden wir genug sein, um mit Unwyrm fertigzuwerden.«

»Woher weißt du, daß Gott nicht Unwyrms Sieg will?« fragte Angel.

»Wenn er siegt, werden wir wissen, daß Gott es so wollte.« Will lächelte. »Die Wirklichkeit ist die vollendete Vision von Gottes Willen. Gottes Willen im voraus zu wissen, schafft erst die Probleme.«

»Das Schicksal der Menschheit liegt in den Händen eines Fanatikers«, sagte Angel. »Wie üblich.«

17 Das Haus der Weisen

»Ihr hättet euch auf dem Boot mehr Bewegung verschaffen sollen«, sagte Ruin.

Patience konnte vor Keuchen kaum mehr sprechen; Reck erging es nicht viel besser. Nur Ruin schien unermüdlich zu sein, als sie die schmale Straße entlangliefen.

Trotz Ruins größerer Ausdauer war es Patience, die bisher ihre Route ausgesucht hatte, den Zickzacklauf zwischen den Gebäuden, das Klettern über Dächer und Ersteigen von Leitern und Gittern. Reck und Ruin hatten wenig Erfahrung mit der Stadtlandschaft; sie hatten kein Gefühl dafür, wohin Sackgassen führen mochten oder welche Gebäude als Weg zur nächsten Ebene dienen konnten. Patience hatte jedoch Jahre mit dem Klettern über, unter und durch die vielen Paläste und öffentlichen Gebäude von King's Hill verbracht, das in manchen Teilen so dicht bevölkert und gebaut war wie Cranning.

Die Soldaten riefen hinter ihnen her, aber eine Straßenbiegung, die sich an einem Vorsprung in der Felswand entlangzog, verbarg sie vor ihrer Sicht. Patience sah ein offenes Tor, das in einen kleinen Garten auf der Felsseite der Straße führte. Rasch suchte sie die Gegend nach möglichen Fluchtwegen ab. Der Garten lag neben einem zweistöckigen Haus, das zu einer steinernen Stützmauer hinaufführte, die gegen die Felswand gebaut war. Die Mauer trug ohne Zweifel eine Straße auf der nächsten Ebene. Das Abflußrohr stand ein paar Meter über den Rand der Stützmauer vor; um zu verhindern, daß der Abfall von oben auf sie herunterfiel, hatten die Erbauer auf dieser Ebene es mit einer dicken gemauerten Rinne verbunden, die das Abwasser zu einer Sammeltonne hinunterbeförderte. Bis jetzt hatten immer nur Leitern, Treppen oder Fahrstühle die verschiedenen Ebenen miteinander verbunden, aber offenbar lagen diese beiden Gebiete miteinander in Fehde, und die Abwasserverbindung war das Beste, was sie bisher gesehen hatten. Für Patience führte sie geradewegs in Sicherheit.

Das Problem war, daß sie während des Aufstiegs nicht zu übersehen waren. Aber wenn sie sich im Garten verbargen, würden die Soldaten vielleicht an ihnen vorbeilaufen. Es würde ihnen ein paar Minuten einbringen, bis Unwyrm erkannte, was geschehen war, und sie zurückzuführen begänne. Mächtig wie Unwyrm war, konnte er doch nicht durch die Augen seiner Lakaien sehen oder ihre bewußten Gedanken verstehen. Er konnte sie nur ungefähr in die Richtung lenken, die sie einschlagen sollten, indem er sie dazu brachte, daß sie verzweifelt diesen Weg gehen wollten. Das gab Patience etwas Zeit, etwas Raum zum Manövrieren; es war der einzige Grund, weshalb Reck und Ruin noch am Leben waren oder Patience noch nicht von ihnen getrennt worden war.

Alle diese Gedanken dauerten nur einen Augenblick; Patience zog die anderen beiden durch das Gartentor. Es hatte leicht offengestanden, von Abfall und angehäufter Erde an Ort und Stelle verkeilt, die zeigten, daß der Eigentümer es niemals bewegte. Patience ließ es unangetastet. Sie brachte die beiden dazu, in den Garten zu huschen, hinter einige Tonnen und außer Sicht. Sie selbst wartete neben dem Eingang, die Schlinge in der Hand. Nur eine Person auf einmal konnte durch das Tor treten. Aber mit etwas Glück würde es keiner versuchen.

Sie hörten die Soldaten vorbeilaufen. Ihr Hauptmann rief ihnen Befehle zu. Dann war Stille, mit Ausnahme der verklingenden Schritte, die sich weiter und weiter entfernten.

Patience wandte sich ab, um das Tor zu verlassen und zu den Geblingen zu gehen, aber Ruin winkte ihr hektisch zu. Sie wandte sich in dem Moment wieder um, als ein Soldat mit vorgestrecktem Schwert durch das Tor trat. Es war ein Reflex und geschah ohne nachzudenken, daß sie ihm die Schlinge über den Kopf warf und fest zuzog. Zufällig fiel die Schlinge genau dorthin, wo ein Knorpel zwei Halswirbel miteinander verband; die Kraft und Schnelligkeit ihres Angriffs war so groß, daß die Schlinge nach einem augenblickslangen Zögern geradewegs das Rückgrat durchschnitt. Der Kopf des Mannes drehte sich und wurde auf den Schultern herumgerissen; sowohl seine eigene Vorwärtsbewegung als auch der Zug der Schlinge ließen den Kopf auf sie zustürzen, so daß er ihr Kinn streifte und über ihre Brust abrollte.

Angel sagte, ich könnte es nicht, dachte sie. Sagte, ich

könnte nicht mit einem einzigen Ruck der Schlinge einem Mann den Kopf abschneiden.

Und gleichzeitig dachte sie: Das Blut wird nie mehr aus dem Kleid rausgehen.

Der Körper des Soldaten stolperte immer noch vorwärts, die Arme ausgestreckt, um den Sturz abzufangen. Dann waren die letzten Anweisungen des Kopfes an den Körper erschöpft: Er brach zusammen.

Patience zog den Toten rasch durch das Tor, so daß man ihn von draußen nicht mehr sehen konnte. Dann setzte sie den Kopf auf den Hals zurück und hielt ihn mit Steinen und einem kleinen Fäßchen an Ort und Stelle. Laß sie nicht sofort sehen, daß er tot ist. Es mochte eine unnütze Geste sein, aber Angel hatte sie ihr beigebracht, da sie gewöhnlich mehr Zeit einbrachte als sie kostete; und weil die Person, die den Körper entdeckte, vermutlich bewirken würde, daß der Kopf vom Hals fiel, war es um so grauenerregender – und damit demoralisierend.

Ruin und Reck hatten den nächsten Zug bereits vorausgesehen und stiegen zum Dach des Hauses hinauf. Nach dem Ersteigen von Dutzenden ähnlicher Gebäude am heutigen Morgen hatten sie die Technik im wesentlichen heraus. Sie hielten sich hinter den Schornsteinen und taten ihr Bestes, um von der Straße aus nicht gesehen zu werden. Patience gesellte sich rasch zu ihnen – sie war eine geübtere Kletterin als die beiden. Innerhalb weniger Augenblicke hatte sie wieder die Führung übernommen.

Ein etwa zehnjähriger Junge arbeitete auf dem Dach. Er hielt einen Hammer, den er dazu benutzt hatte, Schindeln zu reparieren. Im Augenblick war jedoch ein mörderisches Glitzern in seinen Augen. Unwyrm beherrschte ihn, und sein ganzes Streben ging dahin, sie mit dem Hammer aufzuhalten. Patience wußte, daß sie selber an ihm vorbeikommen konnte; sein Blick wanderte bereits über sie hinweg, als er voll Verachtung auf die Geblinge hinter ihr schaute.

»Ich will dich nicht töten«, sagte Patience.

»Zurück«, zischte er den Geblingen zu. »Zurück, ihr Abschaum!«

Hinter ihr legte Reck einen Pfeil an den Bogen.

»Er ist noch ein Kind!« rief Patience. »Er kann nichts dafür!«

»Ich auch nicht«, sagte Reck.

Bevor Reck einen Schuß abgeben konnte, trat Patience dem Jungen in den Magen, so daß ihm die Luft wegblieb. Er stürzte gegen die Steinwand der Felsklippe hinter ihm. Den Hammer ließ er nicht fallen. Also mußte sie ihre Aktion wiederholen, und diesmal konnte sie spüren, wie Rippen brachen. Dann lief sie weiter und führte die Geblinge zum unteren Teil des großen Abflußrohrs.

»Alles, was Unwyrm tun muß, um dich zu besiegen, ist eine Armee von Kindern zu schicken«, sagte Ruin. »Spar dir dein Mitgefühl für eine Zeit auf, in der wir nicht um unser Leben kämpfen.«

»Halt den Mund, Ruin«, sagte Reck. Dann hob sie das Rohr an. Es wackelte. »Hier sollen wir raufklettern? Das ist aus Ton. Es wird brechen.«

»Das Gestell ist aus Holz«, sagte Patience. »Und es gibt Spalten in der Steinmauer. Es ist ganz einfach.« Sie bewies es, indem sie neben dem Abflußrohr hinaufkletterte und dabei nur die Risse im Mauerwerk verwendete. Reck und Ruin kletterten hinter ihr her.

Unten erklangen Rufe; die Soldaten waren zurückgekommen. Patience und die Geblinge waren jetzt deutlich zu sehen. Es gab keine Möglichkeit, sich zu verstecken; sie waren so sichtbar wie Schaben an einer frisch getünchten Wand und konnten nicht halb so schnell krabbeln. Patience wußte, daß der einzige Ausweg darin bestand, möglichst schnell zu klettern und höherzukommen, um ein schlechteres Ziel zu bieten, bevor die Soldaten in Bogenschußweite kamen.

»Vielleicht könnte ich von hier aus einige erwischen«, sagte Reck. Die Geblingfrau war anscheinend davon frustriert, daß sie den ganzen Tag über keine Gelegenheit gehabt hatte, ihre Waffen einzusetzen.

»Wenn du fünf tötest, werden immer noch fünfzehn auf uns schießen«, sagte Patience.

Sie erreichte die Stelle, wo das Abflußrohr aus der Steinmauer ragte. Unglücklicherweise war die Mauer hier neuer; sie war nicht so viele Jahre Wind und Wetter ausgesetzt gewesen, und es gab keine Spalten, denen sie ihr Gewicht anvertrauen konnte. Indem sie die letzten Risse unter dem Abflußrohr benutzte, gelang es ihr, auf das Rohr zu steigen. Es fiel ihr schwer, das Gleichgewicht zu halten, zumal das Rohr nicht fest im Zement verankert war; es wackelte leicht. Das Gesicht gegen den Stein gedrückt, hob sie vorsichtig die Arme über den Kopf.

Ihr kam der Gedanke, daß sie sich, wenn sie Unwyrms Pläne wirklich vereiteln wollte, nur ein wenig zurücklehnen brauchte, und alles wäre vorbei. Aber kaum verspürte sie dieses Verlangen, wurde sie auch schon von einer verzweifelten Sehnsucht zu überleben erfüllt. Ihre Finger berührten den oberen Rand der Mauer; es blieben noch ein paar Zentimeter Spielraum. Die Steine waren fest; sie begann sich hochzustemmen. Es war schwerer, als sich auf einen Baumast zu ziehen; sie konnte nicht vor- und zurückschwingen, um den nötigen Schwung zu holen. Aber langsam, während die Schmerzen in ihren Armen immer heftiger wurden, konnte sie sich so weit hochstemmen, daß sich die Mauer in Hüfthöhe befand; dann ließ sie sich über sie hinweg in Sicherheit fallen.

Auf dieser Seite lag die Straße einen halben Meter unterhalb der Mauerkrone, so daß ein Karren nicht so rasch über den Rand hinauskippen konnte. Sobald sie sich hinter der Mauer befand, begannen von unten die Pfeile zu fliegen. Natürlich hatte Unwyrm niemanden schießen lassen, solange eine Chance bestanden hatte, daß sie verletzt wurde. Aber jetzt hingen nur noch die Geblinge an der Wand, weit oben und mit Schüssen schwer zu erreichen, aber trotzdem wie auf dem Präsentierteller. Früher oder später mußte sie ein zufälliger Pfeil treffen.

»Ich kann nicht hinauflangen!« rief Ruin.

Natürlich. Die kürzeren Geblinge konnten nicht gut klettern, wie sie es getan hatte. Und sie bezweifelte, daß sie noch genügend Kraft in den Armen hatte, um hinunterzugreifen und sie hochzuziehen.

Im gleichen Augenblick verstärkte Unwyrm das Drängen des Cranning-Rufs. Verlasse sie! Sie empfand einen plötzlichen Abscheu vor den Geblingen. Schmutzige Kreaturen, haarig und grob, die Menschen nachmachten, aber nur Betrug und Mord im Sinn hatten. Sie mußte ihre ganze Kraft zusammennehmen, um dem Verlangen nicht nachzugeben, von der Mauer wegzulaufen und allein weiter dorthin zu ziehen, wo Unwyrm wartete, ihr Geliebter, ihr Freund.

Sie klammerte sich an die Erinnerung von Wills Stimme, die ihr sagte, daß ihr Verlangen nicht sie selbst war. Sie stellte sich die Leidenschaften vor, die Unwyrm schickte, als stünden sie außerhalb von ihr, während ihr leidenschaftsloses Selbst im Inneren dieser Körpermaschine verblieb und sie veranlaßte, etwas zu tun, dem sie verzweifelt widerstrebte.

Sie streifte ihr Kleid über den Kopf und verknotete es mit ihrem Mantel. Dann setzte sie sich, nur mit ihrem Hemd bekleidet, auf die vom kalten Wind gepeitschte Straße und stemmte die Füße gegen die Mauer, führte den Mantel hinter ihrem Rücken entlang und warf das Kleid über die Mauer. Sie hielt den Knoten in der Linken, das andere Ende des Mantels in der Rechten; so würde sie erheblich mehr an Gewicht tragen können, als ihre Arme allein es vermocht hätten.

»Da soll ich raufklettern?« fragte Ruin.

»Wenn du nicht fliegen kannst!« rief sie zurück. Unwyrm wütete in ihr, zerrte an ihrem Verstand, doch sie hielt aus, trotzte dem Impuls loszulassen, die Geblinge fallenzulassen. Ich werde tun, was ich zu tun entscheide, sagte sie lautlos, nicht, was ich mir wünsche; und sie spürte, wie der emotionale Anteil ihres Selbst kleiner wurde und verschwand, als flöge er davon. Das ist Will, erkannte sie. Das ist sein Schweigen, seine Kraft, seine Weisheit, die Fähigkeit, alle Gefühle wegzuschicken, wenn er sie nicht haben will.

Der Stoff des Kleides gab nach und riß erst leicht ein, dann stärker, aber im nächsten Augenblick stieg Ruin über die Mauer. Er beugte sich vor und rief Reck Ermutigungen zu. Plötzlich erklang von der anderen Seite ein Schrei.

»Sie ist getroffen«, sagte Ruin. Er rief: »Es ist nichts, kaum der Rede wert, komm schon, komm!«

Am Gewicht der Behelfsleiter erkannte Patience, daß Reck jetzt kletterte. Ruin beugte sich vor, ergriff seine Schwester unter dem Arm und half mit, sie hochzuheben. Der Pfeil ragte aus ihrem linken Schenkel, aber Ruin hatte recht – die Spitze hatte sich nicht tief eingegraben, und er zog sie leicht heraus. Reck keuchte auf, die Augen vor Entsetzen weit aufgerissen. »Nie wieder«, sagte sie. »Ich konnte Höhen noch nie ertragen.«

»Und du siehst Cranning als dein Zuhause an?« fragte Patience. Sie untersuchte ihr Kleid. Es war zerfetzt, wo es über die Mauer geschrammt war. Es zerfiel unter ihren Händen. »Ich bin froh, daß ihr nicht zu dritt seid. Der Dritte wäre gefallen.«

Sie löste den Knoten von Mantel und Kleid. Ein matter Pfeil fiel neben sie. Sie warf ihn über die Mauer zurück. »Ich hoffe, jemand kriegt ihn ins Auge.«

Ruin blickte sie an. Musterte sie. »Weshalb bist du nicht weitergegangen und hast uns zurückgelassen?«

»Ich dachte daran«, sagte sie.

»Ich weiß: wir empfangen den Schatten dessen, was er zu dir sagt.«

»Nun ja, wenn ich eine Braut werden soll, brauche ich eine Hochzeitsgesellschaft. Ich muß euch dabei haben.« Es war ein bitterer Scherz. Sie wickelte sich den Mantel um die Taille, um ihre Beine vor dem kalten Wind zu schützen, der die ungeschützte Straße entlangpfiff. »Außerdem brauche ich ein warmes Feuer.«

»Wenigstens müssen wir eine Weile nicht laufen.« Reck probierte ihr verletztes Bein aus. »Tut weh«, sagte sie.

Ruin schaute sich um. »Wenn wir die richtigen Kräuter finden ...«

»Es heißt, alles, was irgendwo wächst, wächst auch in Cranning«, sagte Reck.

»*Irgendwo* in Cranning«, sagte Ruin.

»In dieser Richtung gibt es Bäume«, sagte Patience. »Und wenn wir Glück haben, läuft uns keiner über den Weg, den Unwyrm zur Jagd auf uns angesetzt hat.«

Die Häuser, die eine Zeitlang die Straßen gesäumt hatten, wurden spärlicher und wichen schließlich Gärten mit Obstbäumen. Bald fanden sie sich auf einem Weg wieder, der am Rand einer großen, flachen Obstplantage entlangführte. Die Bäume waren verkrüppelt, denn nur Zwerggehölze konnten in einer solchen Höhe leben. Ruin spazierte zwischen die Bäume, die schon seit langem Blätter und Obst abgeworfen hatten; schließlich rief er Reck zu sich und drückte ihr ein pelziges Blatt auf die Wunde.

»Wir können uns hier nicht lange ausruhen«, sagte Ruin, während er das Blatt festhielt. »Er wird uns bald jemanden hinterherschicken.«

»Ich habe noch nie in meinem Leben so schwer gearbeitet«, sagte Patience. »Und ich bin so müde.«

»Wir haben nicht mehr geschlafen, seit wir das Boot verlassen haben«, sagte Ruin. »Unwyrm könnte das nicht gelegener kommen. Irgendwann müssen wir mal schlafen.«

»Jetzt«, sagte Patience.

»Nicht jetzt«, sagte Reck. »Wir müssen erst höher hinauf. Wo es keinen Menschen oder Gebling mehr gibt, den er hinter uns herschicken kann.«

Patience konnte sehen, daß auf ihrer Höhe schwere Wolken von Westen aufzogen. »Es wird Nebel geben. Wir können uns im Nebel verstecken.«

»Es wird keinen Nebel geben, es wird Schnee geben«, sagte Ruin. »Wir brauchen eine Unterkunft. Und wir müssen höher hinauf.«

»Können wir nicht *jetzt* schon die Gänge benutzen?« fragte Patience. Tunnels würden ihnen Schutz *und* einen Weg zu Unwyrm bieten, dem sie leicht folgen konnten.

»O ja, natürlich«, sagte Reck. »Aber so weit oben gibt es nur wenige Eingänge. Wir haben den höchsten Punkt des unbewohnten Gebietes beinahe erreicht. Wir müssen einfach einen anderen Weg hinauf finden.«

Die Kräuter wirkten schnell, linderten Recks Schmerzen hinreichend, so daß sie mithalten konnte, obwohl sie weiter in einem dünnen Rinnsal Blut verlor, während sich Schorf bildete und aufbrach, wieder Schorf bildete und wieder aufbrach. Endlich fanden sie an der Seite der steilen und glattgeschliffenen Mauer eine Treppe, die zur nächsten Ebene hinaufführte. Das Tor am unteren Ende stand weit offen. Das Tor am oberen Ende war weniger kooperativ.

»Sie könnten wenigstens den Anstand haben, das untere Tor auch zuzusperren«, sagte Reck.

Aber Patience war als Diplomatin ausgebildet, und unter anderem hatte Angel ihr beigebracht, daß ein einfaches Schloß wie dieses bedeutete, daß der Besitzer nicht wirklich ernsthaft seine Ruhe haben wollte. Mit Hilfe eines kleinen Zweiges und eines Pfeiles hatte sie es in wenigen Augenblicken geöffnet.

Sie betraten einen weiteren Garten, diesmal ohne Bäume. Hinter dem Garten ragte steil der Skyfoot auf. Diesmal gab es jedoch keine glattgeschliffene Mauer. Es war der rauhe Berg mit ein paar Höhlen, die in seinem Antlitz gähnten. Sie hatten seit ihrer Ankunft in Cranning keinen solchen unberührten Felsen mehr gesehen. Er sah aus, als hätte nie eine Menschenhand in ihn hineingeschnitten.

»Ist das der Gipfel?« fragte Patience.

Reck schüttelte den Kopf. »Der Gipfel ist ein Gletscher, aber die Stadt wird wohl nicht höher hinaufreichen. Jedenfalls nicht an dieser Stelle.«

»Weißt du, wo wir sind?«

»Ich wüßte es, sobald ich in dieser Höhle stünde«, sagte Ruin. Sie begannen darauf zuzutrotten, von zwei niedrigen Hecken gesäumt, die in diese allgemeine Richtung zu führen schienen. Dann zogen Wolken heran, und wenige Sekunden später konnten sie nichts mehr sehen.

Sie blieben sofort stehen und berührten einander, hielten sich bei den Händen, um sich nicht zu verlieren.

»Du frierst ja, Heptarchin«, sagte Reck. »Du zitterst.«

»Sie hat keinen Pelz«, sagte Ruin. »Wir werden sie halten müssen, bis die Wolken vorüber sind.«

»Er will nicht, daß ich warte«, murmelte Patience. »Er hat schon so lange gewartet.«

Sie legten sich auf den Boden, Reck vor sie, Ruin hinter sie, und schirmten sie so gut es ging vor dem Schnee ab, der nun heftig aus dem Inneren der Wolken fiel.

»Bist du okay?« fragte Reck sie einmal.

»Alles, woran ich denken kann«, sagte Patience zitternd, »ist, wie sehr ich ihn will.« Dann lachte sie zaghaft auf. »Alles, woran ich denken kann, ist Schlaf.«

Sie hielten sie fester, und in der Wärme der Geblingumarmung schlief sie ein.

Die Wolken waren verschwunden und die Sterne schienen, aber der Schnee bedeckte sie halb und die Luft war sehr dünn. Reck spürte, wie die Wunde in ihrem Schenkel pochte. Die Schmerzen waren nicht stark, aber sie hatten ausgereicht, um sie zu wecken. Reck spürte von dem Menschenmädchen, das hinter ihr schlief, keinen Atem in ihrem Rücken. Lautlos rief sie nach ihrem Bruder.

Ruin öffnete ein Auge und blickte sie an.

»Wie geht es ihr?« wisperte Reck.

»Sie ist schwach. Aber ich denke, er will, daß sie schwach ist.«

»Die Höhlen werden nicht viel helfen. In ihnen ist es kälter als draußen.«

»Steh auf und sieh nach, ob irgendwo Lichter zu erkennen sind«, sagte Ruin. »Ich werde sie halten.«

Reck entzog sich der schlafenden Menschin. Weit entfernt funkelten einige Lichter. Ein langer Weg in der Dunkelheit.

»Ein langer Weg«, sagte Reck. »Aber wir können nicht

losziehen, um Hilfe zu holen. Wir werden sie mitnehmen müssen, kalt wie es ist.« Reck kniete sich hin und streichelte Patiences kalten nackten Arm, dann schüttelte sie sie leicht. »Sie wird nicht aufwachen.«

Wie zur Antwort spürte Reck plötzlich, was sie in der ganzen Zeit, die sie mit Patience zusammen war, nicht gespürt hatte: Die Abstoßung durch Unwyrm. Aber hier, so nahe seinem Lager, kam sie mit solcher Kraft, daß sie kaum atmen konnte. Sie schrie unter den Schmerzen auf. »Wir sind ihm zu nahe!« rief sie. Da Patience schlief, konnte Unwyrm sich auf sie konzentrieren, darauf, sie zu vertreiben.

»Weck sie auf!« keuchte Ruin.

Reck hörte ihn kaum. Sie konnte jetzt kaum noch einen klaren Gedanken fassen, so überwältigend war der Drang, zur Gartenmauer zu laufen und sich über die Klippe zu stürzen, hinunter, den ganzen Weg durch die Luft hinunter ins Wasser am Fuß des Skyfoots, um im Cranwater zu versinken. Sie erhob sich und begann auf die Mauer zuzutaumeln.

»Nein!« schrie Ruin. Er umklammerte ihre Füße. Stark wie die Abstoßung war, hatte er doch mehr Übung darin, ihr zu widerstehen; außerdem hatte die Verletzung seine Schwester ein wenig geschwächt, und so hielt er sie fest. »Wach auf, verdammt noch mal!« schrie er Patience an. »Wach auf, damit er dich wieder rufen muß!«

Als Antwort begann Patience vor Kälte zu zittern. Sie wimmerte. Sie rief leise nach ihrem Vater. Sie wachte nicht auf.

»Laß mich los!« rief Reck. »Laß mich fliegen!«

»Er versucht uns zu töten!« schrie Ruin, obwohl auch er das Bedürfnis verspürte zu springen.

»Was ist das?« rief jemand in der Ferne.

»Hallo, wer seid ihr!« sang ein anderer.

»Es ist verflucht kalt!« schrie noch einer. Die Gruppe war sichtlich guter Laune, wer immer es war.

»Hierher!« rief Ruin. »Zu Hilfe!«

»Laß mich los!« wütete Reck.

Die Möchtegernretter sprangen zu ihnen herauf. Ruin sah nur, daß es Menschen waren. »Laß sie los!« sagte einer von ihnen. »Hilf ihm«, sagte ein anderer.

Sie waren alt, und sie klangen, als wären sie betrunken oder dumm. Ruin bezweifelte, daß sie Reck festhalten konnten, wenn sie weg wollte. Es gab nur eine Hoffnung. »Weckt die auf, die hier liegt! Sie liegt dort, das Mädchen im Schnee – weckt sie auf!«

»Seht euch das an! Sie ist nicht mal warm angezogen.«

»Im Schnee – das ist nicht sehr klug.«

»Gut, daß wir vorbeikamen. Wir wissen, was zu tun ist.«

Sie zogen Patience in die Senkrechte.

»Schlagt sie!« rief Ruin.

Er hörte mehrere Schläge. Dann den Klang von Patiences Stimme. »Aufhören«, sagte sie.

Und plötzlich verging das Bedürfnis zu sterben. Reck hörte auf, sich zu wehren.

»Bringt dieses gefrorene junge Ding ins Haus.«

»Nein«, sagte Ruin. »Nicht ohne uns! Haltet sie in unserer Nähe ...«

»Wollen wir Geblinge?«

»Ach, die sind schon in Ordnung. Schließlich ist das eine Geblingstadt. Sehr hübsche Geblinge.«

»Ja. Trennt uns nicht«, sagte Ruin.

Zahlreiche Hände hoben ihn hoch, halfen ihm zu stehen. Sie trugen Reck, die zu erschöpft zum Gehen war. Patience ging vor ihnen her und murmelte: »Ich komme, ich komme, dies ist nicht der Weg ...«

»Natürlich ist es der Weg. Wir kennen den Weg, oder? Dies ist doch der Weg?«

Feuer auf beiden Seiten des langen, niedrigen Raumes sorgten dafür, daß es beinahe heiß war. Ruin und Reck saßen neben Patience und hielten ihre Hände, während sie in die Flammen starrten. Die alten Männer hatten sich um sie versammelt und machten dumme Bemerkungen.

Patience versuchte sie zu ignorieren. Sie fragte sich, wie es nun weitergehen sollte. Der Schneesturm war natürlich nicht Unwyrms Werk gewesen. Aber er hatte ihn geschickt für seine eigenen Zwecke nutzen können. Und jetzt fürchtete sie sich davor einzuschlafen, aus Angst, Reck und Ruin könnten dazu gebracht werden, sich zu töten oder davonzulaufen, während sie nicht da war, um sie zu beschützen. Es war alles so kompliziert – sie brauchten sie, damit sie sie auf ihrer Suche nach Unwyrm beschützte; sie brauchte sie, um Unwyrm zu töten, bevor er sich mit ihr paaren konnte. Und Unwyrm war zu stark, sie konnten es nicht mit ihm aufnehmen. Niemand konnte es mit ihm aufnehmen.

»Nein«, sagte Reck.

»Tut er es mit dir auch?« fragte Ruin.

»Es ist zum Verzweifeln. Wir schaffen es nicht«, sagte Reck.

Patience nickte.

Das Geplapper der alten Männer wechselte sein Thema. »Wovon reden die Kleinen eigentlich? Kopf hoch, Kinder, nur nicht verzweifeln. Dies ist ein glücklicher Ort, schaut nicht so traurig drein. Vielleicht ein Lied, ja?«

Einige der alten Männer stimmten ein Lied an, aber da sich keiner an den Text erinnern konnte, verlor sich der Singsang bald wieder.

»Wir brauchen Will«, sagte Reck.

»Wozu?« fragte Ruin. »Hier gibt es nichts zu pflügen, und Angel ist der einzige aus unserer Gruppe, der schon mal so weit oben war.«

»Wir brauchen ihn«, sagte Reck wieder.

Es war Patience, die ihm den Grund nannte. »Wir sind von dem Sturm erfaßt worden, den Unwyrm ausschicken kann, und das Wetter ist zu heftig für uns. Wir brauchen den Mann, der sich nie vor Unwyrm gebeugt hat.«

»Unwyrm!« rief ein alter Mann, und die anderen nahmen den Ruf auf. »Unwyrm! Unwyrm!«

Patience hatte bis jetzt versucht, die alten Männer zu ignorieren. »Ihr kennt ihn?«

»Oh, wir sind *alte* Freunde!«

»Wir kamen hierher, um ihn zu besuchen, und er läßt uns so lange bleiben, wie wir wollen.«

»Keiner geht je nach Hause.«

»Bis wir sterben, natürlich. Haben viele gemacht.«

»Werden wir alle, wißt ihr.«

»Hat Unwyrm euch auch eingeladen?«

Kahle, graue, weißhaarige Köpfe sprangen ringsum auf und nieder. Wie kleine Kinder konnten sie kaum stillstehen. Ihre offensichtliche Senilität hatte Patience eingelullt. Jetzt begann sie sich zu erinnern, daß sie einem Weg gefolgt war, den andere vor ihr beschritten hatten. »Ja«, sagte sie. »Unwyrm hat uns eingeladen. Aber wir haben uns im Schnee verlaufen. Könnt ihr uns sagen, wo er ist?«

»Hinter der goldenen Pforte«, sagte einer. Die anderen nickten ernst. »Aber ihr könnt nicht alle auf einmal gehen. Nur einer nach dem anderen.«

»Er will uns alle auf einmal«, sagte Reck.

»Lügnerin, Lügnerin«, sagte einer der Männer.

Patience warf Reck einen Blick zu, als wollte sie ihr sagen, ich bin die Diplomatin und du die Einsiedlerin. Überlaß das mir. Aber tatsächlich hatte Patience keine Ahnung, wie sie mit diesen Männern umgehen sollte. Sie schienen harmlos genug zu sein. Aber sie kannten Unwyrm, und Unwyrm kannte sie, und vielleicht hatten sie genügend Kraft, um die Dinge zu erschweren.

»Erstmal müssen wir uns ausruhen«, sagte Patience.

»Keine Tricks«, sagte der Jüngste von ihnen, ein Mann, dessen Haar noch nicht weiß geworden war, obwohl sein plumpes Gesicht stark zerfiel.

»Du«, sagte Patience, »könnte ich deinen Namen erfahren?«

»Tauschen«, sagte der Mann. »Nenn uns zuerst deinen.«

»Mein Name ist Patience«, sagte sie.

»Patience, du solltest nicht mit so dünner Kleidung in Schneestürmen rumlaufen.« Dann kicherte er, als wäre sein Rat ein Wunder an Genialität gewesen.

»Und dein Name.«

»Ich hab' gelogen«, sagte er. »Ich hab' keinen Namen.«
»Ich dachte, du hättest gesagt: Keine Tricks.«
Er blickte niedergeschlagen drein. »Aber Unwyrm hat uns unsere Namen genommen, und er gibt sie uns nicht wieder.«
Patience war nicht sicher, welches Spiel sie trieben, aber sie versuchte trotzdem mitzuspielen. »Dann müßt ihr sehr wütend darüber sein, daß ihr eure Namen verloren habt.«
»O nein.«
»Überhaupt nicht.«
»Wer braucht schon einen Namen?«
»Wir sind sehr glücklich.«
»Wir haben alles, was wir brauchen.«
»Weil wir nichts brauchen.« Letzteres wurde vom Jüngsten gesagt. Er nickte altklug, wie ein Kind. Aber sein Blick war nicht der Blick eines Kindes. Er war voll Trauer und Verlust.
Patience kam der Gedanke, daß diese Männer trotz ihres erfreuten Geplappers vielleicht wirklich zu kommunizieren versuchten. Wir haben alles, was wir brauchen, weil wir nichts brauchen. Also haben wir nichts. Sie begann sie so behutsam wie möglich auszuhorchen.
»Welche guten Dinge hat Unwyrm denn noch für euch getan?« fragte sie.
»Oh, er nimmt uns unsere Sorgen.«
»Wir haben nie irgendwelchen Kummer ...«
Plötzlich sprach Ruin. »Ihr macht mich krank«, sagte er.
Der Mann verstummte.
Patience sah ihn an und lächelte mit Mord im Blick. »Vielleicht hilft Unwyrm dir, dich die nächsten paar Minuten besser zu fühlen; das macht dich vielleicht weniger redselig.«
Ruin verstand den Wink und begann wieder ins Feuer zu starren.
»Was hat er mit euren Sorgen gemacht?« fragte Patience.
»Sie uns alle genommen.«
»Sie aus unseren Köpfen genommen.«
»Sie in seinen Kopf getan.«

»Keine Sorgen mehr über …« Aber er beendete den Satz nicht. Sie warteten alle dümmlich darauf, daß jemand anderer zu sprechen begänne.

»Worüber habt ihr euch Sorgen gemacht?« fragte Patience.

»Alte Knochen«, sagte einer. »Bin sehr müde.«

»Muß ins Bett«, sagte ein anderer.

»Ach herrje. Gähne ja schon.«

»Gute Nacht.«

Auch der jüngste Mann gähnte, aber er beugte sich dicht zu Patience vor, lächelte und wisperte: »Die Fähigkeit langer Genmoleküle, Intelligenz zu tragen.« Dann lächelte er wieder und sank zu Boden.

Sämtliche alten Männer lagen auf dem Boden durcheinander und schnarchten.

»Die Weisen«, sagte Patience.

»Sehr komisch«, sagte Reck.

»Ich scherze nicht. Dies sind die Weisen. Die, die Unwyrm gerufen hat, die bei Heffijis Haus haltgemacht haben, um ihre Fragen zu beantworten. Unwyrm hat den Kern ihres Verstandes gefressen, und dies sind die leeren Hüllen, die er weggeworfen hat.«

Sie kniete sich neben den Mann, der sich bemüht hatte, ihr zu sagen, wer er wirklich war. »Ich kenne dich jetzt«, sagte sie leise. »Wir sind gekommen, um dir zurückzugeben, was er dir genommen hat, wenn wir können.«

»Weshalb sollte er so etwas tun?« fragte Reck.

»Um das gesamte Wissen der menschlichen Spezies zu sammeln, damit er es neu bilden kann, sowohl den Verstand wie den Körper.« Ruin schob seine Hände zwischen die Beine, um sie zu wärmen. »Was ich nicht verstehe, ist, weshalb er sie am Leben gelassen hat.«

»Diese hier können nicht alle Weisen auf der Welt sein«, sagte Reck.

»Unwyrms Ruf hat vor sechzig Jahren eingesetzt«, erwiderte Patience. »Diese hier müssen die sein, die damals noch jung waren, die erst kürzlich hierhergebracht wurden. Auch sie werden bald sterben, und gäbe es nicht Heffijis Haus, wäre ihr ganzes Wissen verloren.«

»Aber es gibt Heffijis Haus«, sagte Reck. »Und du bist in unser Dorf gekommen, trotz Unwyrms größter Anstrengungen. Und als Ruin und ich dort draußen im Schnee in Gefahr waren, haben uns Unwyrms weggeworfene Reste gerettet. Weshalb?«

»Glück«, sagte Patience. »Das Schicksal kann nicht immer nur gegen uns sein. Zufall.«

»Ich hasse den Zufall«, sagte Ruin. »Ich hasse es zu glauben, daß die Zukunft meines Volkes, der ganzen Welt, von einem zufälligen Zusammentreffen von Ereignissen abhängt.«

»Komm vom Feuer weg«, sagte Reck. »Du wirst dir deinen Pelz ansengen.«

Er drehte sich um, ein Schemen vor den heiß lodernden Flammen. »Welche Art von Erhabenheit liegt schon in einem solchen Sieg?«

»Vielleicht«, sagte Patience, »da alle Lebensformen auf dieser Welt gegen uns sind, vielleicht ist ein wenig Glück der einzige Weg, um zu gewinnen.«

»Ich hätte nichts gegen Glück«, sagte Reck. »Ich hätte nicht mal was gegen ein Eingreifen der Götter. Hauptsache ist, wir gewinnen.«

»Will würde sagen, daß es die Hand Gottes war, die uns so weit gebracht hat«, sagte Patience.

»Wenn Gottes Hand im Spiel ist, und auf unserer Seite«, sagte Reck, »weshalb bläst er dann nicht Unwyrm selbst das Lebenslicht aus?«

»Gott hat nicht die Macht zu handeln, außer durch uns als seine Hände«, sagte Ruin. »Er kann nur tun, was wir für ihn tun.«

Reck lachte laut auf. »Was? Bist du insgeheim ein Wachsamer, mein Gebling, mein Bruder? Auf deinen Wanderungen durch den Wald, hast du da die Religion gefunden?«

»Was wissen die Menschen schon über ihren Gott? Sie wollen, daß er Macht über Himmel und Erde hat. Aber er hat nur Macht über den Menschenwillen. Weil er der Menschenwille *ist* – und welch ein schwacher, kraftloser Gott ist er. Nicht wie der Gott der Geblinge. Wir haben es erlebt, oder nicht? Zusammen sind alle Geblinge eine Seele. Wir ignorieren es die meiste Zeit über, aber sobald es erforderlich wird, handeln wir gemeinsam: Wir tun, wovon wir bewußt oder unbewußt wissen, daß es getan werden muß, damit wir als Ganzes überleben. Das ist der Gott der Geblinge – der gemeine, unausgesprochene und unaussprechliche Wille. Der Andersverstand. Selbst die Menschen haben einen Anflug von Andersverstand, der Lady Patience befähigt, ein schwaches Echo unseres Rufes zu hören, der es Unwyrm ermöglicht, zu ihnen zu sprechen. Zusammen erschaffen sie einen Gott, der ihrer aller Gott ist, und er herrscht. Schwach, erbärmlich, sporadisch, aber er herrscht.« Ruin zwirbelte das Haar auf seiner Wange. »Er herrscht sogar über Unwyrm. Genau wie ein Gebling ist auch er halb menschlich. Der Menschengott liegt wie eine Wurzel auf seinem Weg; er sieht ihn nicht, er stolpert.«

»Ich kann mir nicht viele Priester denken, denen deine Art der Theologie gefallen würde«, sagte Patience.

»Deshalb gehe ich ja auch nicht damit hausieren«, sagte Ruin. »Aber es ist mehr als Zufall, was uns hilft. Wir sind keine einsamen Kreaturen, die versuchen, ihr Volk zu retten. Wir sind das Instrument unseres Volkes, das es unbewußt erschaffen hat, um sich selbst zu retten.«

Patience brachte Ruins Ansicht mit etwas in Verbindung, was man ihr erst vor wenigen Tagen auf dem Boot gesagt hatte. »Will meinte, daß Geblinge ...«

»Was kümmert es mich, was er meint?« sagte Ruin. »Es ist seine *Kraft*, die wir jetzt brauchen, nicht sein Geist. Wir brauchen die Kraft, die es ihm ermöglicht, dem Cranning-Ruf zu widerstehen.«

»Er meint, daß Geblinge und Menschen Seelen haben, und derselbe Gott uns alle retten wird.«

»Wenn das so ist, dann rate ich diesem Gott, Will zu uns

zu führen, damit er sich Unwyrm stellt und ihn für uns besiegt.« Ruin spottete, aber nicht, um sie zu amüsieren. Sein Spott war eine Maske verzweifelten Glaubens, wie Patience sah. Er hatte für sich einen Gott erfunden, an den er glauben konnte, und nun betete er zu diesem Gott.

Und wurde erhört.

Draußen konnten sie während einer Flaute im Wind den hohen, süßen Klang von Kristianos und Fädens harmonischem Gesang hören. Und eine weitere Stimme, die Patiences Namen rief.

»Angel«, sagte Patience.

»Er hat die anderen getötet«, sagte Reck. »Unwyrm hat ihn zu uns geführt.«

Draußen im harschigen Schnee knirschten Schritte.

»Patience!« rief Angel wieder. Er klopfte an der Tür.

»Geh weg!« rief Patience. »Ich will dich nicht töten müssen.«

Reck legte einen Pfeil auf, und Ruin hielt sein Messer bereit.

»Patience, ich bin von ihm frei!« rief Angel. »Laß mich herein, ich kann dir helfen!«

»Glaube ihm nicht«, sagte Reck.

»Geh weg!« rief Patience. Sie hielt das Blasrohr dicht an ihre Lippen. »Ich werde dich töten!«

Krachend sprang die Tür auf und schlug gegen die Wand. Augenblicklich zitterte in Bauchhöhe ein Pfeil in der Tür; Reck bereitete sich vor, erneut zu schießen, sobald jemand einträte.

Patience wußte jedoch, daß Angel nicht die Kraft hatte, die Tür einzutreten. »Will«, sagte sie. »Du kannst hereinkommen, Will.«

Will kam herein, anschließend Angel, der gefesselt und an Sken gebunden war. Fäden und Kristiano folgten. Sie waren gegen die Kälte warm angezogen.

»Da wären wir«, sagte Fäden erfreut. »Das Haus der Weisen. Und die Weisen schlafen, wie ihr seht.«

Es stimmte; selbst das Geschrei und Gedonnere an der

Tür hatte sie nicht geweckt. Es war ein Hinweis auf Unwyrms Anwesenheit hier, daß sie trotz allem weiterschliefen.

»Will«, sagte Reck. »Weshalb hast du nicht gesprochen! Wir waren sicher, Angel habe ...«

»Er hat nicht gesprochen«, sagte Angel, »weil er nicht wußte, ob du unter Unwyrms Kontrolle warst. Der Pfeil in der Tür war recht überzeugend.«

Patience schaute Angel an. Seine Fesseln waren natürlich ein Witz – sie wußte, daß Angel die Knoten leicht lösen konnte, wenn er das wollte. Es war sein Gesicht, das sie erheblich mehr interessierte.

»Ich weiß, weshalb du mich so anschaust«, sagte Angel. »Glaubst du, ich habe mich nicht tausendmal gefragt, was sie wohl von mir denken wird, wenn sie die Wahrheit erfährt?«

Aber Patience dachte jetzt nicht an seinen Betrug. Sie dachte: Das Feuer ist aus seinem Blick verschwunden. Er ist schwach und allein, und er war vorher niemals allein. Auch wenn Unwyrm dein Feind ist, Angel, hat es dich gestärkt, ihn immer bei dir zu haben. Und jetzt hast du den Blick eines Kindes, das seine Eltern verloren hat. Du wartest darauf, daß er zurückkehrt. Du denkst, du kannst allein weitermachen, aber trotzdem wartest du auf ihn, damit er dich wieder zum Leben erweckt.

»Aber ich bin nicht mehr der, der ich war«, sagte Angel. »Ich brauche keine Fesseln mehr. Ich war noch jung, als er mich übernahm, jung und unvorbereitet. Aber ich kenne ihn, und jetzt, da er verschwunden ist, werde ich nie mehr zulassen, daß er zurückkehrt.«

»Weshalb hast du ihn hergebracht?« wollte Ruin von Will wissen. »Weshalb hast du ihn unten nicht einfach getötet?«

Will warf Ruin nur einen kurzen Blick zu, als wollte er fragen: Kannst du verlangen, daß ich vor dir Rechenschaft ablege? Dann wandte er sich an Patience. »Meine Heptarchin«, sagte er, »ich habe dir deinen Diener gebracht. Er will seine Sünden büßen.«

»Wenn Unwyrm tot ist«, sagte Patience, »kann er wieder er selbst werden und mein wahrer Diener. Aber solange Unwyrm am Leben ist, ist Angel der Sklave des Wyrms und nicht der der Heptarchin.«

»Nein«, sagte Angel. »Ich habe ihm schon einmal gegenübergestanden. Ich kenne seine Schwächen ...«

»Du kennst nichts dergleichen«, sagte Ruin, »oder du hättest ihn damals getötet.«

»Sein ganzes Denken dreht sich jetzt nur um dich, Patience«, sagte Angel. »Er will nur lange genug am Leben bleiben, um dich zu schwängern. Er hat siebentausend Jahre gewartet, sich ständig selbst erneuert, bis er den Geschmack seines eigenen Lebens haßte, aber wenn du kommst, dann kann er alles erlangen, worauf er gewartet hat. Ich, Will oder die Geblinge – wir kümmern ihn nicht.«

»Er beherrscht dich nicht«, sagte Ruin, »damit wir dir vertrauen und dich mitbringen. Dann wird er dich wieder in seine Gewalt bekommen, und du wirst uns im Augenblick unserer größten Schwäche hintergehen.«

»Diese Fesseln werden mich nicht halten«, sagte Angel. »Nehmt mich mit oder tötet mich jetzt.«

Patience schüttelte den Kopf. »Du hast mir keinen Gefallen getan, Will, als du ihn hierherbrachtest.«

»Das war auch nicht mein Ziel«, sagte Will.

»Was war dann dein Ziel?«

»Meine Ziele sind Gottes Ziele.«

Ruin lachte laut auf.

»Und was ist Gottes Ziel?« fragte Angel verächtlich.

»Wir sind sein Ziel«, sagte Will. »Unser Leben, wir, die wir erschaffen und entdecken und aufbauen und niederreißen, wir, die wir lieben und hassen, trauern und uns freuen, wir sind sein Ziel. Sein Werk dient dazu, daß unsere Art ewig leben möge, Menschen und Geblinge, Dwelfen und Gaunter, vom Mutterschoß bis zum Grab.«

»Sehr löblich«, sagte Ruin. »Aber im Augenblick besteht unsere Aufgabe darin, Unwyrm in sein Grab zu schicken, und die einzige Möglichkeit, das zu erreichen, ist die, Angel zuerst dorthin zu schaffen.«

Patience zog die Schlinge aus ihrem Haar und ließ sie schlaff aus einer Hand hängen. »Je mehr von uns gehen, um sich ihm zu stellen, desto besser. Er wird mich rufen, und dabei wird es ihm schwerfallen, sich darauf zu konzentrieren, euch zu vernichten.«

»Hoffen wir«, sagte Reck.

»Außer mir wird er keinen in seine Nähe lassen«, sagte Patience. »Wenn überhaupt etwas, ist es der Bogen, der ihn töten wird, Reck.«

»Natürlich«, sagte sie. »Dazu bin ich geboren worden.«

»Aber niemand kennt seinen Körper oder weiß, wo er getroffen werden muß, damit er stirbt. Ruin, du bist derjenige, der mit den Lebewesen dieser Welt gelebt hat. Wir werden uns auf deine Intuition verlassen müssen, wenn es darum geht, ihm den Todesschuß zu versetzen.«

»Ich weiß«, sagte Angel. »Ich weiß, wohin man ihn treffen muß: in seine Augen, sie durchbohren, um ...«

»Du weißt jetzt gar nichts«, sagte Patience. »Er könnte dich tausendmal belogen haben, und du hättest ihm geglaubt, weil du ihm glauben wolltest.« Sie ging um Angel herum, stellte sich hinter ihn. »Ich denke, daß Unwyrm die Gedanken am besten kontrolliert, die er am besten kennt. Angel zu kontrollieren, fiele ihm am leichtesten. Und bei Reck, Ruin und mir ist es kaum anders. Er hat uns so viele Male in der Gewalt gehabt, daß er so sicher, wie die Geblinge die Tunnels von Cranning kennen, alle unsere Gedankenwege kennt. Es wird uns schon alle Kraft kosten, ihm nur zu widerstehen. Aber du, Will, und du, Sken – euch kennt er nicht. Nicht so, wie er uns kennt. Will kann ihm widerstehen, und Sken – verzeih mir, aber er scheint dir keinen großen Wert beizumessen, oder er hätte dich mittlerweile gerufen. Also mußt du zuletzt kommen und uns Deckung geben. Halte die Geblinge davon ab, wegzulaufen, zwinge sie, ihm zu widerstehen, damit sie ihre ganze Kraft darauf verwenden können, ihn zu töten. Und wenn das schiefgeht, mußt du am Ende mich töten, bevor Unwyrms Kinder geboren sind.«

»Ich bin keine Heldin«, sagte Sken.

»Wir sind auch nicht hier, um Heldentaten zu vollbringen«, sagte Patience. »Wir sind hier, um einen Mord zu begehen. Den an Unwyrm, wenn es uns gelingt. Den an mir, wenn uns das nicht gelingt.«

»Sie werden damit anfangen, daß sie bei der ersten Gelegenheit dich töten«, sagte Angel. »Das ist der einfachste Weg, um sicherzustellen, daß seine Kinder nicht geboren werden. Du wirst über kurz oder lang Recks Pfeil in dir haben. Du kannst ihnen nicht vertrauen.«

»Und du, Angel, mein Lehrer, mein Freund, mein Vater«, sagte Patience. »Wie kann ich es riskieren, dich in meinem Rücken zu haben, wenn Unwyrm nur an dich zu denken braucht, und du windest und duckst dich und gehorchst?«

Sie warf ihm die Schlinge um den Hals und verdrehte sie kurz, ein sachter, behutsamer Ruck. Blut floß ringsum aus seinem Hals. Angels Gesicht nahm einen erstaunten Ausdruck an, vielleicht auch einen der Verblüffung oder sogar der Dankbarkeit. Dann stürzte er vornüber auf den Stuhl. Patience beugte sich über ihn und entfernte vorsichtig die Schlinge von seinem Hals. Die anderen schauten weg, um ihr einen Augenblick der Trauer zu gönnen. Sie hatte getan, was getan werden mußte, und die entsetzliche Pflicht keinem anderen überlassen. Sie war aus dem Stoff, aus dem Heptarchen gemacht waren, das sahen jetzt alle.

»Es tut mir so leid«, sagte Fäden. »So leid. Er war so schrecklich gut. Und er wollte Unwyrm töten, er wollte es wirklich.«

»Genug«, sagte Will. »Es ist vorbei.«

»Er ruft mich«, sagte Patience. »Es ist stärker als ich ertragen kann.«

»Weißt du«, sagte Ruin, »wenn der Augenblick der Wahrheit kommt, Heptarchin, bist du diejenige von uns, der man am wenigsten vertrauen kann.«

»Ich gehe jetzt«, sagte Patience.

»Er kennt deinen Verstand besser als den irgendeines anderen, bis auf den von Angel, und für dich interessiert er sich mehr. Er kann mit dir machen, was er will. Und du bist diejenige von uns, die den Plan entworfen hat.«

Patience ging zur Tür. »Jetzt«, sagte sie. Sie öffnete die Tür und trat in den vom Mondlicht erhellten Schnee hinaus. Der Wind peitschte weißen Staub hinter ihr auf, und es war, als löste sich ein feiger Schatten von ihr, der sich in das warme Zimmer zurückzog. Will schnappte sich eine Lampe von der Wand und ging rasch hinter ihr her, während Ruin, Reck und Sken schlurfend folgten.

Sken war begeistert. »Jetzt werde ich endlich sehen, wie dieser Unwyrm aussieht.«

Die anderen ignorierten sie. Will hielt Patience am Arm; sie wehrte sich gegen seinen Griff, versuchte zu Unwyrm zu laufen. »Langsam, ruhig«, wisperte Will. »Ich werde dich vorerst zurückhalten, Lady Patience. Vergiß nicht, daß nichts davon du bist. Wir alle stellen uns ihm in deiner Person. Du stehst nicht allein gegen ihn.«

In der Ferne erwartete sie die Öffnung der Höhle. »Ich komme«, wisperte Patience.

Hinten im Haus der Weisen erwachten indessen die alten Männer, gähnten und streckten sich. Einer von ihnen stolperte dort hinüber, wo Angel lag. »Häßlicher Schnitt, das«, sagte er. Er bemühte sich, die Knoten zu lösen, die Angels Arme zusammenhielten.

Angel öffnete die Augen. Dann richtete er sich auf und berührte sachte seinen Hals. »Das war knapp. Verdammt knapp.«

»Wieso hast du geschlafen?« fragte der Mann, der ihn losgebunden hatte.

»Es wird Zeit«, sagte Angel. »Er hat sie jetzt.« Er erhob sich und riß das Futter seines Mantels auf. Drei Wurfmesser waren dort versteckt.

»Was geschieht jetzt?« fragte der Mann.

»Du wirst schon sehen«, sagte er. »Du wirst schon sehen.« Und dann sagte er ruhig zu jemandem, der seine Worte nicht hören konnte: »Ruf mich nur. Ich komme.«

18 Die Geburtsstätte

Es war früher Morgen, als sie in die Höhle vordrangen, und das erste Tageslicht schimmerte bereits im Osten. Sie warteten den Sonnenaufgang nicht ab; von jetzt an würden sie im Licht der Laterne leben.

Patience ging voraus, und Wills Hand umklammerte ihren Arm mit der Kraft eines Baumes. Ihr Weg führte sie durch den Felsen aufwärts, an einem eiskalten Wasserlauf entlang, der den Tunnel hinunterkam. Die Wände waren eisbedeckt, genau wie der Tunnelboden; bald stellten sie fest, daß ihre Füße wegrutschten, wenn sie auf dem gefrorenen Boden gingen, und daß sie einfroren, wenn sie im Strom liefen. Nach einer halben Stunde erreichten sie die goldene Pforte.

Es war nur eine Holztür, die einmal gelb angestrichen worden war. Sie hatte kein Schloß. Sie hatte keinen Griff. Dutzende von Namen waren in sie und den eisverkrusteten Felsen daneben eingekratzt. Die Tür konnte keine hundert Jahre alt sein. Die Namen im Felsen waren vielleicht schon seit Jahrtausenden da.

Patience war jetzt ruhiger. In dem Maße, wie sie sich auf Unwyrm zubewegte, spürte sie, wie der Druck nachließ und sie sich wieder ein wenig in die Gewalt bekam. Die Tür war das letzte Hindernis zwischen ihnen. Noch während sie sich danach sehnte, einzutreten, konnte sie wie eine ferne Erinnerung den verzweifelten Wunsch spüren, daß sie geschlossen bleiben möge.

»Widerstehe ihm so gut es geht«, sagte Ruin. »Nähere dich ihm so langsam wie möglich.«

Patience nickte nur. Ihr Atem stockte unter der Anstrengung, zu bleiben und zuzuhören.

»Ich werde ihn mir ansehen und herauszufinden versuchen, wohin der Pfeil gehen muß. Wir wissen nahezu nichts über seinen Körper und darüber, welche Teile lebenswichtig sind. Aber wir wissen, daß er kein Gehirn hat. Wahrscheinlich auch kein Herz. Am Ende werden wir ihn vielleicht so oft wie möglich durchbohren müssen, bis er genügend Flüssigkeit verliert, um zu sterben. Deshalb mußt du dich so langsam bewegen, wie es geht. Um Zeit zu gewinnen.«

Wieder nickte Patience.

»Ihr alle«, sagte Will. »Hört alle zu. Wir wissen nicht, wie viele von uns am Ende noch am Leben sein werden. Aber wer auch immer überlebt, wenn wir zu spät kommen, und er hat mit Patience bereits Kinder gezeugt – Angel sagte mir, daß die Kinder rasch wachsen würden. Sie müssen getötet werden. Vielleicht gibt es Dutzende von ihnen, und sie müssen alle getötet werden, denn wenn auch nur eines überlebt, sind wir verloren.«

»Es werden *meine* Kinder sein«, wisperte Patience. »Meine.«

»Gott steh uns bei«, sagte Sken. »Werden sie wie Würmer aussehen?«

»Wie Menschenkinder«, sagte Will. »Und sie zu töten wird einem wie Mord vorkommen.«

Reck sah, wie Patience schwitzte, Dampf stieg in dem bitterkalten Tunnel von ihrem Körper auf. Sie erinnerte sich nur zu gut an das schreckliche Verlangen, das Unwyrm ihr aufgezwungen hatte, und daran, wie wenig sie in der Lage gewesen war zu denken: sich daran zu erinnern, daß der Sturz vom Berg den sicheren Tod bedeutete. Wenn Unwyrm mit solcher Kraft befahl, gab es kein Weigern. Sie wandte sich an Ruin. »Wir erwarten zuviel von ihr. Sie hat uns den ganzen Weg über beschützt und hatte keinen Schutz für sich selbst. Wenn sie bei ihm ist, wird sie keinen Gedanken mehr für irgendeinen Plan übrig haben.«

Patience begann zu schluchzen und sich gegen Wills Griff zu wehren. Jetzt, da man sie wieder festhielt, begann der Ruf einen unerträglichen Druck auf sie auszuüben. »Laß mich gehen, Will«, flehte sie.

»Patience!« Der Schrei hallte im Tunnel wider. Reck und Ruin wirbelten herum, um durch den Tunnel zurückzuschauen, durch den sie gerade gekommen waren. »Patience! Ich werde zuerst gehen! Ich werde zuerst gehen!«

Will reichte Sken die Laterne und packte mit beiden Händen Patiences Schultern. »Du hast ihn nicht getötet!«

»Unwyrm ließ mich nicht!« schluchzte sie.

Angel erschien im schwachen Licht, das ihre Laterne an den gegenüberliegenden Felsen warf, wo der Tunnel sich nach unten und außer Sicht krümmte. Er schwang Wurfmesser in beiden Händen. Das verkrustete Blut bildete auf seinem Hals ein schauriges Muster. »Aus dem Weg!« rief er. »Ich werde ihn töten, ich kann es tun! Laßt mich vorbei! Ihr könnt es nicht, keiner von euch kann es, laßt mich vorbei!«

Er bahnte sich seinen Weg an ihnen vorbei, versetzte Will einen Schlag, daß dieser zur Seite flog, und stieß mit der Schulter die Tür auf. Da befreite sich Patience aus Wills Griff und begann hinter Angel herzulaufen. Ruin und Reck folgten ihr stolpernd. Aber sie war schon zu weit voraus. Fast augenblicklich begannen sie sich langsamer zu bewegen, als müßten sie sich durch Gestein vorwärtsschieben.

»Hilf uns!« schrie Ruin.

Will lief ihnen nach, packte bündelweise den Stoff ihrer Kleidung und stieß sie brutal durch den Tunnel vor sich her. Sken eilte mit der Laterne hinterdrein.

Die Geburtsstätte funkelte vor Licht. Die Sonne war aufgegangen, während sie sich im Tunnel befanden. An manchen Stellen war die Eisdecke so dünn, daß Licht hindurchfiel. Es zeigte ihnen Angel, der tot auf dem eisigen Boden lag. Seine Messer hatte er beim Hinfallen verloren. Ein dünner Pfeil ragte aus seinem Hinterkopf. Patience hielt immer noch ihr Blasrohr. Dann warf sie es fort. Es schlitterte über das Eis und rutschte in einen schnell fließenden Strom, der es davontrug, aus der Geburtsstätte hinaus und einen der Gänge hinunter, die von hier zu den entferntesten Gegenden Crannings führten.

»Sie gehört jetzt ihm«, sagte Will. »Sie wird nichts tun, um uns zu helfen.«

»Wo ist er?« wisperte Reck.

Wie zur Antwort glitt aus einem weißen Tunnel dicht unterhalb der Decke mit zuckenden Bewegungen der schwarze Wyrm in die Geburtsstätte hinunter. Wo liegt seine Schwäche? dachte Reck verzweifelt. Wohin kann ich einen Pfeil ausschicken und sein Leben beenden?

»Mein Bogen«, sagte Reck. »Sag mir, wohin ich schießen soll.«

Unwyrms Rücken bestand aus harten Segmenten, die eine undurchdringliche Mauer bildeten. »Ich weiß nicht, wohin«, sagte Ruin. »Ich weiß nicht, es gibt keinen Platz.«

»Das ist Unwyrm, der da spricht.«

»Keinen Platz«, sagte er.

Unwyrm näherte sich der Stelle, an der Patience wartete. Dann richtete er sich auf und entblößte seinen Bauch. Es war nicht der weiche, glatte Bauch, auf den Reck gehofft hatte. Statt dessen wimmelte er von Fortsätzen, die sich abwechselnd wie kleine Schwerter nach vorn stießen, dann erschlafften und sich wieder zurückzogen. Sie waren naß und tropften. Unwyrms zarte Händchen strichen zitternd über seine Seiten.

»Seht, wie er zittert«, wisperte Reck. »Er ist alt.«

»Das ist nicht Alter, das ist Leidenschaft«, sagte Ruin. »Wir können ihn nur verbluten lassen. Das ist unsere einzige Hoffnung.«

Patience fuhr herum und starrte sie an. »Es gibt keine Hoffnung!« heulte sie. Sie war ein Tier, ihre Blicke erdolchten sie einen nach dem anderen. »Nicht für euch!« Und sie warf die Schlinge nach Reck.

Aber bevor der wirbelnde Draht sie erreichen konnte, stieß Will Reck zu Boden. Die Schlinge erwischte ihn über dem Handgelenk seines rechten Armes und schnitt bis zum Knochen durch. Die Haut von Gelenk und Hand sackte nach unten wie ein Handschuh, der plötzlich halb abgestreift wird; Blut stürzte aus der Wunde.

Will schrie vor Schmerzen auf, handelte aber fast augenblicklich, um zu retten, was zu retten war. Da es jetzt keine Hoffnung mehr gab, daß er Reck und Ruin festhalten konnte, stieß er Ruin zu Boden, stellte seinen Fuß auf das Bein des Geblings und riß ihn dann mit der Linken hoch. Ruin schrie schmerzerfüllt auf, als sein Bein brach. Er würde in der Höhle bleiben. »Sken!« schrie Will. Sken eilte nach vorn, rutschte auf dem Eis aus und wäre beinahe hingefallen; sie fing sich an Will ab, der noch die Kraft hatte, ihrem Gewicht standzuhalten.

»Halte Reck fest, behalt sie hier!« schrie Will. Dann ließ er sich auf die Knie fallen und kippte vornüber, stieß seinen Arm in das kristallklare Wasser, das in einem Strom durch die Mitte der Höhle floß. »Patience!« rief er. Sein Arm verbreitete einen Wirbel blutiger Schlieren im Wasser. »Patience, er beherrscht dich nicht!«

Reck spürte Skens mächtige Arme um ihre Taille, als Unwyrm sie gerade bedrängte, zu fliehen, davonzueilen, diesem Ort zu entkommen. Aber sie konnte auch spüren, wie Ruin ihr mit seinem Andersverstand zurief: Bleib. Töte. Mit zitternden Händen nahm sie ihren Bogen, legte einen Pfeil an und schoß. Unwyrm duckte sich leicht darunter weg; der Pfeil fiel harmlos hinter ihn. Sie legte einen weiteren an, versuchte sich zu konzentrieren. Er hämmerte auf ihre Gedanken ein; ihr Blick verschwamm …

Und Patience sah dies, sah es alles. Es war keine Hoffnung mehr in ihr, ihm widerstehen zu können, ihre Lust auf ihn war alles, woran sie denken konnte. Aber gleichzeitig konnte sie sich an Wills Geschichte erinnern, wer sie wirklich war, dieses kleine und vergessene Selbst, das von Erinnerungen und Sehnsüchten verschleiert war. Ich muß helfen, kam der Gedanke. Sie konnte Unwyrm nicht widerstehen, aber sie konnte ihn ablenken.

Sie machte einen Schritt nach vorn und schrie ihm zu: »Unwyrm!« Sie zog sich das Kleid über den Kopf und kniete nackt vor ihm. »Unwyrm!« Ihre Knie glitten auf dem Eis auseinander, und sie lehnte sich zurück, bot sich ihm dar.

Reck spürte, wie der Druck auf sie nachließ. In einer raschen Bewegung beugte Unwyrms Körper sich vor und sprang auf Patience zu. Er vergrub einen seiner Fortsätze in ihrem Unterleib. Patience schrie vor unausdrückbarer Erleichterung auf. Wochen der Sehnsucht erfüllten sich.

Unwyrms Oberkörper begann sich rhythmisch zu wiegen. Einen Moment lang hatte er sie vergessen; auch er mußte einem Verlangen nachgeben, das zu lange unerfüllt geblieben war. Reck schoß zwei flinke Pfeile ab. Einer traf ihn ins Auge. Der andere nagelte ihm die Zunge an den Gaumen.

»Sein Kopf nützt nichts!« schrie Ruin. »Sein Bauch! Sein Bauch, wo das Blut ist!«

Reck nahm einen weiteren Pfeil, aber diesmal hatte sie, statt ihn anzulegen, das mächtige Bedürfnis, den Pfeil aufzufressen. Ihn an ihren Mund zu führen und sich in die Kehle zu rammen. Sie hob den Pfeil über ihr Gesicht und lächelte dem Tod zu, der auf sie deutete.

Plötzlich stieß ihr Sken mit aller Wucht die Faust in den Magen. Der Schmerz vertrieb Unwyrms Befehl aus ihren Gedanken. Er ließ sie auch erkennen, daß sie Unwyrms Bauch möglicherweise nicht genug Schaden zufügen konnte, um ihn zu töten. Nur Patience war ihm nahe genug. Die Heptarchin lag jetzt auf dem Rücken, die Hände in Reichweite von Angels Messern. Sie zitterte und krümmte sich ekstatisch unter ihm. Irgendwie, wußte Reck, mußte sie von den Wonnen, die Unwyrm ihr bereitete, abgelenkt und gezwungen werden, sich zu erinnern, was tatsächlich geschah. Vielleicht würde ein plötzlicher Schmerz den Griff sprengen, den Unwyrm auf ihren Verstand ausübte, und sie die Freuden lange genug vergessen lassen, daß sie ein Messer nehmen und ihm den Bauch aufschlitzen konnte.

Also bereitete Reck den Pfeil vor und zielte nicht auf Unwyrm, dessen Bauch gegen Patience gepreßt war, sondern auf das Mädchen selbst. Reck schoß auf den Schenkel, und im nächsten Augenblick zitterte der Pfeil im Fleisch der Heptarchin.

Patience warf schmerzerfüllt den Kopf hin und her. Sah sie das Messer?

»Töte ihn!« rief Ruin.

Sie sah es. Sie griff danach, hob es hoch, um zu töten, dann schrie sie plötzlich wie ekstatisch auf. Sie wußte, was sie zu tun hatte, und doch konnte ihr Körper nicht reagieren. Ich bin eine Gaunterin, jetzt, am Ende, erkannte Patience. Vor ihm habe ich keinen Willen. Sie kämpfte darum, die Hand gegen ihn erheben zu können, aber alles, woran sie denken konnte, war eine große schmerzende Liebe für ihn, während sie spürte, wie ihr Bauch sich füllte. Nach und nach fiel ihr Arm wieder zurück. Aber ihre Finger umklammerten weiter das Messer. Sie ließ nicht los, auch wenn sie sich jetzt nicht einmal mehr daran erinnern konnte, weshalb sie es hielt oder was es war.

»Sie hält es noch«, sagte Ruin. »Sie ist noch nicht verloren!«

Sken erhob ihre Stimme, um sie zu verhöhnen. »König der Geblinge! Weshalb seid ihr allein gekommen? Wo sind eure Armeen, wenn ihr sie am meisten braucht!«

»Geblinge«, wisperte Reck. Und in diesem Augenblick wußten sie und Ruin, daß sie ein Werkzeug hatten, das Patiences Verstand vielleicht aus Unwyrms Gewalt befreien konnte.

»Wir müssen die Geblinge rufen ...«, murmelte Ruin.

»Die Geblinge müssen *sie* rufen«, sagte Reck.

Sie schickten ihre stummen Gedanken aus. Vernehmt und wiederholt dieses dringende Verlangen – Unwyrm zu töten, den Kindermörder, den Mutterfresser zu töten.

Geblinge an den höchstgelegenen Stellen Crannings empfingen den dringenden Ruf mit ihrem Andersverstand. Sie hielten bei ihrer Arbeit inne; es war der König, sie wußten, wer sie rief, es war der König, und ohne daß sie es wußten, hatte die letzte Schlacht bereits begonnen. Töte Unwyrm! Der stumme Ruf hallte von ihnen wider, wurde an die anderen Geblinge weiter unten am Berg weitergegeben.

Fuhrleute ließen ihre Ochsen unbeaufsichtigt weiterlaufen; Geblinge verstummten mitten im Gespräch; Arbeiter ließen ihre Arbeit stehen und liegen. Alle stimmten in den fieberhaften Ruf ein: Töte Unwyrm.

Innerhalb von Augenblicken verbreitete sich die Botschaft lautlos in jeden Winkel Crannings. Sie wurde von zehn Millionen Geblingen wiederholt. Zu jeder anderen Zeit, wenn Cranning seinen Ruf losgeschickt hatte, hatten sich die Geblinge aus allen Teilen der Welt versammelt, um gemeinsam in die Schlacht gegen die Königreiche der Menschen zu ziehen und sie niederzustrecken. Diesmal war die Botschaft viel einfacher. Tod ihrem Bruder, ihrem Feind, ihrem Satan, dem Wyrm.

Und in Patiences Verstand erhob sich derselbe Ruf ebenfalls, stärker und stärker, wurde zum Schrei und nahm den Kampf gegen die vollendete Lust auf, die Unwyrm ihr bescherte. Sie spürte wieder das Messer in ihrer Hand, wußte, daß das Verlangen, ihn zu töten, ihrem wahren Selbst entsprang, auch wenn ihr Körper dagegen aufbegehrte. Sie spürte sein Blut bereits sprudeln, als das Messer noch kaum in seinen Körper eingedrungen war. Unwyrm warf sich nach hinten, dann peitschte er sich auf ihr nach vorn. Sie schrie schmerzerfüllt auf, dann stach sie wieder nach ihm. Er schnellte davon, kroch auf seine obere Kammer zu, wand sich im Todestanz, wobei er sich zuckend über das Eis verschmierte. Sein ganzes Verlangen spürte Patience in diesen letzten Augenblicken seines Lebens, denn das Band zwischen ihnen war immer noch stark. Sie schrie für ihn seinen Schrei. Endlich lag er reglos da, und ihre Stimme gehörte wieder ihr.

Bis auf ihr heftiges Atmen war es still in der Höhle. Patience rollte sich auf der Seite zusammen und schluchzte leise, während Unwyrms Blut langsam auf ihr gefror.

Sken ließ Reck los und lehnte sich gegen das Eis hinter ihr. Reck kippte nach vorn, heftig nach Atem ringend. »Will«, wisperte sie.

Ruin kroch zu Will, wobei er das gebrochene Bein hinter

sich herzog. Er wuchtete den großen Mann auf den Rükken. Sein Gesicht war blau vor Kälte, aber das Eiswasser hatte die Blutung seines Armes verlangsamt. »Rette ihn, wenn du kannst«, wisperte Reck. Sofort zog Ruin eine mit Garn versehene Kupfernadel aus seiner Montur und begann fieberhaft die durchtrennten Arterien und Venen zusammenzunähen.

Reck warf Sken einen Blick zu. »Hilf der Heptarchin, ja?« Sie wartete nicht ab, um zu sehen, ob Sken gehorchen würde. Sie glitt über das Eis dorthin, wo ihr Bruder mit Will beschäftigt war. »Er hat uns hier festgehalten, hat uns hierhergeführt, als keiner sonst ...«

»Hol mir einen Lederbeutel«, sagte Ruin. »Nein, nicht den, riech dran, wie Krisbeeren, ja, der ist es.« Reck öffnete den Beutel, und Ruin tauchte seine Zunge hinein, verschmierte dann eine pulverige Substanz auf den Schnittflächen. Sie sollte Wills Körperzellen wieder zum Wachsen anregen, die lebenden Nervenenden dazu bringen, weiterzuwachsen und neue Verbindungen einzugehen.

Da schrie Patience auf. Leise. Reck blickte hoch. Patience hatte sich herumgewälzt und lag auf dem Bauch, den Kopf den anderen zugewandt. Ihr Körper hob sich zweimal.

»Was geschieht da?« wisperte Reck.

Ruin schaute gerade noch rechtzeitig auf, um zu sehen, wie sich der Kopf eines halb entwickelten Fötus zwischen Patiences Beinen erhob. »Das Kind des Wyrms!«

»Wir sind zu spät gekommen!« rief Sken.

Reck griff nach Pfeil und Bogen, aber Sken stolperte schon über das Eis, ihr Beil in der Hand, und machte einen sauberen Schuß unmöglich. Und als Sken dort ankam, stand Patience auf, nahm das Kind an sich und schirmte es ab. »Ich werde es töten!« rief Sken.

Patience nickte, hielt das Kind aber immer noch außerhalb von Skens Reichweite. Täuschte sie sich, oder war das Kind bereits gewachsen? Ja, es war größer und kein Fötus mehr – es war schon voll entwickelt.

»Nimm das Baby!« rief Reck.

»Es wird sowieso sterben!« schrie Patience. »Seht ihr es nicht? Ich habe seinen Vater zu früh getötet, es wird sterben.«

Es stimmte. Sie konnten beinahe sehen, daß in dem Maße, wie das Kind wuchs, seine Gliedmaßen schwächer wurden, die Haut sich straffte und um die Knochen legte wie beim Opfer einer Hungersnot. Das Baby öffnete seinen Mund und sprach seine einzigen Worte: »Hilf mir.« Sie waren grotesk, weil sie von einem so jungen Körper kamen. Es war sichtlich Unwyrms Kind, sichtlich ein Ungeheuer, aber aus seiner Perspektive war es wie jedes andere Kind, hilflos, das an ihr Mitgefühl appellierte und es bekam.

Das Baby starb. Patience spürte es, das plötzliche Erschlaffen des Körpers. Sie gab ihre beschützende Haltung auf. Erst da konnte Sken den Körper ergreifen, zu Boden werfen und ihr Beil erheben, um darauf einzuhacken.

»Es ist tot!« rief Patience.

»Es ist gewachsen!« schrie Sken. »Es hat gesprochen!«

»Aber es ist tot!«

Sken ließ ihr Beil sinken. Reck hob Patiences Kleid vom Höhlenboden auf und brachte es ihr. »Nur das eine«, sagte Reck. »Und Unwyrm hatte nicht die Zeit, ihm Kraft zum Überleben zu geben. Wir haben es geschafft. Rechtzeitig.«

Patience wandte sich ab und streifte ihr Kleid wieder über.

Rufe und Schritte erklangen im Tunnel, der von der goldenen Pforte heraufführte. Bewaffnete Geblinge eilten in die Höhle und blieben dann stehen, um den Anblick in sich aufzunehmen. Unwyrms Leiche, aufgeschlitzt und über das Eis verteilt; der verhungerte, skelettierte Körper eines Menschenkindes. Einige der alten Männer kamen herein und sahen jetzt nicht mehr halb so dumm aus.

»Sehet«, sagte Sken verbittert, »die Geblingkönige. Sehet, die Heptarchin!« Ihr Gesicht arbeitete, um nicht loszuweinen. Sie deutete auf das Baby, das vor ihr auf dem Eis lag. »Sehet, das prophezeite Kind!«

Reck brachte sie zum Schweigen. »Das Baby war nicht Kristos. Es war ein Wyrm, es war der Tod für Menschen und Geblinge, und wäre es nicht gestorben, hätte ich es mit meinen eigenen Händen getötet.«

Die alten Männer gingen auf Unwyrms Leiche zu. Einer von ihnen nahm Angels zweites Messer, dasjenige, das Patience nicht benutzt hatte, und schlitzte Unwyrms Kopf von der Schnauze bis zum Scheitel auf. Die Haut platzte auseinander, als habe sie unter Druck gestanden, und enthüllte die leuchtenden Facetten eines grünen Kristalls.

»Sein Seelenstein«, wisperte Reck. Sie schritt darauf zu und blickte auf den Kristall.

Es war kein einzelner Seelenstein, sondern es waren Hunderte davon, die miteinander verschmolzen waren. Die alten Männer zogen die Hautlappen auseinander, und der Kristall kippte vornüber aufs Eis.

»Hier«, sagte einer von ihnen.

»Darin hat er alle Geschenke verwahrt, die wir ihm gaben«, sagte ein anderer.

»Alles, was wir wußten.«

Die alten Männer knieten sich hin und berührten den Kristall, als wollten sie herausfinden, wo in dem lebenden Juwel ihr eigenes Wissen lag.

Der Jüngste hob den Kopf und heulte wie ein Hund: »Gib's mir zurück!«

Reck wandte sich von den alten Männern ab und ging langsam und müde zu Patience. Sie umarmten sich, und Reck half der erschöpften Frau über das Eis aus der Höhle hinaus. Geblinge kümmerten sich bereits um Ruin und trafen Vorbereitungen, ihn hinauszutragen. Andere verbanden Wills Arm und hüllten den großen Mann in Decken.

Sken blickte auf, als Patience vorbeikam. »Heptarchin«, sagte sie. »Haben wir gesündigt?«

Patience blieb stehen, stand vor der dicken Frau mit ihrem verzerrten, tränenüberströmten Gesicht. Sie berührte mit gekrümmten Fingern Skens Wange.

»Habe ich mein Beil erhoben, um Gottes eigenen Sohn

zu morden?« Ihre Stimme war hoch und schwach wie die eines Kindes. »Bin ich für immer verdammt?«

Als Antwort zog Patience sie an sich und umarmte sie. »Keine Sünde«, wisperte sie. »Unser heutiges Tagewerk wird uns alle für immer ehren.«

19 Kristalle

Die Feuer loderten im Haus der Weisen. Es war Nachmittag, aber draußen war es dunkel von Wolken und fallendem Schnee. Die Kälte drang durch die Läden und unter der Tür hindurch ein, aber die Feuer in den zwei Kaminen trieb sie in die hintersten Winkel des Zimmers zurück.

Sken saß splitternackt bis zum Hals in einer riesigen, dampfenden Wanne und stieß gelegentlich Flüche gegen Fäden aus, der ihr den Rücken schrubbte. Fäden ertrug sie gelassen; Patience, die zuhörte, wußte, daß er Sken nur diente, weil Reck und Patience es so wollten. Wieder fluchte Sken, aber dann begann sie ihm – zum drittenmal – zu erzählen, wie sie vor Monaten in der Schlacht in den Wäldern Kesselflickers Männer getötet hatte. Fäden hörte zu, das perfekte Publikum, und tat ihr den Gefallen, wenn sie von ihm ›Ja‹ oder ›Sehr tapfer‹ oder ›Bemerkenswert‹ hören wollte.

Patience wußte, daß Sken von dem Kampf mit Kesselflikker erzählte, weil sie den Gedanken daran ertragen konnte; über den Kampf in Unwyrms Höhle hatte sie wenig zu sagen und erzählte auch nicht die Geschichte von dem Baby, das nur Augenblicke, bevor Sken es ermordet hätte, gestorben war. Wir werden uns alle die Geschichten aussuchen, mit denen wir leben können, und die übrigen vergessen, dachte Patience. Jedenfalls hoffe ich das.

Sie ging zum östlichen Kamin. Viele der alten Männer sahen zu, wie mehrere Geblinge vorsichtig an Unwyrms großem Seelenstein arbeiteten. Reck leitete die Arbeit, die Hunderte von Seelensteinen, die zusammengewachsen waren, wieder voneinander zu trennen. Die Geblinge gossen eine Lösung über den Kristall, dann entfernten sie vorsichtig die an der Oberfläche liegenden Kristalle. Viele kleine Seelensteine von der Größe dessen, den Patience in ihrem Gehirn trug, lagen auf einem Tablett vor dem Feuer und trockneten.

»Wonach sucht ihr?« fragte Patience.

»Dies sind die Kristalle der Weisen, die er ihnen weggenommen und aufgefressen hat«, sagte Reck. »Aber im Zentrum muß sein eigener Kristall sein. Er selbst. Das ist der, den ich will.«

»Was kannst du schon damit anfangen?« fragte Patience.

»Wir werden wissen, was wir damit anfangen können, wenn wir ihn haben.« Reck führte sie vom Feuer weg. »Siehst du, wie die Männer zuschauen? Sie wissen, woher diese Seelensteine stammen, und sie wollen sie zurück.«

»Kannst du das nicht bewerkstelligen? Ihnen die Seelensteine zurückgeben? Schließlich kommen sie ursprünglich aus ihren Gehirnen.«

»Und welchen geben wir welchem dieser Männer? Ihnen sind so wenig Erinnerungen geblieben: nur die Erinnerungen an das Leben in diesem Haus, mit vagen Schatten der Vergangenheit. Egal, welchen Stein wir ihnen geben, er würde sie überwältigen und sich untertan machen. Damit täten wir ihnen keinen Gefallen. Und außerdem haben diese Steine viel länger in Unwyrms Kopf verweilt als zuvor in denen ihrer ursprünglichen Wirte. Sehen diese Männer stark genug aus, um Unwyrms Erinnerungen zu ertragen?«

Patience schüttelte den Kopf. »Aber es ist tragisch. Dieser große Erfahrungsschatz, nutzlos.«

»Dieser?« fragte Reck. »Durch diese Steine hat Unwyrm ihre Weisheit von einer Generation an die nächste weitergegeben. Ihr Menschen habt uns eine andere Methode gebracht. Und diese Methode existiert noch.«

»Heffijis Haus«, sagte Patience.

»Was einmal gelernt wurde, kann man wieder lernen«, sagte Reck. »Ruin plappert immerfort über eine Universität dort, geführt von Geblingen, deren einziger Zweck es sein wird, Heffiji zu beschützen und ihr Haus zu katalogisieren. Ich denke, es wird nichts verlorengehen.«

»Mit Ausnahme dieser alten Männer.«

»Was ist daran so tragisch, Heptarchin?« fragte Reck. »Weshalb soll, was ihnen widerfahren ist, schlimmer sein als der Tod? So endet alles Leben. Ihre Arbeit lebt in Heffijis Haus weiter – das ist mehr Unsterblichkeit als die meisten Menschen bekommen. Und diese alten Männer leben. Egal, was du im Augenblick davon halten magst, das Leben ist gut und süß, selbst mit der Erinnerung an großen Verlust und schrecklichen Kummer.«

»Ich habe meine beiden Väter verloren«, wisperte Patience, »und ich habe beide mit meinen eigenen Händen getötet.«

»Du warst Unwyrms Hände, als Angel starb.«

Patience schüttelte den Kopf, dann ging sie zum anderen Kamin hinüber.

Will lag auf einem Lager vor dem Kamin ausgestreckt da. Kristiano saß bei dem riesigen Mann, wischte seinen nackten, schwitzenden Rumpf mit einem feuchten Tuch ab. Patience kniete sich neben den Boyok.

»Das gefällt ihm«, sagte Kristiano. »Aber er fürchtet sich.«

Patience nahm die Hand des Gaunters in ihre. »Darf ich?«

Kristiano ließ das Tuch mit einem süßen, aber rätselhaften Lächeln los. Patience sah sich für einen Augenblick selbst, wie der Gauntling sie sah – diese Menschenfrau kam und diente Will eine Zeitlang, aber der Gaunter diente ihm Stunde für Stunde, unfehlbar. Wenn Liebe das am meisten ersehnte Geschenk war, dann liebten auf der ganzen Welt nur Gaunter wirklich. Aber Patience schüttelte die stumme Kritik des hübschen Kindes ab. Du bist, was du bist; ich habe andere Arbeit zu verrichten, und ich kann jedem nur wenige Geschenke machen. Manchmal gar keine.

Wills Augen waren offen, doch er schwieg. Patience hatte kein Lächeln für ihn übrig und er keins für sie. Sie waren am Leben, oder etwa nicht? Und Unwyrm war tot. Das war ein Sieg. Aber Patiences Hand hatte die Schlinge geworfen, die Will beinahe seine Hand gekostet hätte. Und es war auch Patience gewesen, die Unwyrm getötet und Unwyrms einziges Kind gehalten hatte, als es starb. Es war viel Mord und Leid in Patiences Erinnerungen, und sie hatte noch nicht herausgefunden, ob irgendwelche Liebe übrig war.

Ruin saß mit düsterer Miene in der Nähe, das gebrochene Bein stark geschient, und starrte ins Feuer. Bald kam Reck mit einer Karaffe Wasser und gab Ruin einen Schluck davon. Er trank lange und tief, dann berührte er in stummer Dankbarkeit ihren Arm. Reck reichte die Karaffe an Patience weiter, die sie nahm, Wills Kopf anhob und Wasser in seinen Mund rinnen ließ. Will schluckte dankbar. Sanft ließ sie ihn wieder auf die Decke zurücksinken.

Nun sprach Will endlich. »Woher hast du die Kraft genommen, es zu tun?« wisperte er.

»Es war nicht meine Kraft«, sagte Patience. »Man hat sie mir verliehen. Die Geblinge riefen mich. Gemeinsam, mit einer Stimme. Das hat gerade genug Freiheit in meinem Inneren geschaffen, um mich selbst zu finden. Also tat ich, wozu ich geboren wurde.«

»Die Welt zu retten.«

»Einen Feind zu ermorden, der mir vertraute. Ich blieb bis zuletzt die vollendete Attentäterin.«

»Du hast getan, was Gott wollte«, wisperte Will. Dann schloß er die Augen.

Ruin sprach: »Er hat recht, weißt du. Mit dem, was Gott wollte. Jedenfalls die Art von Gott, an die ich glaube. Menschen, Geblinge, Gaunter und Dwelfen: Unser Wille zu leben war stärker als Unwyrms Wunsch nach unserem Tod. Eins kam zum anderen. Du konntest Angel nicht töten, und er lebte nur, um die Messer in die Geburtsstätte zu bringen, mit denen du Unwyrm getötet hast, nachdem er glaubte, daß du keine Waffen mehr hättest. Recks Pfeil hat dich gerettet; Will hat mir das Bein gebrochen, um dich zu retten; Sken, nutzlos, dumm und abscheulich, hat Reck davon abgehalten, sich unter Unwyrms Einfluß zu töten. Jedes kleine bißchen davon, ein feines und unmögliches Netz, ein Geflecht, das an jeder Stelle hätte reißen können.« Ruin nickte, beinahe ärgerlich in seiner Beharrlichkeit. »Wir sind Gott, wenn es einen Gott gibt, und Unwyrm fiel vor uns.«

Patience erinnerte sich wieder an die unerträgliche Freude, die sie unter Unwyrms Körper empfunden hatte. Und sie spürte wieder, wie sein Blutwasser sich über sie ergoß, wie ihr Messer seine feinen Organe zerriß. Was sie jetzt am meisten berührte, war nicht, was sie mit ihrem Geist empfunden hatte. Denn als der Todeskampf einsetzte, hatte er mit seiner lautlosen Stimme geschrien, er, der sie so lange Zeit beherrscht hatte; er hatte geschrien: Ich lebe. Ich will leben. Ich muß leben. Es war zugleich der verzweifelte Schrei ihres eigenen Herzens gewesen. Er hatte nicht mehr gewollt, als jeder Mensch wollte. Leben, seine Gene an seine Kinder weitergeben, den Tod so lange wie möglich hinausschieben. Sein Volk – denn als solches verstanden sich die Wyrmer –, sein Volk hatte Jahrhunderte überdauert, aber er hatte von allen am längsten gelebt und darauf gewartet, seiner ganzen Rasse die Erlösung zu bringen. Und sein Tod war der Tod von zehntausend Generationen von Wyrmern gewesen.

Sein Tod war der Tod des wunderbaren Kindes gewesen, das sie in ihren Armen gehalten hatte, der neuen Gestalt, die eine sterbende Spezies anzunehmen versucht hatte, um sich zu retten. Sie haben uns kommen sehen, und sie haben gewußt, daß wir die Krankheit sein würden, gegen die es keine Heilung gab. Sie haben getan, was sie konnten. Der letzte Atemzug ihres Kampfes wuchs in meinem Bauch heran, geformt wie ein Mensch, um den Menschengöttern Tribut zu zollen, die gekommen waren, um sie zu vernichten. Aber wir haben das Angebot nicht akzeptiert, nein; ich habe Unwyrm getötet, bevor der Dotter des Kindes komplett war, und als das Kind geboren wurde, ließ ich es in meinen Armen sterben.

Was ist an meiner Art soviel besser, daß wir überleben und sie sterben mußten? Sie konnte sich keinen Maßstab für Gerechtigkeit vorstellen, der Sinn ergeben hätte, bis auf diesen einen: Ich bin ein Mensch, folglich müssen Menschen leben. Es war kein Kampf um Gerechtigkeit. Es war ein Kampf von Wilden. Die Grausamsten haben gewonnen. Ich war die perfekte Erlöserin der Menschheit.

»Unwyrm hat in seinem Seelenstein die Erinnerung an diesen Planeten bewahrt«, sagte Reck. Es war, als habe sie Patiences Gedanken gelesen. »Seine Vergangenheit reicht noch bis zum ersten Wyrm zurück, der einen Gedanken hatte. Und in seinem Seelenstein sind die Geschichten seiner Art für immer enthalten. Auch unserer Art. Wir haben nicht weniger Wyrmahnen in uns, als er es hatte.«

»Du bevorzugst die menschliche Seite«, murmelte Will.

»Sieh doch, wie schön sie uns macht«, sagte Ruin.

»Du *bist* schön«, sagte Patience und blickte Reck an. »Ich erinnere mich, ein Gebling gewesen zu sein. Ich erinnere mich, wie es sich in meinem Körper anfühlte; ich erinnere mich an die Stimme meiner Geschwister im Andersverstand. Und an noch etwas anderes: An die Einsamkeit, nie meinen Vater gekannt zu haben, und wie ich mich, als ich das Szepter bekam, schließlich an sein Leben erinnerte, so wie er es empfunden hatte.«

»Es hat dich beinahe in den Wahnsinn getrieben«, erinnerte Ruin sie.

»Ich wünschte, jeder Mensch könnte einen solchen Wahnsinn erleben. Wenn auch nur einen Vorgeschmack davon, bloß einen Moment lang, um seine Mutter oder seinen Vater kennenzulernen. Es wäre ein großartiges Geschenk.«

»Sie kennenzulernen, aber nicht sie zu *sein*«, sagte Will.

»Du bist sehr stark, Lady Patience. Nur wenige können es ertragen, wenn anderer Leute Erinnerungen in ihren Gedanken lebendig werden. Ich könnte es nicht.«

»Du?« sagte Patience. »Du bist der stärkste von allen.«

Seine Augen schweiften in die Ferne, wiesen die Lobpreisung zurück. »Werde ich meine Hand behalten?« fragte er.

»Sie wird so hübsch wie immer vom Ende deines Armes baumeln«, sagte Ruin. »Was ihren Gebrauch anbelangt – ich habe getan, was ich konnte, um das Wachstum der Nerven anzuregen.«

»Ohne meinen rechten Arm werde ich keinem mehr nützlich sein können«, sagte er.

Patience berührte seine Stirn, strich mit dem Finger über seine Wange und ließ schließlich ihre Fingerspitzen auf seinen Lippen ruhen. »Wir suchen alle nach neuen Berufungen«, sagte Patience. »Es gibt keine Prophezeiungen darüber, was ich tun werde, *nachdem* Unwyrm tot ist. Ich bin noch keine siebzehn, und alles, wozu ich geboren wurde, ist getan. Heißt das, daß ich jetzt einen Beruf ergreifen muß?«

Reck lachte leise auf, und Will lächelte.

»Du bist Heptarchin«, sagte Ruin.

»In King's Hill gibt es einen Mann, der damit nicht einverstanden wäre«, sagte Patience. »Und er ist kein schlechter Mann und kein schlechter Heptarch.«

»Er ist Statthalter«, sagte Ruin. »Der nur so lange regiert, bis deine Arbeit hier getan ist.«

»Wenn eine Armee von Millionen Geblingen an seinen Grenzen steht, wird er schon über seine Abdankung nachdenken«, sagte Ruin.

»Nein«, sagte Patience.

»Was? Glaubst du, wir täten es nur für dich? Den Geblingen ist am besten gedient, wenn sie einen Heptarchen haben, der sich daran erinnert, ein Gebling gewesen zu sein. Wir sind jetzt für dich keine Untermenschen mehr.«

»Nicht ein Tropfen Blut meines Volkes wird in meinem Namen verschüttet werden«, sagte Patience.

»Da schau her«, sagte Ruin. »Du hast recht. Dein Lebenswerk ist wirklich vorbei.«

»Sei still, Ruin«, sagte Reck.

Sken gesellte sich zu ihnen und knöpfte ein sauberes Kleid zu, das an ihr wie der Zierbehang eines Kriegspferdes aussah. Ihr frisches Gesicht leuchtete im Schein des Kaminfeuers. »Heptarchin, die Geblinge haben die Leiche deines früheren Sklaven aus der Geburtsstätte gebracht. Sie wollen wissen, was damit geschehen soll.«

»Ich will, daß er in allen Ehren bestattet wird«, sagte Patience. »Hier, unter den Weisen. Die Gräber hier gehören zu den ehrenwertesten.«

»Es tut mir leid, daß wir seinen Kopf nicht rechtzeitig bewahrt haben«, sagte Reck. »Wir wissen, daß ihr Menschen so den Rat eurer Weisen aufhebt, da ihr keinen Seelenstein habt, den ihr aufessen könnt.«

»Wir waren sehr beschäftigt«, sagte Ruin, »und der Augenblick ging vorbei.«

»Aber er hat einen Seelenstein«, sagte Sken. »Oder nicht, Will? Hat er doch selbst gesagt. Er hatte einen Seelenstein, genau wie diese anderen alten Trottel. Unwyrm hat ihn ihm nur nicht genommen, das ist alles. Deshalb war sein Verstand nicht auf dem Tiefpunkt. Stimmt doch, Will?«

Will schloß die Augen.

»Angel hatte einen Seelenstein?« fragte Ruin.

»Laß ihn mit ihm sterben«, sagte Will.

»Bringt seine Leiche hierher. Bringt sie zu mir!« rief Ruin. Das restliche Zimmer verstummte. Ruin stand an den Kamin gelehnt da, das Gesicht vom Feuer schräg unter ihm flackernd erhellt. »Der Geblingkönig wird seinen Seelenstein bekommen.«

»Nein«, sagte Reck. »Das kannst du nicht tun.«

»Als der alte König der Geblinge starb, nahm ein Menschenheptarch seinen Seelenstein und ließ ihn sich in sein Hirn einsetzen. Einige Heptarchen waren so schwach, daß es sie in den Wahnsinn trieb, einige aber auch nicht. Hältst du mich für schwach, Schwester?«

»Aber du bist der Geblingkönig«, sagte sie. »Du darfst das Risiko nicht eingehen.«

»Auch du bist der Geblingkönig«, antwortete er.

Sie wandte den Blick ab.

»Glaubst du, ich hätte nicht gewußt, was du vorhast?« sagte Ruin. »Und ich verstehe es, Reck. Ich verstehe es, ich bin einverstanden, und ich weiß, daß du stark genug bist, um es zu ertragen und ihn als Ganzes an deine Kinder weiterzugeben. Aber was werde ich dann sein? Der schwächliche Geblingkönig, ein blasser Schatten der Menschenheptarchin, die beide Rassen in ihrem Verstand vereint, ein noch schwächerer Schatten von dir? Wie werden sie mich nennen, Mutter Wyrm? Es wird keinen Namen für mich geben, wenn ich zu schwach bin, um zu tun, was du tust, was sie getan hat.«

»Was hast du vor?« fragte Patience.

In diesem Augenblick kamen die Geblinge, die an Unwyrms Seelenstein gearbeitet hatten, herein. Einer von ihnen hielt einen einzelnen Kristall in der Handfläche. »Dies ist er«, sagte er. »Er war in seinem Zentrum, und es ist der älteste von allen.«

»Ich habe nie einen größeren gesehen«, sagte Reck.

»Viel größer als dein eigener«, erinnerte Ruin sie.

Sie führte den Stein zum Mund und verschluckte ihn.

»Das kannst du nicht tun!« rief Patience.

»Sie hat es bereits getan«, sagte Will.

»Er war so stark! Wie kann sie es ertragen ...«

Reck lächelte. »Es war nicht richtig von unseren Vorfahren, völlig aus ihrer eigenen Welt zu verschwinden. Also werde ich mich erinnern, und meine Kinder nach mir. Nicht ausdrücklich an Unwyrm, nicht mehr als an andere – was war er schon im Vergleich zu den Tausenden Generationen vor ihm? Sie sind alle hier drin, alle in mir. Und nun werde ich sie kennenlernen und mit ihrer Stimme sprechen.«

Will sprach von seinem Lager auf dem Boden aus, mit einer Stimme, die von Kummer gezeichnet war. »Und was wird aus meiner Freundin Reck? Wird sie noch eine Stimme übrig haben, wenn dies vorbei ist?«

»Wenn es vorbei ist«, sagte Reck, »wird es eine weisere Stimme sein als zuvor.«

Ruin bestand darauf, daß sie ihr ein Bett herrichteten. Reck lachte leichthin, aber dann, als es fertig war, legte sie sich hinein, denn der Kristall begann bereits seine Wirkung auf sie auszuüben.

Anschließend brachten sie Angels Leiche aus dem Schnee draußen herein und legten sie auf einen Tisch mitten im Zimmer. Patience trat neben ihn und blickte auf sein erstarrtes Gesicht hinunter, das jetzt für immer den gleichen unbeteiligten, nicht zu deutenden Ausdruck zeigen würde, dessen er sich im Leben befleißigt hatte. »Du hattest nie eine Chance herauszufinden, wer du warst«, murmelte sie ihm zu. »Ebensowenig wie ich.«

Sie trugen Ruin zu einem Stuhl neben dem Tisch, auf dem die Leiche lag. »Er war dein Sklave«, sagte Ruin. »Ich sollte dich um Erlaubnis fragen.«

»Er war Unwyrms Sklave und errang seine Freilassung vor seinem Tod«, antwortete sie. »Trotzdem, wenn du menschliche Erinnerungen brauchst, damit sie sich mit deinen verbinden, weshalb seine? Weshalb nicht die von anderen – hier gibt es fünfhundert Seelensteine.«

»Sie sind alle mit Unwyrms Gedanken besudelt«, sagte Ruin. »Ich will keinen Teil von ihm – das ist ein Opfer, das meine Schwester bringt. Ich habe ihn zu lange gehaßt; sie tat es nie. Und Angel – wenn ich Menschen verstehen lernen soll, weshalb nicht über ihn? Fäden sagt, er sei gut gewesen, bevor Unwyrm ihn bekam. Wäre es dir nicht lieber, der Geblingkönig würde durch die Erinnerungen eines guten Mannes menschlich werden?«

Die Geblinge wälzten die Leiche auf die Seite und brachten Ruin ein Messer, um in sein Gehirn zu schneiden und den Seelenstein herauszuholen, der dort gewachsen war. Patience sah nicht zu. Statt dessen kehrte sie zu Will zurück, der neben dem Feuer lag. Sie langte über ihn hinweg und nahm seine Linke, seine heile Hand und hielt sie fest.

»Es gibt noch offene Fragen«, sagte sie.

»Ich bin jetzt nicht mehr der richtige Mann für dich«, erwiderte er.

»Wenn ich wirklich Heptarchin werde und nicht nur dem Namen nach, brauche ich einen Mann, der Armeen führen kann.«

»Ich werde dir dienen, wie immer ich kann.«

»Und sie nicht nur führt, sondern auch aufbaut. Für das Gesindel Freiwilliger und Rebellen, das sich einstellen wird, brauche ich einen Mann, der sie zu einer Streitmacht ausbildet, die mich an meinem Platz halten kann.«

»Also willst du den Platz jetzt?«

»Ich sehe, was Reck und Ruin vorhaben, und sie haben recht. Die Zeit ist gekommen, daß die ganze Menschheit sich endlich unter einem König vereint, wie die Geblinge es bereits sind. Einem König, der sich erinnert, ein Gebling gewesen zu sein, wie die Geblinge von einem König regiert werden sollen, der sich erinnert, ein Mensch gewesen zu sein. Und beide Könige werden imstande sein, mit einer Frau zu sprechen, die sich erinnert, ein Wyrm gewesen zu sein. Jeder Wyrm gewesen zu sein, der jemals lebte.«

»Dann werde ich dir dienen.«

»Und mehr«, sagte Patience. »Ich will mehr von dir.«

»Was kann ich sonst noch geben? Meine ganze Weisheit liegt im Kriegswesen.«

»Mein Leib hat ein Kind geboren, aber es war ein Ungeheuer, und es ist tot. Ich brauche Erben für mein Königreich. Unwyrm wacht jetzt nicht mehr, um sicherzustellen, daß die Linie der Heptarchen nicht abbricht. Also brauche ich einen Gemahl, der Kinder erschaffen kann, die groß und stark sind, mit scharfem Verstand und flinker Hand. Ich brauche einen Gemahl, der meinen Kindern beibringen kann, was Stärke und Weisheit ist.«

Er schwieg, und seine offenen Augen starrten gegen die Decke.

»Und noch etwas«, sagte sie. »Er ist aus mir verschwunden. Das Verlangen, das so viele Wochen in mir gebrannt hat, ist verschwunden. Als du mich auf dem Boot berührt hast und ich dich wollte, fürchtete ich, daß es mein Verlangen nach Unwyrm sei. Aber jetzt ist er aus mir verschwunden, und ich liebe dich immer noch, wenn ich dich sehe. Sicher wird Gott seinen Wachsamen die Sehnsucht eines schwachen und verängstigten Mädchens erhören lassen.«

Er lächelte. »Schwach und verängstigt.«

»Manchmal«, sagte sie. »Bist du es nicht?«

»Erschreckt. Von dir. Ich hätte nie gedacht, daß ich einmal eine Frau heiraten würde, die mich mit einem kleinen Stück Draht töten kann.«

»Dann wirst du mich heiraten?«

»Ich werde dir dienen, wie ich kann«, sagte er.

Sie beugte sich zu ihm vor und küßte seine Lippen. Hinter ihnen litten Reck und Ruin jetzt Höllenqualen, warfen sich schwitzend und lärmend auf ihren Betten herum. Fäden und Kristiano beugten sich über sie und fesselten sie, damit sie sich nicht die Augen auskratzten, wischten ihnen die Brauen ab, um das Fieber zu kühlen, sangen ihnen vor, um die schrecklichen Träume zu verscheuchen.

Will und Patience sahen zu und sprachen in den Augenblicken geistiger Klarheit mit ihnen. Manchmal wurde Ruin zu Angel, und Patience konnte mit ihm reden; hundertmal, schien es, flehte er um ihre Verzeihung und sie um seine. Ich habe dich betrogen, sagte er immer; ich habe dich getötet, erwiderte sie darauf. Dann verziehen sie einander, bis die Erinnerung von neuem wiederkehrte.

Reck hatte keine Worte in ihrem Wahnsinn, außer hin und wieder das Wissen der Weisen, die in Unwyrms Gedanken gehaust hatten. Sie lag da und starrte gegen die Decke, ins Feuer, gegen die Wand, je nachdem, welche Lage ihr Kopf gerade einnahm. Kristiano und Fäden sangen die uralten Geblinglieder von mächtigen Taten in der Schlacht, von schrecklicher und verbotener Liebe, von den Sünden der Väter, an die sich die Töchter erinnerten, von den großen Geblingkönigen und ihren Schlachten für die Seele der Welt. Keiner wußte, ob Reck die Musik überhaupt hörte oder ob sie ihr half, einem Pfad aus der Dunkelheit heraus zu folgen; bis eines Tages im tiefen Winter, als der Schnee drei Meter hoch lag und sie durch die Türen im zweiten Stock Lebensmittel hereinbrachten, Fäden sich nach einstündigem Singen von Reck abwandte und sich ihr plötzlich wieder zukehrte. »Sie will, daß ich weitermache«, wisperte er. Da kamen Will und Patience herbei und hörten zu, wie Kristiano in den Gesang einfiel; sie weinten vor Erleichterung, als Reck in ihrem unruhigen Schlaf lächelte. Sie war nicht verloren. Die gesanglosen Wyrmer hatten sie ihnen nicht vollends geraubt.

Später im Winter, als der Schnee vom Kohlefeuer bereits grau war, erlangte Will einen schwachen Gebrauch seiner rechten Hand zurück. Er konnte die Finger in Greifhaltung bringen – nicht genug, um seine linke Hand zu unterstützen. Der Triumph war für ihn groß genug, um willens zu sein, das zu tun, worum Patience ihn gebeten hatte; als Heptarchin erklärte sie ihn zu ihrem Gemahl, und sie liebten einander im kalten Sonnenlicht, das durch die Fenster im oberen Stock fiel.

Nicht lange danach rief Kristiano ihnen zu, sie möchten kommen; Ruin sei erwacht. Als sie den Raum betraten, kniete er mit ernster Miene neben dem Bett seiner Schwester. Er sah sie und breitete seine Arme aus, umarmte Will, dann Patience und betrachtete sie mit neuem Respekt. »Ihr tragt es euer ganzes Leben lang«, sagte er. »Allein.«

Aber Wills Hand berührte ihre Schulter, wo Ruin es nicht sah – Patience wußte, daß die Einsamkeit nicht so vollständig, nicht so unüberbrückbar war, wie Ruin glaubte. Er kannte nur Angel, den guten und kummervollen Angel, dessen Isolation von der Menschheit vollständiger gewesen war als die eines jeden anderen Mannes, den sie sich vorstellen konnte. Aber es war nicht unangebracht, beschloß Patience, daß der Geblingkönig die Erinnerung an menschliches Leben in ihrer tragischsten Form erlebte; sie verriet ihm nicht, daß nicht alle Menschen so furchtbar allein waren.

Und dann, als der Wind drehte und warm aus dem Süden kam und der Schnee schmolz und die ersten Schößlinge das Grün wieder in den Wald weiter unten zurückbrachten, erwachte Reck. Ihr Blick war in die Ferne gerichtet, ihre Gedanken waren weit weg, und oft schaute sie sich verblüfft um, als wäre sie gerade erst erwacht. Sie hatte Gedanken, die sie nicht in Worte kleiden konnte; sie konnte ihnen nicht die Geschichten all ihrer Leben unter den Wyrmern erzählen, weil es keine Sprache dafür gab. Aber als sie ihre Pläne für die künftige Regierung der Welt machten, hörte sie zu, und von Zeit zu Zeit sprach sie ruhig und löste für sie die wirren Fäden der Zukunft.

Sie nannten sie nicht mehr Reck; sie erinnerte sich nicht an den Namen, denn Wyrmer hatten keine Namen und hatten nie welche gebraucht. Aber obwohl sie ihren Namen im Labyrinth ihres Verstandes verloren hatte, hatte sie sie nicht vergessen und liebte Gaunter und Geblinge, Dwelfen und Menschen mit dem Mitgefühl einer Mutter für ihre Kinder. Sie begannen sie Mutter Wyrm zu nennen, und auch wenn Ruin so manche Stunde des Kummers hatte, in der er sich nach seiner Schwester sehnte, liebte er auch diese neue Seele, die den Leib seiner Schwester bewohnte; sie tröstete ihn über seinen Verlust hinweg, so wie sie alle tröstete.

Bald erkannte ein jeder, daß Mutter Wyrm mit Unwyrms Erinnerungen in ihrem Inneren stärker geworden war; Fäden und Kristiano berichteten, daß sie immer bei ihnen war und sie nichts ohne ihre Zustimmung machen konnten. Aber seltsamerweise wollte sie nichts von ihnen; das Ergebnis war eine Freiheit, die sie nie zuvor gekannt hatten. Sie spürten immer noch die Bedürfnisse der anderen dort im Haus der Weisen, aber sie waren nicht mehr gezwungen zu gehorchen. Statt dessen war da Mutter Wyrm in ihrem Inneren, erweckte ihren eigenen Willen und stärkte ihn. »Wir sind frei«, sagte Fäden, »solange wir ihr verfallen sind.«

Als er das hörte, verbreitete Ruin die Kunde in Cranning, daß Gaunter zum Haus der Weisen gebracht werden sollten. Das warme Wetter trieb sie wie Blätter mit dem Südwind herbei, sie betraten das Haus als Sklaven und verließen es wieder in Freiheit. Und nicht nur Gaunter; bald kamen auch Geblinge, Dwelfen und Menschen. Mutter Wyrm gehörte nicht länger zu der kleinen Gruppe, die sie zum Skyfoot begleitet hatte, und sie wußten, wenn sie Cranning verließen, um ernsthaft ihr Werk zu beginnen, würde Mutter Wyrm zurückbleiben, denn ihr Werk hatte bereits begonnen und würde sie nie mehr aus diesem Haus wegführen.

In den Obstgärten von Skyfoot standen die Kirschen in voller Blüte, als der Geblingkönig, die Heptarchin und Will, ihr Gemahl und Hauptmann, von den Bergen herabstiegen.

20 Komm Kristos

Die Gerüchte waren den ganzen Winter über umgegangen und verstärkten sich im Frühling. König Oruc begann geflüsterte Bemerkungen zu hören und schließlich offene Rede. Agaranthemem Heptek nannten sie sie, und ihr Mann sei Lord Will, der der Sklave Dutzender großer Generäle gewesen und jetzt der größte General von ihnen allen sei. Andere Gerüchte nannten sie Kristos und behaupteten, sie habe mit ihren eigenen Händen den großen Satan getötet; Gott werde ihr nun die Welt übergeben, und König Oruc werde eines fürchterlichen Todes sterben, nachdem er Zeuge der Folterqualen und des Todes aller seiner Kinder geworden sei.

Es gab auch Geschichten über die Geblinge. Wie all die Geblinge auf der Welt in einem Augenblick innegehalten hätten, die Gesichter vor Mord und Haß verzerrt, während die Tochter der Prophezeiung ihr Wunder in das Herz der Welt gesetzt habe. Nun sei der Geblingkönig zu einem Engel geworden und einzig zu dem Zweck gekommen, alles menschliche Leben auf Imakulata zu vernichten. Hinter ihm stünde Mutter Wyrm, ein großer Drachen, der als einstige Leiche, so uralt wie die Zeit vor dem Sternenschiff, wiedererweckt worden sei; sie rufe zur Läuterung Imakulatas auf, zur letzten Schlacht zwischen Menschen und Geblingen.

Im Frühling wurden die Gerüchte Wirklichkeit. Eine Geblingarmee versammelte sich; die Spione bestätigten es. Und Patience war gesehen worden, hatte sogar mit einem von ihnen gesprochen. Er brachte ihre Botschaft zurück:

»Lord Oruc, mein Freund«, zitierte der Gesandte. Oruc bebte darüber, daß sie ihn nicht König nannte, und über die bittere Ironie ihrer Herablassung. »Ich suche Euch zu guter Letzt auf, um Euch für die Sorgfalt, mit der Ihr mein Königreich verwaltet habt, zu danken. Ihr werdet für die Vortrefflichkeit Eurer Regentschaft fürstlich belohnt werden, denn ich habe nichts von dem vergessen, was Ihr je getan habt.« Sie unterzeichnete mit ihrem Dynastienamen und dann mit dem Namen, den er so oft gesehen hatte: ›Patience‹.

Da wußte er, daß sie seinen Tod meinte, und bereitete sich auf den Krieg vor. Er forderte die anderen Menschenkönige und Herrscher auf, sich mit ihm der Geblinginvasion und der Verräterin Patience zu stellen.

Dies war eine weitere in der Geschichte der Geblinginvasionen, und es würde die schrecklichste von allen werden; wenn die Menschheit überleben sollte, mußte sie zusammenstehen.

Die meisten Könige erklärten sich einverstanden und brachten ihre Armeen, vereinigten sie unter dem Banner des Heptarchen. Aber er wußte, daß in jedem Lager, in jedem Zelt die Männer und Frauen den Namen von Aganthemem Heptek murmelten und sich an die Prophezeiungen von der siebenten siebenten siebenten Tochter erinnerten und sich fragten, ob sie nicht eine Blasphemie begingen und gegen Gott und seine Kristos kämpften. Wie kann ich die Menschheit verteidigen, wenn mein Volk nicht einmal sicher ist, ob es seinen Feind überhaupt besiegen will?

Er versammelte seine Kinder und Enkel um sich und erzählte ihnen von der drohenden Gefahr. Sie alle entschieden sich dafür, bei ihm zu bleiben, wohl wissend, daß es kein Versteck gäbe, wenn die Geblinge gewinnen würden.

Am letzten Nachmittag des Frühlings, vor der Tagundnachtgleiche, schlugen die Armeen ihr Lager in Sichtweite voneinander auf. Im Geblinglager wehte kein Banner. Die graubepelzten Körper schienen sich von Horizont zu Horizont zu erstrecken; die Spione sagten, daß, was sie sahen, nur die Vorhut des Geblingheeres sei. Seine eigene Armee, die größte, die ein Menschenkönig jemals versammelt hatte, wirkte dagegen bemitleidenswert wie ein Kiesel vor einer Flut. Oruc hatte das Gelände so gut es ging ausgesucht – einen Hügel zur Verteidigung, mit offenem Gelände davor und Waldland dahinter. Aber gegen einen solchen Feind konnte er nicht auf Sieg hoffen. In jener Nacht zog er sich in sein Zelt zurück, allein, und weinte um seine Kinder und Kindeskinder und über den Tod, den sie am Morgen erleiden würden.

Doch bei Tagesanbruch brachten die Generäle die unglaubliche Nachricht. Die Geblingarmee war verschwunden.

Oruc ging persönlich zum Feld hinunter, wo sein Blut hatte fließen sollen, und stellte fest, daß einzig der zertrampelte Boden noch Zeugnis von der Geblingarmee gab, die am vorigen Tag hiergewesen war. Nur ein einziges Zelt war von all seinen Feinden geblieben, und ein einziges Banner.

Wie er so dastand, öffnete sich die Zeltklappe und sie trat hinaus: Patience, wie er sie in Erinnerung hatte, kaum verändert von dem Jahr, das verstrichen war. Zu ihrer Rechten schritt ein Riese von einem Mann, dessen rechter Arm schlaff und nutzlos von seiner Seite hing; zu ihrer Linken ging ein kleiner bepelzter Gebling mit der Gelassenheit und Würde der Macht. Lady Patience, Lord Will und König Ruin, allein, seiner Gnade ausgeliefert. Die Nacht zuvor hatte er vor Kummer geweint. Jetzt verstand er gar nichts mehr.

Lord Will rief laut, und seine Stimme konnte von den Soldaten in den ersten Reihen klar und deutlich vernommen werden; sie gaben seine Worte an jene hinter ihnen weiter. Seine Erklärung war einfach.

»Hier ist die Tochter der Prophezeiung. Kraft des Blutes und der Prophezeiung ist sie eure rechtmäßige Königin. Sie wird keinen Tropfen Menschenblut verschütten, um dieses Recht einzuklagen. Wenn ihr sie ablehnt, wird sie freudig sterben. Wenn ihr sie annehmt, wird sie euch verzeihen.«

Und als er sicher war, daß jeder Mann in Orucs Armee seine Worte gehört hatte, schrie er:

»Wo sind die Soldaten von Agaranthemem Heptek! Wo sind die Wachsamen Gottes!«

Orucs Soldaten zögerten nicht. Ihre Stimmen schwollen an wie die Stimme des Windes, die sich über dem Meer erhebt, und sie legten ihre Waffen ab und gingen zu ihr, riefen erst ihren Namen und verwandelten dann ihren Ruf in den einfachen Gesang: »Komm Kristos! Komm Kristos! Komm Kristos!«

Oruc versammelte seine Familie um sich und bereitete sich darauf vor, tapfer zu sterben. Aber als sie ihn hatte zu sich bringen lassen, lächelte sie ihm freundlich zu, und er konnte weder Grausamkeit in ihrem Gesicht noch Rachsucht in ihrer Stimme entdecken.

»Ihr habt auf schwerem Posten gestanden und Eure Sache gut gemacht«, sagte sie schlicht. »Ich bin als Heptarchin der ganzen Menschheit gekommen. Ich bitte Euch, Korfu als mein Vizekönig zu regieren, ein Titel, der an Eure Erben übergehen soll, solange sich einer von Eurem Blut dessen für würdig befinden wird.«

Da verneigte er sich vor ihr, als sie ihm seine Kinder

zurückgab und sein Leben und sein Königreich. Er regierte wie immer in King's Hill, und sie besuchte ihn nur einmal jedes Jahr; er diente ihr treu und gut, und sie respektierte ihn mehr als alle anderen Menschenkönige.

Aber Heptam war nicht länger der Mittelpunkt der Welt. Er hatte sich zu einer neuen Stadt verlagert, nur wenige Tage flußabwärts von Cranning. Die Stadt hatte man rings um eine Universität erbaut, und die Universität hatte man rings um ein Haus auf einem Hügel erbaut, das Cranwater überblickte. Die Stadt nahm den Namen der Schule an, und die Schule wurde nach dem Haus benannt, und in dieser neuen Stadt namens Heffijishaus regierten der Geblingkönig und die Heptarchin. Dies war der Ort, an dem alle Menschen, Geblinge, Dwelfen und Gaunter der Welt um Gerechtigkeit, Weisheit, Gnade und Frieden nachsuchten.

Und jedes Jahr verließen König Ruin und Agaranthemem Heptek Heffijishaus und unternahmen die Reise den Cranwater hinauf zum Skyfoot; jedes Jahr stiegen sie gemeinsam zu einer Eishöhle am unteren Teil des Gletschers hinauf, der die Welt überdachte. Dort saßen sie bei Mutter Wyrm und erzählten ihr alles, was sich in der Welt zugetragen hatte, und wie alle anderen Pilgerer zu diesem heiligsten Ort auf ganz Imakulata lauschten auch sie ihrer Weisheit und empfingen ihre Liebe und Freude. Desgleichen taten ihre Kinder und die Kinder ihrer Kinder durch alle Zeitalter der Welt hindurch.

ENDE

Band 24 116

Kim Stanley Robinson

Goldküste

Deutsche Erstveröffentlichung

Orange County, Kalifornien, 2067: eine Metropolis der flüchtigen Begegnungen und schnellen Geschäfte, der harten Drogen und falschen Träume. Wie ein verirrter Nachtfalter schwirrt Jim McPherson durch eine bunte Neonwelt, von einer Party zur anderen, von einem Mädchen zum nächsten. Mit seinen 27 Jahren ist er nichts als ein Möchtegern-Dichter, der sich als Aushilfslehrer durchs Leben schlägt. Das laute, hektische Treiben an der Goldküste scheint ihm ohne Sinn, ohne Aussicht auf Glück. Bis er Arthur kennenlernt.
Arthur gehört einer revolutionären Gruppe an, die durch Sabotage die Rüstungsindustrie Amerikas zerstören will. Begeistert macht Jim bei den Aktionen mit, obwohl – oder gerade weil – sein Vater Ingenieur in dem größten Rüstungskonzern von Orange County ist.

BASTEI
LÜBBE

Sie erhalten diesen Band im Buchhandel, bei Ihrem Zeitschriftenhändler sowie im Bahnhofsbuchhandel.